KNAUR

THOMAS BAGGER

NACHT

Die Toten von Jütland

Thriller

Aus dem Dänischen
von Maike Dörries

KNAUR

Die dänische Originalausgabe erschien 2021 unter dem Titel
»Manden i Tre Dele« bei Politikens Forlag, Kopenhagen.

Besuchen Sie uns im Internet:
www.knaur.de

Aus Verantwortung für die Umwelt hat sich die Verlagsgruppe
Droemer Knaur zu einer nachhaltigen Buchproduktion verpflichtet.
Der bewusste Umgang mit unseren Ressourcen, der Schutz unseres
Klimas und der Natur gehören zu unseren obersten Unternehmenszielen.
Gemeinsam mit unseren Partnern und Lieferanten setzen wir uns
für eine klimaneutrale Buchproduktion ein, die den Erwerb von
Klimazertifikaten zur Kompensation des CO_2-Ausstoßes einschließt.
Weitere Informationen finden Sie unter: www.klimaneutralerverlag.de

FSC
www.fsc.org
MIX
Papier | Fördert
gute Waldnutzung
FSC® C083411

Deutsche Erstausgabe Oktober 2023
Knaur Taschenbuch
Ein Imprint der Verlagsgruppe
Droemer Knaur GmbH & Co. KG, München

Redaktion: Hanne Hammer
Covergestaltung: Kristin Pang
Coverabbildung: Tanupong Wittayanukullak / shutterstock.com
Satz: Adobe InDesign im Verlag
Druck und Bindung: CPI books GmbH, Leck
ISBN 978-3-426-52966-9

2 4 5 3 1

PROLOG

Der Junge stöhnte schlaftrunken. Der Traum hatte seinen Körper noch fest im Griff, trotzdem registrierte er tief in den dunklen Winkeln seines Unterbewusstseins, dass Nacht war und er eigentlich nicht wach sein sollte.

Er hob den Kopf vom Kissen und sah kleine violette Funken, als er blinzelte. Die Atmosphäre im Zimmer war eine ganz andere als vorhin, als er mit der Nase in einem Donald-Duck-Heft und im sicheren Schein der Nachttischlampe eingeschlafen war. Seine Mutter hatte offenbar das Licht gelöscht. Warum tat sie das? Sie wusste doch genau, dass er das nicht wollte.

Er umklammerte das Bettzeug so fest, dass er den Stoff knarren hörte. Er zog die Decke hoch bis ans Kinn, so weit, wie die Mauer reichte, wenn er den Kopf darüber streckte, um das Nachbarmädchen zu beobachten. Die Decke war klamm und roch säuerlich.

Plötzlich wusste er, was ihn geweckt hatte. Der Albtraum. Der, bei dem ihm der Schrei im Hals steckenblieb, weil sein Mund mit zähem Kleister gefüllt war, der sich weder schlucken noch ausspucken ließ, bis ihm am Ende die Augen aus dem Schädel quollen.

Der Junge wimmerte leise. Das Herz galoppierte in seiner Brust. Panik ergoss sich wolkenbruchartig über ihm. Aus ihm heraus. Warmer Urin rann über seine Pobacken. Machte alles klebrig und unappetitlich.

Warum machst du das, warum tust du das immer wieder?, wimmerte er lautlos und hörte, dass die Gedanken die zornige Stimme seiner Mutter hatten.

Er starrte verängstigt in die Dunkelheit. Es fühlte sich an, als läge eines von Vaters schweren Lederbüchern mit Goldschrift auf seinem Brustkorb. Er musste raus hier, brauchte Luft. Er schwang die Füße auf den kalten Boden, schlich zum Fenster und spähte durch den Gardinenspalt hinaus. Im Mondschein sah der Garten hinter dem Haus wie aus einem der Schwarz-Weiß-Filme aus, die seine Mutter immer anschaute, wenn sein Vater auf Reisen war. Er hasste diese Filme. Die schneidenden Stimmen der Schauspieler, das aschfahle Licht vom Fernsehbildschirm, das unheimlich durch den Raum waberte. Es quälte ihn, die graue Silhouette seiner Mutter auf dem großen Sofa zu sehen, in sich gekehrt wie hypnotisiert, eine Zigarette zwischen zwei Finger geklemmt, die vor sich hin glühte.

Der Junge kniff sich in die Wange, ein guter, ablenkender Schmerz. Dann wurde er sich wieder des nassen Flecks in seiner Schlafanzughose bewusst, der inzwischen eiskalt war. Seine Blase drückte, war noch nicht leer.

Er schlich auf Zehenspitzen durch den dunklen Flur, der sich, wie das Nachbarmädchen behauptete, nachts in den pechschwarzen Darm eines Ungeheuers verwandelte. Wer sich traute, bis an sein Ende zu gehen, würde von dem Ungeheuer ausgeschissen und in einem See brodelnder Kacke ertrinken. Er biss die Zähne zusammen. Im Hellen war es weniger unheimlich. Er konzentrierte sich auf das Knarren der Bodendielen, die abwechselnd hellen und tiefen Töne.

Dann erstarrte er.

Da war ein Geräusch. Aus dem Schlafzimmer der Eltern. Er stand jetzt genau vor der Tür. Ein schmaler Lichtstrahl schien durch das Schlüsselloch. Der Junge verlagerte unentschlossen das Gewicht von einem Fuß auf den anderen. Es war ihm strengstens verboten, nachts in ihr Zimmer zu kommen. Egal, was für Albträume er hatte. Seine Mutter hatte ihm nie einen Grund genannt. Es war einfach nur verboten.

Da war wieder das Geräusch. Eine helle Stimme. Ein Flüstern. Ein Wimmern.

»Seid ihr wach?«, fragte er, so laut er sich traute, was nicht sehr laut war.

Das Wimmern wurde lauter, aber die helle Stimme klang trotzdem nicht traurig.

Er starrte auf den magischen Lichtfaden und schob ein Auge vor das Schlüsselloch.

Der Junge schnappte nach Luft. Nicht in seiner wildesten Fantasie hätte er sich ausdenken können, was er jetzt sah. Die Fenster und Spiegel im Schlafzimmer waren neblig beschlagen. Wachs tropfte von den sechs Silberarmen des Kerzenständers, und die Familienfotos über dem Kopfende des Betts schaukelten an ihren Nägeln. Er schluckte einen Klumpen im Hals hinunter. Das Nachbarmädchen räkelte sich auf dem Laken im Bett seiner Eltern. Nackt. Weiß. Sein Vater lag hinter ihr, ganz nah, in seinem schwarzen Brusthaar glänzten Schweißperlen, während er aggressiv seinen Unterleib gegen ihren Po klatschte.

Fest. Fest. Immer fester.

Der schmächtige Körper des Nachbarmädchens wackelte bei jedem Stoß, die Haut über dem Schlüsselbein war rot gefleckt, und sie saugte so heftig die Luft ein, dass ihre Rippen Schatten auf der Haut warfen. Der Junge schaute erstaunt auf die langen Finger seines Vaters, die eine Brust des Mädchens drückten, die kaum seine Hand füllte.

Der Junge starrte entsetzt an sich herunter. Auf die Beule in seiner Schlafanzughose. Sein Pimmel ragte steinhart nach vorn. Instinktiv schob er eine Hand unter den Hosenbund. Rüttelte an seiner Rute.

Sein Atem ging heiser, die Wangen glühten. Er wimmerte benommen, wollte aufhören, aber seine Hand schüttelte weiter, als würde er würfeln.

Der Schritt des Jungen brannte. Ein wohliges Ziehen, das ihn veranlasste, die Augen zu schließen. Er stand vor der Tür. Und war zugleich in dem Zimmer. Bei ihnen. Haut auf Haut. Aneinanderreibend. Stöhnend. Klatschend.

Der Junge öffnete den Mund. Eine heiße Lavawelle zerschmolz ihn innerlich und schoss alles Geschmolzene aus seinem Pimmel heraus. Seine Knie wurden weich wie Gummi.

So hörte er die Schritte hinter sich nicht. Eine Hand legte sich hart über den Mund des Jungen. Ohne Vorwarnung. Sein aufsteigender Schrei erstickte in der warmen Handfläche, als er nach hinten gezerrt wurde. Seine Hacken schlurften über den Boden. Gleich darauf wurde er in sein Bett geschleudert und seine Schultern von zehn Krallenfingen nach unten gedrückt. Die Stimme seiner Mutter ätzte sich durch die Dunkelheit.

»Was um alles in der Welt treibst du da, du Missgeburt?« Sie schüttelte ihn, dass die Bettfedern quietschten. »Antworte mir!«

Er stammelte paralysiert: »I-ich musste pinkeln … Da hab ich ein G-geräusch g-gehört und …«

»Und wolltest ein bisschen spionieren?«

»Nein, nein!« Er drehte das Gesicht zur Seite. Der Atem seiner Mutter stank nach Zigaretten und etwas anderem, herb und moderig, wie saure Beeren. »Warum ist sie in eurem Schlafzimmer? Was macht Vater mit ihr?«

»Mit wem?«

»Dem Nachb…«

Eine schallende Backpfeife.

»Da ist niemand.«

»Aber …«

Die Mutter kniff ihm hart in die Wange.

»Du verdorbenes, widerliches Stück Dreck. Fummelst vor meiner Schlafzimmertür an dir selber rum. Soll ich deinen Vater holen, damit er ihn dir abschneidet? Soll ich?« Die Stimme seiner Mutter war dicht an seinem Ohr, ging aber in alle Richtungen, als richtete sie sich an unsichtbare Zuhörer im Dunkeln. »Musst du unbedingt so werden wie dein Vater? Ihr seid doch Tiere!«

Der Junge traute sich nicht, zu widersprechen. Seine Mutter schwieg auch. Sie atmete ihm ins Gesicht, und es würgte ihn innerlich. Dann lockerte sich der Griff um seine Schultern, und er hörte ihre schlappenden Schritte auf den Bodenbrettern und das kurze, undramatische Klicken der zufallenden Tür.

1

Der Oktobersturm wirbelte richtungslos durch die Nacht. Fingerdicke Regenstrahlen bohrten sich in die Erde der Ackerlandschaft, die sanft hügelig in einen endlosen Horizont aus Schlamm und kahlen Bäumen überging. Die meisten Süderjütländer schlummerten um diese Zeit vermutlich unter ihren warmen Decken oder drängten sich in irgendwelchen Kneipen, in denen das Dröhnen des Unwetters im Lärm von Gelächter und klirrenden Flaschen ertrank. Fuchs und Marder suchten Schutz unter Scheunendächern und Traktorreifen und ließen die nächtliche Beute Beute sein.

Aber sie waren immer da und überall. Die Nachtwanderer.

Ein bohrender Pikser in der Seite holte Claus Fockbek aus einem wohligen Traum. Er grunzte und wedelte den ausgestreckten Zeigefinger weg.

Ein neuerlicher Pikser.

»Das nächste Mal melde dich früher. Jetzt mag ich nicht«, murmelte Claus und drückte die Wange ins Kissen. Er wollte zurück in seinen Traum.

»Danke für die Hilfe, Claus.«

Nicht der Vorwurf seiner Ehefrau, mit der er seit fünfundzwanzig Jahren verheiratet war, veranlasste Claus, die Augen einen Spaltbreit zu öffnen. Es war der Unterton in ihrer Stimme. Die Unruhe.

»Da ist was, oben auf dem Wall.«

»Was?«

»Ein Licht. Es geht dauernd an und aus.«

Claus hörte das Gartentor im Wind klappern.

»Warum guckst du nicht selbst nach?«

»Da ist auch so ein Geräusch.«

»Was für ein Geräusch?«, seufzte er.

»Wie eine Sirene, irgendwie.«

»Sirenen und Licht. Wenn das mal nicht die Außerirdischen sind, von denen Bette Niller immer faselt.« Claus schob sich unter Carinas warme Decke. »Wenn das unsere letzte Nacht auf Erden ist, lass uns lieber keine Zeit vergeuden.«

Ihr spitzer Finger schob ihn weg. »Memme. Soll ich den Mädels vielleicht erzählen, dass du deine eigene Frau bei diesem Deckswetter rausschickst?«

Claus blinzelte. Jetzt war er endgültig hellwach. Der gute Ruf eines Süderjütländers stand auf dem Spiel, wenn sich der Frauenverein zum Kaffeekränzchen traf. Mit einem Seufzer schwang er die Füße über die Bettkante.

Claus ging nach draußen. Sein Bauernhof lag am Rand eines hügeligen Naturschutzgebiets, dessen höchster Punkt der Kamm der Wallanlage Smøl Vold war, 46 Meter über dem Meeresspiegel. Niemand wusste Genaueres über den Ursprung des Walls, außer dass die Landschaft so wie der Rest Süderjütlands im Laufe der letzten zwei Eiszeiten geformt worden war. Claus erinnerte sich vage an eine Erklärung aus der Schulzeit, dass die Wallanlage in der Eisenzeit eine Art Kultstätte gewesen sein sollte.

Er blieb wie angewurzelt stehen. Das mystische Licht war jetzt deutlich oben auf dem Wallkamm zu sehen. Er schluckte. Smøl Vold galt bei den meisten Bewohnern als Ödland, aber wirklich öde war es dort selten. Irgendetwas war immer unterwegs. Jetzt hörte er auch das Geräusch. Sirenenheulen durchschnitt die rauschenden nächtlichen Luftmassen.

Er überquerte den Hofplatz. Die Schweinefarm war seit vier Generationen im Besitz seiner Familie. Es erfüllte ihn mit Stolz, dass sein ältester Sohn der Fünfte in der Reihe sein würde. Aber für diesen Generationenwechsel war Claus in dieser Nacht noch nicht bereit. Bevor er in die Dunkelheit hinausstapfte, holte er die Schrotflinte seines Großvaters aus dem Geräteschuppen.

Er stieg über den Zaun und lief durch das hohe Wildgras den Hang hinauf. Der Geruch nasser Erde legte sich zäh auf seine Nasenschleimhaut. Der Regen prasselte ohrenbetäubend auf die Kapuze seiner Regenjacke, und sein einziger Orientierungspunkt war der weiße Lichtfleck auf dem Hügelkamm.

Wegen der heimtückischen Fuchsbauten und glitschigen Steine im hohen Gras überlegte er kurz, die Taschenlampe einzuschalten. Aber er wollte sich in der Dunkelheit nur ungern zu erkennen geben.

Die Sirene heulte im Wind wie das weit entfernte Weinen eines Babys. Das Geräusch weckte zusammenhanglose Kindheitserinnerungen. Die Geschichten von der Hellseherin Fanny, einer unverheirateten Frau aus dem 19. Jahrhundert, die in einem schwarzen Konfirmationskleid herumspukte. Nachdem sie eine schwere Fieberattacke überlebt hatte, hatte sie seherische Fähigkeiten. Die verbitterte Jungfrau jammerte heiser in der Nacht, auf der ewigen Suche nach einem Mann, den sie mit sich unter die Erde ziehen konnte.

Claus schaute über die Schulter zurück. In einigen um die Wallanlage verteilten Höfen brannte Licht. Am Horizont schimmerte das Mondlicht auf der Flensburger Förde.

Auf der offenen Fläche kamen die Sturmböen in kräftigen Schüben, der Regen peitschte scharf prickelnd über ihn hinweg. Jetzt hörte er, dass die Sirene nicht der Klagegesang der Jungfrau Fanny war, sondern ein mechanisches, grelles Geräusch, das nicht hierhergehörte.

Ein paar Meter vor dem blinkenden Licht blieb er stehen und kniff die Augen zusammen. Da stand ein merkwürdiger Apparat, so ähnlich wie die Bewegungsmelder im Gemeindehaus, die automatisch das Licht einschalteten. Dieser hier war jedoch größer und mit einer blinkenden LED-Birne ausgerüstet. Der Sensor war an eine Stange montiert, die in der Erde steckte.

»Hallo …«, rief Claus nervös.

Die Sirene war aus unmittelbarer Nähe ohrenbetäubend laut.

Er hob die Stimme. »Hallo! Ist da jemand?«

Niemand antwortete. Nur sein Gehirn, das ihm sagte, dass er umkehren und bis zum Hellwerden warten sollte. Aber sein süderjütländischer Stolz zwang ihn, der Sache auf den Grund zu gehen. Er konnte sich nicht selbst belügen. Er hatte sie gesehen. Die Gestalt am Fuß der Apparatur.

Claus machte einen Schritt nach vorn und schaltete nun doch die Taschenlampe ein, richtete den Lichtkegel langsam auf die Gestalt. Die Schrotflinte hielt er umklammert wie ein Kreuzritter die heilige Ikone, sein Puls pochte hart in den Schläfen. Endlich fing der Lichtkegel das ein, was da am Boden lag. Im gleichen Augenblick fegte ein Windstoß ihm die Kapuze vom Kopf. Er kniff geschockt die Augen zusammen, als er in das gequälte Gesicht schaute, das ihn mit leerem Blick anstarrte.

Das Letzte, was Claus rückwärts taumelnd dachte, war, dass das nicht sein konnte, dass er immer noch in seinem Traum gefangen war. Denn es war das zweite Mal innerhalb von drei Tagen, dass er diesen toten Menschen sah.

Carina Fockbek starrte aus dem Fenster und trommelte mit den Fingernägeln gegen den Rahmen. Sie sah den Lichtkegel von Claus' Taschenlampe am höchsten Punkt vom Smøl Vold. Was machte der Sturkopf da oben. Sie hatte nun doch ein schlechtes Gewissen, ihren Mann in das Mistwetter rausgeschickt zu haben.

Sie schnappte erschrocken nach Luft, als der Lichtkegel plötzlich abkippte und direkt in den Himmel strahlte. Carina wich vom Fenster zurück in den Raum. Das waren die Außerirdischen, die Claus mitnehmen wollten! Sie sah kurz zwei Lichtpunkte aufleuchten. Nicht wie das weiße Blitzen, das sie vorher gesehen hatte. Das Licht war dunkler, orange. Als Carina Fockbek die zeitlich verzögerten Schallwellen der zwei Schrotflintenschüsse hörte, war sie schon auf dem Weg zum Telefon.

2

Jenny Seland saß auf der Bettkante und rieb sich mit den Handflächen übers Gesicht, das sich verquollen und schlaff anfühlte, als hätte ihr jemand Quecksilber unter die Haut gespritzt. Nach dem vierten Glas gestern Abend hätte sie aufhören sollen. Rotweinkater bescherten ihr immer dieses unangenehm aufgedunsene Erwachen am Morgen danach.

Sie hob ihren dröhnenden Kopf. Das Morgenlicht verfing sich mit einem perlenbestäubten Schimmer in den Gardinen. Aus der Nachbarwohnung drangen undefinierbare Schläge durch die Wand, und von unten stieg der Duft von Kaffee und Toastbrot zu ihr hoch.

Der Geruch verursachte Jenny eine Gänsehaut.

Zusätzlich zu dem Kater war sie mit der deprimierenden Erkenntnis erwacht, dass es zwei Typen Männer auf der Welt gab: den, den man eine Sekunde sah und für den Rest des Lebens nicht mehr vergaß. Und den, mit dem man eine Beziehung einging.

Von den beiden fürchtete Jenny letzteren ganz klar am meisten. Den sicheren Mann mit dem sicheren Job und den sicheren Freizeitinteressen. Der sicheren Sex lieferte mit Bürokratenküssen, die einer fantasievollen Korrektur bedurften, wenn die Freundinnen Details verlangten. Der jeden Sonntag seine Laufschuhe anzog und seine feste, sichere Runde lief und sich immer erst einmal das beste Stück wusch, bevor er galant um einen Blowjob bat. Den Mann, der einer Frau die Lebensjahre stahl, wie ein Haarriss im Reifen, mit dem man für den Rest seines Lebens weiterfahren konnte, ohne zu ahnen, dass er überhaupt da war.

Jenny blinzelte den Schlaf aus den Augen und schielte auf die andere Bettseite. Der rebellische Erbe eines der größten Bau- und Anlageunternehmen Süderjütlands schlief sicher und fest auf dem Bauch.

William Grandberg, 41 Jahre alt, etwa 1 Meter 90 groß, athletischer Körperbau mit einer südeuropäischen, jugendlichen Glut und dem ansteckendsten, lebendigsten Lachen, das man sich vorstellen konnte. Zuletzt gesehen, wie Gott ihn geschaffen hatte, in Gesellschaft einer unidentifizierten, peinlich berauschten Frau.

Jenny presste die Lippen aufeinander. In dem einfallenden Licht sahen Williams braune Locken wie mit mattem Kakaopulver bestäubt aus. Die herabgerutschte Decke gab die beginnende Wölbung zweier wohltrainierter Pobacken frei.

Diese Pobacken hatte sie heute Nacht fest im Griff gehabt.

Tränen schnürten ihren Hals zusammen.

In der Regel waren die spannendsten, charmantesten Sexgötter entweder abenteuerlustige Ehemänner oder brüllende Soziopathen. Aber hier vor ihr lag die Nadel im Heuhaufen. Der Mann mit der heiligen Dreifaltigkeit: sexy, Single und intelligent. Sie hatten ein paar fantastische Monate zusammen gehabt. Bis gestern Abend. Bis zu seinem: *Ich glaube, wir funktionieren besser als Freunde.*

Jenny war erstarrt, den Mund weit offen, als William ihr ohne Vorwarnung dieses verfluchte, triefende Klischee in den Rachen gestopft hatte. Und sie konnte sich nicht einmal im Zorn von ihm befreien, weil er schlau genug gewesen war, ihr nie irgendetwas zu versprechen.

Wie so oft hatte sie sich von ihrer Gutgläubigkeit lenken lassen, die seit ihrer Kindheit wie zäher Lack an ihr klebte. *Mein süßer Flaumkopf* hatte William sie scherzend genannt. *Du bist zu unkritisch.* Das war gar nicht böse gemeint, nur der Rat, ein wenig wachsamer durch die Welt zu gehen.

Grundsätzlich widersprach Jenny ihm auch gar nicht. Sie gab viel zu schnell nach und hatte ein etwas zu ausgeprägtes Bedürfnis, verstehen zu wollen. Andererseits zog sie auch Stärke aus ihrer Rolle als Gegengewicht zu dem Macho-Dampfwalzen-Archetypus bei der Polizei.

Sie wurde gebraucht.

Nur hier nicht. In diesem Schlafzimmer. Hier hatte sie offensichtlich das Mindesthaltbarkeitsdatum überschritten. Nicht ohne sich das Herz brechen zu lassen und die Phase eins des Liebeskummers zu durchlaufen: sich die Birne abzuschießen und das Arschloch noch ein letztes Mal in sich zu spüren.

Check.

Der nächtliche, leidenschaftliche Vollrauschsex rollte über ihre innere Leinwand. Sie waren halb bekleidet ins Bett getaumelt. Flackernde Kerzen, über die Wand huschende Schatten. Finger überall, Lecken und Küssen, ruckartige, sprunghafte Bewegungen, bis die Explosion sie auseinandergeschleudert hatte. Ihre letzte Erinnerung war die Nacht, die sich unzusammenhängend und in flackerndem Gegenlicht zurückzog wie eine Filmrolle, die sich aufgehängt hatte.

Jenny sammelte ihre Sachen vom Boden auf und verließ das Schlafzimmer. Sie zog sich in der Küche an, die wie der Rest von Williams Wohnung eingerichtet war: in einer Mischung aus teurem dänischen Design und praktischem IKEA-Charme.

Jenny hakte ihren BH zu und zog das elegante Seidenkleid über den Kopf. Alles drehte sich wie nach einer langen Autofahrt. Drei Gläser Wasser später starrte sie katatonisch auf ihre Hand, die den Extraschlüssel zu Williams Wohnung festhielt.

Sein Handy auf dem Küchentisch vibrierte. Jenny schaute misstrauisch darauf. Wer rief so früh an einem Samstagmorgen an? Eine andere Frau? Oder war Jenny vielleicht selbst die andere? War es so klischeehaft? Sie ging zu dem Tisch, um einen Blick auf das Display zu werfen.

»Wer ist es?«

Jenny fuhr herum. »Fuck, hast du mich erschreckt!«

William lehnte im Türrahmen. Nackt, unbeschreiblich appetitlich. Er rieb sich verschlafen die Augen.

»Gib her.«

Jenny legte das Handy in seine ausgestreckte Hand.

»Unbekannte Nummer«, murmelte sie beschämt.

»Sie sprechen mit William Grandberg, Ermittlungs-, ähm, Chef der Mordkommission, Polizeidirektion Esbjerg.«

Die tief brummende Männerstimme am anderen Ende bescherte Jenny eine erbärmliche Erleichterung.

»Könnten Sie das bitte noch mal wiederholen?«, sagte William.

Ihr Blick streifte seinen Schwanz. Das hübscheste Exemplar, das ihr je unter die Augen gekommen war. Die linke Socke saß noch immer an seinem Fuß.

»Wo, sagen Sie?«, stieß William aus und seine Bauchmuskulatur zog sich zusammen.

Jenny schaute hoch.

»Wer ist am Fundort? … Wurde der Mann festgenommen? … Okay. Habt ihr die Wallanlage abgesperrt?«

Der Mann am anderen Ende antwortete mit einem kurzen, effektiven Brummen.

»Gut. Ich bin unterwegs.«

3

»Hier ist es«, sagte William und ging vom Gas, zum ersten Mal, seit sie von seiner Wohnung in Esbjerg losgefahren waren. William blinkte mit dem Fernlicht den Streifenwagen an, der mit rotierendem Blinklicht quer über dem Weg stand. Jenny sah die ausdruckslosen Gesichter hinter der Windschutzscheibe einen raschen Kennzeichencheck durchführen, ehe der Streifenwagen Platz machte und sie durchließ.

William bog auf einen holperigen Schotterweg ab. Jenny musterte ihn von der Seite. Seine Schneidezähne kneteten die Unterlippe, und ein verbissener Schatten verdrängte das Tageslicht aus seinem Gesicht. Sie ahnte den Grund. Er war gerade erst als Nachfolger des frisch pensionierten Børge Kofoed zum Chef der Mordkommission befördert worden. Und der Fall, der nun auf seinen Tisch geflattert war, sah aus, als würde es sein erster großer werden. Den er mit rotweinverklebtem Hirn und der Ex im Schlepptau antrat.

Was sicher nicht einmal Williams größte Sorge war.

Etliche Bewohner dieses Landstrichs waren der Meinung, dass ein Grandberg schlicht und ergreifend nichts bei der Polizei verloren hatte. William und seine beiden Brüder stammten aus einer süderjütländischen Familie, die fester Bestandteil der lokalen Gerüchteküche war. Alle kannten sie. Und jeder kannte jemanden, der einen kannte, der gehört hatte, dass …

Diese Tratscherei war Jenny ein Dorn im Auge. William selbst behauptete, sich damit arrangiert zu haben. Er behauptete, damit leben zu können, dass sein Nachname die Skepsis der Leute wie ein Megafon verstärkte. Und dass er in seiner neuen Rolle als Chef der Mordkommission in einem der größten Polizeidistrikte des Landes nicht weniger Gegenwind erwartete. Dem zum Trotz wusste Jenny, dass er extrem hohe professionelle Ansprüche hatte. An seine Kollegen. An sich selbst. Er verlangte von jedem, seine Arbeit mit Stolz und Leidenschaft auszuführen, was er unmissverständlich in seiner ziemlich unsensiblen Rede zu Børge Kofoeds Abschiedsfeier gesagt hatte: »Von nun an ist bei uns kein Platz mehr für egozentrische Einzelgänger mit eigenen Regeln und Methoden. Für Typen, die persönliche Siege über den Erfolg der Gemeinschaft stellen. Wir wollen eine moderne Polizeieinheit sein, die begreift, dass Zusammenarbeit und das Teilen von Wissen unsere größten Stärken sind.«

Das Schweigen der Gäste war, außer bei Børge Kofoed, schwer zu deuten gewesen. Alle wussten, dass es Kofoed in seiner langen Dienstzeit als Chef der Mordkommission des Polizeidistrikts Süd- und Süderjütland ein Hauptanliegen gewesen war, sich selbst den Rücken frei zu halten. Williams Worte waren ein unerwarteter Schlag in die Magengrube gewesen, und Kofoeds langjährige Freundschaft mit Williams Vater, Laust Grandberg, machte den Dolchstoß nicht gnädiger. Im Gegenteil.

Der Parkplatz von Smøl Vold war ein ungepflegter, von wild wachsenden Laub- und Nadelbäumen umringter Matschplatz. Sie stiegen aus. Der Wind hatte sich gelegt, unentschlossene Regentropfen raschelten im Gestrüpp.

Jenny und William folgten einem rutschigen, von herabgefallenem Laub rot und gelb gefärbten Trampelpfad. Die von Williams Frau geliehenen Gummistiefel drückten über dem Spann, aber die Alternative wären ihre High Heels vom Vorabend gewesen.

Williams Frau. Jenny hatte keine Ahnung, wie sie sie sonst bezeichnen sollte.

Sie kamen auf offenes Gelände. Auf dem höchsten Punkt standen zwei Polizisten. Einer von ihnen kam ihnen entgegen.

»Moin, Niels Christensen, Station Sønderborg.« Der Polizist begrüßte beide mit einem energischen Händedruck.

Jenny schaute auf den Wallkamm. Die Silhouette des zweiten Polizisten zeichnete sich vor dem grauen Himmel ab. Er war über den auf der Erde liegenden Körper gebeugt.

»Ist der Bereich abgesperrt?«, fragte William.

»Wir haben Leute an allen Zufahrtswegen. Das Gebiet umfasst etwa einen Hektar. Ich hielt Absperrband nicht für die umweltfreundlichste Lösung.« Christensen lachte nervös.

»Schon in Ordnung«, sagte William. »Ich schicke ein paar Fußstreifen aufs Gelände. Die Journalisten werden garantiert versuchen, möglichst nah an den Toten heranzukommen. Apropos, wollen wir …?«

»Ja. Da wäre nur noch ein winziges … Detail, das Sie kennen sollten, bevor Sie sich die Leiche ansehen.«

»Okay?«, sagte William. Professionell. Neutral.

Der Beamte warf seinem Kollegen einen raschen Blick über die Schulter zu.

»Jetzt reden Sie schon!«, platzte William in einem Ton heraus, bei dem sich Jennys Nackenhaare aufstellten. Er atmete tief ein und senkte die Stimme. »Kenne ich den Toten?«

»Das weiß ich nicht«, sagte Christensen. »Aber, ähm, ich glaube, er kennt Sie.«

Der Wind raschelte in dem hohen Gras auf dem Kamm von Smøl Vold. Am Horizont war die Flensburger Förde als unbeweglicher dunkelblauer Fleck zu sehen, um die sich Süderjütlands hügelige Landschaft erstreckte, so weit das Auge reichte. Eine fast schon spürbare Stille senkte sich über die vier Polizisten, die auf den Leichnam herabschauten und eine Erklärung für das suchten, was sie da sahen.

Jenny hatte schon viele Beispiele für den pietätlosen Umgang mit Leichen gesehen, aber nichts hiermit Vergleichbares. Das Ganze glich einer Inszenierung, einem arrangierten Szenario.

Der Unterleib des Toten war mit einer Plane zugedeckt, die mit Zeltheringen in der Erde festgesteckt war. Der Mund des Mannes war weit aufgerissen, eingefroren in der Totenstarre. Die trockenen, verschrumpelten Lippen formten ein unheimliches schwarzes Loch in den Hals hinunter. Es gab keine sichtbaren Leichenflecken am Torso oder den Armen. Was vermuten ließ, dass der Mann auf dem Rücken gelegen hatte, nachdem das Herz aufgehört hatte zu schlagen, und dass die Schwerkraft das stillstehende Blut auf die Unterseite des Körpers gezogen hatte. Die Haut des Mannes, die nicht mehr von der Muskulatur kontrolliert wurde, war eingesunken und spannte über den vorstehenden Knochen. Auf den ersten Blick waren keine Einstiche, Verletzungen nach stumpfer Gewalteinwirkung oder Schusswunden zu sehen. Er war einfach nur ein alter toter Mann.

Bis man es entdeckte. Das Detail.

Quer über den Brustkorb des Mannes war eine Reihe Buchstaben geritzt, aber wegen der Blutleere im Körperinnern ließ sich das Geschriebene nur mühsam über die zerfransten Schnittränder der Haut entziffern.

GRANDBERG

Jenny musste sich regelrecht anstrengen, William nicht anzustarren. Ähnliche Bemühungen nahm sie auch bei den zwei uniformierten Kollegen wahr. Sie hatten auf ihn gewartet. Auf die Reaktion des neuen Chefs der Mordkommission, wenn er seinen Familiennamen eingeritzt in die Haut einer Leiche sah.

»Wer hat ihn gefunden?«, fragte William tonlos.

»Ein Landwirt aus dem Ort. Claus Fockbek. Seine Frau hat die Lichtblitze von dem Ding da gesehen.« Niels Christensen zeigte mit einem Nicken zu dem Apparat hin, der in Kopfhöhe der Leiche in den Boden gerammt war. Er hatte ungefähr die Größe der Gartenlaternen, die den Plattenweg zum Haus von Jennys Mutter säumten.

»Was ist das?«, fragte sie.

»Das ist zur Schädlingsabschreckung«, erklärte der andere Polizist. »Mein Bruder hat was Ähnliches auf seinem Hof. Kräftiges Blinklicht und laute Sirene. Das Blinken und Heulen hält Füchse, Marder und Raubvögel von den Hühnern fern.«

»Hat der Landwirt was angefasst?«, fragte William.

»Negativ. Der arme Kerl hat so einen Schock gekriegt, dass er gestolpert ist und zwei Schüsse aus seiner Schrotflinte in die Luft abgefeuert hat.«

»Dann gehört der nicht ihm?«, sagte William mit einem Blick auf den Spaten, der neben der Leiche im Boden steckte.

»Negativ«, sagte Niels Christensen wieder und sah auf seinen Notizblock. »Aber Fockbek gibt an, dass der Tote von hier ist. Gustav Thygesen, 81 Jahre alt und Hobby-Auktionator bei den lokalen Landwirtschaftsauktionen. Er ist vor drei Tagen nach einem Herzinfarkt gestorben. Mitten auf einer Auktion.«

Jenny legte die Stirn in Falten. »Das heißt, dass die Leiche gestohlen wurde?«

»Jepp. Gustav sollte laut Plan morgen beerdigt werden.«

»Haben Sie schon den Bestatter kontaktiert?«

»Ja.« Niels Christensen schlug sich nervös mit dem Notizblock auf die Handfläche. »Was glauben Sie, hat das alles zu bedeuten?«

William fuhr sich dreimal schnell mit den Fingern durch die Haare.

»Wir brauchen mehr Leute, um das Gelände abzusuchen. Schleifspuren, Stoffreste, DNA, alles, was mit dem Leichenfund in Verbindung gebracht werden kann. Und der Bereich muss vollständig abgesperrt werden. Sorgen Sie dafür, dass alle Schaulustigen fotografiert und alle Kennzeichen vorbeifahrender Fahrzeuge registriert werden.«

William starrte stumm auf die Leiche, bis die beiden Polizisten außer Hörweite waren.

»Das ist jetzt ein echtes Problem.« Er lächelte mit einer schwachen Mattigkeit in den Mundwinkeln. »Wenn der Polizeipräsident spitzkriegt, dass mein Nachname in den Brustkorb einer Leiche geritzt ist, wird er sofort familiäre Befangenheit zu bedenken geben. Mein erster Fall als Chef der Mordkommission, und den soll ich von der Seitenlinie verfolgen.«

Jenny spitzte die Lippen. »Weißt du, ob jemand aus deiner Familie den Toten kennt?«

»Ich habe keinen Kontakt zu Elias. Der ist da draußen mit seiner ›Kirche‹ verwachsen. Und Andreas und Laust sehe ich auch nur alle Jubeljahre.« William kratzte sich am Kinn. »Aber ich kann mir nicht vorstellen, dass eins meiner Familienmitglieder mit einem Typen wie dem hier Umgang pflegt.«

Jenny ignorierte die arrogante Wortwahl. William war in einer anderen Welt aufgewachsen. Internationale Internate, Au-pair, hohe Steinmauern und Privatchauffeur. Er mochte der Oberklasse den Rücken gekehrt haben, aber die Oberklasse schimmerte weiter in seinem Wesen und in seinem unterkühlten, leicht blutleeren Habitus durch. Wie bei ihren gemeinsamen Abendessen in irgendwelchen Restaurants – auf dem Schoß ausgebreitete Serviette, Ellenbogen am Oberkörper, gerader Rücken. Ein etwas volksnäheres Gebaren täte seinem Auftreten sicher gut, beispielsweise, die Schuhe auszuziehen, wenn er eine Wohnung betrat, oder das Befolgen all der ungeschriebenen, süderjütländischen Regeln.

»Und?«, sagte William mit einem Fingerschnipsen. »Was haben wir?«

»Eine Menge.« Jenny betrachtete den Toten und die einzelnen Elemente der Inszenierung. »Außer den eingeritzten Buchstaben. Die Plane bedeckt den Unterleib des Verstorbenen, damit er nicht entblößt allen Blicken ausgesetzt ist. Sie ist extra mit Zeltheringen gegen den Wind festgesteckt. Als respektiere der Täter die Verletzlichkeit des Toten.«

»Mach weiter.«

»Zu diesem fürsorglichen Vorgehen passt auch der Schädlingsvertreiber. Der Täter will sichergehen, dass der Verstorbene nicht von Aasfressern verunstaltet wird. Aber das Gerät erfüllt auch noch eine weitere Funktion: Es zieht Aufmerksamkeit auf sich. Licht, Geräusche. Um was auch immer es *hier* geht, es schien ihm wichtig zu sein, dass er schnell gefunden wird.« Jenny schwieg.

»Spuck's aus«, sagte William. »Du hast doch schon eine Idee, was *das hier* sein könnte.«

Jenny wischte sich eine Locke aus den Augen.

»Es ist nur ein Gedanke, aber möglicherweise ist der Verstorbene einfach so etwas wie ein rotes Tuch. Der Täter weiß, dass er mit dem Leichenfund die Aufmerksamkeit der Polizei bekommt. Immerhin stehen wir jetzt hier.«

Sie gestikulierte mit einem Armschwung über das weite, offene Naturschutzgebiet.

»Wir müssen die Schnittwunden und den Körper auf DNA-Spuren untersuchen.«

»Natürlich. Aber ich glaube nicht, dass der Verstorbene das Verbrechen ist, sondern eine Botschaft.«

William blies die Wangen auf.

»Dann sind mein Nachname und der in der Erde steckende Spaten … ein Rebus, ein Bilderrätsel?«

»Genau. Und ich glaube auch, dass ich die Lösung kenne.«

»Aha?«

Jenny verlagerte ihr Gewicht auf das andere Bein. Das regennasse Gras schwappte unter ihren Gummistiefeln.

»Da liegt etwas in der Erde.«

4

David Flugt öffnete das Küchenfenster, zündete seine Zigarette an und blies den Rauch in das grau verwischte Himmelbild über Rødvig. Sein Blick fiel wie üblich auf den rechteckigen Ausschnitt der Hafenanlage, den man zwischen den kleinen, schiefen Stadthäusern vor seinem eigenen noch kleineren und schieferen Stadthaus sehen konnte. An den Masten der Kutter blinkten Lichterketten, der Wind zottelte an den Persennings der an Land geholten Segelboote, und im Lösch- und Lagerhafen zuckelte eine einsame heruntergekommene Gestalt in Sicherheitsweste herum. Der Kaufmannshof am Vestkajen, das gelbe Packhaus und die Schiffswerft dienten heute nur noch als Geschichtsdenkmäler oder modernisierte Wohnungen.

David aschte in die vertrocknete Topfpflanze auf dem Fensterbrett und betrachtete den edlen dreimastigen Schoner, den derzeitigen Touristenmagneten. Es lag eine schlummernde Urkraft in den festgezurrten Segeln, die nur darauf warteten, freigelassen zu werden und stolz im Wind ihre Hahnenbrust aufzuplustern.

David ging zu seinem Computer im Arbeitszimmer und klickte mit der F5-Taste die aktualisierte Nachrichtenseite von TV2 an. Die Top-Nachricht war die gleiche wie bei den fünf F5-Eingaben davor. Unwetterwarnung. Ein Oktobersturm, der nächste Woche Dänemark erreichen sollte. Die Meteorologen vermuteten, dass die südlichen Regionen des Landes am härtesten betroffen sein würden. Die Süderjütländer bereiteten sich darauf vor, indem sie ihre Fenster verbarrikadierten und gefährdete Bäume fällten.

Fight or flight.

Er drückte die Kippe in der Topferde aus.

Über seinem Kopf im ersten Stock knarrten die Bodendielen. Er schaute an die Decke, sah die bröckeligen Stuckornamente, die Spinnenweben, an die er nicht rankam. Und tippte wieder auf die F5-Taste.

Oktobersturm. Panik.

Die Segel würden noch länger am Mast verharren müssen.

David ging zurück ans Küchenfenster. Meditierte, ob er sich noch eine Zigarette anzünden sollte. Fand Ruhe in der Nähe des Sturms.

In der Aussicht auf Chaos.

5

Zwei Stunden. 120 Minuten. 7200 Sekunden.

In diesem kurzen Zeitraum war es den größten Nachrichtenmedien gelungen, jede noch so kleine unebene Schlammmulde in der Wallanlage zu okkupieren. Die Stimmung erreichte bereits den Siedepunkt. Lautes Aktivitätsgeflirre um die Übertragungswagen, Teleobjektive, Zusammenstöße zwischen Bewohnern und Journalisten und eine Festnahme wegen Übertretens einer Polizeisperre.

Aus diesem Grund hatte William Grandberg weitere zwei Hundestaffeln vom Stadtteil Süd angefordert und an die Journalisten eine Warnung vor freilaufenden Hunden im Gelände herausgegeben. Danach hatte er Unterstützung vom Landeskriminalamt in Fredericia angefordert, die unmittelbar das gesamte Team von der Wallanlage abgezogen und eine Polizeidrohne losgeschickt hatten, um Bilder vom Fundort zu machen, bevor er noch weiter kontaminiert wurde.

William, Jenny und der Rest der Tatortgruppe standen am Fuß des Walls unter den schwefelgelben, tropfenden Blättern eines Laubbaumes. Sie versuchten, eine Grabungsgenehmigung einzuholen, nachdem Jenny gegoogelt hatte, dass der Fundort Naturschutzgebiet war. Die letzte Genehmigung für eine Grabung hatte 1932 das Nationalmuseum erhalten, aber sie hatten nichts von Bedeutung gefunden. In den folgenden Jahrzehnten hatte Smøl Vold einen ungestörten Dornröschenschlaf gehalten. 1931 hatte eine Genossenschaft die Wallanlage erworben, um zu verhindern, dass sie in deutschen Besitz fiel. Und das Ermittlerteam versuchte nun, eine Person dieser Genossenschaft aufzustöbern.

»Darum muss sich das Stadtteilamt kümmern«, sagte William. »Wir vergeuden damit nur unsere Zeit.« Er wandte sich an den Kriminaltechniker mit der überdimensionalen Fernbedienung. »Wann ist die Drohne fertig?«

»In wenigen Minuten«, antwortete der Mann konzentriert, die Zungenspitze im Mundwinkel.

William folgte mit mürrischem Blick der über ihren Köpfen surrenden Drohne, die den Tatort fotografierte und vermaß. »Die Daten werden uns nichts nützen.«

Jenny drückte Williams Schulter. Er schüttelte ihre Hand ab. Für eine kurze Sekunde hatte sie vergessen, wo sie waren. Niemand durfte von ihrer Beziehung wissen. Ex-Beziehung. Sie versuchte, die gekränkte innere Stimme zu unterdrücken, die zischte, dass William sich extrem schnell auf eine platonische Beziehung umgestellt hatte.

»Grandberg?«, rief ein Polizist von dem Trampelpfad zwischen den Bäumen. »Alfa-4 meldet einen Zivilisten unten an der Absperrung. Er will mit Ihnen reden.«

»Keine Zivilisten am Tatort«, sagte William.

Der Beamte räusperte sich. »Das könnte ein Problem werden.«

»Warum?«

»Weil der Zivilist behauptet, dass ihm der Tatort gehört.«

Die Ermittlungsgruppe wartete gespannt. Schließlich tauchte auf dem Weg ein beleibter älterer Herr in Regenjacke auf. William und Jenny gingen dem ungebetenen Gast entgegen.

»Moin! Anders Fode, Landwirt, Hobbyarchäologe und Vorstandvorsitzender der Smøl Vold-Genossenschaft.«

Die Titel wurden mit schnaufender Stimme verkündet, begleitet von einem feuchten Händedruck für jeden von ihnen.

»William Grandberg, Chef der Mordkommission für den Polizeidistrikt Süd- und Süderjütland. Das ist meine Kollegin Jenny Seland, Kriminalkommissarin. Wir haben versucht, Sie zu erreichen.«

»Ich weiß. Ich habe nicht geantwortet, weil ich schon auf dem Weg war.« Er hievte den Rucksack von seiner Schulter. »Meine Frau hat Kaffee gekocht und Traumkuchen gebacken. Wer möchte?«

Jenny hatte schon gesundere Körper sich mit einem Apfel im Maul an einem Spieß über dem Feuer drehen sehen, wobei Anders Fode mit seinen roten Wangen und dem federgeschmückten Cowboyhut etwas Liebenswertes ausstrahlte, wie ein kauziger Wissenschaftler oder Umweltaktivist.

»Kein Picknick an einem Tatort«, sagte William steif.

»Meine Frau ist aber eine hervorragende Bäckerin.« Fode schob sich ein Stück Kuchen in den Mund und schraubte den Deckel von der Thermoskanne. »Dann ist der selige Gustav also auf meiner Wallkrone gelandet.«

William atmete tief ein.

»Wir haben versucht, Sie zu erreichen, weil wir vermuten, dass in dem Wall etwas vergraben ist.«

»Und was sollte das sein?«

»Das würden wir gerne herausfinden.«

Fodes Kiefer hörten auf zu mahlen.

»Wenn ihr noch nicht mal wisst, wonach ihr sucht, wo wollt ihr dann bitte schön anfangen zu graben?«

William schob den Unterkiefer vor.

»Kriegen wir Ihre Genehmigung zum Graben oder nicht?«

»Nein.«

»Aber …«

»Das ist geschütztes Gelände. Und unsere Genossenschaft ist eine gemeinnützige Gesellschaft. Niemand bestimmt über uns, außer wir selbst.«

»Das kann ein Durchsuchungsbeschluss sicher ändern.«

Fode lachte laut und herzhaft. »Ein Durchsuchungsbeschluss für was genau? Ihr wisst ja noch nicht mal, wonach ihr grabt.«

Die Drohne kam im Sinkflug aus der Luft.

»Der Tatort ist wieder freigegeben«, sagte der Techniker.

Fode packte Kaffee und Kuchen zurück in den Rucksack. »Meine Frau wird sehr enttäuscht sein, wenn sie hört, dass ich den ganzen Kuchen allein gegessen habe.«

»Das scheint für Sie doch nichts Ungewöhnliches zu sein«, murmelte William.

»Wissen Sie was, ich nehme gern ein Stück«, sagte Jenny. »Und ich bin sicher, dass meine Kollegen sich auch über einen heißen Kaffee freuen. Stimmt's, Leute?«

Die Techniker nickten mit einem Seitenblick auf William.

»Und dem Chef täte was Süßes auch ganz gut«, sagte Jenny mit einem Lächeln.

William nickte verkrampft.

Fode verteilte Kuchen und Kaffee in kleinen Plastikbechern.

»Dann können wir uns ja endlich gegenseitig helfen.«

»Wie meinen Sie das?«, fragte Jenny mit vollem Mund.

»Ich kann euch unter die Erde bringen. Ohne einen einzigen Spatenstich.«

6

Es war Viertel nach drei. Jenny schaute zusammen mit William und dem Einsatzleiter des LKA den Technikern bei der Arbeit zu, die in ihren weißen Schutzanzügen herumliefen und Fotos machten, den Tatort vermaßen und Beweismaterial in Zipbeuteln sicherten. Die Aufnahmen der Drohne zeigten eine breite Schleifspur im Gras, die darauf schließen ließ, dass der Leichendieb von der südlichen Seite der Anlage gekommen war. Die Streifenwagen waren ausgeschwirrt, um die Nachbarschaft abzuklappern und Videoaufnahmen von Tankstellen, Firmen und Privathäusern einzusammeln.

Jenny schaute zu dem kahlen, dem Wetter ungeschützt preisgegebenen Wallkamm hoch. Das vom meteorologischen Dienst für die nächste Woche angekündigte Unwetter würde die Ermittlungen komplett lahmlegen, weshalb William sich genötigt gesehen hatte, Anders Fodes Angebot anzunehmen.

Wie sich herausstellte, gehörte Fodes Eigenbetitelung als »Hobbyarchäologe« zu den typisch süderjütländischen Understatements. Die Genossenschaft, deren Vorsitzender er war, hatte Zugriff auf eines der wenigen Georadare des Landes. William hatte Fode grünes Licht gegeben, das Gerät so schnell wie möglich an den Tatort zu bringen.

»Es ist im Anmarsch«, krächzte es aus Jennys Funkgerät, und im selben Augenblick tauchte Fodes plumpe Gestalt auf dem Pfad auf. Er schob mühsam etwas vor sich her den Hang hinauf, das entfernt an einen Rasenmäher erinnerte, auf dessen Querstange ein Laptop montiert war.

»Will der uns verarschen?«, brummte William.

Jenny ignorierte den arroganten Kommentar. William führte sich seit ihrem Eintreffen wie ein Kotzbrocken auf, vermutlich, weil seine

Stunden als Ermittlungsleiter in diesem Fall gezählt waren. Sobald die Details auf Kristian Sejersens Schreibtisch landeten, würde er als befangen erklärt und an die Seitenlinie verwiesen werden.

Fode trug eine Sicherheitsbrille und einen Helm, als erwartete er Steinschlag von oben. Sein Blick wanderte zu dem Zelt, das das LKA über dem Leichnam errichtet hatte.

»Das hier ist ein Georadar«, sagte er, als würde das alles erklären.

Der Einsatzleiter kniete sich vor das Gerät.

»Ich hab schon mal was darüber gelesen. Wenn ich es richtig verstanden habe, kann das Teil sozusagen ein paar Meter tief in die Erde schauen. Aber wie werden die Daten übermittelt?«

Fode saugte Luft ein.

»Mithilfe elektromagnetischer Wellen registriert das Gerät Reflexionen von den Schnittstellen zwischen den Erdschichten unter uns. Über diese Antenne werden kurze Elektrowellen nach unten geschickt, und wuppdi, zurück auf diesen Bildschirm.« Er tippte auf den Laptop. »Der entwirft dann ein 3-D-Bild der gescannten Erdschicht.«

»Reflexionen in den Erdschichten«, sagte Jenny. »Was habe ich mir darunter vorzustellen?«

»Hohlräume, Armierungen, große Steine. Knochen. Jede Form von Anomalie zwischen den zusammengepressten Erdschichten wird hier auf dem Bildschirm angezeigt.«

»Wie viel Zeit braucht so eine Messung?«, fragte der Einsatzleiter.

Fode ließ den Blick über die Wallanlage schweifen.

»Wir könnten heute im günstigsten Fall noch dreißig Prozent des Geländes scannen.«

»Wir?«, hakte William nach.

»Die Sache ist die, dass ein Georadar von erfahrenen Händen bedient werden muss«, antwortete Fode und rückte seinen Helm zurecht.

»Unsere Techniker sind glücklicherweise lernfähig«, konterte William.

Fode legte das rote Gesicht in tiefe Falten.

»Dummerweise ist das Radar ab morgen früh für eine Ausgrabung auf Seeland ausgeliehen.«

»Dreißig Prozent hört sich okay an«, sagte William schließlich. Seine unprofessionelle Machoattitüde war Jenny unangenehm. Diese Seite an ihm kannte sie bisher noch nicht.

»Obgleich das vermutlich zu hoch angesetzt ist.« Fode sah Jenny an, der klar war, dass er eigentlich mit William sprach. »Bei der nassen, schweren Erde sind zehn Prozent vermutlich realistischer.«

William musterte Fode mit einem halb amüsierten Gesichtsausdruck und fuhr sich mit den Fingern durchs Haar.

»Da scheint es ja wirklich das Beste, erfahrene Hände das Georadar bedienen zu lassen.«

»Eine vernünftige Entscheidung. In dieser Gegend helfen wir uns gegenseitig«, sagte Fode und fügte nach kurzer Bedenkpause hinzu: »Und wissen Sie was? Die Archäologen warten sicher gerne einen Tag. Damit wir die ganze Wallanlage schaffen.«

»Fangen Sie einfach an.« William ging den Hang hinunter.

»Wo willst du hin?«, fragte Jenny.

»Die Presse fordert eine Stellungnahme.«

»Haltet ihr das für eine gute Idee, den Sonnenschein mit der Presse reden zu lassen?«, sagte Fode lachend, während Jenny Williams entschwindender Silhouette unter der aufgerissenen grauen Wolkendecke hinterherstarrte.

7

Jenny trat aus dem Zelt ins Freie, nahm den Mundschutz ab und füllte gierig ihre Lungen mit frischer Luft. Der Leichnam in dem Zelt verströmte einen Brechreiz erregenden Geruch.

Das Herbstdunkel kam angekrochen wie ein verängstigter Hund. Weit verstreut waren einzelne Lichter von den umliegenden Höfen zu sehen. Bald schon würde sich die Dunkelheit über die süderjütländische Landschaft senken. Undurchdringlich schwarz, wie man es in dichter besiedelten Gegenden nie erlebte. Als Kind hatte Jenny im Dunkeln Angst gehabt. Bis ihre Großmutter ihr erklärt hatte, dass die schwarze Nacht eine notwendige Voraussetzung für helle Träume war.

Dieser Gedanke hatte sie getröstet. Und tat es immer noch.

Anders Fode und der Einsatzleiter schoben das Georadar nun schon mehrere Stunden geduldig den Hang rauf und runter und fachsimpelten unermüdlich und begeistert über die Genialität des Geräts.

»Habt ihr schon was gefunden?«, rief sie.

»Wir gehen gerade die ersten Messdaten durch«, antwortete der Einsatzleiter. »Wollen Sie mitgucken?«

»Gerne«, antwortete sie und warf einen Blick über die Schulter. »Ich bin dann mal kurz weg«, rief sie.

»Alles klar«, sagte William aus dem Zelt, wo er mit zwei Kriminaltechnikern die Untersuchungen zum Abschluss brachte, damit der Verstorbene wieder der Familie übergeben werden konnte, die sich gerüchtehalber zahlreich vor der Absperrung versammelt hatte.

Fode und der Einsatzleiter starrten völlig gebannt auf den Monitor, als Jenny sich zu ihnen gesellte, während die Daten hochgeladen wurden und ein 3-D-Bild der eingescannten Erdschichten Form annahm.

»Was ist darauf zu sehen?«, fragte Jenny.

»Das Radar zeigt zuerst einmal die Erdschichten in einem vertikalen Querschnitt in einer Art Schichtkuchengrafik.« Fode klickte weiter zu einer Grafik des nächsten Areals. »Wenn wir irgendwelche Anomalien entdecken, können wir ein Quadrat ausschneiden und es um 360 Grad drehen, um die Anomalien von allen Seiten zu betrachten und zu messen, wie tief sie liegen und wie groß sie sind.«

»Sind die Bilder GPS-markiert? Falls wir auf etwas stoßen?«

»Wurde schon jemals ein Ferrari ohne Tacho verkauft? Natürlich, woher sollten wir sonst wissen, wo wir graben müssen?« sagte Fode mit jovialem Gesichtsausdruck, der vermutlich seinen überheblichen Unterton kompensieren sollte.

Jenny wechselte einen Blick mit dem Einsatzleiter.

»Sehen Sie sich das an«, murmelte Fode und zeigte auf den Bildschirm. »Sehen Sie die geschwungene Linie? Die weist auf einen Hohlraum hin.«

»Wie tief?«

»Anderthalb Meter etwa.« Fode zoomte die Anomalie heran, die aussah wie abstrakte blaugrüne Picasso-Pinselstriche. »Hm.«

»Was sehen Sie?«, fragte Jenny.

Statt zu antworten, wischte Fode weiter. Fand noch eine Anomalie, die er in 3-D vergrößerte. Ein paar stumme, angespannte Sekunden sprang er zwischen den sich in den Konturen ähnlichen Anomalien hin und her. Diese Ähnlichkeit war das Einzige, was Jenny sehen konnte.

»Verdammt«, murmelte Fode. Zwischen seinen Augenbrauen bildete sich eine tiefe Furche.

»Was ist los?«

»Das versteh ich nicht. Es ist zwar schon einige Jahre her, dass das Nationalmuseum hier gegraben hat, aber die haben damals nichts von Belang gefunden. Und wir sind innerhalb weniger Stunden jetzt schon auf zwei Anomalien gestoßen.«

»Könnten das Lufteinschlüsse oder Steine sein?«, fragte der Einsatzleiter.

»Sehen Sie die quer liegenden blaugrünen Umrisse?« Fode wechselte zwischen den 3-D-Bildern. »Sie sind ungefähr gleich lang und breit.«

»Ja.«

»Ich habe so etwas schon mal bei einer Ausgrabung in Aalborg gesehen.« Fodes Stimme wurde tonlos. »Die werde ich nie vergessen.«

»Was bedeutet das?«, fragte Jenny.

Fode atmete zitternd ein. »Das bedeutet, dass wir auf einem Friedhof stehen. Neueren Datums.«

8

Es wurde mit jeder davontickenden Sekunde dunkler, der Sturm rüttelte an Bäumen und Büschen, schwarze Wolken stürmten über den Himmel wie Wolfspfoten. Es war halb zehn. Jenny war todmüde, verkatert und brauchte dringend eine Toilette. Zugleich wollte sie sich ungern von der Wallanlage entfernen, über deren Gras der graue Nebel hing wie Lagerfeuerrauch.

Nach dem beunruhigenden Fund früher am Tag hatten sie den Rest der Wallanlage gescannt und über das Gelände verstreut siebzehn vergleichbare Anomalien gefunden. Anschließend hatten sie die Daten mit Grafiken aus einer archäologischen Datenbank über Grabfunde verglichen. Die Ähnlichkeiten waren frappierend. Danach hatte Fode bei den übrigen Vorstandsmitgliedern der Genossenschaft angerufen, um eine Grabungsgenehmigung einzuholen.

Vier kräftige Scheinwerfer erleuchteten nun die feuchte Grasfläche, wo laut GPS-Koordinaten in anderthalb Metern Tiefe ein Fremdkörper begraben sein sollte. Jenny schüttelte sich. Drei mit Spaten ausgerüstete Polizisten standen Schulter an Schulter nebeneinander, ernst, blass.

Jenny hörte sonores Motorbrummen, Raupenketten auf knackenden Zweigen und knirschendem Schotter. Der Minibagger sollte die oberen Erdschichten abtragen, den Rest würden die Polizisten übernehmen.

»Ganz vorsichtig und behutsam«, gab William das Startsignal für den Baggerfahrer. Jenny ahnte ein Zittern in seiner Stimme.

Das Dröhnen des Motors steigerte sich in einem ohrenbetäubenden Crescendo, als die Schaufelzähne sich in die Erde bohrten und die obere bröckelnde Grasschicht von der Erde darunter lösten. Drei Schaufelfüllungen später verstummte der Motor, und die

Stille über der Wallanlage wurde nur von dem schmatzenden Geräusch der Spatenstiche und dem keuchenden Atem der Beamten durchbrochen.

Es dauerte nicht lange, bis einer von ihnen die Hand hob.

»Da … ist etwas«, verkündete er kurzatmig.

Der Einsatzleiter, der hinter ihnen stand, nahm seine Videokamera herunter, wie um bestätigt zu bekommen, was er durch die Kameralinse gesehen hatte. Zwei weitere Techniker kamen hinzu, legten sich bäuchlings auf die Erde und reichten mit ihren Bürsten in die Grube. Jenny fühlte sich sonderbar neben sich stehend, als sie an den Rand der Grube trat. Im Augenwinkel bemerkte sie, dass die anderen Anwesenden sich ihr anschlossen. Am Ende stand die Tatortgruppe in einem geschlossenen, fast schon ein wenig zeremoniellen Kreis um das Loch herum.

Sie folgte den vorsichtigen Strichen der Bürsten, die Erde, Wurzeln und kleine Steinchen wegfegten. Und endlich sah sie, was die Erde verbarg.

9

David Flugt holte tief Luft und tippte eine Nummer ein. Noch vor dem dritten Freizeichen hatte er sich von seinem Küchenstuhl erhoben, sich wieder gesetzt und war wieder aufgestanden.

Sein Chef und Abteilungsleiter der Sonderermittlungsgruppe Ost antwortete:

»Ist es wichtig, David?«

Lasse Skårup klang kurzatmig, im Hintergrund war das Klappern seiner Absätze zu hören.

David scrollte auf der Nachrichtenseite von TV2 hoch und runter. Die Breaking News leuchteten seit zehn Minuten auf einem grellgelben Banner:

Polizei findet MASSENGRAB in Süderjütland.

David räusperte sich.

»Es gibt einen Fall in meiner alten Heimat.«

»Soll heißen?«

»Das Massengrab in Smøl Vold.«

Skårups klappernde Absätze verstummten.

»Woher hast du die Information?«

»TV2. Eben reingestellt.«

»Diese verfluchten Dorfsheriffs! Ich hab klipp und klar gesagt, dass sie warten sollen.«

»Warten? Worauf?«

»Nicht worauf, David. Auf wen.«

»Hast du schon jemanden hingeschickt?«

»Lucas Stage.«

»Das ist nicht dein Ernst?«

»Lucas hat sich von sich aus gemeldet. Er hat Erfahrung mit Serienmorden. Und Smøl Vold ist eindeutig eine Aufgabe für die Task Force 14.«

David umklammerte das Handy. Die Task Force 14 war eine Spezialeinheit, die bei besonders komplizierten oder distriktüberschreitenden Verbrechen in den 14 Polizeidistrikten des Landes unterstützend einsprang.

»Lass mich dein Gedächtnis auffrischen, Chef«, sagte David. »Ich bin ebenfalls Spezialagent der TF 14.«

»Und lass mich deins auffrischen: das warst du. Du hast von dir aus die Einheit verlassen.«

»Come on! Ich bin seit fast einem Jahr zurück bei der SO. Ich bin bereit.«

»Und was ist mit dem psychologischen Gutachten?«

»Ich bin mental so robust wie ein Astronaut.«

Skårup seufzte. »Ich weiß deine Initiative sehr zu schätzen. Aber wenn du gerne deinen Job behalten möchtest, David, dann lässt du dich nicht bei denen blicken.«

»Außerdem war ich unmittelbar nach der Polizeischule sechs Jahre bei der Grenzpolizei in Padborg. Die Dorfsheriffs, wie du sie nennst … die haben da eine andere Mentalität.«

»Das kriegt Lucas schon hin.«

»Ich denke speziell an die Süderjütländer.«

Am anderen Ende der Verbindung wurde es still. Die Sekunde des Zögerns reichte David, um den Druck zu erhöhen.

»Wenn sie den Täter nach zwei Monaten noch immer nicht haben, wer trägt dann die Verantwortung dafür, nur einen Mann geschickt zu haben? Und dann auch noch ausgerechnet den, der für seinen Kooperationsunwillen bekannt ist.«

»Lucas ist der Beste.«

»Das wissen die da drüben aber nicht.«

»Was willst du?« Skårups Stimme bebte leicht. »Wie viele verschiedene Versionen von ›Nein‹ brauchst du, bist du es kapierst?«

»Offiziell hast du noch nicht Nein gesagt.«

»Ja, und?«

»Das könnte bedeuten, dass du dir nicht sicher bist.«

Das Absatzgeklacker seines Chefs war wieder zu hören.

»Lucas tritt am Montag in der Polizeihauptwache in Esbjerg an«, sagte er schließlich. »Er leitet die Ermittlungen. Du arbeitest ihm als Assistent zu.«

»Danke, Chef.«

»Und vergiss nicht, dass ich auch noch an keiner Stelle offiziell Ja gesagt habe.«

David legte auf und schaute zu dem gepackten Rollkoffer neben der Tür, klopfte sich eine Zigarette aus dem Päckchen und trat ans Fenster.

Sein Chef war clever und empathisch und wusste, dass gewisse Ermittler blind für ihre eigenen Beschränkungen waren. Ermittler, deren Selbstbild sich aus den selektiven Daten vergangener Erfolge zusammensetzte. Aber David brauchte keinen Psychologen, der ihm sagte, dass etwas in ihm zerbrochen war. Zum Teufel, nein, er hörte die Bruchsplitter regelrecht in seinem Kopf rasseln.

Er schaute raus zu dem Dreimaster. Weg.

Er rauchte seine Zigarette bis zum Filter, langsam, und drückte sie im Kräutertopf aus. Er zog den Rollkoffer in den Vorflur, blieb kurz stehen und schaute die Treppe hoch in den ersten Stock.

10

Der Himmel war pechschwarz und es war schneidend kalt, als David Flugt aus der Regionalbahn 3354 stieg. Er lief durch die Innenstadt von Esbjerg, die im nordischen Herbstlicht einen rauschönen Charme hatte; rotwangige Familien und flatternde Schals im sanften Licht der Straßenlaternen.

David wusste über die Stadt kaum mehr, als dass der Hafen ein umtriebiger Offshore-Knotenpunkt war. Er sog die Luft ein. Salz, Teer, ein Hauch Kloake.

Dem skandinavischen Minimalismus zum Trotz waren die Wände des Hotels Britannia sowohl in dem offenen Restaurantbereich als auch in der Hotelbar in mutigen Farben gestrichen – mintgrün, sandbraun, meerblau. David ging an die Rezeption, ein quadratischer, an eine Sauna erinnernder, mit Eichenpaneelen getäfelter Kasten.

Der weißhaarige, pickelgeplagte Rezeptionist schwenkte auf die automatische, geistesabwesende Schaltgeschwindigkeit von Servicepersonal um, das zum 150. Mal am Tag die gleiche Begrüßungsphrase wiederholt.

Auf Aufforderung des Rezeptionisten reichte David seinen Pass über den Tresen. Nagelneu, stempelfrei. Als wäre er heute nicht nur in Esbjerg eingetroffen, sondern auf dem Planeten Erde.

Das geräumige Hotelzimmer war ähnlich wie die Lobby in einer sonderbaren Kombination aus modernistischen, geometrischen Formen, schweren Möbeln und bunten Kissen eingerichtet. Über dem Bett lag eine exzentrische Bärenfelldecke. In der Grabesstille des Zimmers waren nur das gedämpfte Summen des Kühlschranks und der Verkehrslärm von drei Etagen tiefer zu hören.

David warf den Koffer aufs Bett und zog sich aus. Unter den kochend heißen Strahlen der Dusche musste er sich mit einer

Hand an der Kachelwand abstützen und gegen eine Serie von Magenkrämpfen und das Bedürfnis ankämpfen, sich zu übergeben. Hinterher wischte er den beschlagenen Spiegel ab und ließ den Blick über seinen tätowierten Oberkörper gleiten. Eine Uhr ohne Zeiger, drei Blutstropfen, eine Taube mit blutigen Flügeln, vier namenlose Grabsteine. Die blauen Linien auf der Haut waren verblasst. Noch zwei Laserbehandlungen, und er würde sie für immer los sein. An der einzigen intakten Tätowierung über seiner Hüfte blieb sein Blick hängen. Ein schlafendes Kaninchen.

David ging nackt und tropfnass durch das Zimmer und öffnete die Schiebetür zum Balkon. Seine Haut prickelte, als der Wind darüberstrich. Esbjerg war eine große Veränderung. Die Luft, das Licht, das Gefühl, sich an einem unbekannten Ort zu befinden. Sein Chef hatte ihn gewarnt, dass es zu früh war. Dass eine neue Aufgabe so kurz nach der letzten Mission posttraumatische Reaktionen auslösen könnte. Narben auf der Seele ließen sich nicht mit dem Laser entfernen wie Tätowierungen.

Er zog den Reißverschluss seines Koffers auf. Ein hellroter Plüschbär sah ihm entgegen. Er warf ihn auf den Stuhl und zog sich Boxershorts und ein T-Shirt über. Die restlichen Kleider wanderten in den Schrank. Er starrte auf den kleinen Aluminiumkoffer, der noch im Koffer lag. Einen ganz kurzen Augenblick legte er seine Finger an die zwei Schnappschlösser. Sein Atem beschleunigte. Dann richtete er sich ruckartig auf, als hätte er eine plötzliche Eingebung, schob den Aluminiumkoffer in den Tresor und gab einen vierstelligen Code ein.

Der Schließmechanismus klackte.

David legte sich ins Bett und verbrachte die Nacht in dem knisternden Bettzeug in der Endlosschleife eines wirren Traums, der sich mit der Morgendämmerung verwob: auf der Flucht, durch Abwasserrohre taumelnd, eine nackte, schreiende Silhouette, mit Blut beschmiert, das nicht seins war.

11

Jenny Seland zog mühelos an den keuchenden Mountainbikern auf dem Fahrradweg vorbei. Im Zentrum war wenig Verkehr und ihr E-Bike schnurrte im höchsten Gang. Sie liebte diese stillen Tagesanfänge in Esbjerg, wenn die Stadt sich den Schlaf noch nicht richtig aus den Augen gerieben hatte und das bernsteinfarbene Morgenlicht die Gebäudefassaden in glühende Farbe tauchte. Sie lebte schon ihr ganzes Leben in dieser hübschen Hafenstadt mit dem Spitznamen »Heringstown«, wo das Salzwasser in trauter Vereinigung mit den dunstigen Horizontlinien der Hafenindustrie schimmerte und die Bewohner ein charmant beschauliches Leben führten.

Aber etwas war anders als sonst. Die Straßen schienen in düsteres Nachkriegslicht getaucht. Sie atmete tief ein, versuchte, das Gedankenkarussell auszubremsen. Vermutlich war sie einfach nur mental überreizt durch die Trennung von William. Außerdem hatte sie schlecht geschlafen, weil der Fund des Massengrabs bereits eine internationale Magnetwirkung entwickelt hatte. Alle Hotels in Aabenraa, Sønderborg und Umgebung waren für die nächste Woche ausgebucht. Das Ermittlungsteam hatte die Heimwehr zusammentrommeln müssen, um einen Ring um Smøl Vold zu errichten, während die Kollegen vom NKC, dem Nationalen Kriminaltechnischen Zentrum, die Skelette ausbuddelten.

Sie rollte die Rampe in die Tiefgarage unter der Polizeihauptwache runter und schloss ihr Rad mit einem vier Kilo schweren Kettenschloss an ein Metallgeländer an. Als zusätzliche Sicherheitsmaßnahme. Wenn man dem nerdigen Mountainbikeclub der Station glaubte, schlich in den oberen Etagen einer der gerissensten Fahrraddiebe in Uniform herum.

Auf der Treppe nach oben ermahnte sie sich, ihren Frust über William nicht an den Kollegen auszulassen. Sie hielt zwei graufahlen Gesichtern auf dem Heimweg von der Nachtschicht die Tür auf, trat in den Flur und brach prompt ihr zwölf Sekunden altes Versprechen, als ein Spritzer Kaffee ihr Gesicht traf.

»Verdammt noch mal!«, schrie sie die Person an, die sie angerempelt hatte. »Pass doch auf!«

Der Mann sagte nichts.

Sie hob den Blick und sah ihren Angreifer an, auf dessen dunkelgrüner Baumwolljacke sich in Brusthöhe ein brauner Fleck ausbreitete. Er schaute sie aus zusammengekniffenen Raubtieraugen unter dem Mützenschirm an.

»Alles okay?«, fragte William mit amüsiertem Blick.

Jenny wischte sich mit dem Jackenärmel durchs Gesicht. Natürlich war ausgerechnet ihr Ex-Lover Zeuge dieses peinlichen Auftritts geworden. »Interessiert dich das wirklich?«

Er parierte ihre Spitze mit einem Airbag aus guter Laune.

»Darf ich dir David Flugt von der Task Force 14 vorstellen.«

»Jenny Seland.« Sie streckte die Hand aus.

David Flugt drückte sie.

»Zum Glück war ich fast fertig mit dem Kaffee.«

»Und immer schön aufpassen.«

»Genau das hab ich auch grad gedacht.«

Jenny konnte den kalten Unterton in seiner Stimme nicht ganz einordnen.

»So, auf geht's«, sagte William und drückte Davids Schulter, zog die Hand aber augenblicklich zurück, als hätte er sich verbrannt. Die Berührung hatte einen sichtbaren Ruck durch den Körper des Mannes gejagt.

Von sechsunddreißig Stühlen im Sitzungsraum 7P waren nur noch drei frei. Die Ermittler tauschten sich in einem aufgeregten Stimmengewirr über den neuesten Tratsch des Wochenendes aus.

William hielt Jenny und David die Tür auf, ehe er sich mit hochgekrempelten Hemdsärmeln vor der versammelten Runde aufbaute. Das Rednerpult seines Vorgängers hatte er abmontiert, um keine selbstherrliche Barriere zwischen sich und seine Kollegen zu stellen. Ein Teil der Belegschaft wusste diese Geste sicherlich zu schätzen, während andere meinten, dass er zu hartnäckig versuchte, sich anzubiedern. Das war ein haarfeiner Balanceakt. Aber es brauchte auch die ausgeprägten Egos und persönlichen Ambitionen dieser Frauen und Männer, um für ein bescheidenes Gehalt und familieninkompatible Arbeitszeiten so umfängliche Talente zur Verfügung zu stellen.

»Guten Morgen, ich hoffe, ihr hattet alle ein schönes Wochenende«, begann William seine sarkastische Einleitung. »Wir haben heute einen besonderen Gast: David Flugt von der Task Force 14. David, magst du dich kurz selbst vorstellen?«

Einige drehten sich um, um den Neuen in Augenschein zu nehmen. Jenny speicherte Davids Erscheinung mit einem einzigen Blick ab. Er strahlte etwas Müdes und Silbergraues aus, wie ein Beamter kurz vor der Pensionierung, dem nichts Menschliches fremd war. Seine Augen waren leicht gerötet und sein Blick flackerte nervös, das schwarze Haar unter der Schirmmütze hatte graue Strähnen, die ihn älter aussehen ließen, als er vermutlich war, denn als sie einen näheren Blick auf sein Gesicht unter dem Mützenschirm erhaschte, sah sie so gut wie keine Falten um die Augen. Seine Kleider sahen nach teuren, zufällig vom Schlafzimmerboden aufgeklaubten Markenklamotten aus. Der Gesamteindruck war seltsam unharmonisch, wie aus Ersatzteilen zusammengesetzt.

»Ich heiße, wie bereits erwähnt, David Flugt. Ich bin über die Ermittlungsgruppe Ost der Task Force 14 angeschlossen und lebe in Rødvig mit meiner …« Er hustete trocken. »Entschuldigung – mit meiner Katze Humphrey. Ich habe vorher beim Bundesgrenzschutz gearbeitet, danach bei Europol und …«

»Warum hat die Ermittlungsgruppe West niemanden geschickt?«, wurde er von einem der Ermittler unterbrochen.

Die Frage schien David zu verwirren.

»Die Ermittlungsgruppe Ost deckt doch die Bezirke in Seeland ab.«

Davids Kiefermuskeln mahlten, als würde er auf einem zähen Fleischstück herumkauen.

»Ich folge lediglich den Anweisungen von oben«, sagte er und setzte sich mit einem gejagten Blick.

»Super! Ein Camper aus Kopenhagen, der sich einen Scheißdreck vorbereitet hat«, flüsterte eine Stimme hinter Jenny.

William breitete die Arme aus.

»David ist uns von der Direktion zugeteilt worden. Ich habe auch erst heute davon erfahren. Aber genug damit. Legen wir los.«

William schaltete den unter der Decke montierten Beamer mit der Fernbedienung ein. Eine skelettierte Frauenleiche in einer Erdhöhle erschien auf dem Bildschirm, der Unterkiefer des Schädels war wie in einem stummen Schrei seitwärts verschoben.

»Wie allgemein bekannt, haben wir eine größere Anzahl an Skeletten in einer denkmalgeschützten Wallanlage nördlich von Broager gefunden. Bis jetzt wurden sieben Skelette in unterschiedlichen Stadien der Verwesung ausgegraben. Unseren Messdaten zufolge werden wir insgesamt achtzehn Skelette finden. Darum haben wir die Leichname nummeriert. Hier auf dem Bild ist der von uns so genannte Körper-1 zu sehen. Eine Frau. Verwitterung und Verfärbung der Knochen nach zu urteilen, liegt sie laut Rechtsanthropologen schon einige Jahre in der Erde. Aber die Untersuchungen stecken noch in ihren Anfängen. Die Epiphysenfuge der Röhrenknochen lässt auf ein Alter zwischen 18 und 22 Jahren schließen, sie war etwa 1,65 groß, zierlich gebaut und Wangenknochen und Knochenmaßen zufolge kaukasischer Herkunft. Ihr Zungenbein ist gebrochen, was ein Hinweis auf Strangulierung oder Tod durch Hängen sein könnte. Zwei der drei Leichen, die bislang in der Rechtsmedizin den Voruntersuchungen unterzogen wurden, hatten ebenfalls ein gebrochenes Zungenbein. Wir erkennen da eine klare Vorgehensweise. Alle bisher ausgegrabenen Leichen sind unbekleidet, was auf einen Sexualtäter hinweisen könnte, möglicherweise mit nekrophilen Neigungen.«

William klickte zum nächsten Bild weiter. Eine Nahaufnahme des Gesichts der Leiche, die Claus Fockbek gefunden hatte.

»Das ist Gustav Thygesen. Ortsansässig, 81 Jahre alt und Auktionator bei Immobilienauktionen. Letzte Woche an einem Schlaganfall gestorben.«

Jenny sah sich die Nahaufnahme an. Durch die Totenstarre war die Haut des alten Mannes gestrafft wie nach einem letzten Gesichtslifting, bevor er seinem Schöpfer gegenübertrat.

»Eine bislang noch unbekannte Person hat Gustavs Leiche aus einer nicht weit entfernten Kapelle gestohlen und auf der Kuppe von Smøl Vold platziert. Der Fund weist mehrere Besonderheiten auf«, sagte William leise, ehe er wieder die Stimme hob. »Der Leichendieb hat zum einen Gustavs edlere Körperteile mit einer Plane zugedeckt. Eine eindeutig bewusste Handlung, die wir als eine Art Respekt vor dem Verstorbenen deuten.«

David nickte nachdenklich.

»Des Weiteren …«, William klickte das nächste Bild an, »… hat der Leichendieb einen Schädlingsvertreiber aufgestellt. Der Apparat verjagt Raubtiere mithilfe von Lichtblitzen und Sirenen. Marder, Füchse, Vögel. Es war dem Leichendieb offensichtlich ein Anliegen, dass der Körper des Leichnams nicht geschändet wurde. Auch hier zeigt sich der rote Faden von Respekt vor dem Verstorbenen. Neben der Leiche lag ein Spaten, der, wie sich herausgestellt hat, eine Botschaft an uns war, dass in der Wallanlage etwas begraben liegt. Der Leichendieb wollte unsere Aufmerksamkeit auf das Massengrab lenken.«

William hielt die Fernbedienung zum Projektor hoch, sein Zeigefinger zögerte über der Taste. Alle Anwesenden hielten die Luft an. Jenny beugte sich vor, um Davids Reaktion auf das Detail zu sehen, das sie bislang noch erfolgreich vor der Presse verheimlicht hatten.

Die Hauptattraktion des Massengrabs.

»Und damit wären wir bei der bislang letzten Besonderheit.« William klickte eine Nahaufnahme von Gustav Thygesens verunstaltetem Brustkorb an. »Der Leichendieb hat den Namen ›Grandberg‹ in die Brust des Toten geritzt. Und um gleich vorweg den Elefanten aus dem Zimmer zu vertreiben, bekommst du die Information von mir direkt, David, dass das mein Nachname ist.«

David schaute mit einem bohrenden Blick unter dem Mützenschirm hervor. War er einfach introvertiert? Arrogant? Oder war Jenny noch immer angekratzt wegen des Kaffeemalheurs? Sie nahm sich vor, ihm eine faire Chance zu geben, immerhin war er als Spezialist zu dem Fall hinzugezogen worden.

»Das endgültige Motiv kennen wir noch nicht, aber es spielt sicher eine Rolle, dass meine Familie ein großes Landwirtschafts- und Bauunternehmen mit Filialen in ganz Süderjütland betreibt. Mit Tausenden von Menschen, die seit Jahrzehnten für das Unternehmen arbeiten oder gearbeitet haben. Mit allen Kürzungen, Entlassungsrunden, Interessenkonflikten, die dazugehören. Insgesamt ein fruchtbarer Boden für feindliche Stimmung.«

»Entschuldige die Frage, aber warum leitest du dann die Ermittlung?«, fragte David.

Ein Raunen ging durch den Raum.

William nickte ernst.

»Das tue ich nicht. Darum bist du hier. Aber solange noch konkrete Beweise fehlen, arbeite ich mit Genehmigung der Direktion an dem Fall mit. Weder in Vernehmungen oder Aktivitäten außer Haus, aber alle Ermittlungsergebnisse laufen über meinen Schreibtisch.«

In Davids Blick kam Leben.

»Dein Familienname wurde in den Brustkorb einer Leiche geritzt, die über einem Massengrab platziert wurde. Das macht dich, verdammt noch mal, befangen …«

»Das ist sicher richtig, David. Nur läuft das hier auf dem Land ein wenig anders. Wir haben hier ein sehr großes Vertrauen in die Professionalität unserer Kollegen.«

»Aber die Befangenheitskriterien wurden ja speziell für die Sicherstellung der Professionalität erstellt.«

Jennys Herz schlug schneller, als sie Williams aufgesetztes Lächeln sah.

»Du bist gerade erst angekommen, David. Ich bin mir sicher, dass du dich schnell an unseren Rhythmus gewöhnen wirst.«

Jenny trampelte auf der Stelle, um die Wärme zu halten. Sie stand in der Raucherkabine auf dem Dach der Polizeistation, die im letzten Jahr dort aufgestellt worden war, um den Einwohnern Esbjergs den Anblick uniformierter Männer und Frauen mit einem Glimmstängel im Mund zu ersparen.

Der Wind blies ihr in harten Böen Sprühregen und Asche ins Gesicht. Jenny traf selten Kollegen hier oben, aber die wenigen, die sich aufs Dach verirrten, sahen alle eine gewisse zynische Poesie in der Höhenlage, weil Leute, die freiwillig diesen todbringenden Rauch in ihre Lungen inhalierten, dem Himmel nun mal näherstanden als andere Sterbliche.

Sie schnipste die Kippe Richtung Lüftungsschacht und klopfte eine neue Zigarette aus dem Päckchen, als die Tür zum Treppenhaus aufging.

David Flugt trat mit vorgeneigtem Kopf zu ihr in den Unterstand.

»Ist hier immer so ein Wind?«

»Ich war gerade auf dem Weg nach unten …«

»Hast du Feuer? Oder sind die selbstanzündend?«

Er zeigte auf die unangezündete Zigarette zwischen ihren Fingern. Sie seufzte und reichte ihm das Feuerzeug.

»Gar nicht so einfach bei dem Wind«, murmelte er, nachdem er die Zigarette erst im dritten Versuch anbekam.

Sie rauchten schweigend. Jenny starrte auf den Dämmerstreifen zwischen den Lichtern der Stadt und dem dunklen Himmel. Vergilbt, schwarz. Wie verkohlte Alufolie. Am Horizont, wo die Giraffenhälse der Hafenkräne über die Dächer ragten, fast außerhalb ihrer Hörweite, keckerten ein paar Möwen.

»Wer kümmert sich um Humphrey, solange du hier bist?«

»Was?«

Jenny zog die Augenbrauen hoch.

»Dein Kater, Humphrey. Den du beim Briefing erwähnt hast.«

David antwortete durch eine Rauchwolke.

»Mein Nachbar kümmert sich um das Viech.«

»Fan von Bogart?«

»Nope. Aber meine Ex-Frau konnte ihn nicht ausstehen.«

»Den Schauspieler oder den Kater?«

»Den Kater.« David schnitt eine Grimasse. »Weil er mir gehörte.«

Jenny musste lachen.

»Und was ist mit der Task Force 14? Schon lange dabei?«

Er nickte.

»Und davor?«

»Ein kurzes Zwischenspiel bei Europol. Und davor beim Bundesgrenzschutz. Du bist von hier?«

»Jepp, ein Kind der Hafenstadt.«

Eine Möwe landete auf dem Lüftungsschacht. In einer blitzschnellen Bewegung hob Jenny einen Stein vom Boden auf und schwang den Arm in Hüfthöhe. Der Stein krachte mit lautem Scheppern direkt unter der Möwe gegen das Blech, die einen senkrechten Schrei ausstieß.

»Ich dachte, ein Kind aus der Hafenstadt wäre Möwen gewohnt«, sagte David.

»Wenn ich die Möwe hätte treffen wollen, hätte ich das getan. Mein Unterhandwurf war in der Juniorhandballmannschaft berüchtigt. Ich habe mit geschlossenen Augen das Tor getroffen.« Jenny drückte die Zigarette aus. David wedelte Ascheflocken vor seinem Gesicht weg. »Mein Vater hat bis zur Abwicklung auch für Europol gearbeitet«, sagte Jenny mit Referenz auf das Ende der Kooperation von dänischer Polizei und Europol 2017. »Er ist immer noch als Verbindungsoffizier dort. Hasse Selander. Vielleicht ist dir der Name schon mal untergekommen?«

»Ja, ein guter Mann. Effektiv.«

»Effektiv?« Jenny lachte. Sie brauchte dringend eine Mütze Schlaf. »Sag das meiner Mutter, und sie bricht dir die Nase.«

»Deine Eltern sind geschieden?«

»Wenn mein Vater eine Katze gehabt hätte, wäre die längst tot. Meine Mutter hat einen dänischen Pass, aber finnisches Blut in den Adern.«

»Das macht die Reaktion bei unserem Kaffeeunfall gleich viel verständlicher.«

»Tja, vielleicht reagiere ich mich später auch noch an Donald ab.«

»Donald?«

»Unser Gummimann unten im Lagerraum des Zellentrakts. Benannt nach Donald Trump. Meine Empfehlung nach einem zermürbenden Tag: ein paar gezielte Faustschläge in sein Gummigesicht.«

»Zermürbender Tag«, wiederholte David leise. »Er will nichts von dir?«

»Entschuldigung?«

»Ich habe gesehen, wie du ihm nachgeschaut hast.«

Jenny schüttelte den Kopf. Das war sicher nur die Müdigkeit. Oder weil sie David Flugt eigentlich gut leiden konnte. Oder weil sie ihren Herzschmerz normalerweise mit sich allein ausmachte und David ein Fremder war, der bald wieder verschwunden sein würde.

»Ist es so offensichtlich?«, sagte sie seufzend. »Ein Polizist. Und obendrein mein Chef. Voll das Klischee.«

»Wie lange wart ihr zusammen?«

»Ein paar Monate. Aber es war immer kompliziert. Er ist kompliziert. Warum erzähle ich dir das eigentlich? Ich bin nie wirklich zu ihm durchgedrungen. Obwohl ich alles versucht habe. Es fuchst mich, dass ich es nicht gesehen habe.«

»Was?«

»Ich habe ihn zu sehr bedrängt. Man kann niemanden dazu zwingen, einen zu lieben. Aber man kann jemanden dazu zwingen, einen nicht zu lieben.«

David fing ihren Blick ein. »Es gäbe eine Alternative.«

»Die da wäre?«

»Aufhören zu lieben.«

»Klingt einsam.«

»Wenn du das findest, gibt es ja auch nichts zu bereuen.«

Jenny wandte den Blick ab. Ihr schossen Tränen in die Augen. Endlich kam die Wärme, vom Brustkasten in den restlichen Körper.

Sie rauchten schweigend zu Ende.

†

David betrat sein Hotelzimmer und hängte seine Jacke in den Schrank. Er gab die vierstellige PIN in den Zimmersafe ein, nahm den Aluminiumkoffer heraus und legte ihn auf den Tisch. Er schubste den hellroten Teddy vom Stuhl, setzte sich und ließ die zwei Schlösser aufschnappen. Die einzelnen Einheiten lagen getrennt voneinander in kleinen Kammern aus stoßdämmendem Pflückschaumstoff. Das Herzstück sah aus wie ein Handscanner. Dazu gehörten eine Gaspatrone, drei Pfeilkanülen, zwei mit roter, eine mit blauer Quaste, unterschiedlich lange PVC-Röhren mit Dichtungsringen an beiden Enden zum Zusammenschrauben.

Die zwei roten Pfeilkanülen enthielten jeweils ausreichend Valium, um Blutdruck, Atmung und Herzfrequenz auf ein Niveau abzusenken, bei dem man gerade noch bei Bewusstsein war. Den ursprünglichen Inhalt der blau markierten Pfeilkanüle hatte er durch M99 ersetzt, ein semisynthetisches Opioid, dreitausendmal stärker als Morphium. Geriet dieser Stoff in die Blutbahn, brauchte man sich über Herzfrequenzen und die Atmung keine Gedanken mehr zu machen.

Ein Tropfen, ein Leben.

Unten auf der Straße wurde wild gehupt, ein Motor heulte auf und entfernte sich dröhnend.

David klappte den Koffer zu und schob ihn zurück in den Safe. Er legte sich auf das Doppelbett, starrte einen Augenblick hoch in die Dunkelheit. Dann griff er nach dem Kopfkissen, drückte sich den weichen Stoff auf das Gesicht und schrie. Drei Mal. Den Rest der Nacht träumte er von einem Einstiegsloch in die Kanalisation, das wie ein Auge funkelte, sobald er den Blick abwandte.

EMILY

S-C-H-L-A-C-H-T-H-A-U-S.

Die rostigen Eisenbuchstaben waren in die Außenmauer des stillgelegten Schlachthauses in der kleinen Gemeinde Dimen drei Kilometer von Aabenraa entfernt eingelassen. Im Innern schwangen unter der Decke rostige Fleischerhaken an länglichen Metallstangen, an denen einst dampfende Tierkörper gehangen hatten, denen Eingeweide und Knochen entfernt worden waren. Damals war die Luft zäh gewesen von den blutigen Ausdünstungen des rohen Fleisches, an die man sich genauso verbissen gewöhnen musste wie jungfräuliche Lungen an Zigarettenrauch.

Aber die Haken hatten schon seit Jahrzehnten kein Blut mehr geleckt.

In dieser Nacht war das Schlachthaus wieder voller Fleisch. Schwitzende, lebendige Körper, die in aufrührerischer Lebenskraft zu dunklen Bassbeats tanzten. Eine Nebelmaschine blies zischend Dampf in die Halle und hüllte die jungen Menschen in einen gespenstischen Nebel, der im epileptischen Aufblitzen der Neonlichter flimmerte. Die süderjütländischen Jugendlichen schienen blind für die rostigen Haken dicht über ihren Köpfen zu sein.

Aber diese Nacht war besonders. In dieser Nacht hatte der Tod sich unter sie gemischt.

Emily führte die Dose zum Mund. Der Cidre hinterließ einen säuerlichen Glanzfilm auf ihren Lippen. Sie mochte ihre fülligen Lippen, wie sie beim Sprechen weich zusammenstießen. Die Blicke der Jungs klebten an ihr. Sie trug Jeans, ein weißes Strop-Shirt und eine Kunstlederjacke. An den Füßen ihrer schlanken Beine glänzten ein Paar frisch geputzte Stilettos. Sofie nannte Emilys Kleidungsstil »einen Mix aus süderjütländischem Protz und sexy Verspieltheit« und ahmte den Look schamlos nach. Die anderen Mädels trugen die übliche Tussenuniform: weite Hoodies, Leggings und weiße Sneaker.

Ein Typ hatte ihr mal vorgeworfen, dass sie sich ausschließlich für eine Aufmerksamkeit aufbrezelte, die sie am Ende dann doch nur abwies. Die arme Socke hatte nicht kapiert, dass es ihr um die richtige Aufmerksamkeit ging. Sie war auf der Suche nach dem Einen, bei dem sie etwas fühlte, nach etwas Echtem. Nicht wie die Masse, die sich auf Instagram und Snapchat tummelte. Mit gefilterten Gesichtern, Körpern und Lebensgeschichten. Das war die neue Wirklichkeit.

Retuschiert, redigiert, reduziert.

»Was ist mit … dem da?!«, rief Sofie ausgelassen über das tiefe Bassdröhnen aus der Soundbox hinweg, die Jannik zusammen mit der mobilen Diskobeleuchtung mitgebracht hatte.

Emilys Blick folgte der Schusslinie von Sofies Finger durch die Neonkörper auf der Tanzfläche. Sie studierte das Gesicht des Typen, die Haare mit dem ganz eigenen Farbspektrum und die messerscharfe Kinnpartie, mit der er Erdbeeren halbieren konnte. Ein echter Blender, der bald wieder in eine der protzigen Kopenhagener Modelagenturen zurückkehren würde und der selbst schon seinen Köder nach Emily ausgeworfen hatte.

Sie nippte an ihrem Cidre.

»Also, ich weiß nicht.«

»Come on, Emmy! Du musst ja nicht gleich mit ihm vögeln, nur ein bisschen plaudern.« Sofies charmant große Schneidezähne leuchteten blutrot in dem hektisch blinkenden Lichtermeer. »Oder doch, vögel ihn! Das ist 'ne echte Sahneschnitte!«

Emily lachte. Sie zögerte nicht, weil sie sich eingeschüchtert oder unsicher fühlte. Sie wusste, dass sie gut aussah. Ein frisches Gesicht mit nordischen Zügen, wasserblaue Augen und glänzendes, blondes Haar. Ihre Freundinnen bitchten ständig rum, dass sie jeden haben konnte, den sie wollte. Aber war das an sich eine Qualität? Ihr Aussehen machte sie oft eher misstrauisch als glücklich. Männer. Von dem Augenblick an, wenn sie sie sahen, war ihre Strategie entweder offensichtlich oder weniger offensichtlich, sie ins Bett zu kriegen. Und die Frauen. Immer diese Scannerblicke von Kopf bis Fuß, auf der Suche nach einem Fehler.

Emily gönnte dem Modeltyp noch einen Blick.

»Also gut!«, sagte sie seufzend und bekam einen brennenden Klaps auf den Hintern, als sie sich erhob.

Die tanzenden Körper hüllten sie ein wie ein Tunnel aus schlüpfriger Haut und schwüler Luft. Sie versuchte, sich in dem flackernden Stroboskoplicht zu orientieren, während sie sich zwischen den schwankenden Oberkörpern hindurchschob, als sie plötzlich eine übermütige Stimme hörte, die mühelos die dröhnende Musik übertönte. Sie konnte es nicht erklären, aber es war, als würde sie direkt unter ihre Haut kriechen.

»Warte!«, sagte die Stimme, als sie sich umdrehen wollte, um ihm in die Augen zu sehen.

»Warum? Bist du so hässlich?« Emily hörte sein Lachen, das sich mit ihrem verwob.

»Stell dir ein Kind der Liebe von Shrek und Donald Trump vor.«

Emily lachte so laut, dass sie erschrocken eine Hand vor den Mund legte.

»Kein guter Ort zum Reden, stimmt's?«, sagte er.

Ein Fuß trat ihr in die Hacken, ein Ellbogen streifte ihre Rippen. Sie registrierte es nur beiläufig aus der zeltartigen Vertrautheit heraus, in die er sie hineingezogen hatte.

»Was schlägst du vor?«

»Draußen?«

»Dann musst du mir helfen, hier ist es echt eng.«

»Noch nicht, hör dir erst mein Angebot an.«

»Oh je, das war's dann wohl.«

Kurzes Schweigen. »Hast du Angst, enttäuscht zu werden, Emily?«

Ein kalter Hauch stieg vom Boden auf und legte sich um ihre nackten Knöchel.

»Woher kennst du meinen Namen?«

»Die Welt ist ein großes, offenes Fenster. Man muss nur die Augen aufmachen.«

»Das hört sich aber ganz schön creepy an.«

»Dann willst du mein Angebot nicht hören?«

»Wenn Typen mir ein Angebot machen, ist das in der Regel ein nicht unbedingt erinnerungswürdiges Vorspiel zum Sex.«

»Magst du keinen Sex?«

»Nein. Oder doch … Du weißt schon, was ich meine.« Verflucht! Ihr unsichtbarer Bewunderer schaffte es, dass sie sich wie ein kleines, unerfahrenes Mädchen fühlte.

»Hier ist mein Angebot, Emily. Komm in fünf Minuten nach draußen. Dann darfst du mir eine Frage stellen. Aber nur eine einzige.«

»Bist du so interessant?«

»Das hängt von dir ab.« Sein Atem roch scharf nach Mentholkaugummi.

»Aha?«

»Ich verspreche, hundert Prozent ehrlich zu antworten, egal, was du mich fragst. Keine Zensur. Keine Fassade.«

»Großes, offenes Fenster also?« Emily lachte.

»Aber es gibt eine Bedingung.«

»Und die wäre?«

»Danach darf ich dir auch eine Frage stellen. Die du mir auch ganz ehrlich beantworten musst.«

»Okay, du hast auf alle Fälle mein Interesse gew…« Emily drehte sich um. Ihr stockte der Atem. Er stand fast einen Meter von ihr entfernt. Das intensive Gefühl, sich mit ihm in einer schallisolierten Blase zu befinden, hatte nur in ihrem Kopf stattgefunden. »W-wie?«, stotterte Emily, die sonst nie die Fassung verlor.

»Du bist süß«, mimte er tonlos mit den Lippen.

Sein Anblick verwirrte sie. Er sah so aus, wie sie ihn sich vorgestellt hatte, und doch irgendwie anders. In dem flimmernden Licht und unter der tief in die Stirn gezogenen Kappe war sein

Alter nur schwer zu schätzen. Sie ahnte eine Tätowierung an seinem Hals, irgendein Insekt mit einem gekrümmten Schwanz. Der charmante Schwung seiner Brauen führte sie zu seinen Augen, die in einem atemberaubenden Tempo zwischen Ironie, Wärme und Humor wechselten. Sein Gesicht war nicht so perfekt wie das des Models. Es war gröber, vom Leben gezeichneter. Aber seine Ausstrahlung machte diese unvollkommenen Züge markant, maskulin und aufregend wild. Ihr Körper reagierte unmittelbar auf ihn.

Emily wollte gerade etwas sagen, als er ihr den Rücken zudrehte und in einer Nebelwolke verschwand.

12

David schlürfte den kalten Bodensatz aus seiner Kaffeetasse und warf einen Blick auf seine Armbanduhr. Halb neun. Das Morgenbriefing in der Polizeihauptwache Esbjerg hatte begonnen. Er nahm Blickkontakt zum Kellner auf und bestellte noch einen Kaffee. Während er wartete, ließ er den Blick durch das Foyer schweifen. Männer mit Hemd und Krawatte, gedämpfte Unterhaltungen, ein intensiver Duft von Kaffee, Bacon und Toastbrot. Im Hintergrund spielten gechillte Bossanovarhythmen. Atmosphäre und Einrichtung versuchten wie in jedem anderen Hotel vergeblich, die unpersönliche Vergänglichkeit zu überdecken.

Die Drehtür am Eingang setzte sich in Bewegung. Ein langer, leichtfüßiger Typ trat ein, zog die Sonnenbrille auf die Nasenspitze runter und scannte mit wachem Blick die Umgebung, bevor er mit klackenden Schlangenlederschuhen über den Parkettboden schritt. Das zerzauste Haar war platinblond, fast weiß. Lederjacke mit Pelzkragen über kunterbuntem, aztekengemustertem Hemd und enge Jeans auf schmaler Rockerhüfte, die sich rhythmisch bewegte. Der Mann schwebte durch das sterile Foyer wie ein Feuerwerk.

»Sahne, der Herr?« Der Kellner hielt ein kleines Kännchen in der Hand, den Blick neugierig auf den Neuankömmling gerichtet.

»Danke, ich bin versorgt«, sagte David und erhob sich. »Lucas Stage?«, sagte er aus ein paar Metern Entfernung.

Lucas blieb in der Mitte des grellen Lichtkegels einer Halogendeckenleuchte stehen und bedachte David mit einem Blick über das Sonnenbrillengestell auf seiner Nasenspitze. Seine chlorblauen Augen strahlten Härte und Arroganz aus. Aus der Nähe trieb einem der Duft seines würzigen Aftershaves fast Tränen in die Augen.

»Und mit wem habe ich die Ehre? Kommt es mir nur so vor, oder ist das die der Task Force eigene …« Lucas knipste nach dem Wort suchend mit den Fingern. »Steifheit?«

»David Flugt, wir waren in derselben Einheit, ehe ich …«

»Sind Sie Stellas Mann?«

»Ich bin …«

»Sie hat gesagt, sie wäre geschieden.«

David wedelte abwehrend mit den Händen.

»Nein, nein, ich bin nicht verheiratet.«

Der Blick aus Lucas' zusammengekniffenen Augen wurde noch härter.

David schob den Mützenschirm mit den Fingerknöcheln hoch. Lucas Stage strahlte eine pure, blutleere Aggression aus. Spitzes Gesicht mit hohen, androgynen Wangenknochen und schräg ansteigenden schwarzen Augenbrauen. Seine Kleidung lag eng an wie maßgeschneidert. Lucas war der Typ Mann, der nach einem Toilettenbesuch keine Fliege anlocken würde, aber unter seinem exotischen Federkleid ahnte man eine entwurzelte Wildheit, etwas Räudiges, wie ein herrenloser Hund, der nach Fleischbröckchen von den Cafétischen schnappt.

»Ich soll dir bei dem Fall mit dem Massengrab assistieren«, sagte David.

»Woher wusstest du, dass du mich hier findest?«

»Weil es das Hotel mit den meisten Sternen ist. Darin erkenne ich sie auch, diese typische Task-Force-Steifheit.«

»Mir hat niemand was von einem Co-Piloten gesagt.« Lucas öffnete den obersten Knopf seines Aztekenhemds.

»Das ist mit dem Chef so abgestimmt. Hast du nicht mit Skårup gesprochen?« David lachte trocken. »Du weißt doch, wie das läuft. Das Fußvolk hat zu folgen, wenn die Chefs nach Lust und Laune Entscheidungen treffen.«

Lucas starrte schweigend vor sich hin. Aber David wusste, dass sich unter dem exzentrischen Äußeren ein analytisches Naturtalent verbarg. Lucas Stage hatte neben seiner Polizeiausbildung noch ein Staatsexamen in Ideengeschichte. Er besaß das einzigartige Talent, in die geheimen, verschlossenen Kammern im Innern der Täter vorzudringen, so lange an den Riegeln zu rütteln, bis sie aufsprangen. Die Konflikte mit Kollegen entstanden ausschließlich aus der Tatsache, dass Lucas diese Fähigkeiten nicht auf die Verhörräume beschränkte.

Daher wusste David auch, dass er seine Worte mit Sorgfalt wählen musste.

»Ich habe früher bei der Polizei Süderjütland gearbeitet«, sagte er. »Ich kenne das Terrain. Darum hielt der Chef es für passend, mich hinzuzuziehen.«

Die überzeugendste Lüge war immer eine umformulierte Wahrheit.

»Welches Fachgebiet?«, fragte Lucas.

»Ich war unter anderem Europol unterstellt.« Kurze, sachliche Antwort, mit der man so wenige Details wie möglich preisgab. Manche Informationen enthielt man analytischen Gehirnen besser vor.

»Was war deine Aufgabe bei Europol?«

»Vorrangig Terrorismus. Warum?« Eine Frage mit einer Gegenfrage beantworten, um die Bedenkzeit zu minimieren.

Lucas' Augen funkelten hart und ohne zu blinzeln in dem Halogenlicht. »Okay.«

»Okay?«

»Du darfst mitspielen. Als Assistent, vergiss das nicht.« Lucas wedelte mit der Hand, abblätternder schwarzer Nagellack, klobiger, goldener Siegelring am Mittelfinger. »Ich habe meine eigenen Methoden.«

13

David Flugt und Lucas Stage betraten gemeinsam das Sitzungszimmer 7P und unterbrachen William Grandberg in seinem Redefluss.

»Hallo?«, sagte William verwundert und schaute von David zu Lucas und wieder zurück.

»Lucas Stage, Spezialagent, Task Force 14. Und mein Assistent, David Flugt, der schon gestern eingetroffen ist, um sich einen Überblick zu verschaffen und mich zu dem Fall zu briefen.«

»Assistent? Aber …«

»Dürfen wir uns erst mal setzen?«, fiel Lucas ihm ins Wort und steuerte auf zwei freie Stühle zu. Seine Absätze knallten wie Pistolenschüsse.

William musterte Lucas einen Augenblick. »Wie weit bist du auf dem aktuellen Stand? Wir stehen ziemlich unter Zeitdruck.«

»Mach einfach weiter.«

William musterte Lucas kurz, ehe er fortfuhr. »Wir haben gerade davon gesprochen, dass die Presse spitzgekriegt hat, dass Smøl Vold früher einmal eine Kultstätte war. Jetzt kochen wilde Spekulationen hoch von wegen Teufelsbeschwörungen und geheimen okkulten Bruderschaften.«

»Perfekt!«, platzte Lucas heraus.

»Perfekt?«

»Smøl Vold war früher ein Zufluchtsort, an dem die Einwohner ihre Feinde auf Abstand halten konnten. Die Wallanlage liegt in einer hügeligen Landschaft nahe einer Randmoräne aus der letzten Eiszeit. Die hohe Lage und der weiche, lehmige Untergrund haben das Ausheben eines Wallgrabens rund um die Anlage erleichtert. Solange die Presse über Teufelsanbetung spekuliert, bedeutet das, dass niemand von hier drinnen was durchsickern lassen hat.«

Man hätte eine Stecknadel fallen hören können.

»Wie weit sind die Ermittlungen vorangeschritten?«, fragte Lucas. »Und was ist mit den Obduktionen?«

William zögerte kurz, ehe er weitersprach.

»Die Berichte zu den insgesamt 18 Skeletten trudeln nach und nach ein, es ist nicht weiter verwunderlich, dass die Rechtsmedizin bei der Anzahl im Verzug ist. Dass viele der Leichen komplett skelettiert sind, verringert die Chancen auf technische Spuren. Aber die bisher untersuchten Funde an Zähnen und Knochen lassen auf eine Opfergruppe junger Frauen im Alter zwischen 14 und 22 Jahren schließen, einige haben gebrochene Nackenwirbel.«

»Was hat es mit der Installation des verstorbenen Mannes auf sich?«

»Wie erwartet, haben wir weder Fingerabdrücke auf dem Schädlingsvertreiber noch auf dem Spaten gefunden. Das gilt auch für Fasern von Handschuhen oder Fäustlingen.«

»Mich interessiert eigentlich mehr die Botschaft«, sagte Lucas. »Habe ich das richtig mitbekommen, dass dem Toten dein Nachname in den Brustkasten geritzt wurde? Das sollte mit höchster Priorität behandelt werden.«

David sah Williams Adamsapfel einen Hüpfer machen. Lucas Stage war ganz offensichtlich nicht gekommen, um die Ermittlungen zu unterstützen. Er war gekommen, um sie zu übernehmen. William war sprachlos.

»Ein Leichendieb hat einen Toten gestohlen und deinen Nachnamen in seinen Körper geritzt. Es schien ihm ausgesprochen am Herzen zu liegen, den Namen Grandberg zum Teil der Ermittlungen zu machen. Oder wie siehst du das?«

Eine Ader trat an Williams Schläfe hervor.

»Man sollte keine voreiligen Schlüsse daraus ziehen. Damit riskiert man, die Spuren so zurechtzubiegen, dass sie zu den eigenen Hypothesen passen.«

»Habt ihr denn schon irgendwelche Spuren? Also, außer denen, die der Leichendieb euch serviert hat.«

»Klugscheißer«, murmelte eine Stimme im Raum, laut genug, um sicherzugehen, dass Lucas es auch hörte.

Ein leichtes Lächeln zuckte um Lucas' Mundwinkel. Die wachsenden Antipathien im Raum schienen ihn anzuspornen.

»Ich sehe das Ganze folgendermaßen«, sagte er. »Nach so vielen Jahren mit identischen und erfolgreichen Morden macht es keinen Sinn, dass der Architekt des Massengrabs plötzlich das Bedürfnis hat, seine Trophäen vorzuführen. Ich glaube, dass der Leichendieb den Mörder entlarven will. Vielleicht teilen die beiden eine Geschichte, ein Geheimnis.«

»Auf alle Fälle ist der Leichendieb ganz schön mutig«, sagte eine rothaarige Beamtin in den Vierzigern. »Für eine Inszenierung wie die in Smøl Vold braucht man wirklich Eier.«

Lucas rieb sich das Ohr wie bei einem irritierenden Ton.

»Ich glaube eher, dass der Leichendieb zutiefst verängstigt ist. Weil er weiß, dass der Mörder ein Mensch ist, den man nicht ohne Weiteres drankriegen kann. Wenn das so wäre, hätte er anonym sein Wissen von dem Massengrab an die Presse oder die Polizei weitergeben können. Aber das hat er nicht getan.«

»Das geht vielleicht etwas zu weit«, sagte William. »Aber wir können uns darauf einigen, dass wir es mit einem gerissenen Mörder zu tun haben. Smøl Vold ist die perfekte Grabstätte. In einem Naturschutzgebiet. Die Leichen hätten Jahrzehnte, wenn nicht Jahrhunderte ungestört dort liegen können.«

»Hier gibt es viele verlassene Gegenden«, schnaubte Lucas. »Smøl Vold ist viel mehr als nur ein Versteck. Das Massengrab hat sozusagen ikonischen Wert, einen tieferen Sinn, der sich nur dem Mörder selbst erschließt. Die Mädchen und Frauen sind eine private Sammlung, an der er sich ergötzen kann, wenn ihm der Sinn danach steht. Ich gehe davon aus, dass wir nach einer Person aus der Gegend suchen. Ein entscheidender Teil seiner Fantasie dreht sich darum, seiner Sammlung nahe zu sein.«

»Ich überlasse meine Ex-Frau gerne dieser Sammlung«, warf einer der Ermittler in die Runde.

Lucas starrte ihn ausdruckslos an.

»Für den Mörder ist Smøl Vold ein Heiliger Schrein. Und jetzt habt ihr diesen Heiligen Schrein aufgebrochen und sein Meisterwerk geschändet. Er rast innerlich. Das wird sein nächstes Opfer zu spüren bekommen. Das wird grausam, wirklich grausam werden.«

EMILY

Die Party in dem stillgelegten Schlachthaus war kurz vor ihrem Siedepunkt. Der Bass dröhnte schwer, die Nebelmaschine fauchte, die Kerle kläfften sich an, während die Körper der Mädchen rot und golden in den Blitzen der Spotlights glühten.

»Bist du bereit?«, fragte er begeistert.

Emily hatte ausgiebig über die Frage nachgedacht, die sie ihm stellen wollte, bevor sie rausgegangen war. Sie hatte ihn im Dunkeln auf einer kniehohen Mauer sitzend gefunden.

»Du bist kein Freund von Vorspiel, oder?« Sie lachte.

»Komm schon! Wie lautet deine Frage?« Seine Augen weiteten sich, sie sah das aufsteigende Lachen in ihnen.

»Hat das nicht schrecklich wehgetan?« Sie streckte die Hand aus, um die Tätowierung an seinem Hals zu berühren. Wie im Reflex griff er ihre Hand in der Luft und sprang von der Mauer. »Jetzt stell deine Frage, oder war sie das schon?«

Emily schaute sich über die Schulter. Hinter den zerschlagenen Fenstern des Schlachthauses wogte das Licht. Sie sah die Scherenschnitte skurril verzerrter Haken unter der Decke.

»Okay. Als Erstes kam mir die Frage in den Sinn, woher du meinen Namen kennst. Das finde ich nämlich echt creepy.« Sie sah die Dose Cidre an, die er ihr gegeben hatte. Sie war schon offen, als sie nach draußen kam, weshalb sie auf keinen Fall etwas daraus trinken würde. »Aber die hab ich wieder fallen lassen.«

»Warum?«

»Wegen dem offenen Fenster, remember? Bestimmt hast du mein Profilbild auf der Facebook-Gästeliste gesehen.« Sie genoss es zu sehen, wie er ihre mentale Wachheit genoss. Er war nicht die Spur verunsichert durch ihr Aussehen und das, was alle Jungs kalt erwischte: dass sie Grenzen setzte und sich nicht dominieren ließ. »Also habe ich mir eine ganz andere Frage überlegt. Bist du bereit?«

»Mehr, als du ahnst.«

»Was ist das Schlimmste, was du jemals einem Mädchen angetan hast, mit dem du ein Date hattest oder mit dem du zusammen warst?«

Er lüftete kurz das Cap und saugte Luft zwischen den Zähnen ein.

»So schlimm?« Emily beugte sich aufgeregt vor. »Denk an dein Versprechen. Hundert Prozent ehrlich.«

»Ich halte immer, was ich verspreche.« Er hielt ihren Blick fest. Für eine flüchtige Sekunde bekam sein Mund einen strengen Zug. »Ich habe eine Frau verraten, die ich einmal sehr geliebt habe.«

»Seitensprung?«

»Schlimmer.«

»Schlimmer? Hast du sie getötet?« Emily lachte.

Er zögerte. Eine schräge Falte zog sich über seine Stirn.

»Ich habe sie im Stich gelassen, als sie mich am allermeisten gerbraucht hat. Als sie an ihrem absoluten Tiefpunkt war. Und ich an meinem absoluten Hochpunkt.«

Emily lief es kalt den Rücken hinunter. Er war so verdammt derb und unperfekt. So anders als die diffusen Silhouetten im Schlachthaus mit ihrem Instagram-aufpolierten Doppelleben.

Was hast du ihr angetan?

Emily bremste die Frage auf der Zungenspitze, trank einen Schluck Cidre und stellte erstaunt fest, dass sie die halbe Dose leer getrunken hatte. Sie räusperte sich.

»Und, hast du dir auch eine Frage für mich ausgedacht?«

»Aber sicher doch.« Er betrachtete sie mit einem geheimnisvollen Lächeln. »Warum hast du dich entschieden, zu mir rauszukommen und mir eine Frage zu stellen?«

14

Entschuldigt die Störung.«

Polizeidirektor Kristian Sejersen betrat den Sitzungsraum, in dem die Ermittler am Vormittag die aktuellen technischen Spuren aus dem Massengrab durchgegangen waren und das weitere Vorgehen organisiert hatten. Sejersens strahlende Augen schlossen alle Anwesenden im Raum ein. Nichts schien den 55-jährigen Chef jemals aus der Ruhe zu bringen, und obgleich er nicht sonderlich groß war, strahlte sein athletischer Läuferkörper eine autoritäre Energie aus.

»William, darf ich dich kurz hoch zu mir ins Büro entführen?«

William setzte sich auf den Stuhl Sejersen gegenüber. Das ganzjährig gebräunte Gesicht des Polizeidirektors war mit dem Markenzeichen der Eliteläufer gekennzeichnet: einem blassen Streifen über den Augen und dem Nasenrücken. Der Himmel im Fenster hinter ihm war dunkel, und der Nieselregen malte Seesternmuster auf die Scheibe.

»Läuft es gut mit unserem ›Experten‹?«

William nickte. »Bestens.«

»Er ist einen Tag früher gekommen als geplant, motiviert scheint er also zu sein«, sagte Sejersen leicht unkonzentriert und faltete die Hände vor sich auf der Tischplatte. »Es ist etwas passiert, William.«

»Aha.«

»Ich weiß, dass das gerade sehr ungelegen kommt, aber ich muss ein paar Leute von deinem Ermittlungsteam abziehen.«

»Okay.«

»Marcus Blom sitzt bereits mit einer kleinen Gruppe an dem Fall, aber es fehlen mehr Hände. Ich habe ihm vier weitere Kollegen versprochen. Du entscheidest, wen.«

William richtete sich auf.

»Worum geht es?«

»Eine junge Frau, Emily Burgaard. Sie wird vermisst.«

»Wie viele Tage?«

»Nicht Tage, Stunden.«

William zog die Augenbrauen hoch.

»Du willst nicht die üblichen vierundzwanzig Stunden warten?«

Sejersen spitzte die Lippen.

»Sie ist heute Nacht unter recht gewaltsamen Umständen verschwunden. Aber das muss dich nicht kümmern, du hast anderweitig alle Hände voll zu tun.«

William nickte langsam. »Und ich hoffe, das bleibt auch so …?«

Sejersen schien einen Moment überlegen zu müssen, was William meinte. Dann drehte der Polizeidirektor eines der gerahmten Fotos auf dem Schreibtisch um, von dem ein zehnjähriger Junge William anstrahlte.

»Mein Sohn hat am letzten Wochenende an seinem ersten Laufwettkampf teilgenommen.«

»Okay?«

»Er ist eine durchschnittliche Zeit gelaufen. Weder gut noch schlecht. Aber der Junge hat die Kartons mit den Pokalen und Medaillen aus der Glanzzeit seines Vaters gesehen.«

William nickte, unsicher über die Richtung ihres Gesprächs.

»Weißt du, was er gemacht hat, als er nach Hause gekommen ist? Er hat seine Laufschuhe angezogen und auf der Straße trainiert. Rauf und runter. Zwei Stunden im strömenden Regen.«

»Ein willensstarker Junge.«

Sejersen zog eine Augenbraue hoch.

»Wahrscheinlich ist es einfach so. Ein Junge will von seiner Mutter geliebt werden und den Vater besiegen.«

»Oder nur sein eigener Herr werden.«

Der Polizeidirektor sah William an, und William wusste, was sein Chef sah: einen Mann, der mit seinem Erbe gebrochen hatte.

Dem Milliarden-Unternehmen der Familie Grandberg. Ein Mann, der sein eigenes Blut, seine Herkunft, seinen Vater abgewiesen hatte. Genauer betrachtet hatte Sejersen vermutlich gar nicht so unrecht.

»Na«, sagte Sejersen mit einem kurzen Pfiff. »Ich habe meinem Sohn gesagt, dass er es mit seinen Siegen nicht überstürzen soll, die kommen mit harter Arbeit und Geduld. Das Wichtigste ist, sich immer an die Regeln zu halten.«

William nickte, als würde er verstehen, worum es ging.

»Ich bin mir unsicher über deine zukünftige Rolle in diesem Fall«, sagte Sejersen. »Ich möchte den neu ernannten Chef der Mordkommission in so einem großen Fall mit internationaler Perspektive nicht an die Seitenlinie verweisen. Aber wenn die Presse Wind von der Rolle deines Familiennamens bekommt, dann haben wir nicht nur einen Scheißfall, sondern zwei. Die Presse wird sich geifernd auf uns stürzen.«

»Es gibt ja laufend neue Entwicklungen, neue Spuren, die auftauchen und von jemandem zusammengefasst werden müssen.«

»Ich weiß deinen Feuereifer wirklich zu schätzen, aber …«

»Ich bleibe auch am Schreibtisch.«

Der Polizeidirektor lehnte sich seufzend in seinem Stuhl zurück.

»Ich weiß, wie gerne du Resultate liefern willst, William. Es schmerzt mich wirklich, dich von dem Fall abzuziehen. Aber lass uns bitte …«

»Ich versichere dir, dass ich den Täter stoppen werde«, sagte William. Er knetete die Hände unter dem Tisch. »Gib mir eine Chance. Ich muss wissen, ob sie …« Er stockte.

»Verstehe.« Sejersen nickte ernst. »Fünf Tage. Dann übernimmt Bengt Altby. Verstanden? Und lass dir gesagt sein, dass ich mich hier wirklich weit aus dem Fenster lehne, William. Und ich übergebe dir die Verantwortung, die Presse auf Abstand zu halten.«

15

Jennys Wangen glühten, als stände sie dicht an einem Lagerfeuer. Sie las zum x-ten Mal die Rundmail, die William soeben verschickt hatte. Er versetzte sie in eine neue Einheit! Das ergab keinen Sinn. Sie war seine rechte Hand. So hatte der private Teil zwischen ihnen ja überhaupt erst angefangen. Und jetzt war sie … raus?

Sie fing ihn vor seinem Büro ab.

»Könntest du mir bitte erklären, warum du mich von dem Fall ab…«

Sie brach den Satz ab, als sich auf Williams Bürostuhl jemand umdrehte. Silja Grandbergs klare, blaue Augen sahen sie mit der skeptischen Neugier an, wie sie nur ein zehnjähriges Mädchen zeigen konnte. Sie hielt einen Teddy im Arm.

»Hallo, Silja, ich wusste gar nicht, dass du hier bist. Wie schön.«

Jennys gekünstelte Babysitterstimme ließ das Mädchengesicht noch skeptischer aussehen.

»Ich hab völlig versäumt zu sagen, dass Silja die nächsten Tage hier sein wird.«

»Wie du in letzter Zeit so einiges zu sagen versäumt hast.«

William hörte über Jennys Nadelstich hinweg.

»Silja hat momentan mit ein paar anstrengenden Gedanken zu kämpfen. Darum nimmt Papa dich mit zur Arbeit, nicht wahr, mein Schatz?«

Das Mädchen nickte und schaute verlegen zwischen Jenny und William hin und her.

Jenny hatte Silja bisher nur einmal getroffen. An einem frühen Morgen in Williams Wohnung, als das Mädchen eine Stunde früher als erwartet mit ihrer Tante in der Tür gestanden hatte. Die Tante hatte dem Mädchen erschrocken die Augen zugehalten, als ob der Anblick einer erwachsenen Frau in Unterhose und T-Shirt das Kind fürs Leben traumatisieren könnte.

»Das hat auch mit dem Kopenhagener zu tun«, sagte William. »Die Chefetage hat mich nicht vorgewarnt, dass sie die Mannschaft mit einem Touristen verstärken wollen!«

»Genau darüber wollte ich mit dir reden«, sagte Jenny heiser. »Und über ... du weißt ...«

Williams Blick flackerte durch das Büro.

»Vielleicht sollten wir zwei uns mal unter vier Augen unterhalten.«

»Warum ziehst du mich von Smøl Vold ab«, flüsterte Jenny, als sie mit William allein auf dem Flur stand. »Soll Daniel ...«

»David.«

»Whatever! Soll ein Tourist, wie du ihn nennst, mich ernsthaft aus dem Ermittlungsteam verdrängen?«

»Wir haben Wichtigeres zu bereden.«

»Ach ja?«, sagte Jenny und spürte, wie ihr Tränen in die Augen traten. »Wenn ich dich richtig verstanden habe, haben wir gar nichts mehr miteinander zu besprechen.«

»Nicht hier, Jenny.«

»Beruhige dich. Ich habe begriffen, dass jeder von uns in den letzten Monaten sein Spiel gespielt hat.«

»Das ist nicht fair.«

Er hatte recht. Aber das Blut in der verfluchten Wunde, die er ihrem Herz zugefügt hatte, war noch warm. Sie suchte nach irgendeinem Zeichen von Reue in seinem Gesicht, aber Williams Augen verrieten nichts.

»Warst du es?«, fragte sie.

»Was war ich?«

»Wer ist für die Versetzung zuständig, du oder Sejersen?«

»Marcus Blom braucht dich. Eine junge Frau wird vermisst. Ihr Profil passt zu den Leichen im Massengrab. Das ist ein wichtiger Fall.«

»Die Wahrheit, bitte. Du hast mit mir Schluss gemacht, und jetzt hältst du mich dir auf Sicherheitsabstand vom Leib.«

»Warum sollte ich das tun?«

»Weil es das Richtige ist.«

William machte den Mund auf und schloss ihn wieder.

Blattschuss.

Jenny ärgerte sich. Warum waren es immer wieder die Frauen, die den Männern die Augen für ihr wahres Ich öffnen mussten. Und letzten Endes ließ William seine Entscheidungen immer von Logik, Moral und dem Gemeinwohl steuern. Auch wenn das bedeutete, dass er Jenny damit das Herz brach.

Gleich zwei Mal.

16

Jenny lief durch den Flur in der dritten Etage, wo ihre neue Einheit einen Sitzungsraum zugewiesen bekommen hatte. Außer Marcus Blom wusste sie nicht, wer oder was sie dort drinnen erwartete.

Sie öffnete die Tür und blinzelte angestrengt, hätte die abgestandene Luft am liebsten nicht eingeatmet. Die Ermittler um den langen Tisch, ausschließlich Männer, starrten sie an.

Dazu also hatte sie der Mann, den sie liebte, verurteilt.

»Willkommen«, begrüßte Marcus Blom sie. Sie kannte ihn vom Sehen in der Wache. Versetzt aus Aarhus, wo er eine kometenhafte Karriere hingelegt hatte. Ein sympathischer Typ – modische Brille, Slimfit-Hemden, Fade Cut mit Seitenscheitel –, aber seine Arbeitssucht hatte ihre furchigen Spuren in seinem Endzwanzigergesicht hinterlassen. Er zog einen Stuhl vor und lächelte unverbindlich.

Marcus stellte ihr die Männer um den Tisch vor. Sein Ton war beflissen, ein bisschen wie der eines Mannschaftskapitäns inmitten einer Traube Handballspieler. »Henrik – Kriminalkommissar. Osan Sadeqi – IT. Theo – Kriminalkommissar …«

»Und du?« fragte Marcus, als er am Ende der Runde angekommen war.

»Kriminalkommissarin, Schwerpunkt Gewaltverbrechen und Sitte«, antwortete Jenny und hätte sich gerne vorher geräuspert. »Worum geht es in dem Fall?«

»Ich bin noch nicht vollständig gebrieft, aber in Aabenraa ist in derselben Gegend ein Mord begangen worden, in der eine junge Frau verschwunden ist. Es könnte sein, dass die beiden Verbrechen miteinander zusammenhängen.« Marcus fuhr das Smartboard hoch. Ein aufgedunsenes, faltiges Frauengesicht tauchte auf dem Bildschirm auf. »Das ist Florica. Sie ist rumänischer Abstammung. Nachname, Alter, Adresse: unbekannt. Sie hat kein Facebook-Profil, kein Telefon, keine bekannten Familienmitglieder, keinen Pass.«

Jenny nickte.

Marcus spitzte die Lippen.

»Ihre Leiche wurde heute Morgen gegen halb fünf im Jachthafen von Aabenraa gefunden. Mit durchschnittener Kehle …« Er klickte ein Bild weiter. »Wenn man das so bezeichnen kann.«

Jenny sah sich das Bild genauer an. Die Frau lag in einem Schlafsack und stierte mit glasigen Augen in die Kamera. Die Zunge hing aus ihrem fast zahnlosen Mund und war wie die Nasenspitze aufgrund der fehlenden Durchblutung entzündlich blau angelaufen. Die klaffende Wunde an ihrem Hals war ein makabrer Anblick, es sah aus, als wäre das Fleisch mit einem Fleischhammer bearbeitet worden. Die stumpfe Klinge hatte den Mörder zu einer langsamen Sägebewegung gezwungen, die technisch betrachtet Sehnen und Muskelgewebe nicht zerschnitten, sondern zerrissen hatte, ehe die Schlagader geplatzt war.

Jenny sah sich die Detailaufnahmen von den Rändern der durchtrennten Luft- und Speiseröhre an, die aus dem Hals ragten. Um so einen Mord auszuführen, brauchte es Muskelkraft und eine ebenso starke Wut.

Marcus fuhr fort.

»An ihren Oberarmen wurden zwei blaue Flecken gefunden, woraus wir schließen, dass der Täter rittlings auf ihr gesessen und ihre Arme mit den Knien auf den Boden gedrückt hat, damit sie keinen Widerstand leisten konnte. Die Annahme wird unterstützt von den fehlenden Abwehrverletzungen an Armen und Beinen.«

Mit seinem babyblauen Hemd und dem Internatsseitenscheitel wirkte Marcus wie ein Konfirmand zwischen den faltigen Gesichtern, üppigen Vollbärten und tätowierten Unterarmen um den Tisch. Aber Jenny entgingen nicht die vertrauensvoll auf ihn gerichteten, abwartenden und wachen Schäferhundeblicke. Etwas an Marcus' Gesten, den markanten Gesichtszügen und der unvorhersehbaren Mimik machten ihn sehr viel anziehender als die meisten anderen Männer in seinem Alter.

Jenny räusperte sich.

»Du sagst, dass Florica rumänischer Abstammung war. Könnte es sich um ein Hassverbrechen handeln?«

»Wir haben bereits einen Gerichtsbeschluss für die Einsicht in die Videoüberwachung in der Umgebung erbeten.«

»Und wir haben wegen einer Anzapfgenehmigung aller umliegenden Telemasten angefragt«, sagte der Mann, der ihr als Theo vorgestellt worden war. Bürstenschnitt, dichter Bart, schlabberiger Hoodie.

»Unsere einzige reelle Hoffnung ist Floricas Mann«, sagte Marcus.

»Ihr Mann?«

»Straßenehe. Er ist unter dem Namen Babyshot bekannt.«

Jenny schluckte ihr aufsteigendes Lachen schnell hinunter, weil keiner der anderen auch nur grinste.

»Ich habe mich in der Wärmestube in Aabenraa erkundigt, aber da kennt auch niemand seinen richtigen Namen. Laut seiner Trinkkumpane ist er der glücklichste Alkoholiker der Welt, weil er für einen ordentlichen Rausch gerade mal eine halbe Flasche Wodka braucht.« Marcus seufzte. »Die Herausforderung ist, dass dieser Babyshot keine feste Wasserstelle in der Stadt hat. Er ist Treibholz, mal hier, mal da. Den müssen wir also erst einmal aufspüren.«

»Wenn er überhaupt noch in Aabenraa ist«, gab Theo zu bedenken. »Niemand weiß, wo er herkommt oder welche Sprache er spricht. Das Personal in der Wärmestube beschreibt ihn als infantilen Autisten auf dem geistigen Niveau eines Siebenjährigen. Ohne Sprache und extrem menschenscheu.«

Jenny zog die Augenbrauen zusammen.

»Wenn wir uns keine große Ausbeute von ihm erwarten, warum ist er dann so wichtig für die Ermittlungen?«

Marcus nahm seine Brille ab und massierte sich den Nasenrücken.

»Weil die Wahrscheinlichkeit groß ist, dass er Augenzeuge des Mordes war.«

Er klickte das nächste Bild auf dem Smartboard an.

Jenny rutschte auf die Stuhlkante. Sie hatte es vorher nicht bemerkt, aber jetzt sah sie es deutlich. Floricas Schlafsack war in einen anderen, vollständig identischen Schlafsack eingewickelt.

»Es war heute Nacht ziemlich stürmisch. Vielleicht hat der Mörder ihn schlicht übersehen. Sein Schlafsack war mit Sicherheit bis oben geschlossen, aber deswegen könnte er trotzdem Floricas Mörder und Emilys Kidnapper gesehen haben. Wenn die beiden Verbrechen denn zusammenhängen.«

Jenny dachte nach.

»Ihr schließt damit aus, dass Babyshot den Mord begangen hat?«

»Obdachlose sind Nomaden. Sie haben ihre Habseligkeiten immer bei sich. Der hier hat alles stehen und liegen lassen: Gaskocher, Schlafsack, Stiefel und das Wichtigste – seinen Stoff.«

Jenny wiegte den Kopf hin und her.

»Das überzeugt dich nicht?«, fragte Marcus neugierig.

»Weder noch, ich bin ja gerade erst angekommen.«

Marcus drehte die Handflächen nach oben, ein erwartungsvolles Lächeln zeichnete sich um seinen Mund ab.

»Also, was denkst du?«

Jenny begann die Begeisterung der Männer für ihren Ermittlungsleiter zu verstehen. Bloms professioneller Fokus und seine Offenheit waren erfrischend. Alleine, dass er ihren Bedenken gegenüber nicht gleich sein Revier markierte, sondern sie im Gegenteil noch ermunterte, ihre Skepsis zu vertiefen, erinnerte sie an William.

»Ich würde mir lieber erst noch ein gründlicheres Bild machen.«

Marcus setzte die Brille wieder auf und schaltete die Deckenbeleuchtung ein.

»Babyshot ist unser primäres Ziel. Wir müssen ihn finden.«

EMILY

Es war drei Uhr nachts, Emily spazierte alleine durch die einsame Ackerlandschaft. Seine Frage spukte ihr im Kopf herum. Wenige Hundert Meter vor ihr zogen die Laternen auf dem Haderslevvej sich wie ein heller Lichtschweif durch die flache Dunkelheit. Licht auf süderjütländischen Landstraßen war eine Seltenheit. Für diejenigen, die nicht von hier kamen, war die Gegend ohnehin ein schwarzer Fleck auf der Landkarte. Aber die, die hier wohnten, wussten es besser. Süderjütland war quicklebendig, voller Geschichten über Liebe und Kummer, Krieg und Frieden, die glücklichsten Momente des Lebens und unfassbare Tragödien.

Das taktfeste Klacken von Emilys Absätzen hallte durch die Nacht. Die Schuhe drückten, aber es waren nur noch zwei Kilometer bis zu ihrer Wohnung in Aabenraa. Ihr Blick wanderte zum Display ihres iPhones. Keine neuen Nachrichten. Sie spürte einen Stich der Enttäuschung. Er hatte sie schließlich nach ihrer Nummer gefragt, als sie plötzlich von einer Massenschlägerei im Schlachthaus unterbrochen wurden.

Sie dachte an seine Augen. Die Tiefe darin, das Licht, die Stimmungen, die in atemberaubendem Tempo wechselten. Sie wollte diese Augen gerne wieder auf sich gerichtet wissen.

Ihr Handy piepste. Sie wischte schnell über den Schirm, aber es war nur Sofie, die wissen wollte, ob sie gut nach Hause gekommen war.

Die Freundin war mit dem Modeltypen nach Hause gegangen. Emily sah sie vor sich. Nackt, stöhnend. Gott, wie sie das Gefühl von Haut auf Haut vermisste. Ihre Nägel in einen muskulösen Männerrücken zu bohren. Seit sie Single war, war Sex zu einer anonymen Fußnote in ihrem Leben verkommen.

Emilys Atem ging schneller. Was war das? Hatte sich da was bewegt? Ein Schatten, auf der anderen Straßenseite, hinter den Lichtkegeln der Laternen?

Sie lief schneller und klackerte die Jernebanegade entlang. Jetzt waren es höchstens noch hundert Meter. Sie sah das Licht in dem Fenster im dritten Stock, das sie immer anließ, wenn sie die Wohnung verließ.

Ein Geräusch veranlasste sie, sich umzudrehen. Sie hörte ein Knirschen, dann schlang sich etwas um ihren Fußknöchel. Sie stieß einen Schrei aus und stolperte nach vorn, schrammte ihre Knie auf dem Asphalt auf, kleine Schottersteine bohrten sich in ihre Handballen. Sie drehte sich panisch auf den Rücken und blinzelte.

Einer ihrer Absätze war abgebrochen und ragte aus einer Furche im Bürgersteig. Es war kein Schatten hinter ihr, nur die leere, laternenbeschienene Straße.

Emily massierte sich mit der Hand den schmerzenden Fuß. Der Riemen hatte den Knöchel eingeschnürt. Sie rappelte sich auf und versuchte, den Absatz aus der Fuge zu ziehen, aber er steckte fest wie ein eingeschlagener Nagel.

Sie humpelte das letzte Stück bis zur Haustür und wühlte in ihrer Tasche. Fuck! Sie hatte vergessen, sich den Schlüssel von Sofie geben zu lassen.

Sie schaute an der Fassade hoch und sah einen schwachen Lichtschimmer hinter den Fenstern in der vierten Etage. Seufzend drückte sie auf die Klingel. Während sie wartete, zwang sie sich, nicht hinter sich zu schauen. Angst war selbstverstärkend. Wenn sie als kleines Mädchen nachts aufs Klo geschlichen war, galt es, auf keinen Fall zum Duschvorhang hinzugucken, der wie ein weißer Schleier der Angst dort hing, und hinter dem sich, wie sie wusste, der Mann versteckte, der seine eigene Zunge abgebissen hatte und ihre Augen aussaugen wollte. So lange sie nicht zu dem Duschvorhang schaute, dem Bösen nicht in die Augen sah, geschah ihr nichts.

»Hallo?«, rauschte es aus dem Lautsprecher.

»Hallo Olav, ich bin's, Emily aus dem dritten Stock. Tut mir leid, wenn ich Sie geweckt habe, aber …«

»Könnt ihr Gören denn nicht einmal an eure Schlüssel denken!«, knurrte der Rentner. »Das ist jetzt schon das dritte Mal in einem Jahr, dass ihr mich aus dem Bett holt!«

»Ich hab gesehen, dass noch Licht brennt, da …«

»Das muss ich ja anlassen, wenn ich euretwegen nachts durch die Wohnung laufen muss.«

»Wären Sie wohl so lieb, mich reinzulassen? Es ist ziemlich kalt.«

Der elektronische Türöffner summte, und die Tür öffnete sich mit einem pneumatischen Seufzen.

»Ich bringe morgen einen Teller Butterkuchen vorbei«, sagte Emily und ignorierte den säuerlichen Wortschwall aus dem Lautsprecher.

Auf dem ersten Treppenabsatz blieb sie stehen. Sie hatte die Tür nicht ins Schloss fallen hören. Normalerweise hallte das Klicken hinter einem her durchs Treppenhaus. Sie wippte auf den Fußballen. Es dauerte höchstens zwei Sekunden, wieder runterzugehen und die Tür zuzuschieben, die einladend offen stand.

Sie lief zurück. Die Tür stand weit auf, kalte Nachtluft strömte ihr entgegen. Sie ignorierte den dunklen Abgang in den Keller. Sie schaute zu der klappernden Querschiene der Türpumpe hoch. Der Bolzen, der die Schiene entlanggleiten sollte, klemmte fest. Sie drückte mit der Schulter gegen die Tür, worauf der Bolzen knackte, aber der Widerstand war noch da, als würde sich von außen jemand gegen die Tür stemmen.

Sie drehte den Kopf, um nachzuschauen, spürte, wie sich ein Schrei in ihrem Hals hocharbeitete, während über ihre Lippen nur ein leises Plustern kam. Weil sie auf keinen Fall schreien durfte, ganz still sein musste.

Ihr abgebrochener Absatz. Er lag auf der Türschwelle. Jemand hatte ihn aus dem Bürgersteig befreit und dort hingelegt. Sie starrte in die Dunkelheit. Die parkenden Autos und der Gehweg wurden von den nebligen Schatten zwischen den Laternen aufgesogen. Zurück blieb eine klamme, schreiende Leere.

Sie stemmte sich mit den Füßen am Boden ab, drückte die Tür mit aller Kraft zu. Über ihrem Kopf gab die hydraulische Türpumpe zischend Zentimeter um Zentimeter nach. Warum nur hatte sie ihre feste Regel gebrochen, niemals nach hinten zu gucken. Niemals dem Bösen in die Augen zu sehen.

Endlich war das erlösende Klicken der ins Schloss fallenden Tür zu hören. Sie sackte auf den Boden, schlang die Arme um die Knie und schluchzte. Dieser nächtliche Terror war so viel schlimmer als die geschmacklosen Dickpics, die sie gelernt hatte zu ignorieren. Das hier war viel persönlicher. Der Schatten hatte direkt auf der anderen Seite der Tür gestanden.

Da war ein neues Geräusch. Panisch hob sie den Kopf. Schritte. Nicht draußen auf der Straße, auf der Kellertreppe. Scharrend, schnell. Emily starrte entsetzt in die Dunkelheit und auf den Körper, der sich plötzlich darin materialisierte.

Ihr letzter Gedanke war, dass sie das Böse nicht ausgeschlossen, sondern sich zusammen mit dem Bösen eingeschlossen hatte.

17

Emily Burgaard war 22 Jahre alt, kam ursprünglich aus Rødekro und wohnte nun in Aabenraa. Sie arbeitete als Verkäuferin in einem Modegeschäft, hatte einen großen Bekanntenkreis im kreativen Milieu, in dem Wannabe-Künstler wie Pilze aus dem Boden schossen und leere Versprechungen und Drogen sich die Hand gaben. Emily ging oft in die Stadt und hatte sich für den Samstag über Facebook für die Pop-up-Party in dem stillgelegten Schlachthaus am Ortsrand angemeldet.

Vorläufig der einzige Zeuge in dem Fall war der Hausnachbar, der über Emilys Wohnung wohnte, ein Rentner namens Olav Johansson, der sich in der Nacht zum Montag über die Gegensprechanlage kurz mit Emily unterhalten hatte.

»Olav hat Emilys Zustand als konfus beschrieben, vermutlich sternhagelvoll. Das wären sie und ihre Freundin mit dem schrillen Lachen ständig. Der junge Mann hingegen wäre sehr höflich und gut zu verstehen gewesen«, zitierte Marcus.

»Welcher junge Mann?«, fragte Jenny und schaute von ihrem Notizblock auf.

»Kurz nachdem Johansson Emily reingelassen hatte, hat es ein zweites Mal geklingelt, diesmal war es ein junger Mann.«

Jenny tippte sich mit dem Kugelschreiber ans Kinn.

»Wer war das? Ihr Freund? Vielleicht ist sie ja mit ihm nach Hause gegangen? Ich verstehe nach wie vor nicht, wieso Emilys Verschwinden bereits als Verbrechen eingestuft wird?«

Marcus öffnete mit einem düsteren Blick das nächste Bild, auf dem ein typischer Hauseingang in einem Wohnkomplex zu sehen war. Der Blitz der Polizeikamera warf ein verdrehtes Schattengeweih durch das Geländer an die Wand. Auf dem Boden war wie mit chaotischen Pinselstrichen dunkles Blut in alle Richtungen verschmiert. In den braunen Flecken waren Abdrücke von nackten Füßen zu erahnen. Wenn das Emilys Fußabdrücke waren, hatte in dem engen Treppenaufgang ein heftiger Kampf zwischen ihr und ihrem Angreifer stattgefunden.

»Schuhabdrücke wurden bislang noch keine gefunden, was entweder bedeutet, dass der Täter ebenfalls barfuß war oder einfach nur unglaubliches Glück hatte.« Marcus' Blick war auf das Smartboard gerichtet. »Die Blutproben sind noch in der Analyse, aber da es von keinem der anderen Hausbewohner stammt, ist davon auszugehen, dass es Emilys Blut ist.«

Jenny nickte nachdenklich.

»Warum hat sie nicht einfach laut um Hilfe geschrien? Irgendjemand in dem Aufgang hätte sie doch sicher gehört?«

»Vielleicht stand sie unter Schock. Oder unser Täter hat ihr wie auch immer das Maul gestopft«, schlug Henrik vor.

Marcus Blom breitete die Arme aus.

»Möglich. Wir wissen es nicht. Aber, Leute, genau das ist unsere Kernfrage.«

18

Jenny Seland, Marcus Blom und Osan Sadeqi meldeten sich an der Pforte der Tagesstätte *Die Blaue Oase* an und wurden kurz darauf von der Sozialarbeiterin Sarah Jerlmyr abgeholt, die sie in ein enges Büro führte. Sie hatte für den angemeldeten Besuch vier Stühle um ihren Schreibtisch gequetscht. Der Geruch aus dem Gemeinschaftsraum zog bis hier hoch: eine Mischung aus Putzmitteln, Tabak und nassen Socken.

Jenny setzte sich zwischen Osan und Marcus. Sarahs Computerbildschirm war mit Post-its zugepflastert, und an den currygelben Wänden, zwischen gerahmten Titelseiten des Obdachlosenmagazins Hus Forbi, hing das Porträt einer breit lächelnden Michelle Obama.

»Wir hätten ein paar Fragen zu einem gewissen Babyshot«, sagte Jenny mit einem Seitenblick zu Marcus, um sicherzugehen, dass er nicht selber die Eröffnungsreplik übernehmen wollte.

Die Sozialarbeiterin legte ihre langen Finger um den Kaffeebecher.

»Das ist so furchtbar. Aber ich kann Ihnen versichern, dass Babyshot Florica nicht ein Haar krümmen würde. Der arme Kerl hat sein Päckchen zu tragen, aber er liebt sie. Wirklich. Für unsere Klienten ist eine Straßenehe mindestens so heilig wie eine kirchliche Trauung mit anschließendem Fünf-Gänge-Menü.«

Jenny fiel Sarahs Wortwahl auf. Klienten. Eine erfrischend positive Alternative für Obdachlose im Vergleich zu dem eher üblichen, abfälligen »Penner« oder »Schluckspecht«.

Sarah war schätzungsweise Anfang Fünfzig, schlank und mit dem ungesund fahlen Teint einer lebenslangen Kettenraucherin. Schlaffe Haut am Hals, hohle Wangen, haarfein verzweigte Fältchen um die Lippen. Ihre kurze Lederjacke saß stramm über den Schultern, das Flanellhemd darunter war aufgeknöpft. Die Trauerränder unter den Fingernägeln waren entweder ein Zeichen mangelnder Hygiene oder die Folge eines harten Arbeitslebens mit den verlorenen Seelen der Straße.

Jenny schaute auf ihre eigenen makellosen Nägel und nickte verständnisvoll.

»Deswegen können wir ihn trotzdem nicht als Verdächtigen ausschließen. Und es ist nicht sehr hilfreich, dass er seit dem Mord an Florica nicht mehr gesehen wurde.«

Sarahs Griff um den Becher wurde fester.

»Ich kenne ihn. Er ist lammzahm. Er würde niemals darauf kommen …«

»Auch nicht, wenn er betrunken ist?«

»Er ist ein ›Schläfer‹. Alkohol haut ihn total um.«

»Dann hat Florica sich Ihnen oder einem Ihrer Kollegen nie wegen gewaltsamer Konflikte zwischen den beiden anvertraut?«

»Sie haben sich in ihrem brutalen Alltag Sicherheit gegeben.«

Unten im Gemeinschaftsraum war eine laute Männerstimme zu hören, zwei Helfer liefen auf dem Flur vorbei.

Jenny ergriff wieder das Wort.

»Babyshot ist ein infantiler Autist, ist das korrekt?«

Sarah nickte.

»Wie äußert sich das?«

»In mangelnder Sozialkompetenz. Er wird nervös, wenn er jemanden nicht kennt, und ist unfähig, zu mentalisieren.«

»Was bedeutet mentalisieren?«

»Es fällt ihm schwer, sich in Gefühle oder Verhaltensweisen anderer Menschen oder in seine eigenen hineinzuversetzen, und er kann auch nicht nachvollziehen, welchen Effekt sein Verhalten möglicherweise auf andere hat. Stellen Sie sich ein Kind im Bus vor, das Sie anstarrt. Das finden alle süß. Und dann stellen Sie sich einen erwachsenen Mann vor, der Sie ebenso hemmungslos anglotzt. Auch dann noch, wenn Sie über Ihre Körpersprache Unbehagen signalisieren oder ihn sogar verbal auffordern, das bleiben zu lassen.«

»Verstehe. Wir werden uns ihm behutsam nähern.«

Sarah seufzte.

»Behutsam ist eine Untertreibung. Es hat sehr lange gedauert, bis er mich als ›Lächelperson‹ akzeptiert hat.«

»Was bedeutet das?«

»Seine Welt ist in vielerlei Hinsicht schwarz und weiß. Entweder fühlt er sich bei Ihnen sicher, oder er fühlt sich verunsichert von Ihnen. Wen er leiden kann, lächelt er freundlich an. Das sind die Lächelpersonen.«

»Und was ist mit denen, die er nicht mag?«

»Das ist etwas komplizierter. Ich erinnere mich da vor allem an eine Situation mit einem unserer ehemaligen Ehrenamtlichen. Florica war eines Morgens gekommen und hatte gesagt, Babyshot würde am ganzen Leib zittern und nicht mehr auf ihre Ansprache reagieren. Sie behauptete, dass der Ehrenamtliche Babyshot gegenüber handgreiflich geworden wäre, als er bei einer Nachtschicht mit ihm alleine war. Da wir große Stücke auf unseren Ehrenamtlichen hielten, haben wir ihn zu einem Gespräch vorgeladen.«

»Wie ist das gelaufen?«

»Als der Mann den Raum betrat, hat Babyshot sich vor Angst eingenässt.«

»Sie sprechen von einem ›ehemaligen Ehrenamtlichen‹. Heißt das, dass die Sache letztendlich geklärt wurde?«

Sarah nickte so energisch, dass der Kaffee an der Innenseite des Bechers hochschwappte.

»Babyshot hat, wie gesagt, weder Zugang zu seinen eigenen Gefühlen noch zu denen anderer. Was nicht nur das Fundament für Empathie ist, sondern auch für Manipulation. Er sagt grundsätzlich die Wahrheit, eben nur auf seine eigene, beschränkte Weise.

Dass er sich in die Hose gepinkelt hat, war eine ›pure‹ Reaktion. Da war mir sofort klar, dass der Ehrenamtliche gelogen hat.«

Sarah Jerlmyr folgte den Ermittlern raus in die Rezeption. Die Schiebetüren öffneten und schlossen sich vor dem Verkehrslärm, als zwei verfrorene Gestalten sich in die Wärme flüchteten.

Sarah verschränkte die Arme.

»Wenn Sie Babyshot tatsächlich finden, denken Sie bitte dran, dass er keine richtige Sprache hat.«

»Wie kommunizieren Sie mit ihm?«

»Er wiederholt Worte, die wichtig für ihn sind. Er hat eine echohafte Sprache. Man muss viel Geduld haben. Wie jeder andere möchte er einfach gerne gehört und verstanden werden.«

»Vielen Dank für die Informationen«, sagte Jenny, während Marcus sich mit einem kühlen Händedruck verabschiedete. Er war während der gesamten Unterhaltung seltsam wortkarg gewesen.

»Hoffentlich finden Sie ihn«, sagte die Sozialarbeiterin mit einem Blick in das stürmischer werdende Wetter unter dem dunklen Himmel.

EMILY

Emily schreckte aus dem Schlaf hoch und schlug die Augen auf. Sie blinzelte benommen, nicht wissend, was sie geweckt hatte. Sie hörte einen Schrei. Dann noch einen. Heiser, abgehackt. Er kam aus der Wohnung unter ihr.

Sie schnaufte genervt. Das Mädel unter ihr war eine echte Bitch. Mit ihrem Pornogestöhne wollte sie das Ego der Jungs aufbauen, was aber eher zur Folge hatte, dass die Typen überfordert das Weite suchten. Sie bot einfach zu schnell zu viel von sich an.

Ansonsten hatte Emily sich einigermaßen wieder beruhigt, obwohl ihr der nächtliche Spaziergang vom Schlachthaus nach Hause noch immer in den Knochen steckte. Oder der abgebrochene Stilettoabsatz in der Bürgersteigritze, der kurz darauf auf dem Schuhabstreifer gelegen hatte. Sie hatte total hysterisch reagiert, als der Typ aus der Kellerwohnung die Treppe hochgepoltert war und sie angeblafft hatte, ob sie verdammt noch mal nicht aufhören könnte, so ein Spektakel zu machen. Schluchzend hatte sie ihm zu erklären versucht, dass jemand sie verfolgte, aber er hatte sie nur angeglotzt, als hätte sie nicht alle Tassen im Schrank.

Sie nahm ihr Handy und öffnete Instagram, um die Zeit zu überbrücken, bis das Gejaule unten endlich vorbei war. Während sie sich durch die Flut an Kussmund-Selfies scrollte, ploppte eine SMS auf dem Bildschirm auf.

Heute Abend 22 Uhr? Ich mag nicht warten.

Das war er! Ganz und gar nicht unnahbar. Nur eine klare Ansage, was er wollte und wann.

Okay!, antwortete sie direkt.

Während sie auf seine Antwort wartete, gab sie seine Nummer zuerst bei Krak, dann bei Facebook ein. Keine Treffer. Sie fand es spannend, jemanden kennenzulernen, der nicht alles online postete. Ausnahmsweise konnte sie hier mal echte Überraschungen erwarten.

Seine Antwort ließ nicht lange auf sich warten: *Schön, E! Ich hol dich ab. Dann schauen wir, wo der Abend uns hinführt ;)*

Sie lächelte schläfrig und zog die Decke bis ans Kinn hoch. Das Gekreische aus der Wohnung unter ihr war zu einem gedämpften Murmeln verebbt. Stimmen in der Nacht. So verliebte man sich. Nackt zusammen im Bett, Haut auf Haut. Ohne virtuellen Filter.

Das offene Fenster.

Auf dem Weg in den Schlaf wurden die Gedanken an ihn zu einem Gefühl im Körper, das sie für den Rest der Nacht durch einen lebensechten Traum zog, in dem sie immer und immer wieder eine von drei Türen wählen sollte. Und sie wählte immer wieder die im Dunkeln verborgene Tür. Hinter der die Leichen lagen.

19

Um zehn nach zwölf lenkte David den geleasten Volvo XC60 aus dem Zentrum von Esbjerg in Richtung E20. Lucas war auf dem Beifahrersitz eingenickt. Die Task Force 14-Agenten fuhren in östlicher Richtung zum Rechtsmedizinischen Institut in Odense.

Nach der Teambesprechung hatten sie William Grandberg mitgeteilt, dass sie unabhängig von der Gruppe ermitteln wollten, aber natürlich an den täglichen Briefings teilnehmen und die Ermittlungsgruppe laufend über eventuelle Funde informieren würden. William hatte vorgeschlagen, dass sie jemanden aus dem Ermittlungsteam mitnahmen, der die Ortsansässigen kannte. Nicht, dass Fremde in Süderjütland nicht willkommen wären, die Einwohner mochten nur nicht gesehen werden, wie sie mit ihnen redeten.

Sie hatten Williams Vorschlag abgelehnt. Die Journalisten belagerten die Polizeiwache rund um die Uhr. Jedes zivile oder Polizeifahrzeug, das die Wache verließ, zog einen langen Rattenschwanz an Übertragungswagen hinter sich her.

»Was ist das für ein Drecksbezirk, in dem Obduktionen in einer anderthalb Autostunden entfernten Universität durchgeführt werden?«, brummte Lucas mit geschlossenen Augen. Sein Kopf lehnte an der Kopfstütze.

»Vielleicht sorgt die Entfernung für größere Gründlichkeit im ersten Durchgang.«

David stellte den Tempomat auf 120 km/h ein und inhalierte den wertigen Duft der Lederbezüge. Autofahren beruhigte ihn, der taktfeste Rhythmus der Straßenmarkierungen, das meditative Abgeschirmtsein von der Umwelt. Außerhalb des Volvo-Kokons zogen umgepflügte Äcker vorbei, farblose, platte Schablonen hinter schiefen Drahtzäunen, dunkle Silhouetten von Kühen und Pferden unter tropfenden Wolken.

»Dann lass uns doch die Fahrt zu einem seriösen Gespräch über den Fall nutzen«, sagte Lucas.

»Warum hast du dich beim Briefing zurückgehalten?«

»Was meinst du?«

»Vor der Task Force 14 habe ich in der süderjütländischen Polizeieinheit gearbeitet. Die Leute hier ticken ein bisschen anders.«

»Wo ist die Pointe?«

David grinste schief.

»Ich will damit nur sagen, dass Süderjütländer äußerst teamorientiert sind. Da tritt man besser nicht zu … forsch auf.«

»Forsch?« Lucas spuckte das Wort aus wie einen Kirschkern.

»Sie schätzen Demut.«

»Und ich schätze Beyoncé, was nicht bedeutet, dass sie mir mein Bett wärmt.«

Das Radio murmelte gedämpft in der folgenden Stille.

»Hast du die Reaktion mitbekommen, als wir Grandberg erwähnt haben?«, sagte David. »Der Nachname des Ortssheriffs ist in die Brust einer Leiche geritzt, und alle wenden den Blick ab.«

»Der Polizeidirektor wird ihn sicher bald von dem Fall abziehen, wart's ab.«

»Glaubst du? Der Name Grandberg hat Gewicht in der Gegend hier. Ich habe während der Fahrt hierher was über die Familie gelesen. William war so eine Art Wunderkind. Sein Vater, Laust, hat ihn mit seiner zweiten Frau bekommen. Eva hieß sie. Sie ist tot. Hat sich das Leben genommen.« David verscheuchte einen vor ihm fahrenden Wagen mit der Lichthupe von der Überholspur. »William war in Eton, wo er mehrere akademische Auszeichnungen eingeheimst hat. Seine Klassenkameraden waren jedenfalls keine popelfressenden Fußballjungs; wir reden hier von blauem Blut, Elitenachwuchs.«

»Ich raff die Pointe immer noch nicht ganz.«

»William ist der klassische Snob, der sich weigert, in die Fußstapfen seines alten Herrn zu treten, und sich einbildet, dass der Polizeijob ein Ausweg für ihn ist.«

»Und er erkennt nicht, dass es keinen Unterschied gibt zwischen seinem geborenen Ich und dem, das er zu sein versucht? Meinst du das Klischee?«

»Genau. Er hat sich für die Polizei entschieden, weil er sich beweisen wollte, dass die Anschauungen seiner Familie nicht alles bedeuten. Die Schlussfolgerung müsste also lauten, dass sie alles bedeuten.« David schnalzte mit der Zunge. »Glaub mir. William wird schon eine Lösung finden, wie er sich unentbehrlich macht.«

Lucas kratzte sich in seinem platinblonden Haar, das aussah wie mit einer Kinderschere geschnitten.

»Und was ist mit der übrigen Familie?«

»Einflussreiche Kreaturen. Ihnen gehört fast halb Süderjütland. Williams großer Bruder Andreas Grandberg bekleidet einen Topposten im Familienunternehmen.«

»Gibt es noch mehr Brüder?«

»Elias Grandberg. Er ist der Älteste. Hat vor etlichen Jahren mit der Familie gebrochen und arbeitet als Pfarrer in der Inneren Mission.«

»In der Inneren Mission? Okay. Und der aktuelle Leiter des Familienunternehmens …? Anders …?

»Andreas Grandberg. Als ich als junger Polizeianwärter hier gearbeitet habe, ging das Gerücht um, dass er sich gerne die Nase gepudert und die Nacht zum Tag gemacht hat. Er hat bisher noch keine Familie gegründet.«

»Interessant.«

David schüttelte den Kopf.

»Wir jagen einen mordenden Frauenhasser, keinen feierwütigen Single.«

»Schließt das eine das andere aus?«

Nach knapp vierzig Minuten fuhren sie unter den hohen Pylonen der Kleinebeltbrücke hindurch. Der Regen schlug prasselnd gegen die Windschutzscheibe.

»Was ist eigentlich mit dir?«, fragte David. »Du hast einen akademischen Universitätsabschluss und hast dich für die Polizei entschieden. Spukt in deinem Familienkeller auch ein Familientrauma?«

»Dafür bräuchte es eine Familie«, sagte Lucas so sachlich und beiläufig, dass David der Ernst der Worte erst in der folgenden peinlichen Stille klar wurde. Er gab Gas, während das Radio sich durch ein sphärisches Vakuum stotterte.

Staatspathologe Jesper Mortensen nahm sie in Empfang, nachdem David und Lucas vor dem Rechtsmedizinischen Institut in Odense geparkt hatten.

Mortensen öffnete die Fahrstuhltüren mit einer Schlüsselkarte, und der Metallkasten transportierte die drei Männer ins Untergeschoss.

Bereits im grell erleuchteten Kellerkorridor spürte David die aufsteigende Übelkeit. Er hasste Obduktionsräume. Den beißenden Gestank verwesender Körper.

»Diese Tage herrscht hier ein ziemliches Gedränge«, sagte Mortensen munter. »Wir müssen ständig Kaffee nachkochen.«

Es brauchte einen Moment, ehe David kapierte, dass der zynische Witz nicht auf die vielen Leichen im Keller gemünzt war, sondern auf die von der Rigspoliti als Verstärkung geschickte extra Mannschaft.

»Wir sind es schlicht nicht gewohnt, mit so einer großen Belegschaft zu arbeiten«, sagte Mortensen, als sie um die Ecke bogen.

»Wie viele Obduktionen wurden schon durchgeführt?«, fragte David.

»Es ist kompliziert. Mit jedem Fund eines neuen Bezugspunkts bei einem der Skelette, einer Kerbe im Schädel, einer Knochenfraktur und so weiter, müssen wir einen Crosscheck mit den anderen Skeletten durchführen, um sicherzugehen, dass wir kein potenzielles Muster übersehen.«

»Und die toxikologischen Berichte?«

»Die ersten Gewebeproben liegen jetzt bei den Bioanalytikern. Und in ein paar Tagen können wir die Ergebnisse der Massenspektrometrie erwarten.«

»Gewebeproben? Waren die Frauen nicht komplett skelettiert?«

»Eine Leiche liegt erst seit einem Monat in der Erde. Das Kriminaltechnische Institut hat sie als Körper-18 katalogisiert. Haut, Organe und Muskeln sind natürlich weitestgehend aufgelöst, aber ansonsten ist sie ein spannendes Exemplar.«

David nickte. Er schätzte die nüchterne Sprache der Pathologen, die andere oft als sarkastisch empfanden, etwa, einen toten Menschen als »Exemplar« zu bezeichnen. David vertrat die Meinung, dass jeder Tote es verdiente, in professionelle Hände übergeben zu werden, das gab ihm die besten Chancen auf einen abschließenden Epilog seines Lebens.

Jesper Mortensen legte seine Schlüsselkarte auf einen Sensor an der Wand, eine große weiße Tür glitt auf und machte ihnen den Weg frei in einen riesigen Obduktionsraum. Das kalte, klinische Licht der Deckenbeleuchtung reflektierte in glänzenden Stahlflächen und Kachelwänden. Die Einrichtung entbehrte jeder Ästhetik. Ein steriles, funktionales Arbeitsmilieu. Über acht Stahltischen brummten meterlange Absaugtrichter. Unter den Tischen fiel der Boden leicht ab zu kleinen Abflussgittern. Das Licht blinkte in glänzenden Fleischscheren, Knochensägen und anderen Folterinstrumenten, die ordentlich sortiert auf Metalltabletts lagen. Männer und Frauen in blauen Kitteln und weißen Latexhandschuhen liefen zwischen den Tischen hin und her und redeten mit gedämpften Museumsstimmen, begleitet von dem leisen Besteckklirren der Metallwerkzeuge und Instrumente in ihren Händen. Ergebnisse und Notizen wurden auf einer riesigen Tafel festgehalten. Die konzentrierten Gestalten hielten kurz inne, als sie das laute Klacken von Lucas' Schlangenlederschuhen hörten und deren exzentrischen Besitzer sahen.

David atmete prüfend durch die Nase ein. Die Luft war rein. Die auf den Stahltischen verteilten dunkelbraunen Skelette waren geruchsneutral.

»Dies ist der Ort, wo der Tod dem Leben freudig zu Hilfe eilt«, sagte Mortensen, dem Davids Blick auf die lateinische Inschrift an der hinteren Wand nicht entgangen war: Hic locus est ubi mors gaudet succurere vitae.

Der Staatspathologe führte sie zu einer langen Stahlplatte, die mit Notizblöcken, ausgedruckten Detailaufnahmen von Knochen, aufgeklappten Laptops und einem Mikadospiel aus Kugelschreibern zugestellt war. Mortensen nahm einen Block aus dem Durcheinander und fasste mit der Brille auf der Nasenspitze kurz für die anderen zusammen:

»Die übergeordneten Beobachtungen der Rechtsanthropologie haben ergeben, dass alle Frauen von kleinem Wuchs waren. Zwei Mädchen sind kaum geschlechtsreif. Stressfrakturen an den Handgelenken und diverse ausgerenkte Unterarmknochen lassen darauf schließen, dass ihre Hände auf dem Rücken gefesselt waren.«

»Wie lange haben sie in der Erde gelegen?«, fragte David.

»Die Altersbestimmung der Knochen, um die genauen Todeszeitpunkte festzusetzen, wird noch einige Zeit dauern.«

»Wurden schon DNA-Proben durchgeführt?«, fragte Lucas.

»Die Knochen, die wir bekommen haben, wurden abgeschabt und ins molekulare Labor geschickt. Die Ergebnisse des ersten Schwungs erwarten wir in den nächsten Tagen.« Er leckte die Fingerspitze an und blätterte zur nächsten Seite vor. »Wir haben die vorbereitenden Untersuchungen an einigen der Skelette abgeschlossen. Ein Teil von ihnen hat, wie Sie bereits wissen, gebrochene Zungenbeine. Die Mordmethode dürfte demnach Strangulation oder Erhängen gewesen sein.«

David blieb an dem »dürfte« von Mortensen hängen, schwieg aber.

»Es ist ein deutliches Vorgehensmuster zu erkennen, aber wie bereits erwähnt, hat Körper-18 uns die Augen für eine breitere Perspektive geöffnet.«

David und Lucas tauschten Blicke, ehe sie Mortensen in den Kühlraum folgten. Das Erste, was David auffiel, war nicht der spürbare Temperaturabfall, sondern der Geruch. Die soliden Klappen vor den Fächern kamen gegen den strengen Verwesungsgeruch nicht an.

»In der Kühlung befinden sich nicht nur die neu eingetroffenen Leichen«, sagte Mortensen mit einem Blick auf David. »Tigerbalsam gefällig?«

David lehnte dankend ab.

Mortensen ging zu einer der Türen und drückte den Griffhebel herunter. Die Zahnräder schepperten, als der Staatspathologe die Stahlbahre herauszog und das Plastiklaken über einer deformierten, von einem feuchten Film überzogenen Gestalt anhob. Die Oberhaut hatte sich von dem Fleisch und den Knochen gelöst und erinnerte an blasse Hühnerhaut. Das Gesicht war dunkler und zerfurchter, als wäre Asche darauf verrieben worden. David schätzte, dass die Leiche sich in der letzten Verwesungsphase befand. Die Mikroorganismen, die die inneren Organe zersetzten, schieden nach wie vor Fluidum und übelriechende Gase aus. Er schluckte.

»Das Verwesungsstadium, die Insektenmenge und der hohe Fettsäuregehalt in der Erde weisen darauf hin, dass sie vor etwa einem Monat begraben wurde. Die Anthropometrie lässt vermuten, dass sie wie die anderen Opfer kaukasischer Herkunft ist, wahrscheinlich aus einem europäischen Land.«

Mortensen zog einen Latexhandschuh über und schob die Finger in den welligen Spalt, der einmal ein Mund gewesen war. Eine klare Flüssigkeit sickerte heraus.

»Aber nun zu dem Spannenden«, sagte er. »Der Zahnforensiker meint, die Frau hier hätte an einer heftigen Parodontose gelitten und jahrelang keine Zahnpflege betrieben. Wir sind recht sicher, dass sie auf der Straße gelebt hat. Entweder als Obdachlose oder als Prostituierte.«

»Sind schlechte Zähne ein durchgängiges Merkmal für die bereits untersuchten Leichen?«, fragte David.

»Wir stehen noch am Anfang. Aber an einem der anderen Gebisse haben wir Brackets gefunden.« Mortensens Augenlid zuckte. »Und Körper-18 birgt noch ein paar zusätzliche Geheimisse. Wir haben zum Beispiel schwere Läsionen an der Zunge gefunden.«

»Von einem Messer?«

»Bissspuren.«

»Ist der Mörder ein Kannibale?«

»Es ist noch … verzwickter. Die Röntgenbilder zeigen winzige Schatten zwischen den Backenzähnen der Frau. Wir haben eine Eilprobe ans Labor geschickt. Es waren Fleischfasern.«

»Fleisch?«

»Reste ihrer eigenen Zunge.«

»Sie hat doch nicht etwa …« David schwieg.

Mortensen zuckte mit den Schultern.

»Das sind bislang nur Spekulationen. Das Einzige, was wir mit Sicherheit wissen, ist, dass ihre letzten Stunden nicht leicht gewesen sein können, speziell im Hinblick auf den anderen Fund. Ihnen ist doch sicher die dunklere Gesichtsfarbe im Vergleich zum Rest des Körpers aufgefallen.«

David und Lucas nickten.

»Ich habe noch nie etwas Vergleichbares gesehen«, sagte Mortensen. »Die Haut klebt am Schädel wie gehärteter Wachs. Im Gewebe auf der Außenseite des Schädels fanden sich multiple Zysten und Erosionsmuster.«

Lucas brach sein Schweigen. »Brandwunden?«

»Feuer hinterlässt in der Haut nicht diese Art von Rückständen.« Mortensen schüttelte abweisend den Kopf. »Wir haben in die Haut eingelagerte Partikel gefunden. Die Biopsie hat hohe

Werte von Calcium, Jod, Magnesium, Biotin und Riboflavin nachgewiesen.«

»Milch?«, sagte David.

»Korrekt. Der Täter hat ihr offensichtlich kochende Milch ins Gesicht geschüttet, und das in einer solchen Menge, dass die Milch sich förmlich in die Haut eingebrannt hat. Und anhand der Hautreaktion, eben der Zystenbildung, können wir davon ausgehen, dass das Gewebe noch lebendig war, als es passierte. Im besten Fall war die Frau nicht mehr bei Bewusstsein, als der Täter sie verbrüht hat.«

David rieb sich das Ohr.

»Sind die Gesichter der anderen Frauen auch verbrüht?«

Mortensen ließ für einen Augenblick seine professionelle Maske sinken und blickte traurig auf das Geschöpf, das einmal eine junge Frau gewesen war, die noch ihr ganzes Leben vor sich gehabt hatte.

»Das wissen wir noch nicht.«

Sie standen schweigend da.

»Ich leite Ihnen die Ergebnisse der Massenspektronomie weiter, sobald sie mir vorliegen«, sagte Mortensen schließlich.

»Könnten Sie sie auch an mich schicken?« David reichte ihm seine Visitenkarte.

Als David und Lucas auf dem Parkplatz auf ihr Auto zusteuerten, rief der Staatspathologe ihnen von der Eingangstür hinterher: »Jetzt hätte ich fast versäumt zu erwähnen, was wir im Magen von Körper-18 gefunden haben. Eine Flüssigkeit auf der Basis von Pflaumen und Hefe mit rund 48 Prozent Alkohol.«

»Tuica. Ein rumänisches Nationalgetränk. Wird traditionell vorm Essen getrunken«, sagte David.

Mortensen zog die Augenbrauen hoch.

»Beeindruckend. Ich habe das erst googeln müssen. Kennen Sie sich in Rumänien aus?«

»Ich war nie dort.«

EMILY

Ich bin da ;)

Emily schaute aus dem Fenster. In dem Nieselregen sah sie einen großen silberfarbenen Wagen auf dem Bürgersteig parken. Sie kannte sich nicht mit Autos aus, aber er sah teuer aus. Whatever. Selbst wenn er mit einem Roller gekommen wäre, hätte das ihre Erwartungen an diesen Abend nicht die Spur geschmälert.

Sie warf einen Blick auf ihre Armbanduhr. 22:01. Pünktlich war er schon mal. Auch wenn es ein ungewöhnlich später Zeitpunkt für ein erstes Date war. Aber das hatte vermutlich einen guten Grund.

Emily warf einen letzten Blick in den Flurspiegel. Ihr Haar glänzte frisch gewaschen, die Lippen waren tiefrot, und ihre knallblaue Iris strahlte durch den verrucht rauchig schimmernden Lidschatten. Die schlichte schulterfreie Bluse betonte ihre Brüste ohne ausladendes Dekolleté, die weiße Skinny Jeans schmiegte sich perfekt an ihre Oberschenkel und den Po an. Dazu trug sie die sauteuren Saint-Laurent-Stilettos, deren Absatz sie sich auf keinen Fall wieder abbrechen durfte.

Der nächtliche Schreck steckte ihr noch in den Knochen, aber sie hatte im Laufe des Tages ihre Nerven mit einer langen Joggingrunde und einem heißen Bad beruhigt.

Sie lächelte ihr Spiegelbild an, ehe sie, eine Duftspur hinter sich herziehend, aus der Wohnung ins Treppenhaus trat.

Mit gespannter Vorfreude auf diese Nacht!

Er stieg aus dem Wagen und klappte einen Schirm auf, als Emily auf den Bürgersteig raustrat. Lässig und galant, ohne übertriebene Ironie, mit der einige Typen glaubten, Punkte für sich verbuchen zu können. Der beige Blazer war maßgeschneidert, dazu schwarze Jeans und legere Lederschuhe. Er war schlank und athletisch, ziemlich groß. Ohne Schirmmütze waren seine Gesichtszüge kantiger, aber klassisch männlich wie bei einem älteren Hugo-Boss-Model.

Sie errötete.

»Steig ein«, sagte er und reichte ihr die Hand.

Mit einem eleganten Abknicken des Handgelenks legte sie vier Finger in seine offene Hand und glitt graziös auf den Beifahrersitz. Sie schaute aus dem Seitenfenster, als er um das Auto herumging. Ihre Fingerkuppen brannten noch immer von seiner Berührung.

»Ich habe mich auf heute Abend gefreut«, sagte er, als er neben ihr saß.

Emily gelang ein beherrschtes Lächeln, ehe sie es wagte, seinem Blick zu begegnen. »Ich mich auch.«

Da waren sie. Die Augen. Selbst in dem diffusen Licht der Straßenlaternen war das Strahlen zu sehen, die Wildheit, eine sorglose Kraft wie im Blick eines Damwilds. Er betrachtete sie, ohne den Wagen zu starten.

»Fahren wir?«, fragte sie lachend, um die Luft aus den Lungen zu entlassen.

Er lächelte verschmitzt und drehte den Zündschlüssel. Ein lächerlicher Gedanke streifte Emily, als sie losfuhren: Sie hatte vergessen, das Licht im Fenster brennen zu lassen.

20

Der Volvo schoss durch eine windgepeitschte Landschaft mit kahlen Bäumen, einsamen Industriegebieten und verlassenen Höfen. Die Tristesse um ihn herum hinterließ einen bitteren Nachgeschmack in Davids Mund.

»Faszinierend«, sagte Lucas. »Ein Täter, der die Gesichter seiner Opfer mit kochender Milch schmilzt, ehe er die halb toten Frauen stranguliert. Wir sollten ihm einen Namen geben.«

David schüttelte den Kopf.

»Nennen wir ihn doch … KFT.«

»KFT?«

»Kidnappen, Foltern, Töten. Drei Buchstaben. Wie bei Dennis Rader.«

»Wovon zum Teufel redest du?«

Lucas seufzte. »Sieh dir die zweite Staffel von Mindhunter an, dann verstehst du es.«

David fuhr einen Bogen um ein platt gefahrenes Tier auf der Fahrbahn.

»Kidnappen, Foltern, Töten. Der Pressechef, der die Gutenachtgeschichte veröffentlicht, tut mir jetzt schon leid.«

»Wieso?«

»Die Leute kriegen Panik, wenn sie hören, dass so ein Monster frei herumläuft.«

»Unser Täter ist kein Monster. Er ist ein ganz gewöhnlicher Mensch. Was ihn allerdings noch viel bedrohlicher macht.«

»Welcher gewöhnliche Mensch betrachtet ein Massengrab als private Trophäensammlung?«

Lucas murmelte etwas Unverständliches, ehe er die Stimme hob.

»Weißt du, was der Grundgedanke der Ideengeschichte ist?«

»Ja.«

Lucas sah ihn erstaunt von der Seite an.

David schnitt eine Grimasse. »Natürlich nicht.«

»Ein Ideenhistoriker reflektiert über die dominierenden Gedankenmuster, die der Mensch erfindet, um sich die Welt zu erklären. Die Wirklichkeit ist also im Grunde genommen nichts anderes als ein Konstrukt unseres eigenen Denkens. Und oft wird das, worüber sich die Mehrzahl der Menschen einig ist, zur Wahrheit.«

»Ist das nicht eine der größten Stärken der Zivilisation? Der Demokratie.«

Lucas schüttelte den Kopf.

»Demokratie ist Quantität vor Qualität. Die kulturelle Prägung der Masse führt zu einem Wertegerüst, das unser Gefühl von richtig und falsch bestimmt. Macht es dir keine Angst, dass jedes Konzept oder Phänomen, das von einer Mehrheit unterstützt wird, als ›allgemeingültig‹ akzeptiert wird?«

»Nicht, wenn ich mir die Alternativen vor Augen führe. Da bin ich dann doch ein klarer Anhänger von … wie hast du es gleich genannt? Der kulturellen Prägung der Masse und dem daraus resultierenden Wertegerüst, das unser Gefühl von richtig und falsch bestimmt.«

»Hab ich das gesagt? Gut. Unterziehen wir diese Behauptung einer Belastungsprobe. Du bezeichnest unseren Mörder als Monster. Aber Monster existieren ausschließlich im metaphysischen Sinne. Das Gute, das Böse und Tabus sind erfundene Konzepte, unsichtbare Richtschnüre, die die Zivilisation benutzt, um verbotene Triebe zu zähmen. Wir bestrafen und verurteilen einen Haufen armer Seelen, deren einziges Vergehen darin besteht, dass sie an einem angeborenen oder angelernten Trieb leiden.«

»Arme Seelen? Also Pädophile, Vergewaltiger, Mörder?«

Lucas schnaubte.

»Alle Gehirne haben eine Art Standardeinstellung. Entweder biologisch oder im Laufe der Kindheit entwickelt. Diese Standardeinstellung bleibt ihnen das ganze Leben erhalten wie ein Urinstinkt.«

»Worauf willst du hinaus?«

»Muss man nicht selbst als Opfer angesehen werden, wenn die eigene Standardeinstellung nicht zu der Vorstellung der Mehrzahl vom ›Richtigen‹ passt? Kinder werden ungefragt in eine globale Schicksalsgemeinschaft hineingeboren, aus der sie sich niemals befreien können. Sie gehören einfach dazu. Basta. Und wer sich nicht den Normen der Mehrheit unterordnet, wird medikamentös behandelt, eingesperrt oder hingerichtet.«

»Dann ist es also okay, einen unschuldigen Menschen zu ermorden, weil man eine schlechte Kindheit gehabt hat?«

»Die Pointe ist, dass eine Mehrheit beschlossen hat, dass es verboten ist zu töten. Weil das nicht zu dem Bild passt, das der Mensch von sich selbst geschaffen hat. Moral, Ethik und Mitgefühl sind im Grunde genommen irreführende Konstruktionen. Ob etwas gut oder böse ist, wird durch einen einzigen Fakt entschieden: Ob du die Mehrheit auf deiner Seite hast oder nicht.«

»Aber wir müssen doch denen Einhalt gebieten, die anderen Böses zufügen.«

»Jeder Nahrungskette liegt eine Hierarchie zugrunde. Die, die töten und die, die getötet werden. Aber in unserer Nahrungskette haben die Beutetiere sich zusammengerottet und die Macht übernommen.«

»Du meinst also, dass Mörder und Vergewaltiger eigentlich freies Spiel haben sollten?«

»Aber nein! Hörst du mir denn nicht zu? Mein Gedankengang ist genau wie deiner davon gelenkt, worüber sich die Mehrheit einig ist.«

David seufzte.

Lucas lehnte sich zurück und schloss die Augen.

»Polizeiarbeit darf nie persönlich werden, David. Leg die Gefühle auf Eis, arbeite analytisch. Wir jagen einen ganz gewöhnlichen Mann, der einen verbotenen Trieb auslebt. Wenn wir den durchschauen, verstehen wir auch sein Motiv, und wenn wir sein Motiv verstehen, fangen wir ihn. Denn es gibt eine Sache, die alle Menschen gemeinsam haben: Sie begehen Fehler. Weck mich, wenn wir da sind.«

21

Es war sieben Uhr am Abend, und hinter allen Fenstern der Hauptwache in Esbjerg brannte Licht. Von außen betrachtet sah das dreistöckige Gebäude mit seiner roten Backsteinfassade aus wie ein gewöhnlicher Wohnkomplex. Aber dem zurückhaltenden Erscheinungsbild zum Trotz stand es gerade im Zentrum eines internationalen Medienansturms. Aus diesem Grund hatte man vor dem Eingang ein paar finstere Gestalten in Kampfuniform und im Schulterschluss platziert, die völlig unbeeindruckt von den Journalistenhorden waren, die den Platz auf der anderen Seite des flatternden Absperrbandes belagerten. Die Horden filmten und versuchten, mit jeder Person in Kontakt zu kommen, die die Polizeistation betrat oder verließ.

David und Lucas gelangten unbemerkt durch den Personaleingang im Innenhof hinein und begaben sich direkt in den Sitzungsraum 7P im ersten Stock, in dem sich nur ein Mann aufhielt.

»Wie ich gehört habe, habt ihr der Rechtsmedizin in Odense einen Besuch abgestattet«, sagte William in der Sekunde, als die beiden den Raum betraten. Was beeindruckend war, weil der Dezernatsleiter mit dem Rücken zur Tür vor der großen beleuchteten Leinwand stand, auf der eine Drohnenaufnahme von dem aufgegrabenen Wall von Smøl Vold zu sehen war. »Und, habt ihr was Interessantes erfahren? Oder soll ich raten?«

»Es ist der erste Tag. Wir müssen uns erst mal orientieren und etablieren«, sagte David.

»Ich zweifle nicht an eurer Loyalität, nur daran, wem sie gilt.« William drehte sich um. Seine braunen Augen funkelten im Deckenlicht. Nicht aggressiv, eher nervös. Er sah etwas blass und verkrampft aus. »Ich weiß, dass du bei Sejersen warst.«

David bewegte die Zehen in den Schuhen. William Grandberg hatte sich direkt an ihn gewendet.

»Das ist nicht persönlich.«

»Schwer, das nicht persönlich zu nehmen«, sagte William neutral. »Kaum lesen die Leute ein paar handverlesene Kommentare zu mir und meiner Familie, glauben sie zu wissen, wer wir sind.« Er verließ den Konferenzraum.

David musterte Lucas, der mit seinem Telefon beschäftigt war.

Lucas sah ihn fragend an.

»Du beschäftigst dich mit deinem Handy, während der Mann mit uns spricht?«

»Glaubst du, das hat er gemerkt?«

»Ich fass es nicht!«

Lucas wischte Davids Worte mit einem Handwedeln weg.

»Dann finde du mal jemanden im Haus für eine Datensuche. Täter mit den besonderen Kennzeichen Strangulierung und Verstümmelung. Über die letzten zwanzig Jahre.«

»Worauf willst du hinaus?«

Lucas hielt sein Handy hoch und verschwand.

David brummte genervt vor sich hin, als er durch den Flur ging. Er rief sich ins Gedächtnis, weshalb er selbst nach Süderjütland gekommen war. Egal wie grenzüberschreitend und beschissen arrogant Lucas auch auftrat, Skaarup hatte ihn zum operativen Chef ihres Zweierteams ernannt. David blieb nichts anderes übrig, als seinen Scheiß-drauf-Knopf zu drücken. Seine Kiefermuskulatur arbeitete. Warum weckte es immer so kleinkarierte Gefühle in den Menschen, der Größere zu sein?

»Wer bist du?«, fragte eine helle Stimme.

David blieb stehen. Zwei nussbraune Augen musterten ihn aus dem Türrahmen von Williams Büro.

»Ich heiße David«, sagte er verdutzt. »Und wer bist du?«

»Ich heiße Silja. Mein Papa ist dein Chef.«

»Aha.«

Sie drückte ihren Plüschbären an die Brust.

»Bist du ein Gangster?«

»Wie kommst du darauf?«

»Die schwarze Mütze auf deinem Kopf.« Das Mädchen nahm ihn gründlich in Augenschein. »Was bedeuten die Worte, die du gesagt hast?«

»Welche Worte?«

»Eben. Ich hab dich gehört. Du hast eine komische Sprache gesprochen.«

»Silja, hab ich dir nicht gesagt, dass du die Leute nicht nerven sollst.« William kam mit hastigen Schritten angelaufen. »Sorry«, sagte er an David gewandt und schob das Mädchen in sein Büro. »So, Schatz, geh jetzt da rein und spiel ein bisschen auf dem iPad. Ich unterhalte mich kurz mit dem Mann.«

»Er heißt …«

William schloss die Tür.

»Tut mir leid, Silja ist ein neugieriges Mädchen.« Er sah sich unkonzentriert um, rastlos, als hätte er seinen Autoschlüssel verlegt.

»Gibt es Probleme, dass sie hier ist?«, fragte David. Sie standen so dicht voreinander, dass er den Duft von Achselschweiß und Deodorant wahrnahm und gleichzeitig das unbestreitbare Charisma des Leiters der Mordkommission, die selbstverständliche Autorität und das makellos schöne Gesicht. Kurz: den Winnerlook.

»Sie hat gerade schlimme Albträume. Dass sie ganz alleine auf der Welt ist. Vielleicht, weil ihr festes Kindermädchen nach Aarhus gezogen ist. Darum ist sie vorübergehend mit mir hier.«

David biss sich auf die Unterlippe.

»Was ist mit ihrer Mutter?«

Williams Blick flackerte.

»Sie ist … ähm …« Er kämmte sich ruckartig mit den Fingern durch die glänzenden Locken.

In der peinlichen Stille, die folgte, schien beiden Männern gleichzeitig aufzugehen, dass sie eigentlich gar keine Kollegen waren und die einzige Verbindung zwischen ihnen die aufgezwungene Zusammenarbeit war, bei der der eine immerhin versucht hatte, den anderen von dem Fall abziehen zu lassen.

Die Tür hinter William ging auf.

»Papa, ich kann das Ladegerät nicht finden.«

Siljas Blick flackerte unsicher zwischen den beiden Männern hin und her. David erkannte den Fluchtimpuls bei dem Mädchen. Wenn Kinderaugen Dinge sahen, die das Hirn nicht verarbeiten konnte, übernahm der Bauch oft das Dolmetschen.

Später im Hotelzimmer sah David Siljas Gesicht vor sich, als er drei Mal in das Kissen schrie.

EMILY

Emily schaute aus dem Seitenfenster. Er fuhr in Richtung des Jachthafens von Aabenraa um die eiskalte Bucht. Durch den schimmernden Nieselregenschleier sah sie die Silhouetten der schwankenden Segelmasten. Alle Fenster in den Hafengebäuden waren dunkel.

»Da wären wir«, sagte er.

Emily stieg aus und duckte sich vor einem kalten Windstoß. Sie freute sich, ins Warme zu kommen. Mit ihm. Ein metallisches Scheppern lenkte ihre Aufmerksamkeit ab. In einer windgeschützten Ecke neben dem Klubhaus kauerte eine zusammengekrümmte Gestalt in einem dicken Strickpullover und mit den Beinen in einem Schlafsack.

»Die Arme«, flüsterte Emily.

»Wer?«, fragte er über das Autodach.

»Die da drüben.« Sie zeigte zu der obdachlosen Frau im Schatten, die verloren einer Dose hinterherschaute, die über die Bodenplatten rollte.

Emily balancierte auf Zehenspitzen über die glatten Platten und hob die Dose auf.

»He, was machst du da?«, sagte er und schmiss die Autotür zu.

»Bitte schön«, sagte Emily und reichte der Frau die Dose.

»Hübscher Engel«, flüsterte die Frau heiser. Die Zähne hinter den spröden, zu einem Lächeln verzogenen Lippen waren braun. Das Leben auf der Straße war ihr ins Gesicht gemeißelt, aber sie hatte wache Augen, eine beobachtende Bauernschläue.

»Alles okay mit Ihnen?«, fragte Emily.

Die Frau schaute hoch, ihr Blick wurde hart.

»Und selber?«

Plötzlich stand er hinter ihr. »Komm, du frierst.«

Die Frau starrte ihn an. Ihre Lippen bewegten sich. Emily konnte nicht verstehen, was sie sagte, weil der Wind die Worte mit sich riss, aber es klang wie »Mullo … mullo.«

»Sie kommt schon klar, sieht zäh aus«, sagte er.

Emily spürte einen kurzen, nachdrücklichen Ruck am Ellenbogen.

Er zog sie hinter sich her auf den Anlegesteg zu einem großen Boot.

»Da rein?«, sagte Emily verdutzt.

»Dachtest du, wir würden in einem öden Klubhaus Sushi essen und Wein trinken? Du wolltest doch ein Abenteuer.«

Er machte einen ausladenden Schritt an Deck und reichte ihr die Hand.

»Wir segeln raus?«

Sein Lächeln verblasste.

»Ich habe einen Schlüssel zum Klubhaus. Wir können auch dorthin gehen.«

Emily verkrampfte innerlich, weil sie ihn offensichtlich enttäuschte, nicht spontan genug war, dabei wollte sie so gerne etwas für ihn sein, das ihm noch nie begegnet war.

So wie er für sie.

Sie schaute auf seine ausgestreckte Hand, das einladende Lächeln dahinter. In dem Streifen zwischen Steg und Boot schwappte dunkles Brackwasser. In der halben Sekunde, bevor sie nach seiner Hand griff, war ihr, als hörte sie das Murmeln in dem Glucksen der dunklen Wellen: Mullo, mullo.

Dann stand sie an Deck und suchte mit trippelnden Tanzschritten Halt.

»Der Kapitän begrüßt Sie an Bord!« Er öffnete eine Tür mit Bullauge, die in einen offenen, niedrigen Raum mit Panoramaaussicht auf die nachtschwarze Leere über dem Fjord führte.

»Sehr schön«, sagte Emily und sah den Champagnerkühler neben zwei langstieligen Gläsern und einem üppigen Blumenstrauß. Er griff nach der Flasche, öffnete den Korken mit einem lauten Knall, bei dem sie zusammenzuckte, und schenkte ihnen ein.

Sie nippte an dem Glas.

»Kannst du wirklich so ein Boot segeln?«

»Pamuk?«, rief er eine dunkle Treppe hinunter, die in die unter ihnen liegende Ebene führte, die Emily erst jetzt bemerkte. »Komm doch mal hoch und begrüße meinen Gast.«

»Nein, nein, du musst deinen, ähm, Pamuk meinetwegen nicht stören. Ich dachte …«

Er legte eine Hand auf ihre Schulter.

»Dachtest du, ich hätte einen Diener, der Pamuk heißt?«

Emily blinzelte verwirrt, als er in ein allzu ansteckendes Lachen ausbrach, und lachte erleichtert mit. Über ihre Dummheit und das erste Date, das besser lief als alles, was sie jemals erlebt hatte. Aber aus einem unerfindlichen Grund spürte sie trotz aller Erleichterung auch ein unruhiges Grummeln im Bauch.

»Keine Sorge, Emily. Wir sind alleine. Und jetzt muss ich mich kurz entschuldigen.«

»Was?«

»Ich habe was im Auto vergessen.«

»Was Wichtiges?«

Sie wollte nicht alleine auf dem großen Boot bleiben.

»Entscheidend über Leben oder Tod. Ich bin gleich wieder da.«

22

Jenny trat die Schuhe von den Füßen und ließ sich aufs Sofa fallen. Sie schloss die Augen. Der Regen prasselte gegen das Fenster. Ein gedämpftes Trommeln, wie rieselnde Sandkörner, eine Erinnerung daran, dass die Zeit verging und nichts je stillstand. Sie dachte darüber nach, wie verletzbar die Liebe Menschen machte, wie schlagartig William sich verändert hatte, wie viel er in wenigen Sekunden zerschlagen hatte. Als wäre das, was sich für sie so perfekt angefühlt hatte, für ihn nur Durchschnitt gewesen. Für eine kurze Zeit war es ihr fast gelungen zu verdrängen, dass seine Vergangenheit ihn früher oder später einholen und ihr wegnehmen würde.

Der Gedanke tat weh. Sie hielt sich daran fest.

Sie stand auf. Vom Wohnzimmerfenster aus sah sie die dunstigen Industrielichter im Hafen, die langhalsigen Turmkransilhouetten und die dunklen Konturen der riesigen Containerschiffe. Sie fühlte sich sicher so nah am Meer. Dessen Rauschen sie seit ihrer Geburt im Ohr gehabt hatte.

Jenny zog sich aus und ging ins Badezimmer.

Sie drehte die Dusche auf und ließ sich von den harten Strahlen die Kopfhaut massieren. Nach ihrem Gespräch mit Sarah Jerlmyr hatte Marcus Blom mit dem Rest der Einheit eine Nachbesprechung abgehalten. Auch den anderen war es noch nicht gelungen, Babyshot aufzustöbern. Es gab keine weiteren Spuren, keine Vernehmungen oder anonyme Tipps, die sie weiterbrachten.

Marcus hatte halbherzig von dem noch nicht identifizierten Ehrenamtlichen erzählt, der vor zehn, zwölf Jahren durch sein aggressives Auftreten Babyshot solche Angst eingejagt hatte, dass der sich in die Hose gepinkelt hatte. Keiner im Raum war darauf angesprungen. Die Spur war kalt.

Sie schaltete die Dusche aus. Der Wetterbericht sagte Minusgrade voraus. Das begrenzte die von der Natur vorgegebene Zeitspanne, ehe ihr einziger Zeuge den Kältetod sterben würde. Dampf füllte das Badezimmer. Sie wischte mit der Handfläche über den Spiegel, auf den sich gleich die nächste Nebelschicht legte. Das Spiegelbild ihres Gesichts zerfloss, schmolz vor ihren Augen.

Sie dachte nicht weiter darüber nach und ging ins Bett.

Und träumte von Humphrey Bogart. Der eine lebende Katze verspeiste.

23

Jenny rannte die Treppe hoch. Das Briefing ihrer neuen Einheit hatte vor fünf Minuten begonnen. Marcus Blom war jung, dynamisch und entgegenkommend, aber es kursierten Gerüchte, dass der Mann durchaus auch eine ungemütlichere Seite hatte. Unter anderem war er extrem pünktlich.

Oben in den Räumen der Mordkommission ging es hoch her, es waren laute, hektische Stimmen zu hören.

Die Männer hatten sich in einem Halbkreis um Marcus geschart, der wie ein Schatten seiner selbst aussah, blass und derangiert, weit entfernt von seinem üblichen, geleckten Look. Er wurde mit herzhaftem Schulterklopfen und lobenden Worten überschüttet, denen Jenny keinen rechten Sinn entlocken konnte.

»Ein verfluchter Bluthund« – »Der reinste Bjarne Riis« – »Unschlagbar, Marcus!«.

»Was ist passiert?«, fragte Jenny und wiederholte die Frage, weil keiner sie gehört hatte, gleich noch einmal etwas lauter.

»Marcus hat eine Nachtschicht eingelegt, während wir anderen alle viere von uns gestreckt haben«, sagte einer der Männer lachend. »Und er hat doch tatsächlich den Schluckspecht gefunden.«

»Er schläft unten in einer Arrestzelle. Er war bis auf die Knochen durchgefroren, als ich ihn gefunden habe«, sagte Marcus.

Jenny machte einen Schritt auf ihn zu.

»Wo war er?«

Marcus nippte an seinem Kaffee. Die Kunstpause feuerte die Männer wieder zu einem lauten Palaver an.

Jenny bekam keine Antwort.

Nachdem die Euphorie über den nächtlichen Durchbruch sich ein wenig gelegt hatte, diskutierten die Männer und ihre Kollegin vom Morddezernat über die bestmögliche Strategie, Babyshot zu vernehmen.

»Ausgehend von den Informationen, die wir von der Sozialarbeiterin haben, müssen wir äußerst behutsam vorgehen. Der Mann ist wie ein verschrecktes Kind.«

Marcus lief vor dem Tischende hin und her. Er hatte seine Jacke über den Stuhlrücken geworfen und außer den zerwühlten Haaren und den knitterigen Sachen war ihm die schlaflose Nacht kaum anzusehen. Seine Bewegungen waren federnd, der Blick kraftvoll und wach.

»Laut NetDoktor können infantile Autisten, die sich unsicher oder unter Druck gesetzt fühlen, mit gewaltsamen Anfällen physischer Natur reagieren«, zitierte Osan von seinem Computerbildschirm. »Hat er Widerstand geleistet, als du ihn gefunden hast, Marcus?«

»Er war so erschöpft von der Kälte, dass er mich gar nicht richtig wahrgenommen hat.«

»Wenn er in unserem Gewahrsam einen Anfall kriegt, sind wir verpflichtet, ihn direkt in die psychiatrische Ambulanz zu bringen«, sagte Jenny. »Und wenn die Psychologen ihn als instabil einstufen, riskieren wir eine unbestimmte Wartezeit.«

»Habt ihr bedacht, dass unsere Arrestzellen enge Räume ohne Fenster sind?«, sagte Osan. »Sobald er wach wird, rastet er wahrscheinlich komplett aus.«

»Was hat Sarah Jerlmyr noch zu den ›Lächelpersonen‹ gesagt?«, fragte Jenny. »Babyshot hat eine Schwarz-Weiß-Beziehungskompetenz. Entweder mag er jemanden und lächelt, oder er will einfach nur weg. Sollten wir vielleicht die Sozialarbeiterin holen lassen? Das bekannte Gesicht wirkt möglicherweise beruhigend auf ihn.«

Marcus nickte zustimmend.

»Würdest du das übernehmen, Theo?«

»Geht klar!« Theo stand auf und verließ den Raum.

Marcus betrachtete Jenny.

»Ich halte es für das Beste, wenn du Sarah im Vernehmungsraum Gesellschaft leistest.«

Jenny und Marcus warteten im Eingangsbereich der Polizeiwache, als Sarah Jerlmyr aus der Zivilstreife stieg und vorsichtig die vier glatten Treppenstufen hochstieg. Sie begrüßten sie mit Handschlag und beeilten sich, nach drinnen zu kommen.

»Danke, dass Sie so kurzfristig kommen konnten«, sagte Marcus, als sie den Fahrstuhl betraten.

»Ich bin einfach erleichtert, dass Sie ihn gefunden haben«, antwortete Sarah.

Marcus drückte den Knopf zur Kelleretage.

»Er schläft unten in einer unserer Zellen. Wir hätten Sie gerne dabei, wenn er wach wird, damit er beim Augenaufschlagen als Erstes ein bekanntes Gesicht sieht. Jenny wird Sie in die Zelle begleiten, weil wir davon ausgehen, dass Babyshot sich mit Frauen am sichersten fühlt.«

»Er fühlt sich sicher mit Frauen, die er kennt. Aber ich habe eine Geheimwaffe dabei.« Sarah nahm schwungvoll ihren Fjällrävenrucksack von der Schulter und fischte eine fettige Papiertüte heraus. »Er liebt Marzipanrollen.«

Das Trio lief durch den Kellergang bis vor eine ramponierte Stahltür.

»Da drinnen ist er«, sagte Marcus. »Wir halten uns außer Sichtweite, können aber in einer Sekunde bei Ihnen sein, falls nötig.«

Sarah raschelte mit der Tüte. »Mit denen hier kann nichts schiefgehen.«

Marcus öffnete die Zellentür. Ein Duftmix aus ungewaschenen Achselhöhlen und Urin schlug ihnen entgegen. Er gab dem Wachhabenden an der Pforte ein Zeichen, Licht zu machen, woraufhin die Neonröhre an der Zellendecke zu blinken begann. Babyshot lag in Embryohaltung in einer Ecke, als glaubte sein Körper, dass er auf dem eiskalten Boden lag.

Sein ausgebeulter Mantel war von Jahresringen an Straßendreck durchwoben und sah so steif aus, als könnte er alleine stehen.

Sarah betrat die Zelle. Marcus und Jenny bezogen draußen vor der Tür Stellung und spitzten die Ohren.

»Wach auf, Babyshot«, hörten sie Sarahs samtweiche Stimme.

Danach gedämpftes, heiseres Murmeln.

»Hallo, mein Freund. Mach die Augen auf.«

Raschelnde Kleidung. Weiteres undeutliches Brummen. In dem folgenden Augenblick kompletter Stille stellten Marcus und Jenny sich kampfbereit auf die Zehenspitzen.

»Na, das nenn ich mal einen gesunden Appetit. Aber sicher, nimm alle drei«, sagte Sarah.

Das Knistern von Papier und ein Schmatzen waren aus der Zelle zu hören. Jenny setzte die Fersen wieder auf den Boden und sah rüber zu Marcus. Er wirkte gereizt, das grelle Licht betonte für einen Mann in seinem Alter unvorteilhaft die verkniffenen Falten um die Augen.

»Draußen ist eine Frau, die gerne mit dir reden würde. Sie heißt Jenny und ist Polizistin.«

»Pol … Polzi?«, stammelte eine verrostete Männerstimme.

»Sie weiß, dass du nichts Schlimmes getan hast. Jenny braucht deine Hilfe. Ist es okay, wenn sie zu uns reinkommt?«

Jenny atmete tief ein und schob sich in die offene Tür.

Aufrecht sitzend und an die Wand gelehnt war Babyshot größer, als Jenny erwartet hatte. Seine dreckigen Finger knüllten die Papiertüte zusammen, in seinem Bart klebten Schokoladenreste, und er starrte sie hemmungslos mit halb offenem Mund an. Sein Gesicht war zerfurcht und voller Aknenarben und Mitesser.

»Hallo … Babyshot. Mein Name ist Jenny. Ich arbeite bei der Polizei.«

Sein Blick wurde unsicher, flackernd.

»Sie tut dir nichts.« Sarah klang, als würde sie einem ängstlichen Kind einen Hund vorstellen.

Jenny trat über die Schwelle.

»Es geht um die Nacht, als Sie Florica allein zurückgelassen haben. Mögen Sie mir erzählen, was Sie gesehen haben?«

Babyshot schluchzte, seine traurigen Augen schwemmten über.

»Florica, mullo.«

»Mullo?«

»Mullo, mullo.« Die Stimme des obdachlosen Mannes wurde unruhig. »Egrett, egrett.«

Jenny sah Sarah fragend an. Die Sozialarbeiterin zuckte mit den Schultern.

»Kannst du uns erklären, was das bedeutet? Was heißt mullo? Und egrett?«

»Mullo, egrett«, wiederholte der Mann nur.

»Ist das jemand, den Sie kennen?«

»Mullo, egrett.«

»Oder vielleicht …«

»Mullo, mullo, egrett, egrett.«

Jenny war frustriert. Das war es also, wovor Sarah sie gewarnt hatte. Babyshots echohafte Sprache. Dass er Worte oder Situationen, die wichtig für ihn waren, bis zum Erbrechen wiederholte.

Sie schüttelte die Arme aus, um den verkrampften Körper zu lockern.

»Okay, das erste Wort: Mullo?« Sie fuhr sich mit dem Finger über die Wange, um eine Träne anzudeuten.

Babyshot starrte sie mit großen Augen an.

Sie unterdrückte ihre Verlegenheit und wiederholte die Tränengeste.

»Mullo? Ist das etwas, das Sie traurig macht?«

Er schaute verunsichert zwischen Sarah und Jenny hin und her.

»Oder ist mullo etwas, wovor man Angst hat?«

Sie klapperte hinter vorgehaltenen Fingerspitzen mit den Zähnen.

Babyshots dunkle Augenlider hoben sich ein Stückchen. Nach einem weiteren Blick auf Sarah hob er vorsichtig die blasse Hand, die eine böse Kerbe über dem einen Knöchel hatte, und malte waagerechte S'e in die Luft.

»Egrett, egrett.«

Jenny rief sich den Tatort im Jachthafen von Aabenraa ins Gedächtnis.

»Sie haben von Ihrem Platz mit Florica das Wasser gesehen.«

Seine spröden Lippen fügten der Handbewegung einen »Wischhh«-Laut hinzu.

»Wellen«, sagte Jenny. »Bedeutet ›egrett‹ Wellen?«

»Wischhh, mullo, mullo!« Babyshots Lippen zitterten, seine Stimme verebbte in einem tonlosen Murmeln.

Sarah drückte seine Schulter.

»Ich denke, er braucht eine Pause.«

»Wir würden ihn gerne noch ein wenig hierbehalten.«

»Solange es ihm gut geht, habe ich nichts dagegen.«

Jenny verstand den Wink. Sarah würde keine Sekunde zögern, ein psychologisches Gutachten einzufordern, wenn ihr Klient sich in irgendeiner Weise unwohl fühlte. Jenny musterte Babyshot. Der bedauernswerte Mann klammerte sich an Sarahs Arm wie ein Kind. Er war beziehungsabhängig. Brauchte die Vertrautheit. Das Wiedererkennen. Er würde zusammenbrechen, sobald die Sozialarbeiterin weg war.

Jenny fiel etwas ein, dass sie bei ihrem Teambriefing besprochen hatten. Über die Mentalität Obdachloser. Dass Obdachlose Nomaden waren. Die ihr Hab und Gut immer bei sich hatten.

»Sarah, ein Vorschlag. Wir bewahren alle seine Habseligkeiten in unserem Lager auf. Wäre es in Ordnung, wenn wir ihn in der Zelle hier sein Lager aufschlagen lassen?«

Die Sozialarbeiterin nickte, wenn auch nicht unbedingt hundertprozentig überzeugt.

»Damit er hier eine sichere Basis hat?«

»Genau.« Jenny nickte, erleichtert über den beschönigenden Ausdruck dafür, was eine Arrestzelle zu bieten hatte. »Um ihm eine so sichere Basis wie möglich zu bieten.«

EMILY

Die fünf Minuten waren längst um. Wo blieb er nur? Emily hörte das Glucksen der Wellen an der Bordwand und hoffte inständig, dass sie nicht ablegten, wenn das Sushi nicht zurück ins Meer sollte.

Sie sah sich um: schwere Möbel in kühlen Farben, helle Holzverkleidung und eine Sammlung merkwürdiger Gegenstände in dem eingebauten Regal – exotische Muschelschalen, ein Modellschiff, farbschillernde Steine und einer dieser batteriebetriebenen Fische, der laut zu plärren anfing, wenn man ihm zu nah kam.

Ihr Blick fiel auf ein Foto im oberen Regalfach. Eine elegante, weiß gekleidete Frau posierte in aristokratisch aufrechter Haltung vor azurblauem Wasser und Palmen im Hintergrund. Ein flachsblonder Junge im Kindergartenalter drückte seine Wange an ihre Hand. Emily erkannte ihn sofort. An den Augen. Sie stand auf, um sich das Bild aus der Nähe anzusehen. Die Farben waren verblasst, und es war nicht zu erkennen, ob er lächelte oder das Gesicht nur vor der blendenden Sonne verzog.

Emily richtete sich auf.

Im Unterdeck hatte es laut gepoltert. Sie atmete tief ein, um ihre Nerven zu beruhigen. Sie durfte dem Bösen keinen Platz in ihrem Kopf geben, nicht hier auf dem Boot. Ihre Nervosität war nur der Nachhall von der gestrigen Nacht.

Sonst nichts.

Ein weiteres Poltern folgte. Es war lauter und härter als das erste. Dann kam das Poltern in immer kürzeren Abständen, wie feste Stockhiebe gegen die Bordwand. Sie starrte panisch zu dem dunklen Eingang zum Unterdeck. Das Geräusch bewegte sich auf die Treppe zu. Eine Welle kippte das Boot leicht zur Seite. Sie hielt sich mit einer Hand an einer Regalkante fest. Fast hätte sie geschrien. Weil das, was sie sah, nicht nur in ihrem Kopf geschah. Durch das Bullauge in der Tür starrte sie ein Gesicht an.

Er wurde von einem eiskalten Windstoß in den Raum geschoben. Sie taumelte nach hinten, wollte etwas sagen, als ihr plötzlich eine heisere, scheppernde Stimme ins Ohr schrie:

»Oh no, not I, I will survive, as long as I know how to love, I know I'll stay alive …«

»Klappe!«

Er war mit einem Satz bei Emily, schwang die Hand in Richtung ihres Gesichts und griff nach dem singenden Fisch hinter ihrem Kopf.

»Das ist das absolute Gruselwichtelgeschenk.« Er drückte auf den Ausschalter, der Fisch verstummte. Er lächelte schief. »Das Mistvieh hat einen Bewegungsmelder und plärrt los, wenn man ihm zu nah kommt … Meine Güte, Emily, du zitterst ja.«

»Da unten«, hickste Emily. »Da ist jemand.«

»Außer uns ist niemand auf dem Boot.«

»Ich hab es aber deutlich gehört.«

»Was hast du gehört?«

»Das Poltern.«

Seine Mundwinkel verzogen sich.

»Ich höre kein Poltern.«

»Aber ich … Da, hörst du das?«

Er nickte vage. »Sicher nur eine der Plastikbojen, die gegen die Bordwand schlägt. Ich habe vorhin so ein Teil im Wasser dümpeln sehen. Ich garantiere dir, dass da unten niemand ist.«

Emily wirkte nicht sehr überzeugt.

»Sollen wir runtergehen und nachsehen?« Er legte seine Hände auf ihre Schultern, lächelte breit. »Aber du gehst vor, ich hab Angst im Dunkeln.«

»Du hältst mich bestimmt für verrückt.«

Er sah sie an. »Du bist perfekt.«

Emilys Herzschlag beruhigte sich.

»Das ist ein schönes Foto von dir und deiner Mutter«, sagte sie, um das Thema zu wechseln. »Sie ist hübsch.«

Sein Daumen bohrte sich fester in ihre Schulter.

»Das ist sie. Und jetzt glaube ich, dass wir was zu trinken vertragen können.«

Seine Rückenmuskulatur zeichnete sich unter dem Hemdstoff ab, als er ihre Gläser füllte. Der Regen rann wie Tränen über die Scheibe hinter ihm.

»Hast du gefunden, was du gesucht hast?«, fragte Emily.

»Was?«

»Das, was du im Auto vergessen hast.«

Kurze Stille. »Alles geregelt.«

Emily machte einen Schritt auf ihn zu.

»Du hast nur gesagt, dass es wichtig wäre. Was war es?«

Er drehte sich um und reichte ihr ein Glas. Die goldene Flüssigkeit schäumte und glitzerte in dem Kristall.

»Es freut mich sehr, dass du dich auf das Abenteuer heute Abend eingelassen hast«, sagte er und stieß mit ihr an.

Auch wenn Emily die Bezeichnung Abenteuer etwas übertrieben fand für den finsteren und stürmischen Jachthafen, klang es durch das melodische Klingeln der Gläser doch recht vielversprechend.

24

Der Volvo fuhr unter einem tief hängenden Granithimmel über verschneite Landstraßen. Im Vorbeifahren blinkten trostlose kleine Ortschaften auf wie identische Perlen auf einer Schnur.

»Die Menschen hier …«, sagte Lucas mit einem Blick aus dem Seitenfenster, »scheinen ihre Jalousien schon runtergelassen zu kaufen. Wissen sie überhaupt, dass es eine Welt außerhalb ihrer vier Wände gibt?«

David starrte geradeaus auf die kurvige Straße.

»Bist du noch immer sauer wegen meiner ›Kooperationsunwilligkeit‹?« Lucas malte mit den Zeigefingern Anführungszeichen in die Luft.

»Wir müssen uns an ihre Regeln halten. Beide.«

»Wir sind hier, um einen Mordfall aufzuklären. William geht mir zu selbstverständlich davon aus, dass alle an seinen verknoteten Familienverhältnissen interessiert sind.«

»Ist das denn nicht so?«

»Schon, ja, aber ich will nicht als selbstverständlich genommen werden.«

Lucas grub in seiner Hosentasche nach einem Feuerzeug. Eine Sekunde später war das Wageninnere voller Zigarettenrauch.

»Du kanntest das rumänische Nationalgetränk. Woher eigentlich?«

»Wir müssen uns nicht unterhalten. Schweigen ist für mich völlig okay.«

»Zu schweigen ist das Intimste, was zwei Menschen teilen können.«

David schüttelte den Kopf.

»In welchem zarten Alter hast du eigentlich dein Talent entdeckt, alles ins Lächerliche zu ziehen?«

»Ich beobachte nur und stelle fest.«

»Könntest du das mit geschlossenem Mund machen?«

Laust Grandbergs dreigeschossiges, funktionalistisches und grundsolides Herrschaftshaus mit der gelben Fassade, das direkt an der Flensburger Förde stand, hob sich von den übrigen pompösen Villen in Kruså ab.

David klingelte an der Gegensprechanlage der Toreinfahrt, nickte der an der Mauer montierten Kamera zu und nannte seinen Namen.

Der Kies auf der Einfahrt knirschte unter den Reifen.

Eine ältere Frau nahm David und Lucas an der Tür in Empfang und führte sie durch eine große Eingangshalle und einen hallenden Marmorkorridor in eine nach Staub riechende Hausbibliothek. Die Jalousien zerschnitten das Tageslicht in blasse Streifen, die auf das versiegelte Holzparkett, die schweren Chesterfieldmöbel, die echten Teppiche und eine Standuhr in gebeizter Eiche fielen, deren Pendel mit einem majestätischen Ticken hin und her schwang.

»Wo ist Ihr Mann?«, fragte Lucas.

Die Frau bedachte ihn mit einem unpersönlichen Lächeln.

»Herr Grandberg kommt gleich.«

Sie verließ den Raum.

David sah sich um.

»Wusstest du, dass Laust Grandbergs Frau ihren neugeborenen Sohn umgebracht hat?«

»Wie bitte?«

»Ich habe in einem Artikel gelesen, dass sie eine multiple Persönlichkeitsstörung hat. Sie hat das Baby in der Badewanne ertränkt und war danach einige Jahre in der Geschlossenen.«

»Scheiße! Und Laust ist trotzdem bei ihr geblieben?«

David nickte. »Dann ist er entweder ein riesiger Knuddelbär oder schwach und vor Reue gelähmt. Oder … er ist vielleicht einfach nur ein eiskalter und zynischer Dreckskerl. Am besten arbeiten wir mit allen drei Szenarien.«

David trat an eins der Regale. Familienporträts und offizielle Handschüttelfotos. Auf dem größten Foto war Laust neben zwei älteren Männern vor einer dramatischen Berglandschaft mit schneebepuderten Zinnen zu sehen. Alle trugen moosgrüne Wathosen und hielten drei gigantische Lachse hoch.

Hinter ihnen öffnete sich die Tür. Laust Grandberg war ein großer und schlanker Siebzigjähriger mit einem frischen Blick und einer Stimme, die ihn mindestens ein Jahrzehnt jünger machten.

»Kaffee, Tee?«, fragte er und setzte sich David und Lucas gegenüber auf ein knarzendes Lederungetüm. Jetzt wusste David, wo William seine Löwenmähne herhatte, während die gefällig symmetrischen Gesichtszüge des Leiters der Mordkommission wohl dem Genpool der Mutter entstammten. Lausts Gesicht war etwas derb und aufgedunsen, mit kleinen, wachsamen Augen, die einen Moment bei Lucas verweilten, der wie üblich eine weiße Jeans, ein eng anliegendes, psychedelisch gemustertes Hemd, protzige Fingerringe und natürlich seine klackenden Schlangenlederboots trug.

»William hat mich informiert, dass Sie mit mir über Smøl Vold reden wollen.«

David glaubte eine gewisse Distanz bei der Aussprache des Namens seines Sohnes herauszuhören.

»Das ist korrekt.«

»Werde ich verdächtigt?«

»Wir wollen Ihnen einfach nur ein paar Fragen stellen.«

»Schießen Sie los.«

David beugte sich auf dem knarrenden Ledersessel vor.

»Wo waren Sie am Wochenende?«

»Zu Hause. Seit meinem Abschied aus dem Unternehmen bin ich so gut wie immer hier anzutreffen. Oder auf dem Golfplatz.«

»Was haben Sie gemacht?«

»Ich bin im Internet gesurft, hab mir ein Eishockeyspiel angesehen.«

»Kann das jemand bestätigen?«

»Meine Frau Melissa. Sie ist im Bad. Sie können Sie später fragen.«

David nickte. »Wie lange ist es her, dass Sie in Pension gegangen sind?«

»Etwa drei Jahre.«

»Wie war der Abschied?«

»Wie meinen Sie das?«

»Ich meine, ob es durch Ihren Weggang irgendwelche ungeklärten Verhältnisse gegeben hat?«

Laust atmete tief ein.

»Sie wollen wissen, ob ich Feinde habe, richtig? Ich war im Laufe der Jahrzehnte für Tausende Männer und Frauen verantwortlich. Kündigungen, Degradierungen, Schwachköpfe, die sich übergangen fühlten. Ich kriege heute noch Mails mit Morddrohungen.«

»Haben Sie jemals Anzeige erstattet?«

Laust schüttelte den Kopf.

»Drohungen sind ein Zeichen für Impotenz und Ohnmacht. An dem Tag, an dem jemand meine Tür eintritt, werde ich dem vielleicht eine Minute meiner Zeit widmen.«

David konnte sich nicht entscheiden, ob Laust Grandberg die Wahrheit sagte oder log. Der ältere Mann hörte aufmerksam zu und äußerte sich leidenschaftslos. Er hatte die Notwendigkeit verinnerlicht, die Untertöne zwischen den Worten herauszuhören, in einer schiefen Betonung oder dem Deuten des Unausgesprochenen Freund von Feind zu unterscheiden.

»Obwohl, wenn ich es mir genauer überlege«, sagte Laust. »Es gibt da jemanden, den Sie vielleicht mal überprüfen sollten. Mark Jensen. Ein armer Tropf. Hat morgens schon getrunken und war ständig verspätet. Er hat fünfundzwanzig Jahre bei uns gearbeitet. Aus Respekt habe ich ihn persönlich verabschiedet.«

»Hat er aggressiv darauf reagiert?«

»Kurz nach seiner Entlassung ist seine Tochter verschwunden. Hannah, Heidi oder so was in der Art. Das Mädchen wurde nie gefunden. Die Trauer hat seine Frau in den Selbstmord getrieben. Dieses Gefühl von Ohnmacht hat nicht gerade die besten Seiten in Mark wachgerufen. Ich bin zum Sündenbock für seine Verbitterung geworden. Um es kurz zu machen, ich musste sogar um Polizeischutz bitten.«

»Was für eine Stellung hatte er in dem Unternehmen?«

»Das weiß ich nicht mehr. Aber er hat in einer Zeit gearbeitet, in der die Grandberg-Unternehmen stolz sein konnten, nachts die Lichter brennen zu haben. Vor der Personaler-Seuche, die die Angestellten in Watte packte. Stress, Mobbing, soziales Kapital, Zufriedenheitsuntersuchungen«, zählte Laust auf wie Schimpfwörter.

»Ist Mark Jensen der Einzige, der Ihnen einfällt?«

Laust nickte geistesabwesend. Sein Blick war auf einen Punkt an der Wand hinter ihnen gerichtet.

»Und jetzt mal im Ernst, geht es hier um Andreas?«

David hob erstaunt die Augenbrauen. »Andreas? Ihren Sohn?«

»Nennen Sie es einen Berufsschaden, aber ich rede nicht gerne um den heißen Brei herum. Andreas war schon immer eine Herausforderung. Verantwortungslos, maßlos. Wenn Sie einen Grandberg mit Feinden suchen, sind Sie bei ihm an der richtigen Adresse. Aber …« Laust ließ seinen Blick musternd über die beiden Polizisten gleiten. »Ich weiß nach wie vor nicht, ob es das ist, worum es Ihnen geht?«

David und Lucas wechselten Blicke.

»Man trifft selten einen Vater, der bereit ist, seinen eigenen Sohn ans Messer zu liefern«, sagte Lucas.

David lehnte sich abwartend auf dem Sofa zurück. Er hatte gerüchtehalber von Lucas' spezieller Vernehmungstaktik gehört.

»Eher einen Vater, der sich traut, die Wahrheit über seine Kinder zu sagen«, konterte Laust. »Und die Wahrheit ist, dass meine

Kinder eine Enttäuschung sind. Ich habe drei Söhne, von denen jeder auf seine Weise einen Defekt hat.«

Lucas führte die Handballen unter dem Kinn zusammen. »Ich dachte, Sie hätten vier Söhne?«

Laust kniff die Augen zusammen. »Was im Heim eines Mannes geschieht, ist allein seine Sache.«

David schluckte. Es war ein riskanter Zug von Lucas, die Erinnerung an Lausts ermordetes Kind wachzurufen.

»Und die Defekte Ihrer Söhne sind nicht zufällig das Resultat einer unruhigen Kindheit?«

»Mein einziger Sohn, der über wahre Fähigkeiten verfügt, hat mir den Rücken zugekehrt«, sagte Laust nach einem kurzen, aggressiven Zögern.

»William? Geht er nicht eher einfach seinen eigenen Weg?«

»Jeder Sohn sollte in seinem tiefsten Innern den Wunsch hegen, seinen Vater zu besiegen und eine bessere, stärkere Version von ihm zu werden.«

»Aber tut er nicht genau das, indem er aus Ihrem Schatten heraustritt?«

Nicht eine Faser in Lausts Gesichtsmuskulatur bewegte sich. Er hatte die fernen Vibrationen von Lucas' Kriegstrommel empfangen.

»Wer die Fähigkeiten hat, steht in der Pflicht. William hat sich egoistisch dafür entschieden, sich von der Familie abzuwenden.«

»Es gibt sicher Menschen, die das umgekehrte Verhalten egoistischer finden. Ich habe irgendwo gelesen, dass Ihr Sohn Andreas Sie aus dem Unternehmen gedrängt hat. Interne Gründe, streng geheim.«

Laust schüttelte den Kopf.

»Eine Entlassung ist nicht mehr das Tabu, das es einmal war. Jede Stellung ganz oben an der Spitze ist nur eine Leihgabe auf Zeit. So sind die Bedingungen.«

»Auch, wenn der eigene Name über dem Eingang steht?«

»Lassen Sie es mich einmal so sagen: Das einzig Wertvolle, das mein eigener Vater mich gelehrt hat, war, dass man immer etwas gegen die Menschen in der Hand haben sollte, mit denen man eine Verbindung eingeht. Andreas ist der Einzige meiner Söhne, der verstanden hat, dass das auch für Familienmitglieder gilt.«

»Sie sehen mich leicht verwirrt. Andreas hat Sie besiegt. Ist eine bessere, stärkere Version von Ihnen geworden, wie Sie es verlangen. Aber William ist nach wie vor Ihre erste Wahl?«

Laust lächelte finster. »Nennen Sie es Intuition.«

»Was hatte Andreas gegen Sie in der Hand?«

»Spekulationen.«

»Klingt dünn.«

»Nicht, wenn man sie nicht widerlegen kann.«

Lucas' Fuß, der auf seinem Knie lag, wippte im Takt mit dem dunklen Klicken der Standuhr.

»Wenn Sie sagen sollten, welcher Ihrer Söhne imstande wäre, einen anderen Menschen zu töten, auf wen fiele da Ihre Wahl?«

Lausts Mund stand offen. Wie Davids auch.

»Sie haben doch gesagt, dass Sie nicht um den heißen Brei herumreden wollen«, sagte Lucas.

Laust saß so lange stumm da, bis Lucas' Fuß aufhörte, im Takt der Standuhr zu wippen.

»Hören Sie, ich weiß, dass bei Smøl Vold etwas vorgefallen ist«, brach Laust schließlich die Stille. »Und ich weiß auch, dass Sie deswegen hier sind. Also entweder erzählen Sie mir jetzt, worum es geht, oder unser Gespräch ist hiermit beendet.«

Lucas rückte einen seiner Fingerringe zurecht.

»Welches Eishockeyspiel haben Sie gesehen?«

»Entschuldigung, wie bitte?«

»Sie haben gesagt, Sie hätten im Internet gesurft und ein Eishockeyspiel gesehen. Welche Mannschaften haben gespielt?«

»Süderjütland gegen …« Laust zögerte. »Herning … Nein, Moment, Aalborg.«

»Und wer hat gewonnen?«

»Ich bin vor dem Ende eingeschlafen.«

»Und Sie haben nicht am nächsten Tag das Ergebnis nachgeschaut?«

Laust zog die Schultern hoch, unter der dünnen Haut seines Halses war sein pumpender Puls zu sehen, seine Autorität verebbte in Sekunden.

»Heißt das Ja oder Nein?«, fragte Lucas.

»Ich weiß es nicht.«

»Was wissen Sie nicht?«

Lausts Wangen glühten rot, mit dem nächsten Atemzug hatte er sich wieder im Griff.

»Wenn sonst nichts mehr wäre, bedanke ich mich für das Gespräch.«

Wie auf Befehl öffnete sich die Tür hinter den Ermittlern.

Zwei Minuten später hatte die Dame sie zur Tür geleitet. Sie wollten sie gerade öffnen und ins Freie treten, als hinter ihnen eine Stimme erklang.

»Haben wir Gäste?«

Eine schlanke, elegante Frau schwebte auf den glatten Marmorstufen die Treppe aus der oberen Etage herunter. David schluckte. Das war sie. Die Kindsmörderin. In einem engen Seidenkimono, barfuß, dahingleitend wie ein Schlangenmensch.

»Melissa Grandberg«, begrüßte sie die beiden mit weichem Händedruck. Ihr Haar verströmte einen süßen Duft nach Walnüssen und Feigenblättern. David fand es schwer bis unmöglich, das Alter der Frau aus ihrem Gesicht abzulesen, das blasse Sommersprossen hatte, schräge Wangenknochen und funkelnde braune Augen, die neugierig und flirtend lächelten.

»Wir sind von der Task Force 14«, sagte David. »Und haben Ihrem Mann nur ein paar Fragen gestellt.«

»Hat Laust Probleme?« Melissa Grandbergs Blick heftete sich auf Lucas.

»Aber nein. Eine reine Formalität.«

»Kann ich Ihnen helfen?« Sie fuhr schamlos mit einem Finger an der Innenseite der Kimonokante über den üppigen Brüsten entlang.

David schielte zu Lucas, der kreidebleich war, als hätte ihm jemand einen Hammer über den Kopf gezogen.

EMILY

Emily war bei ihrem zweiten Glas Champagner angelangt. Die unheimlichen Geräusche vom Unterdeck waren vergessen. Das Gespräch zwischen ihnen lief unbeschwert. Ein cooler Flow, in dem seine Stimme ans Ende ihrer Stimme andockte und umgekehrt. Kein peinliches Schweigen.

»Der ist gut«, sagte sie mit prickelnden Champagnerblasen am Gaumen.

Er neigte den Kopf zur Seite und sah sein Glas an.

»Ich wünschte, ich könnte jetzt irgendwas Schlaues zum Jahrgang sagen.«

»Ich mag Männer, die zu ihren Fehlern und Defiziten stehen.«

»Dann wirst du mich lieben.«

»An Selbstbewusstsein mangelt es dir jedenfalls nicht.« Sie lachte und nahm ein leichtes Schleppen in ihrer Aussprache wahr. Sie hatte doch erst zwei Gläser getrunken. Oder doch schon drei? »Hast du viele dunkle Geheimnisse?«

»Gibt es andere?« Sein Finger fuhr über den oberen Glasrand, das Kristall sang tief, hypnotisierend. »Nach meiner Erfahrung sind es nur die schrecklichen Dinge, die wir von uns verschweigen.«

»Außer, wir reden über andere. Dann gilt die umgekehrte Regel.«

Er lachte laut, das Licht blinkte in seinen weißen Zähnen.

»Vielleicht ist der Schlüssel, ein Geheimnis zu bewahren, auch, es für sich zu behalten.«

»Sehr tiefsinnig. Habe ich beim Schlachthaus die verkehrte Frage gestellt?«

»Ich bin garantiert nicht viel schlauer als der letzte Trottel, den du gedatet hast.«

»Wenn du es zehn Minuten aushältst, ohne dein Spiegelbild zu checken, wäre das schon eine klare Verbesserung.«

»Ist es so schlimm auf dem Fleischmarkt?«

»Fleischmarkt! Wie alt bist du noch gleich?«, fragte Emily lachend.

Er kippte den Rest Champagner herunter.

»Hm, der Champagner hat keine Kohlensäure mehr.«

Emily runzelte die Stirn. Der Temperatursturz in seinen Augen kam ohne jede Vorwarnung.

»Ich wollte dich damit nicht als alt bezeichnen.«

Er wedelte mit der Hand.

»Ich habe selbst die dumme Angewohnheit, immer die Wahrheit zu sagen.«

Emily schluckte. War sein plötzlicher Ernst ein blöder Scherz? War er betrunken? Sie selbst fühlte sich plötzlich ziemlich schwer und ihr war schwindelig.

»Fangen wir bei deinem Gesicht an«, sagte er. »Das ist fast schon zu perfekt.«

Sie lachte unsicher.

»Deine Anmache gestern war eindeutig besser. Trotzdem danke.«

Er stellte sein Glas ab. Lächelnde Lippen, glänzende Augen.

»Du missverstehst mich. Du hast ein Gesicht, in das ich mich nicht verlieben könnte. Dir fehlen die kleinen Fehler und Unebenheiten, in denen ich mich verlieren kann.«

Emily fühlte ein klammes Ziehen in der Brust.

»Ist … ist das jetzt dein Ernst?«

Er kniff ein Auge zu und schraubte mit der ausgestreckten Hand in der Luft herum, als wollte er ihr Gesicht ummodellieren.

»Wie gesagt: zu perfekt.«

Emily stellte ihr Glas mit einem Knall auf dem Tisch ab, dass der Champagner aufschäumte.

»Da bedank ich mich wohl mal für den Abend.«

»Schon?«

»Was glaubst du denn?«, blaffte sie ihn an. »Da dachte ich, endlich mal einen netten Typen getroffen zu haben.«

»Findest du mich etwa nicht nett?«

»Ich finde, dass du nicht ganz sauber im Kopf bist.«

»Das ist aber nicht sehr freundlich.«

»Vielleicht bin ich ja doch nicht so perfekt.«

Sie schnappte sich ihre Handtasche und ging energisch auf die Tür zu. Zum Glück hatten sie den Hafen nicht verlassen.

»Warte, warte! Tut mir leid. Ich ... Aaah, das ist wieder mal typisch!« Er schlug sich mit der flachen Hand klatschend gegen die Stirn.

Emilys Finger verharrten auf der Klinke. »Was?«

Er machte einen unentschlossenen Schritt auf sie zu.

»Ich mag dich wirklich, Emily. Und das macht mich nervös. Und da rutscht mir so ein Schwachsinn raus.«

»Das kannst du laut sagen.« Sie schwankte auf ihren hohen Absätzen.

»Ich weiß nicht, was mich da geritten hat, ehrlich nicht. Ich nehme alles zurück, okay?«

»Ich weiß nicht ...«

»Please?«

Sie ließ die Tasche von der Schulter gleiten. Seufzte. »Also gut.«

»Das freut mich!« Er reichte ihr ihr Glas.

Sie nahm es entgegen, obwohl sie eigentlich keine Lust mehr auf Alkohol hatte. Er nickte ihr aufmunternd zu. Sie nippte an dem Glas, spürte seinen Blick auf sich.

Er spitzte selbstzufrieden die Lippen.

»Das war einfacher, als ich dachte.«

»Was meinst du?«

»Dich zum Bleiben zu überreden. Du scheinst in deinem Innern wirklich ein zutiefst unsicheres Mädchen zu sein.«

Emily versteifte. »W-was bist du für ein Mensch?«

Er spießte sie mit dem Blick auf.

»Jetzt mag ich dich, jetzt mag ich dich nicht mehr«, äffte er sie mit verzerrter Stimme nach. »Du bist ein echter Albtraum.«

Emily blinzelte mit schweren Augenlidern. Die Halogenlampen an der Decke zogen ausgefranste Schwänze hinter sich her.

»Ich … würde jetzt gerne nach Hause.«

»Erträgst du die Wahrheit nicht?«

»Ich will hier raus«, wimmerte sie. Die Wände wellten sich am Rand ihres Gesichtsfeldes. Sie fühlte sich blutleer.

»Oh, und deine Aussprache! So bemüht. So verzweifelt in dem Versuch, das Landei zu verbergen. Warum gibst du dich als jemand aus, der du nicht bist? Schämst du dich?«

»Was redest du da? Ich verstehe nicht …«

»Lügen, verführen, herumhuren!«

»Ich fühl mich nicht so gut«, stöhnte Emily und fasste sich an den Kopf. Sie stolperte zur Tür und griff nach der Klinke. Verschlossen.

»Weißt du, wie du aussiehst? Mit deinen teuren Schuhen und dem vulgären Make-up?« Seine Stimme näherte sich von hinten. »Wie eine täppische Blenderin. Deine Gier nach Aufmerksamkeit wird nur noch von deinem Bestreben übertrumpft, sie zu verleugnen. Tief in deinem Innern verabscheust du dich selbst. Und das macht dich vorhersehbar. Und sehr unterhaltsam.«

Die Klinke klapperte, als Emily panisch daran ruckelte, ihre Beine zitterten unkontrolliert unter ihr.

»Kann ich nicht einfach gehen?«

»Schhh, nicht weinen. Bald schläfst du.« Sein warmer Atem an ihrem Nacken.

Sie schluckte die Übelkeit herunter. »Ich … ich geh auch mit dir ins Bett. Aber ich will nicht schlafen.«

»Was hast du gesagt?«

Er zog sich zurück und hinterließ ein feindliches Vakuum hinter ihr. Sie drehte den Kopf, konnte nichts erkennen, weil alles verschwamm. Ein harter Schlag in die Kniekehlen haute die Beine unter ihr weg. Sie knallte mit dem Kinn auf den Boden.

Blut füllte ihren Mund, ein greller Schmerz schoss durch ihren Körper.

»Ich sage es immer wieder!« Seine Stimme grollte aus weiter Ferne über ihr, als stände er hinter einer dicken Glasscheibe. »Ihr manipuliert uns. Als würde der kleine Spalt zwischen euren Beinen euch das Recht geben, alles zu zerstören.« Er stupste mit der Schuhspitze gegen ihre Lende, zurechtweisend, unpersönlich. »Aber das wird dir noch leidtun. Du wirst dir wünschen, mich nie getroffen zu haben.«

Emily spuckte Blut, schnappte nach Luft. Sie versuchte, sich vom Boden hochzustemmen, aber ihre Muskeln waren schwer und weich wie Brei.

»Bitte, bitte …« Die Worte kamen verklumpt aus ihrem Mund. Sie wollte nicht länger auf diesem verfluchten Boot sein. Sie wollte nicht tiefer hineingezogen werden in die chemische Dunkelheit. Und sie wollte nicht, dass der kleine Junge mit dem harten Blick sie von der vergilbten Fotografie anstarrte.

25

Dann war es also das dritte Szenario«, waren Lucas' erste Worte, seit er und David von Laust Grandbergs Palast weggefahren waren. »Laust ist weder voller Liebe oder Reue, er ist voller Hass.«

David nickte. Er war nicht sicher. Er hatte sehr wohl registriert, wie Lucas innerlich vor Melissa erstarrt war. Aber das war nicht die Reaktion auf die Gegenwart einer Frau, die ihr eigenes Kind getötet hatte, wie bei ihm selbst. Lucas' Reaktion war anders gewesen. Fast persönlich.

»Vielleicht bist du Laust einfach auf den Sack gegangen«, sagte David.

Lucas lachte trocken. »Hast du etwas auf dem Herzen?«

»Mit ein bisschen Zucker schluckt sich bittere Medizin gleich viel leichter.«

»Dass Laust vergessen hat, seinen ermordeten Sohn mitzuzählen? Ich spreche nur laut aus, was alle denken.«

»Nicht alle.«

»In dem Fall habe ich gesagt, was alle denken sollten.«

David biss die Zähne aufeinander.

»Musst du alle Leute vor den Kopf stoßen? Was hast du davon?«

»Hör zu, David, ich bin mir sehr bewusst über den Effekt, den ich auf manche Menschen habe.« Er hob den Blick von seinem Handydisplay. »Aber sind die Leute sich auch bewusst, wie sie auf mich wirken?«

Der Klingelton von Davids Handy erfüllte das Innere des Volvo. Er nahm den Anruf an und die kräftige Stimme von Staatspathologe Jesper Mortensen brummte aus der Lautsprecheranlage.

»Entschuldigt den Anruf, aber das ist so umständlich mit all den Mails. Ich habe die Ergebnisse der Massenspektronomie.«

»Und?«

»Die Rechtsmedizin hat Spuren von Lidokain und Rohypnol in Körper-18 gefunden. Das sind die zwei auffälligsten Funde.«

Über den Fund von der berüchtigten Vergewaltigungsdroge Rohypnol wunderte David sich nicht weiter, von dem zweiten Stoff hatte er noch nie gehört.

»Was ist Lidokain?«

»Ein lokales Betäubungsmittel, wie es zum Beispiel Zahnärzte verwenden. Sie injizieren es ins Zahnfleisch, wenn gebohrt oder ein Zahn gezogen wird. Wir wissen noch nicht, welche Funktion wir dem Mittel in Zusammenhang mit dem Verbrechen zuschreiben können. Wenn es einen gibt. Vielleicht war die Frau nur zufällig am gleichen Tag beim Zahnarzt.«

Mortensen sagte den letzten Satz nicht sehr überzeugend. Die Obduktion hatte bei Körper-18 eine fortgeschrittene Paradentose nachgewiesen, was nicht für regelmäßige Zahnarztbesuche sprach. Lidokain schien also zum Modus des Mörders zu gehören.

Sie beendeten das Gespräch.

»Wohin, Chef?«, fragte David trocken.

»Zum Sohn mit den vielen Feinden.«

»Andreas Grandberg?«

»Jepp. Ich fordere von der Station mal seine Akte an.«

David schaute Lucas von der Seite an.

»Darf ich dich mal was fragen?«

»Mmm.«

»Du hast neulich gesagt, du hättest keine Familie. Wie hast du das gemeint?«

Lucas richtete den Blick aus dem Seitenfenster, Äcker und Himmel zogen in einem monotonen Strom ohne Orientierungspunkte vorbei.

»Siehst du die Höfe? Es gab Zeiten, da hat man sie förmlich am

Gaumen geschmeckt. Schweiß, Diesel, Gülle. Aktive Landwirtschaft. Jetzt stehen die Höfe da wie Grabsteine.«

David schüttelte den Kopf.

»Ich meine das ernst. Alle kleinen und mittelgroßen Landwirtschaften sind aufgekauft, stillgelegt worden oder Konkurs gegangen.« Lucas lehnte den Kopf gegen die Nackenstütze. »Die ehemaligen Landwirte betreiben jetzt Massagepraxen. Du kriegst jede Massage, die du dir wünschst.«

»Was heißt das?«

»Ich war gestern in einer.«

»Verdammt, Lucas! Erzähl mir jetzt nicht, dass du bei einer Prostituierten warst.«

»Das nannte sich, wie gesagt, Massagepraxis. Und ich habe eine Massage bekommen.« Lucas senkte die Augenlider auf Halbmast. »Und einen elenden Blowjob.«

»Es ist da drüben am Ende der Förde passiert.«

Andreas Grandberg stand mit dem Rücken zu David und Lucas vor einem regennassen Panoramafenster in seiner pompösen Villa von 1919, die einen hinreißenden Blick auf die Aabenraaer Förde bot. Die freiliegenden Dachbalken waren von einer dunklen Patina überzogen.

David sah sich in dem Wohnzimmer um. Mit glänzendem Glattleder bezogene Designermöbel, Regale mit handbemaltem Porzellan, frische Blumendekorationen, mundgeblasene Whiskygläser auf einem Silbertablett und schwebend über einem rußfreien Granitkamin: ein original P.S. Krøyer mit zwei Mädchen in strahlend weißen Sommerkleidern.

»Was ist am Ende der Förde passiert?«, fragte David.

»Im Jachthafen ist eine obdachlose Frau ermordet worden.« Andreas nickte zu den Miniaturausgaben von Segelbooten am gegenüberliegenden Ufer der Förde hin. »Und in der gleichen Nacht ist ein Mädchen aus dem Ort verschwunden.«

David und Lucas sahen sich an. Sie waren vor fünf Minuten in der Villa eingetroffen. Offiziell, um Andreas Grandberg in dem Fall zu entlasten, inoffiziell, weil sein eigener Vater ihn als interessant für die Ermittlungen genannt hatte. William hatte das Treffen arrangiert.

»Glauben Sie, dass sie noch lebt? Das Mädchen?«, fragte Andreas leise.

»Wir ermitteln nicht in dem Fall.«

»Das war keine Antwort.«

Andreas' bohrender Blick verweilte auf David. Er war groß und breitschultrig und trug eine weite, knittrige Leinenhose und ein T-Shirt, das nach Bettzeug und Zigaretten roch. Sein Gesicht war von einer kantigen, maskulinen Symmetrie, sein Blick wach mit lebendigen Lachfalten, das braune Haar dicht mit grauen Strähnen.

Er schlenderte barfuß über das citrusfrisch duftende Fischgrätparkett, schenkte sich eine Tasse Kaffee ein und ließ sich mit dem Rücken gegen den Waffelpikeebezug des Sofas fallen.

»Aber kommen wir zu den Fragen, die Sie zu dem Smøl-Vold-Drama haben.«

Die Ermittler nahmen auf einem weichen Zweisitzersofa ohne Armlehnen Platz.

»Was haben Sie am Wochenende gemacht?«, fragte David.

»Ich war hier.« Andreas zögerte, irgendetwas vor dem Fenster nahm seinen Blick gefangen. »Hab gearbeitet, geschlafen. Das Standardwochenende.«

David kämpfte mit dem Gleichgewicht auf dem viel zu weichen Sofa.

»Kann das jemand bestätigen?«

»Drei Frauen laut der Gerüchte.« Andreas schüttelte mit unbewegter Miene den Kopf. »Ich habe das Quartalsbudget durchgesehen und Fernsehen geschaut, bis ich eingeschlafen bin.«

»Welches Programm?«

»Was mit Tieren.« Andreas' Gesicht verfinsterte sich. »Ist das der Moment, in dem ich meine Anwältin anrufen sollte?«

»Aber nicht doch«, sagte David beruhigend. »Wir wollen uns nur einen Eindruck von Ihnen und Ihrer Familie verschaffen.«

»Dann wollen Sie gar nicht über Smøl Vold sprechen?«

»Das tun wir doch.«

Andreas sah ihn mit einem Ausdruck an, der echter Verwirrung glich.

David räusperte sich.

»Laut Polizeiregister hatten Sie als Teenager mehrfach mit der Ordnungsmacht zu tun. In beiden Fällen wurde die Klage fallen gelassen.«

»Dann gibt es da ja nichts weiter zu bereden.«

»Ich habe mich gestern mit ein paar Frauen in einer Massagepraxis unterhalten«, sagte Lucas und ignorierte Davids verdutzten Seitenblick. »Es kursieren Gerüchte, dass Sie recht grenzüberschreitend sein können.«

»Ist das eine offizielle Anzeige?«

Lucas schüttelte den Kopf.

»Ah ja, dann gehören Sie also zu den Polizisten, die anständige Bürger mithilfe verlogener Huren schikanieren?«

»Wir wollten Ihnen die Gelegenheit geben, die Gerüchte zu entschärfen.« Lucas breitete die Arme aus.

»Lassen Sie es mich so sagen«, seufzte Andreas. »Ein Süderjütländer arbeitet entweder direkt für einen Grandberg oder kennt jemanden, der das tut. Mit jeder Entscheidung kränke ich irgendjemanden aus der Gegend. Es ließen sich vermutlich Turnhallen mit den Leuten füllen, die mit Freuden böse Gerüchte über mich verbreiten würden.«

»Ihr Vater meinte auch, Sie wären ein Mann mit vielen Feinden.«

Andreas' Miene versteinerte sich.

»Sie haben mit meinem Vater gesprochen? Natürlich, mit wem zum Teufel sollte er sich schon überwerfen? Alle im Unternehmen haben seine Anwesenheit wie eine langsam ätzende Säure empfunden. Wissen Sie, was der größte Beitrag meines Vaters zum Unternehmen war? Ein ›d‹.«

»Ein ›d‹?«

»Mein Vater hat nachträglich das ›d‹ von Grandberg einfügen lassen, weil er fand, dass ›grand‹ im Ausland mehr hermachte.« Andreas stieß ein trockenes Lachen aus.

»Und was ist Ihr Beitrag?«

»Das Notwendige. Ich habe ihn ausgebootet und große Teile unserer Landwirtschaft automatisiert, was eine gewaltige Entlassungswelle nach sich gezogen hat. Das ist natürlich sehr unschön, aber …«

»Wer die Fähigkeiten hat, hat auch die Pflicht.«

Andreas sah Lucas überrascht an.

»Ich sehe schon, Vater hat Sie wirklich um den Finger gewickelt. Alte Männer. Schmücken sich mit den Lorbeeren von gestern wie mit kleinen Orden.«

»Aber Sie haben immerhin eins von Ihrem Vater gelernt.« Lucas hielt Andreas' Blick fest. »Niemals eine Beziehung mit einer Person einzugehen, gegen die Sie nichts in der Hand haben.«

»Mein Vater sollte mir dankbar sein. Meine Einsparungen haben das Unwetter vor meine Türschwelle umgeleitet.«

»Er behauptet, dass er nach wie vor Morddrohungen bekommt.«

»Wahrscheinlich bewahrt er sie wie Fanpost in der Schublade auf. Alle haben ihn vergessen.«

»Ist das der Grund, dass Sie nie selber eine Familie gegründet haben?«

Der Unternehmenschef versuchte, hinter halb gesenkten Augenlidern die Regung in seinem Blick zu verbergen.

»Was im Heim eines Mannes geschieht, ist allein seine Sache.«

Davids Blick glitt über die aufgestellten Bilderrahmen in dem Regal hinter Andreas. Keine lachenden Kinder oder Frauen, nur menschenleere Berglandschaften, Wälder und ein einzelnes Foto von einem imposanten Segelboot.

»Wer ist Egretta?«, fragte David, als er den Namen des Bootes las.

»Das ist der lateinische Name für den Seidenreiher. Ein hübscher kreideweißer Vogel. Ich fand den Namen passend für so ein schönes Boot. Aber ich habe es schon jahrelang nicht mehr genutzt.« Andreas klatschte in die Hände. »Und nun geht es weiter für mich im Programm. Meine Homeoffice-Tage laufen schnell aus dem Ruder.« Andreas Grandberg zog eine dicke Pappkarte aus der Brusttasche seines T-Shirts und reichte sie ihnen über den Sofatisch. »Künftig rufen Sie sie erst einmal an, wenn Sie etwas von mir wollen.«

David betastete die scharfen Kanten der Karte und dachte, dass die wenigsten Menschen die Visitenkarte ihrer Anwältin in einem Freizeit-T-Shirt bei sich trugen.

Andreas stand auf und begleitete sie in die Eingangshalle.

»Darf ich gerade noch mal auf die Toilette?«, fragte Lucas.

Andreas zögerte kurz, dann nickte er nach hinten. »Dritte Tür links.«

Lucas verschwand den Gang hinunter. David griff den Wink mit dem Toilettenbesuch auf. Ein alter Polizeikniff. Das war jetzt der richtige Zeitpunkt für ein wenig Smalltalk nach dem Verhör, wenn die Wachsamkeit nachließ und die Leute sich in Sicherheit wiegten.

»Wie ist eigentlich Ihr Verhältnis zu William?«, fragte David.

»William hat seinen eigenen Weg gewählt«, sagte Andreas zu seinem Spiegelbild und kämmte sich mit den Fingern durch die Haare. »Ich respektiere seine Arbeit für die Polizei, aber eigentlich gehört er hierher. Er ist aus echtem Grandberg-Granit.«

»Und was ist mit Ihrem großen Bruder, Elias?«

»Großer Bruder«, schnaufte Andreas abfällig. »Der Pimpf ist aus Tonschiefer. Elias ist Vaters Erstgeborener und rechtmäßiger Erbe, aber viel zu weich. Er hatte nur seinen eingeschüchterten Goldfischblick für Vater und hat nicht verstanden, dass der einen

Hai wollte. Einen kaltblütigen Killer, der für das Beste des Unternehmens bereit ist, sein eigen Fleisch und Blut zu fressen. Vater ist von der alten Schule. Für ihn waren Elias' Spitzennoten von dem Kopenhagener Business-College nicht mehr wert als der Aufdruck auf dem Toilettenpapier.«

»War es nur das?«

Andreas kniff die Augen zusammen. »Was meinen Sie?«

»Elias ist der älteste der Brüder und Ihr Vater scheint mir ein Freund von Hierarchien zu sein. Trotzdem haben Sie das Unternehmen übernommen. Haben Sie vielleicht auch etwas gegen Ihren großen Bruder in der Hand? Etwas, mit dem er ausgebootet werden konnte?«

»Spielen Sie damit auf die Gerüchte an? Die minderjährigen Mädchen?«

»Ja«, log David.

»In die Scheiße hat Elias sich höchstselbst geritten. Da müssen Sie ihn fragen.«

Lucas kam mit knallenden Absätzen auf sie zu und wischte sich die Handrücken an der Hose ab. »Ich habe keine Handtücher gefunden.«

Andreas sah ihn ohne sonderliches Interesse an.

»Sie haben meine Frage noch nicht beantwortet. Ist das Mädchen aus dem Ort tot?«

EMILY

Emily blinzelte. Ein chemischer Belag versengte ihren Gaumen. Sie war an eine harte Unterlage gekettet. Ihr Körper schmerzte, als wäre sie aus großer Höhe abgestürzt.

Sie hatte keine Ahnung, wo sie sich befand. Der Versuch, den Kopf zu heben, wurde von ihrem betonharten Nacken vereitelt. Sie schrie, aber es kam kein Laut über ihre Lippen. Ihrem Hals entrang sich nur ein stummes Keuchen, das eine Haarsträhne von ihren Augen wegblies. Panik erfasste sie. Es fühlte sich an, als wäre da ein fremdartiger Hohlraum zwischen dem weichen Fleischgewebe im unteren Mund und dem Gaumen. Fast als .... Oh nein, nein, nein! Ihre Zunge. War ... War sie rausgeschnitten worden!? Sie wand sich wie eine Schlange, um sich aufzurichten, aber die Bewegung vollzog sich nur in ihrem Kopf. In Wahrheit rührte sich kein Muskel.

Sie versuchte erneut, zu schreien. Und wieder kam nur ein stummes Hauchen aus ihrer Kehle. Sie blinzelte panisch und sah direkt vor ihrem Gesicht die Spitzen von zwei Lederschuhen. Sie konnte die Schuhcreme riechen. Ihr Blick wanderte nach oben. Über den Knöcheln von zwei Männerbeinen hing eine Hose.

Sie hörte ein heiseres Stöhnen und ein ruckartiges Scharren der Schuhsohlen auf dem Boden. Der Mann stieß einen erstickten Seufzer aus. Etwas Zähes, Warmes tropfte auf ihre Wange und lief weiter zum Mundwinkel. Tränen der Erleichterung und Übelkeit liefen aus ihren Augen. Erleichterung, als das Geschmackszentrum ihres Gehirns registrierte, dass die Flüssigkeit salzig und bitter schmeckte. Dann war ihre Zunge also noch dran. Übelkeit, als ihr aufging, was das war. Sperma.

Er bückte sich, um die Hose hochzuziehen. Sie beeilte sich, die Augen wieder zu schließen. Während er noch eine Weile vor ihr stehen blieb, nahm sie eine Veränderung wahr, ein leichtes Zucken der Muskeln. Die Wirkung des Betäubungsmittels schien nachzulassen. Sie würde das Krampfen der Muskeln nicht viel länger verbergen können. Aber sie musste still liegen. Ganz still.

Das Zucken wurde heftiger. Jetzt geh schon!

Endlich hörte sie seine Schritte auf der Treppe.

Sie blinzelte hysterisch. Versuchte, die Beine auszustrecken. Keine Chance. Als würde jemand rittlings darauf sitzen. Sie kniff die Lippen zusammen und es gelang ihr, sich auf einen Ellbogen hochzustemmen, auch wenn sich die Bewegung steif und verzögert anfühlte. Sie schielte zu den nebeligen Lichtschwänzen der Halogenlampen. Sie lag vor der Tür, die aufs Deck führte, wo er sie niedergeschlagen hatte. Die Klinke befand sich direkt über ihrem Kopf. Sie streckte den Arm nach oben und reichte mit den vorderen Fingergliedern an das Metall. Die Klinke kippte, und ihre Finger glitten ab. Sie sackte mit dem Rücken an der Tür in sich zusammen. Blinzelte benommen. Das Betäubungsmittel versuchte, sie zurück in die Dunkelheit zu ziehen. Zu ihm. Sie zwang die Augenlider nach oben. Konzentrierte sich auf ihre Atmung. Komm schon! Das musste sie schaffen.

Sie streckte den Arm über den Kopf und bekam die Klinke diesmal mit der ganzen Hand zu fassen. Die Tür gab nicht nach. Sie schob die Füße Richtung Gesäß, um sich hochzustemmen. Die Absätze klapperten auf dem Boden, das Metall glitt ihr aus der feuchten Hand. Milchsäure brannte in ihrem Bizeps, für eine Sekunde wurde ihr schwarz vor Augen. Als ihr Gehirn sich wieder einschaltete, hing sie immer noch an der Türklinke.

Sie stützte die linke Hand auf den Boden, spannte die Oberschenkelmuskeln an und drückte sich hoch. Das hartnäckige Lauftraining des Sommers machte sich jetzt bezahlt. Keuchend kam sie auf die Füße. Sie schnappte nach Luft, das Blut von der Platzwunde am Kinn lief ihr dunkelrot den Hals hinunter. Sie wischte angeekelt die Spermareste aus ihrem Gesicht.

Allmählich stabilisierte sich ihr Gesichtsfeld. Gott sei Dank lagen sie noch im Hafen. Sie sah die erleuchteten Gebäude durch das Bullauge.

Da. Im Zündschloss neben dem Steuer schwang ein großes Schlüsselbund. Sie zog ihre Füße aus den Schuhen und schlich dorthin, zog den Schlüssel heraus und drehte sich um. Die Tür ins Freie hüpfte auf und ab wie ein ruckelndes Fernsehbild. Ein Hoffnungsschimmer. Sie machte einen Schritt nach vorn, als ein lauter Schrei ertönte. Emily fuhr zusammen und starrte verloren in die toten Augen des Plastikfischs.

»Oh no, not I, I will survive …«

Sie hörte sein Brüllen vom Unterdeck. Rasend, tierisch. Mit einem Satz war sie an der Tür, schob den nächstbesten Schlüssel ins Schloss. Die Schlüsselspitzte kratzte unkoordiniert über das Messing.

Sie blinzelte die Tränen aus den Augen. Der Schlüssel glitt ins Loch. Sie wollte ihn umdrehen, aber da tat sich nichts. Sie zerrte ihn wieder heraus. Fingerte an dem Bund herum, das Metall war glatt von dem Blut, das von ihrem Kinn tropfte.

Der Fisch verstummte. Sie hörte die trampelnden Schritte des Irren auf der Treppe. Schnell, zornig. Emily bereitete sich innerlich auf den Eisengriff um ihren Hals vor. Ihre eigenen, nutzlosen Schreie. Dass danach alles noch viel schlimmer sein würde.

Sie blinzelte schockiert in den kalten Windzug, als die Tür aufschwang. Im roten Rausch der Panik hatten ihre Finger offensichtlich selbstständig einen neuen Schlüssel ausprobiert.

Emily stürzte in die regenblinkende, dunkle Nacht hinaus.

Mit einem Wahnsinnigen auf den Fersen.

26

David parkte vor der Hauptwache in Esbjerg. Er löste den Sicherheitsgut, blieb aber noch sitzen.

»Musstest du nicht dringend auf die Toilette?«, sagte Lucas zerstreut.

»Könntest du mich wenigstens an den Ergebnissen teilhaben lassen, wenn du schon ohne mich ermittelst?«

»Du meinst die Massagepraxis? Ich wollte mir nur einen Eindruck von Andreas verschaffen, bevor wir ihn vernehmen.«

»Mit dem Besuch eines Bordells?«

»Wir müssen unsere Nasen mitten ins pralle Leben der Gemeinde stecken, ein bisschen im Dreck wühlen, uns die Finger schmutzig machen.«

David stieg aus.

»Ein Blowjob hört sich nach der reinsten Tortur an.«

»Wie gesagt, dass war ein echt mieser Blowj…«

David knallte die Tür zu.

†

Jenny holte ihre Tasche aus dem Büro und ging zielstrebig durch den Flur, den Blick auf ihre Armbanduhr gerichtet.

»Ich hab mich verirrt.«

Sie drehte sich um und sah in David Flugts Gesicht.

»Und was suchst du?«

»Die Herrentoilette. Ich war bisher nur zu ein paar kurzen Briefings hier.« Davids Lächeln reichte nicht bis in die Augen.

Sie überlegte, ob er wohl weniger streng aussah ohne die in die Stirn gezogene Schirmmütze.

»Dann stimmen die Gerüchte also«, sagte sie.

»Welche?«

»Dass ihr euch hier rarmacht. Den Leuten hier stößt es sauer auf, dass die Kopenhagener ihr eigenes Race fahren.«

»Dann sollen die Leute uns doch einfach ansprechen. Wir haben gerade Andreas Grandberg vernommen.«

»Hatte er etwas Interessantes beizutragen?«

»Ja und nein. Aber er war sehr interessiert an dem vermissten Mädchen.«

»Emily Burgaard?«, platzte Jenny heraus.

»Glaubst du, dass sie noch lebt?«

»Wie bitte?«

»Das war Andreas' Frage.«

Jenny neigte den Kopf zur Seite.

»Schwer zu sagen. Wir haben einen Zeugen. Babyshot.«

»Babyshot?«

»Ja, ein obdachloser Alkoholiker, der keinen Alkohol verträgt.«

Jenny entdeckte William am hinteren Ende des Flurs. Er schaute zu ihr und David rüber, während er mit einer Kollegin sprach. Oder sie mit ihm.

Jenny wandte den Blick ab.

»Der Obdachlose hat keine richtige Sprache. Er wiederholt immer wieder einzelne Worte. Eins ist ›mullo‹ und …« Sie hielt inne, als sie Davids versteiften Gesichtsausdruck sah. »Was ist? Sagt dir das irgendwas?«

»Der Mullo ist ein alter Roma-Mythos. Er wird erschaffen, wenn ein Mensch eines unnatürlichen Todes stirbt und die Leiche nicht mit den gehörigen Begräbnisritualen bestattet wird. Dann steht der Verstorbene in blinder Raserei von den Toten auf und trinkt das Blut seiner Opfer. Laut der Balkan-Folklore können heimgesuchte Landbewohner nur mit der Hilfe eines Dhampirs von einem wiederauferstandenen Mullo befreit werden.«

»Ein Dhampir ist eine Art Beschützer?«

»So könnte man es sagen. Ein Dhampir ist der Nachkomme eines Vampirs und eines Menschen und besitzt die gleichen Kräfte und Fähigkeiten wie ein Mullo, mit ausgeprägteren menschlichen Qualitäten. Dhampir bedeutet so was in der Art wie ›mit den Zähnen trinken‹.«

Jenny lachte. »Ein gutherziger Vampir? Das sind aber ganz schöne Räubergeschichten, David.«

Sein einer Mundwinkel zuckte leicht.

»Wie auch immer, ich muss weiter«, sagte Jenny. »Ich brauche dringend eine Pause von der Männerblase in meinem Team.«

»Apropos, wo war jetzt gleich die Herrentoilette?«

†

Zurück im Hotel fand David erst kurz vor Morgengrauen in den Schlaf. Eine kurze, zerrissene Traumsequenz von einem großen weißen Vogel am Himmel, einem Mann, der sich selbst in drei Teile hackte, einem Loch in der Erde voller Hände und einem schreienden Vampirwesen, dessen Herz außen auf dem Brustkasten langsam das Blut aus dem Körper pumpte.

27

Es war Viertel vor neun, und durch Esbjergs Straßen zog ein eiskalter Seenebel, der aus dem schwarzen Wasser des Industriehafens kroch wie saurer Morgenatem.

William Grandberg hatte die Ermittlungsgruppe im Sitzungsraum 7P über die gestrigen Verhöre von Vergewaltigern, Pädophilen, Mördern und anderen verurteilten Außenseitern aus dem Ort auf den aktuellen Stand gebracht. Danach hatte er bestätigt, dass nun sämtliche 18 Skelette aus Smøl Vold ausgegraben und in die Rechtsmedizin in Odense gebracht worden waren. Die Wallanlage würde trotzdem weiter für die Öffentlichkeit gesperrt bleiben, bis die Leichenhunde und die Kriminaltechnik jeden Grashalm umgedreht hatten. Er rundete die Sitzung mit einer Zusammenfassung der Kernpunkte des Falls ab, vorrangig für die ausdruckslosen Gesichter, die via Skype auf einem Laptop auf dem Tisch vor ihm zugeschaltet waren – den Staatsanwalt, den Rigspoliti-Präsidenten und den Justizminister.

William konnte berichten, dass die gestohlene Leiche, Gustav Thygesen, offiziell für den Fall nicht mehr von Belang und wieder an die Familie übergeben worden war, die eine Verschwiegenheitserklärung zu der Inschrift auf seiner Brust hatte unterschreiben müssen. Auf dem Schädlingsabschrecker, der Schaufel und der Plane waren weder Fingerabdrücke noch DNA-Spuren gefunden worden. Bei den bisher untersuchten Skeletten handelte es sich um Mädchen und jungen Frauen im Alter zwischen vierzehn und Anfang zwanzig, die meisten mit einem gebrochenen Zungenbein. Die Analyse der Rechtsanthropologie zu den Verfallsstadien der Knochen hatte ergeben, dass die bis auf Weiteres »älteste« der bislang untersuchten Leichen etwa drei, vier Jahre in der Erde gelegen hatte, was sich vermutlich mit dem Fortschreiten der Untersuchungen aber noch ändern würde. Wie bei Körper-18 nachgewiesen, hatten die Rechtsmediziner noch bei einigen anderen Leichen Spuren von Lidokain und Rohypnol in den Haarsträhnen gefunden, aber noch nicht dekodieren können, was dieser ungewöhnliche Betäubungsmittel-Cocktail bewirken sollte. Körper-18 hatte sie auf eine weitere durchgängige Spur gestoßen: Die in den Schädel eingebrannten Erosionsmuster von der kochenden Milch hatten sich in vergleichbarer Form auch bei einigen der anderen Skelette gefunden. In diesem Zusammenhang konnte die Ermittlungsgruppe nun eine Reihe Hypothesen aufstellen.

»Wir jagen einen organisierten Serienmörder mit Sammlermentalität und einem deutlichen Opfertyp«, sagte William zu den Gesichtern auf dem Computerbildschirm, ohne die Anwesenden im Raum eines Blickes zu würdigen. »Der Täter hat die Mädchen an einem festen geografischen Ort begraben. Smøl Vold ist für ihn so eine Art heiliger Schrein, den er nach Bedarf aufsuchen kann. Vermutlich, um den Rausch der Tat wieder zu erleben, den Adrenalinpush. Die Signatur des Serienmörders ist Kidnapping, Folter, Töten. Aus dem Grund haben wir uns die Bezeichnung KFT ausgedacht.«

Einer der Anwesenden im Raum hustete. Williams Blick hob sich über den Rand des Bildschirms, ehe er sich wieder den zugeschalteten Teilnehmern zuwandte.

»Es geht um rituelle Hinrichtungen. KFT entstellt die Gesichter der Opfer mit kochender Milch und stranguliert sie anschließend, bis sie tot sind.«

William machte eine kurze Pause. Es gab keine Kommentare. Er blätterte weiter zum nächsten Blatt.

»Wir gehen davon aus, dass KFT einen bislang unidentifizierten Feind hat. Nach achtzehn Morden im Verborgenen ist es unwahrscheinlich, dass der Täter plötzlich das Bedürfnis hat, seine Trophäen zu präsentieren. Darum glauben wir, dass die Person, die die Leiche aus der Kapelle gestohlen und auf Smøl Vold platziert hat, darauf aus ist, den Serienmörder zu entlarven. Vielleicht haben der Leichendieb und KFT eine gemeinsame Geschichte. Ein Geheimnis oder etwas in der Richtung.«

»Aber wenn der Leichendieb die Identität des Mörders kennt, warum gibt er den Namen dann nicht direkt weiter? Warum diese kryptische Installation?« fragte der Justizminister.

David sah, wie William den Daumennagel in die Handfläche drückte und Hilfe suchend den Blick hob.

Man hätte im Raum eine Stecknadel fallen hören können.

»Wir haben verschiedene Theorien verfolgt, aber, ähm …«, setzte William an, wurde aber von Lucas unterbrochen, der sich erhob und vor dem Laptop aufbaute.

»Wer sind Sie?«

»Lucas Stage. Task Force 14.«

David ließ den Blick durch den Raum schweifen. Die Gesichter der Beamten boten einen Fotostreifen verschiedenster Emotionen: Verwirrung, Amüsement, Verärgerung. David hatte recht gehabt mit seiner Annahme. Lucas Stage war nicht hier, um die hiesigen Ermittlungen zu unterstützen. Er war gekommen, um zu übernehmen.

»Meine erste Vermutung war, dass der Leichendieb Angst vor KFT hat und darum seine Identität nicht preisgeben will«, sagte Lucas. »Aber inzwischen glaube ich, dass mehr dahintersteckt. Der Leichendieb ist unsicher und befürchtet, sich zu irren. Also lenkt er unsere Aufmerksamkeit auf Smøl Vold, um seine eigenen Zweifel mit einer umfassenden Polizeiermittlung zu den vergrabenen Leichen auszuräumen. Wenn ihr mich fragt, stehen wir in der Schuld des Leichendiebs. Er hat das Licht im Leuchtturm angezündet. Und jetzt stehen wir in der Pflicht, den Fall sicher in den Hafen zu bringen.«

Alle Farbe wich aus Williams Gesicht.

»KFT ist mit Sicherheit ein Mann«, fuhr Lucas fort. »Mittelschicht. Nach außen hat er sein Leben im Griff, aber wenn das

Stressniveau zu hoch wird, wird seine wahre Natur aktiviert. Eine Art Standardeinstellung.«

»Was verstehen Sie unter Standardeinstellung?«, kam es vom Justizminister.

»Das Milieu, in dem ein Kind aufwächst, ist wie ein Verstärker für die biologischen Dispositionen des Gehirns«, sagte Lucas. »Ist das Kind auf Gewalt disponiert, wird diese Disposition in einem gewalttätigen Heim aufblühen. In einem liebevollen Elternhaus bleibt diese Disposition im Winterschlaf. KFTs Hass auf junge Frauen ist wahrscheinlich ein Schutzmechanismus, die selbst ernannte Strafe, weil er als Kind persönlich Verrat, Enttäuschung und Erniedrigung erlebt hat. Vielleicht hat sich ein nahes Familienmitglied an ihm vergriffen, ihn impotent gemacht, oder seine Mutter war launisch und gehässig. Egal was, es turnt ihn an, das Trauma umzukehren.«

»Können Sie ein Beispiel nennen?«

»Serienverbrecher sind von ihrem Trauma besessen. KFT ist keine Ausnahme. Er will zurück zu dem Trauma, zu dem Schmerz, aber aus seiner heutigen Machtposition, die es ihm erlaubt, die Rollen umzukehren. Das ist seine Art, die Vergangenheit umzuschreiben.«

»Dann ist das Ritual des Mörders eine Art Zeitreise in die Vergangenheit?«

»Sehr wahrscheinlich. Ein Kind konstruiert sein Selbstverständnis auf der Grundlage, was es bei Mutter und Vater erlebt. KFT ist vermutlich mit Lügen, Manipulation und Gewalt aufgewachsen. Er hat eine Identitätsstörung, kämpft mit einer unterdrückten Sexualität und geht bizarre Beziehungen zu Frauen ein. Gewalt erregt ihn, Voyeurismus, Hardcoreporno. Und gleichzeitig schämt er sich dafür.«

»Aber wie führt das zu den konkreten Morden?«

»Ich stelle mir vor, dass es mit kurzen Tagträumen angefangen hat, Gewaltfantasien. Vielleicht gefolgt von Tierfolter, also konkreten physischen Taten. Und schließlich von Menschen. Die erlösende Klimax seiner Standardeinstellung.«

David beobachtete William. Der verlorene Blick des Chefs der Mordkommission fand keinen Halt in dem Leerraum neben Lucas.

»Sie meinen also, dass wir einen Sexualstraftäter mit sadistischen Neigungen suchen?«, fragte der Justizminister.

»Ich glaube, KFT ist mehr Sadist als sexhungrig. Psychosexuell.«

»Was ist der Unterschied?«

»Die sexuelle Stimulierung eines Sadisten besteht darin, andere zu dominieren und zu kontrollieren und ihnen Schmerzen zuzufügen. Der Sadist wird nicht automatisch zum Vergewaltiger, weil er sich von einer Frau körperlich angezogen fühlt und Sex haben will. Die wahre Paraphilie des Sadisten ist der Schmerz.« Lucas drehte einen großen perlgrünen Siegelring an seinem kleinen Finger hin und her. »Achtzehn Foltermorde wirken da schon extrem übertrieben, wenn es nur um sexuelle Befriedigung ginge.«

»Wie zum Teufel sollen wir das der Öffentlichkeit präsentieren?«

Eine fast schon spürbare Landeanflugsstille senkte sich über den Tisch.

Lucas räusperte sich.

»Es gibt gute und schlechte Neuigkeiten. Ich glaube nicht, dass er sich noch einmal zeigt. Nicht hier, jedenfalls. Wir haben seinen heiligen Schrein dem Erdboden gleichgemacht. Er wird sich ein neues Jagdrevier suchen.«

»Dann ist er über alle Berge? Und wir haben unsere Chance verpasst?«

»Die zwei jüngsten Leichen wurden in einem kurzen zeitlichen Abstand ermordet, seine Mordrate hat sich sozusagen beschleunigt.«

»Was schließen Sie daraus?«

»Vielleicht befindet sich KFT gerade in einer Phase, in der er nicht mehr zwischen Realität und Fantasie unterscheiden kann. Seine Abkühlungsphase wird immer kürzer und der Drang zu töten stärker. Diese Rahmenbedingungen lassen ihm weniger Zeit für die Planung und bedeuten eine höhere Fehlerquote.«

»Dann gibt es noch Hoffnung?«

»Mein Assistent und ich arbeiten daran.« Lucas nickte Richtung Laptop-Bildschirm, setzte sich wieder auf seinen Platz und ließ William als letzten Mann in der Schlange vor verschlossener Kasse zurück.

»Ich dachte, wir hätten eine Absprache, mich auf dem Laufenden zu halten.«

David und Lucas drehten sich um, als William Grandberg im Flur auf sie zukam. Ruhigen Schrittes, wie jemand, der sich bewusst beherrschte.

»Deine Theorie zum Leichendieb ist sehr interessant, Lucas«, sagte der Chef der Mordkommission, als er keine Antwort bekam. »Aber ich würde es sehr schätzen, wenn du zukünftig solche Erkenntnisse mit uns anderen teilst, bevor die obere Etage zugeschaltet ist. Wir sollten vermeiden, intern uneinig dazustehen.«

»Das war ein spontaner Einfall«, sagte Lucas.

William nickte verkrampft. »Und wie sehen eure Pläne für heute aus?«

»Dein Bruder Elias und Mark Jensen. Irgendwelche Tipps?«

»Ich habe keinen Kontakt mehr zu Elias.«

»Wegen der minderjährigen Mädchen?«

William antwortete mit neutraler Stimme. »Das ist nie bewiesen worden.«

»Aber auch nicht entkräftet?«

»Gerüchte wird man hier sehr schwer wieder los.«

»Was ist passiert?«

»Das besprecht ihr am besten mit ihm persönlich. Er wohnt in Sønderballe. Als die Gerüchte aufkamen, ist er für eine längere Periode abgetaucht. Keiner weiß, wo er war. Aber als er zurückkam, hatte er Jesus zum Leitstern in seinem Leben erkoren. Er hält Gottesdienste für geistes- und todkranke Menschen und einsame Kreaturen. Zwischendurch begibt er sich auf Erweckungsreisen nach Osteuropa.«

David nickte.

»Mark Jensen«, sagte William. »Was hat er mit der Sache zu tun?«

»Dein Vater hat ihn erwähnt. In Bezug auf eine alte Feindschaft wegen Marks Entlassung. Dem wollen wir mal nachgehen.«

»Ich kann nur hoffen, dass seine Tochter nicht eine der Leichen in Smøl Vold ist. Der Hof hat schon Dramen genug erlebt.«

»Statistisch betrachtet ist die Wahrscheinlichkeit gering. Die meisten Opfer scheinen ausländischer Herkunft zu sein.«

»Ach ja«, sagte William schief grinsend. »Mortensen hat das mit dem rumänischen Nationalgetränk erzählt, Tuica. Er war schwer beeindruckt, dass du das kanntest, David. Hast du irgendeine Verbindung zu dem Land?«

»Ich war nie dort.«

EMILY

Sie lief. Lief wie nie zuvor. Durch Aabenraas leere und verregnete Straßen.

Die Lichter der Straßenlaternen wischten über ihrem Kopf entlang, scharfe, fegefeuerartige Blitze. Der kalte Wind fühlte sich durch den dünnen Blusenstoff auf ihrer Haut an wie Messerstiche. Seit sie von dem Boot geflohen war, war sie von einer alles verzehrenden Panik erfasst.

Ihre Füße waren wund vom Asphalt. Der erste Kilometer hatte sich wie ein Lauf auf Glasscherben angefühlt. Sie war mehrmals kurz davor gewesen, aufzugeben. Aber mit den auf dem nassen Untergrund immer kälter werdenden Füßen war der Schmerz verschwunden, sie lief nun auf zwei gefrorenen Klumpen, die sich durch das Muskelgedächtnis ihres Lauftrainings automatisch fortbewegen.

Sie hatte versucht, um Hilfe zu schreien, aber es war kein Laut über ihre Lippen gekommen. Ihre Zunge lag wie eine tote Auster in der Mundhöhle. Der Irre hatte irgendwas damit gemacht. Aber das war nicht das Schlimmste. Mit jedem keuchenden Atemzug sah sie eine rötliche Atemwolke vor ihrem Gesicht. Offensichtlich hatte sie sich auf die Zunge gebissen ohne ein warnendes Signal aus dem Schmerzzentrum ihres Gehirns.

Emily schnitt eine Ecke, rutschte zur Seite weg und lief ein Stück auf Händen und Füßen weiter, ehe sie wieder hochfederte und panisch weiterrannte. Ihr Atem ging so laut, als würde sie durch die Ohren einatmen. Sie spürte ihn immer dichter hinter sich, der Abstand schrumpfte. Sie blinzelte hysterisch. Im Vorbeilaufen hatte sie einen Straßennamen gelesen. Ihre Wohnung war hinter der nächsten Ecke!

Sie sprintete die letzten, vertrauten Meter. Sah hoch zum Fenster ihrer Wohnung und schwor sich, nie wieder das Licht zu vergessen. Es schepperte, als sie mit beiden Händen vor sich gegen die Tür stürmte und gleich darauf panisch die Klingeln drückte.

»Pom fom, ma-h auf!«, lallte sie und schaute über die Schulter. Blinzelte verwirrt. Der Regen glitzerte wie Silbermünzen unter den Laternen, die den leeren Asphalt beleuchteten. Da war niemand.

Die Gegensprechanlage rauschte. »Wer ist da?«

Sie spuckte Blut aus, das den Mund füllte.

»Emele auem Ri-em …«

»Wer ist da?« Olav klang beunruhigt.

»Emele! I muff reim!«

»Ist das ein Scherz? Ich ruf die Polizei, wenn Sie nicht sofort verschwinden!«

»Meim-meim!«

Emily ballte verzweifelt die Hände zu Fäusten. Ihre Stimme klang gespenstisch fremd. Sie drückte die Stirn gegen die Tür, hatte keine Kraft mehr, um ihr Leben zu fürchten, um noch länger Angst zu haben, und ihr war schlecht vor Kälte.

»Sag mal … Bist du das schon wieder, das betrunkene Gör, das mich ständig weckt?«

»Aah, emau, Emele«, keuchte Emily, schwarze Blutfäden zogen sich über ihre Unterlippe. »Ma-h auf.«

Kurze Pause.

»Du solltest dich endlich mal zusammenreißen. Aber es ist wirklich ein Hundswetter.«

Das elektronische Schloss summte, die Tür schwang auf. Emily rannte ins Treppenhaus. Das Blut von den aufgerissenen Fußballen verschmierte den Boden. Sie lief zum Treppengeländer und sackte auf dem Boden zusammen.

Sie hatte sich noch nie im Leben so elend gefühlt. Aber sie war am Leben. Sie lebte!

In dem Augenblick war von der Türpumpe ein trockenes Knacken zu hören. Statt ins Schloss zu gleiten, blieb die Tür auf den letzten Zentimetern hängen. Emilys Unterlippe zitterte. Der Bolzen an der Metallschiene hatte sich verhakt.

Wieder!

Ihr Kopf kippte zur Seite, sie spähte durch den Türspalt. Regungslos im Schatten am Ende der Straße stand eine Gestalt. Sie verkrampfte sich. Der Atem stand wie eine Rauchfahne vor dem Mund der Gestalt. Da legte der Wahnsinnige plötzlich den Kopf in den Nacken und streckte die Nase in die Luft, als würde er Witterung aufnehmen.

Und dann rannte er los. Auf sie zu.

Emily humpelte los, die aufgerissenen Fußsohlen klatschten auf die Fliesen. Sie stemmte die Hände gegen die Tür, schob aus allen Kräften. Die Tür ruckelte steif.

Oh Gott, nicht so!

Sie schob den Kopf vor den Türspalt. Die Silhouette des Irren wälzte sich durch die gespaltenen Lichtsäulen der Straßenlaternen wie ein großes, blinkendes Insekt.

Sie stemmte sich mit der Schulter gegen die Tür, stieß ruckweise dagegen wie ein kämpfender Ziegenbock. Der Bolzen auf der Schiene über ihrem Kopf knackte metallen. Jetzt komm schon, verdammte Kacke! Gib nach! Ihre Füße rutschten in dem Blut weg.

Sie hörte das Klatschen seiner Schuhe auf dem Asphalt. Schwer, schnell. Nah.

Da war keine Zeit mehr.

28

Es war fünf Minuten nach zwei, ein intensiver Kaffee- und Pfefferminzteeduft zog durch die engen Räumlichkeiten der Mordkommission. Alle Ermittlungsteilnehmer hatten in einer kurzen Pause für die nächste Runde aufgetankt.

Den Vormittag hatten sie für ein Update und die Analyse der Hauptpunkte des kombinierten Vermissten- und Mordfalls genutzt. Taucher hatten erfolglos den Jachthafen von Aabenraa nach dem Messer abgesucht, mit dem Florica die Kehle durchschnitten worden war. Die Videoaufnahmen der umliegenden Läden und Tankstellen hatten nichts ergeben, und auch die Daten von den Telefonmasten in der Gegend hatten nichts von Interesse geliefert. Der Schwung der Ermittlergruppe hatte einen Tiefpunkt erreicht.

»Was ist der aktuelle Stand der Vernehmungen der Jugendlichen von der Pop-up-Party in dem alten Schlachthaus?«, fragte Marcus Blom. Er wurde halbseitig von dem Licht des Projektors angestrahlt. Gebügeltes Hemd, blinkende Brille und linealgerader Seitenscheitel über dem Fade Cut.

»Die haben wir über die Teilnehmerliste auf Facebook ausfindig gemacht«, sagte Theo, die Mütze mitten auf seinem kurz geschorenen Schädel. »Emilys Freundinnen haben schockierend wenig mitbekommen.«

»Und die Fotos auf den Smartphones der Mädels sind eine unbrauchbare Selfie-Parade«, mischte einer der anderen sich ein. »Immerhin haben ein paar von ihnen Emily vor dem Schlachthaus mit einem Mann reden sehen.«

»Personenbeschreibung?«

Er blätterte in einem Notizblock. »Ein Typ mit Schirmmütze

und einer Tätowierung am Hals, irgendein Insekt oder Tier. Mit Stachelschwanz, oder so.«

»Das ist nicht viel«, sagte Osan. »Sollen wir die Tätowierer in der Gegend abklappern?«

Marcus schüttelte den Kopf.

»Halstätowierungen sind illegal in Dänemark.«

»Und wenn wir den Tätowierern garantieren, ihre Lizenz nicht anzutasten, wenn sie kooperieren?«

»Zu umständlich«, sagte Marcus gereizt. »Was ist mit Emilys Mitbewohnerin?«

»Sofie Østergård. Sie ist erst am Montag wieder aufgetaucht, hat das Wochenende bei einem Typen verbracht, den sie im Schlachthaus kennengelernt hat. Da war Emily bereits verschwunden.«

»Sofie und Emily hatten drei kurze Kontakte auf Snapchat«, ergänzte Theo.

»Es gibt einige wenige digitale Spuren. Emily hat ein paar SMS an eine unbekannte Nummer geschickt. Sie haben sich auf seine Aufforderung hin am Sonntagabend verabredet.«

Marcus schob seine Brille zurecht.

»Wieso hast du das nicht gleich gesagt?«

»Weil es eine Prepaidnummer ist. Aber wir haben die Nachrichten zur linguistischen Analyse geschickt. Leider äußert der Mann sich sehr knapp und vermeidet jede Sprachsignatur, die etwas über seinen Beruf, sein Bildungsniveau oder eine geografische Zuordnung preisgeben könnte. Die SMS sind nicht zu gebrauchen.«

Osan schüttelte seine schwarzen Locken aus dem Gesicht.

»Die Kriminaltechnik hat das Blut im Treppenaufgang übrigens als Emilys Blut identifiziert. In den Blutproben fanden sich Spuren von der Vergewaltigungsdroge Rohypnol und Lidokain.«

»Lidokain?«

»Ein lokales Betäubungsmittel, das Zahnärzte direkt ins Zahnfleisch spritzen. Das Lidokain ist ein atypischer Fund, und es lässt sich nicht eindeutig sagen, welche Funktion es in diesem konkreten Fall hatte. Möglicherweise war sie zufällig am gleichen Tag beim Zahnarzt.«

»Was ist mit dem Mieter, der über ihr wohnt?«

»Olav. Die gleiche Platte wie bei der ersten Befragung: Emily hätte nahezu unverständlich in die Gegensprechanlage gesprochen, während der junge Mann, der sie begleitet hat, sehr vernünftig klang. Außerdem hätte er Emily nicht schreien oder sonst irgendwie signalisieren hören, dass sie bedroht wurde. Und ansonsten hat er nicht mit seiner generellen Wut auf Emily und ihre Freundin hinterm Berg gehalten, die ihn wohl alle naselang in betrunkenem Zustand aus dem Bett klingeln.«

Marcus schob seine Brille die Nase hoch.

»Was ist mit dem Typen aus dem Keller? Der Emily am Tag vorher heulend im Treppenhaus gefunden hat. Hatte der was Interessantes beizutragen?«

Synchrones Kopfschütteln um den Tisch herum.

»Fuck«, murmelte Marcus.

Jetzt wurde es wirklich eng. Obgleich das Massengrab von Smøl Vold allen Spaltenplatz einnahm, hatte Kristian Sejersen bei einer Stippvisite freundlich, aber bestimmt daran erinnert, dass die Sanduhr bald durchgelaufen war und sie Emily finden mussten.

»Hi, Leute«, warf Jenny in die Runde, als sie den Raum betrat. Sie hatte die letzten Stunden mit Babyshot in seiner Arrestzelle verbracht. Ein taktischer Versuch, sein Vertrauen zu gewinnen und einen Schlüssel zu seiner geheimnisvollen Sprache zu finden. Sie war sich ziemlich sicher, dass der obdachlose Mann Floricas Henker kannte, der möglicherweise auch Emilys Entführer war.

Jenny setzte sich und gab den Kollegen ein Update.

»Er kommt langsam zur Ruhe. Es hat geholfen, ihn mit seinen Habseligkeiten in der Zelle sein Lager aufschlagen zu lassen. Immerhin toleriert er meine Gesellschaft. Aber bis jetzt ist es mir noch nicht gelungen, den Zusammenhang von ›egrett‹ und ›mullo‹ zu dekodieren. Aber ich habe gestern mit David gesprochen und …«

»Mit wem?«

»Einem der Task Force-Agenten. Er hat mir erklärt, dass ein Mullo so eine Art Wiedergänger ist, ein Vampir aus der alten Roma-Mythologie.«

Jenny zögerte. Die Männer sahen sie rundweg skeptisch an, als sie die Balkan-Folklore zusammenfasste, wo gepeinigte Landbewohner einen Dhampir anriefen, um einen auferstandenen Mullo zu besiegen.

»Das andere Wort, egrett, hat mit großer Wahrscheinlichkeit irgendwas mit dem Meer oder den Wellen zu tun. Babyshot und Florica haben in einer windgeschützten Ecke im Jachthafen gelegen. Aber …« Jenny spreizte die Hände auf der Tischplatte. »Ich habe keine Ahnung, was wir mit ihm machen sollen.«

Marcus fuhr sich mit dem Zeigefinger über die glatt rasierte Oberlippe.

»Uns fehlt ein Motiv, eine Richtung. Und was außer einer Hasstat könnte der Grund dafür sein, eine alte obdachlose Frau zu töten?«

»Well«, sagte Osan. »Die sieben Hauptmotive für Mord sind Eifersucht, Habgier, Rache, Ausgrenzung, Fanatismus, Befriedigung des Geschlechtstriebs und Macht.«

»Gut, verfahren wir nach dem Ausschlussverfahren.«

»Befriedigung des Geschlechtstriebs ist wohl weit hergeholt bei dem Gesicht«, sagte Theo mit einem Grinsen in seinem Vollbart.

Jenny räusperte sich.

»Und Eifersucht können wir wohl auch ausschließen. Babyshot und Florica waren in höchstem Maße abhängig voneinander. Niemand hat sie jemals streiten sehen oder hören.«

Marcus nickte. »So wie wir Macht und Habgier auch ausschließen können. Bleiben Rache, Ausgrenzung und Fanatismus.«

»Auf keinem der Überwachungsvideos oder der Telefonmastlisten taucht irgendeiner unserer Rechtsradikalen auf, damit können wir Fanatismus wohl auch streichen.«

Die Deckenbeleuchtung spiegelte sich in Marcus' Brillengläsern, als er aufstand und etwas auf dem Whiteboard notierte.

»Also richten wir unseren Fokus auf Rache oder Ausgrenzung. Wir müssen uns unter den Obdachlosen umsehen, alles über Floricas und Babyshots Verbindungen in dem Milieu rauskriegen. Und denkt dran: macht Fotos von allen, mit denen ihr sprecht, damit wir sie Babyshot zeigen können. Wenn es nicht über die Sprache funktioniert, müssen wir ihm ein Bilderbuch vorlegen.«

»Eine Kleinigkeit noch.« Jenny trank einen Schluck aus der Wasserflasche und stellte sie auf dem Tisch ab.

»Was?«

»Babyshot zeigt erste Entzugserscheinungen. Das Antabus wird ihn nicht mehr lange bei der Stange halten.«

»Wir können keinen Kronzeugen freilassen.«

»Das ist nicht unsere Entscheidung. Sarah Jerlmyr wird morgen vorbeikommen. Wenn sie seinen Zustand als kritisch einstuft, wird er weiter durchs System geschickt, egal, was wir machen. Es sei denn …«

»Es sei denn, was?«

Jenny lächelte mit roten Wangen.

»Es sei denn, er kriegt von uns, was er braucht.«

Marcus presste die Lippen zu einem schmalen Strich zusammen.

»Wir können ihm doch unmöglich ein Sixpack Bier in die Zelle schmuggeln. Wenn das rauskommt, fliegen wir alle hochkant raus. Tut mir leid, Jenny, aber das ist eine wirklich unsinnige Idee.«

»Es muss doch niemand mitbekommen, was wir ihm geben.« Jenny hob ihre Flasche hoch und schüttelte die klare Flüssigkeit. »Der Mann trinkt Wodka.«

Die gedrückte Stimmung im Konferenzraum löste sich etwas nach Jennys Vorschlag. Theo wurde losgeschickt, um Wodka zu besorgen, und die zurückgebliebenen Ermittler sahen nicht mehr ganz so verbissen aus. Ein Licht war angezündet worden. Mit einer etwas zu kreativen und riskanten Taktik und einem hohen Feuerungspotenzial. Aber sie zogen es zusammen durch. Als Team. Und nichts stärkte den Zusammenhalt besser als ein kleiner gemeinsamer Aufruhr.

»Kann ich dich kurz sprechen, Jenny?«

Das Lächeln auf Jennys Lippen erstarb. Sie entschuldigte sich und ging raus auf den Flur wie ein gehorsamer, treudoofer Hund.

William schob sie in sein Büro.

»Wo ist Silja?«

»Die holt sich einen Kakao«, murmelte er rotwangig ohne die übliche blutleere Bedachtsamkeit. »Sie dürfte den Automaten bald leer getrunken haben.«

Jenny zog die Augenbrauen hoch. »Alles in Ordnung?«

William sah sie an. Er wirkte hektisch, sein Hemd war feierabendzerknittert.

»Und, gibt es schon Fortschritte in deiner neuen Einheit?«

»Ja«, antwortete Jenny so aufrichtig, wie er gefragt hatte. Sie erzählte ihm von dem Alkoholiker in ihrer Arrestzelle, von den spärlichen Spuren in Form der beiden Worte »mullo« und »egrett« und dass sie insgesamt nach Hinweisen und Zusammenhängen zwischen dem Mordfall und Emilys Verschwinden suchten. Dass sie gerade beschlossen hatten, Alkohol in die Polizeiwache zu schmuggeln, erwähnte sie nicht.

»Und dann gab es in der Tagesstätte einen bislang nicht identifizierten ehrenamtlichen Betreuer, der Babyshot vor langer Zeit mal solche Angst eingejagt hat, dass er sich nass gemacht hat«, sagte sie.

»Warum ist das interessant?«

»Der Mann verfügt nicht über die kognitive Fähigkeit zu lügen. Ein Einnässen ist sozusagen sein Wahrheitsserum. Anyway.« Jenny schüttelte den Kopf. »Was willst du eigentlich?«

»David lässt nicht locker.«

»Was meinst du?«

»Ich konnte gestern noch das Aftershave des Idioten riechen, als Sejersen mich zu sich bestellt hat, und ...« Gejagter Blick. »Ich werde demnächst von den Ermittlungen abgezogen.«

»Und was kann ich daran ändern?«

Er betrachtete sie.

»Ich habe überlegt, ob ich dich davon überzeugen könnte, deinen Vater anzurufen.«

»Meinen Vater?«

»Ich habe einen Hintergrundcheck von David Flugt in Auftrag gegeben. Er ist 2016 zu Europol gegangen. Danach ist seine Akte urplötzlich blank.«

»Blank?«

»Ja. Im Januar 2017 scheint der Bursche wie von der Erdoberfläche verschwunden zu sein. Bis er vor ungefähr einem Jahr ganz plötzlich in die Sonderermittlungstruppe Ost eingegliedert wurde. Kein Polizist hat eine Lücke von drei Jahren in seiner Vita.«

»Aber was hat das mit meinem Vater zu tun?«

»Vielleicht kennt er ja irgendwen bei Europol, der was über ihn weiß.«

»William, ich erkenn dich nicht wieder. Und egal, was David gesagt hat, ist Sejersen derjenige, der beschließt, ob du von dem Fall abgezogen wirst oder nicht.«

William senkte den Blick. Schüttelte den Kopf.

»Ich weiß nicht, was ich mir dabei gedacht habe, Jenny. Sorry.«

»Du bist ein guter Beamter. Ein guter Mann. Das würdest du dir nie verzeihen, wenn du diesen Weg einschlägst.«

»Aber wenn keiner etwas davon erfährt, spielt es dann eine Rolle?«

Jenny drückte seinen Arm und spürte, wie angespannt seine Muskeln waren.

»Wenn du das wirklich durchziehen wolltest, hättest du mich nie um Hilfe gebeten.«

William grinste schief.

»Vielleicht bin ich ja nicht der Mann, für den du mich hältst.«

»Du bist zu streng mit dir selbst.«

»Bin ich das? Wenn du zugestimmt hättest, hätte ich keine Sekunde gezögert.«

Jenny kehrte leicht benommen in den Konferenzraum zurück, wo sich gerade ein hitziger Disput zwischen Theo und Osan entsponnen hatte.

»Ich weiß auch, dass die Führung sich darauf eingeschossen hat, eine Verbindung zwischen dem Obdachlosenmord und Emily herzustellen, aber der Mord an Florica wurde im Jachthafen in Aabenraa begangen.«

»Ja und?«

»Emilys Blut wurde im Treppenhaus ihres Wohnblocks gefunden, der mehrere Kilometer vom Hafen entfernt liegt. Sie ist vielleicht in guter Form, aber glaubt ihr wirklich, dass sie so weit gelaufen ist? Barfuß, auf dem eiskalten Asphalt?«

»Kommt drauf an, wer sie gejagt hat«, hörte Jenny sich sagen.

EMILY

Es war keine Zeit mehr.

Emily hörte die laufenden Schritte auf der Straße. Sie warf sich mit der Schulter gegen die Tür. Sie klapperte, wollte aber nicht schließen. Hysterisch vor Angst sah sie ihn jeden Augenblick ins Treppenhaus stürmen und sie mit sich in die Nacht hinauszerren. Und dann, wie ein Sprung in der Zeit, taumelte sie plötzlich vornüber und landete auf dem Boden. Sie schaute verwirrt hoch. Die Tür war zu.

Emily richtete sich auf und kauerte sich mit dem Rücken an die Tür. Sie hustete Blut, und der Puls schlug so hart, als würde ein Finger sie in den Hals piksen. Sie hörte wieder die Schritte auf der Straße und hielt die Luft an. Die Schritte stoppten vor der Tür. Der Irre holte langsam und keuchend Atem. Sie redete sich selbst zu, dass sie in Sicherheit war. Das war eine solide Eichentür und von einem vier Zentimeter langen Metallzylinder verriegelt. Die Lederschuhe des Irren knarrten draußen. Ihre Nackenhaare stellten sich auf. Das klang nicht nach Rückzug. Eher nach einer Gewichtsverlagerung.

Sie hörte das vertraute Summen der Gegensprechanlage und Sekunden später Olavs kläffende Stimme aus dem Lautsprecher.

»Du schon wieder? Ich hab dich doch grad erst reingelassen.«

Emily blinzelte ungläubig. Wieso klingelte der Irre bei Olav?

Sie erstarrte, als ihr die Erkenntnis kam, dass sie nicht gesehen hatte, was sich direkt vor ihren Augen abgespielt hatte. Der Irre hatte nie nach ihrer Adresse gefragt. Weil er wusste, wo sie wohnte. Und er war es auch, der ihren Stilettoabsatz auf die Fußmatte gelegt hatte.

Emily schrie vor Machtlosigkeit, heraus kam nur ein krächzendes Gurgeln ihrer schlaffen Zunge.

Die samtweiche Stimme des Irren drang durch die Tür.

»Tut mir sehr leid, wenn ich Sie geweckt habe. Ich bin Emilys Freund. Sie war ziemlich betrunken, als sie nach Hause gegangen ist. Ich wollte nur mal nachschauen, ob alles okay ist bei ihr.«

Der Klang seiner Stimme trieb ihr die Tränen in die Augen. Sanft, intelligent. Tödlich.

»Ich habe sie gerade reingelassen«, schimpfte der Alte.

Danke, Olav!

»Ah, okay.« Kurzer Seufzer. »Das ist mir jetzt wirklich ein bisschen peinlich. Aber die Wahrheit ist, dass wir uns gestritten haben. Ich hab ein paar unschöne Dinge zu ihr gesagt, für die ich mich gerne entschuldigen würde.«

»Ihr jungen Leute und eure künstlichen Dramen! Kommen Sie morgen wieder.«

Emily atmete aus. Schachmatt! Das war's.

»Darf ich Sie noch was fragen?« Der Irre klang ernsthaft besorgt.

»Fassen Sie sich kurz.«

»Wie klang sie?«

»Was meinen Sie?«

»Ihre Stimme. Klang sie … als hätte sie ihre Sinne beisammen?«

»Das weiß ich doch nicht.« Olavs Stimme klang unsicher. »Sie klang ziemlich durch den Wind.«

»Oh je, das hört sich nicht gut an. Mit einem Vollrausch einzuschlafen ist nicht unriskant. Stellen Sie sich vor, es passiert etwas, das hätte verhindert werden können, wenn ich da gewesen wäre.«

Olav sagte nichts.

Nein, Olav. Tu es nicht. Emily versuchte, auf die Beine zu kommen. Ihre Fußgelenke waren geschwollen und der übrige Körper von der Kälte wie gelähmt. Sie sackte resigniert in sich zusammen.

»Es wäre supernett, wenn Sie mich reinlassen.« Leises Lachen. »Ich werde schon auf die Trinkdrossel aufpassen.«

Für einen Moment herrschte absolute Stille. Emily hörte das Blut durch ihre Adern rauschen wie eine kratzende Stiftspitze, die den letzten Vers ihres Lebens schrieb. Sie zuckte zusammen, als das Türschloss summte und er sie mit der Tür widerstandslos durch ihr eigenes Blut auf dem Boden schob. Sie wollte schreien, aber es kam kein Ton über ihre Lippen, wollte schreien, dass das hier nicht in ihrem Kopf passierte, dass das hier wirklich war, dass der Irre gekommen war, um sie zu holen.

Seine Silhouette schob sich in den Flur wie eine Geisterkrake. Seine rasenden Augen funkelten in der Dunkelheit.

»Du hast keine Vorstellung davon, wie viel schwerer du dir das Leben hiermit gemacht hast, Emily.«

29

Grauer Graupel schlug gegen die Windschutzscheibe, als David mit dem Volvo geräuschvoll über den schotterigen Waldweg holperte. Zwischen den dunklen Tannen war ein mittelgroßes Haus mit Reetdach und rauchendem Schornstein zu sehen. Sie kamen auf eine Lichtung und parkten hinter einer Ansammlung von Pkws.

»Shit!« Lucas wedelte mit den Armen, als er in seinen Schlangenlederschuhen durch das nasse Gras schlitterte. »Die haben verdammt noch mal 9000 Kronen gekostet!«

David öffnete den Kofferraum.

»Was ist das?«, sagte Lucas mit beeindruckender Verachtung für die Gummistiefel, die David ihm reichte.

»Ich habe zwei Paar gekauft. Für Notsituationen wie diese.«

»Bleib mir damit vom Hals«, keifte Lucas und hämmerte mit der zuschlagenden Autotür ein Echo zwischen die Bäume.

Sie gingen auf das Haus zu. Die Luft im Wald stand still und war eiskalt. Durch ein gekipptes Fenster unter der Dachtraufe drang eine unverständliche Männerstimme zu ihnen heraus. Sie traten auf eine knarrende Veranda und klopften. Über der Tür hing ein Schild: *Der Herr ist mein Licht.*

Die Männerstimme im Haus fuhr mit ihrer unverständlichen Litanei fort. David drückte die Klinke herunter, die in einen großen, bullig warmen Raum führte, in dem viele Leute dicht gedrängt auf Klappstühlen saßen. Einige Köpfe drehten sich zu ihnen um, als sie eintraten, der Rest lauschte gebannt der Predigt des Mannes auf der provisorischen Bühne aus Sperrholzplatten und Milchkisten. Die Zuhörer waren eine bunt zusammengewürfelte Gesellschaft, dicke Männer in schlecht sitzenden Anzügen, eine

Reihe Kinder – Kleider, Hemden, Seitenscheitel –, eine Frau mit einem knallbunten Kopftuch um ihren kahlköpfigen Schädel, die sich mit Tränen in den Augen an den Arm ihres Mannes klammerte, der mit leerem Blick geradeaus starrte.

»Ein Mensch hat alles Menschliche hinter sich gelassen«, sagte der Prediger in ein krächzendes Mikrofon. »Einer, der unter uns ist. Achtzehn Seelen wurden durch seine dämonische Hand aus dem Leben gerissen. Hier, in unserer Gemeinde! Wir müssen wachsam sein. Seine Bosheit ist auch in jedem von uns verankert. Eine rauschhafte und gefährliche Kraft. Der niemand entkommt. Der Mensch ist in der Lage, grausame Dinge zu tun. Weil der Mensch grausam ist. Schwach und willig, sich verführen zu lassen.«

Zustimmendes Raunen schwappte durch den Raum.

»Wenn wir uns freimachen vom Wort des Herrn, sind wir nicht länger an Konsequenzen gebunden«, fuhr der Mann fort. »Dann ist die Seele frei. Das ist eine gute Basis. Stellt euch vor, ohne Verantwortung zu leben, ohne Sorgen, ohne Glauben. Ein verlockender Gedanke, nicht wahr?« Der Mann ließ den Blick über die Versammlung schweifen. »Aber dabei vergesst ihr die Ekstase, die Entwurzelung durch die Versuchung. In dem Leerraum ohne den Herrn sind wir nicht willensstärker als Blätter im Wind. Wir alle würden böse Dinge tun, wenn wir wüssten, dass sie keine Konsequenzen haben. Es ist schwer, an das Gute zu glauben. Dass …«

David entdeckte einen zerknautschten Hut, der durch die Reihen gereicht wurde. Scheine und Münzen knisterten und klirrten in dem Futter.

»Wie viele IQ-Punkte wohl in so einem Hut gesammelt werden können«, flüsterte Lucas.

»Für einen Mann, der in einer Mordermittlung feststeckt, redest du auffällig viel über Intelligenz«, flüsterte David zurück.

»Jedenfalls werfe ich keine Münzen in einen Hut, um meine Verzweiflung und Not zu lindern.«

»Die Menschen hier stehen für etwas ein, glauben an etwas.«

Lucas lehnte sich zu David hin, einen Duft nach Rauch und Minze verströmend.

»Ich streite nicht ab, dass Religion Schmerz betäuben kann. Aber welchen Preis zahlt die Vernunft? Diese Menschen übertragen ihre Selbstverachtung an den Himmel. Als gäbe es dort oben eine unerschöpfliche Quelle, eine abstrakte Instanz, die sie von allem Übel reinigen kann. Und zu welchem Zweck? Damit sie mit den Sünden leben können, die sie begangen haben und auch weiter begehen werden. Das Abschieben von Verantwortung ist Hochmut, und Hochmut ist eine der sieben Todsünden. Erkennst du das tragikomische Paradoxon?«

David zog eine Münze aus der Tasche. »Und die wandert jetzt für deine verlorene Seele in den Hut.«

Eine Viertelstunde später bedankte sich der Mann auf dem provisorischen Podest für das zahlreiche Erscheinen und lud im Anschluss zur süderjütländischen Kaffeetafel ein. Die Leute nahmen ihre gedämpften Gespräche mit in den Nebenraum. Lucas und David gingen zu der Bühne, wo der Pastor mit dem Mikrofonkabel beschäftigt war.

»Sie sehen nicht aus, als würden Sie geistigen Rat suchen«, sagte der Mann mit dem Rücken zu ihnen. »Hat mein Bruder Sie geschickt?«

»Warum glauben Sie das?«, fragte David.

Elias Grandberg drehte sich um. In seinem Blick lag die gleiche wache Aufmerksamkeit wie bei Andreas und William, und auf den ersten Blick war nicht zu erkennen, was Andreas damit gemeint hatte, dass Elias nicht aus dem typischen Grandberg-Granit wäre. Der Pastor hatte dichtes karamellfarbenes Haar mit ein paar grauen Einsprengseln an den Schläfen, gesunde Zähne, einen klaren Blick, der Vertrauen und Standhaftigkeit ausstrahlte. Mit Anzug und Schlips wäre er ohne Weiteres als Bankdirektor oder Nachrichtensprecher durchgegangen. Aber Elias Grandberg trug einen ausgeleierten Strickpullover und ausgebeulte Jeans über einem Paar abgetragener Lederschuhe. Mit der fettverschmierten Lesebrille an der bunten Schnur um seinen Hals sah er ein bisschen wie eine verwirrte Großmutter aus.

»Wollen wir hier reden?«, fragte David mit einem Nicken zu der angelehnten Tür zum Nebenraum, aus dem Geschirrgeklapper und Stimmengemurmel herüberdrangen.

Elias runzelte die Stirn. »Unsere Türen stehen immer offen. Der Herr sieht uns, immer und überall.«

David widerstand dem Impuls, an die Decke zu schauen.

»Wohnen Sie allein hier draußen?«

»Ja. Darf ich Ihnen eine Tasse Kaffee anbieten?«

»Sie sind nicht verheiratet?«

»Der Herr hat einen anderen Weg für mich gewählt. Mein Leben gehört ihm … Ich weiß, was Sie jetzt sagen wollen. Wer verlässt freiwillig ein Milliardenunternehmen? Wendet sich von Geld und Macht ab?«

»So was in der Art. Es gibt Stimmen, die behaupten, Sie hätten das Unternehmen nicht aus freien Stücken verlassen.«

»Das ist recht simpel. Der Name Grandberg gibt einem die Macht über viele Menschen. Aber ich wollte Macht über mein eigenes Leben.«

»Sie haben in Kopenhagen Corporate Business studiert. Zu einem Zeitpunkt in Ihrem Leben scheinen Sie ja doch Interesse an dem Unternehmen gehabt zu haben.«

»Das hat Ihnen ganz offensichtlich der liebe Andreas geflüstert. Das kann er gut.«

»Dann stimmt das also nicht?«

Elias hob den Blick über Davids Schulter, als sähe er etwas zwischen den Tannen.

»William und ich sind dem Monster entkommen. Dieses Unternehmen saugt den Menschen die Seele aus dem Leib. Ich fühle keine Bitterkeit. Andreas ist der richtige Mann für den Posten.«

»Inwiefern?«

»Weil er bereit ist, für Macht und Geld seine Seele zu opfern.«

»Und Sie geben Ihre Seele lieber Gott, der Ihnen die Macht gibt, sein Wort zu verkünden.« David kratzte sich durch den Mützenstoff am Kopf. »Hab ich das richtig verstanden?«

»Interessante Beobachtung«, sagte Elias gefasst. »Andreas strebt nicht nach Macht, weil sie ihn glücklich macht. Er strebt danach, weil er mit ihr ein kleines bisschen weniger unglücklich ist. Er ist das klassische vernachlässigte Oberklassekind. Gewaltvorfälle in der Schule, Drohungen, Tierfolter … Die Kinder, die am verzweifelsten um Liebe ringen, suchen sie typischerweise auf die liebloseste Weise.«

»Tierfolter?«

»Kennen Sie nicht die Geschichte von dem Hühnerhaus des Nachbarn? Andreas hat in einem Wutanfall ein Dutzend Hühner mit einem Golfschläger unseres Vaters gekeult.«

»Sie wurden als Kinder also vernachlässigt?«

»In der Priorität heruntergestuft.«

David zögerte. Elias wirkte gänzlich unbeeindruckt von dem überraschenden Auftauchen der zwei Polizisten.

»Was haben Sie am Wochenende gemacht?«

»Da habe ich das Haus der Inneren Mission in Fredericia besucht. Ich war von Freitag bis gestern dort.«

David notierte sich im Geiste: Innere Mission Fredericia anrufen.

»Das klingt nach einem angespannten Verhältnis zwischen Ihnen und Andreas.«

»Wir haben gar kein Verhältnis. Er war Evas kleiner Schatz.«

»Eva, Ihre Mutter?«

»Ja.« Elias grinste schief. »Biologisch gesehen auch meine.«

»Können Sie uns etwas über ihren Selbstmord erzählen?«

»Ich erinnere mich kaum daran. Aber …«

»Alles in Ordnung, Elias?« Ein magerer Junge schob den Kopf durch den Türspalt. Seine feuerroten Haare waren um die Ohren bis auf die Kopfhaut geschoren. Sein Blick flackerte zwischen David und Lucas hin und her.

»Ja, ich komm gleich«, sagte Elias freundlich, worauf der Junge sich wieder verzog.

»In den Neunzigern waren Sie über eine längere Periode verschwunden«, sagte David. »Nach Ihrer Rückkehr haben Sie Gottes Wort verkündet, waren ein anderer Mensch.«

»Es klärt den Blick, von hier wegzugehen. Dreck klebt nicht nur an der Erde.«

»Und trotzdem sind Sie zurückgekehrt.«

»Nennen Sie mich naiv. Ich hege die Hoffnung, den Menschen hier die Augen öffnen zu können. Im Leben geht es um mehr als Dosenbier, süderjütländische Kaffeetafeln und Tratsch.«

David rief sich die Gesichter der Gottesdienstbesucher ins Gedächtnis. Todkranke, Geistesgestörte, einsame Kreaturen auf der Jagd nach einem letzten Hoffnungsschimmer. Sie suchten den Pastor auf, weil er ein Schuh war, der nicht drückte. Der letzte passende Schuh.

»Wir haben mit Ihrem Vater Laust gesprochen und …«

»Ertragen Sie es nicht, den Namen Ihres Vaters zu hören?«, fiel Lucas David ins Wort, als hätte er einen Mikroausdruck im Gesicht des Pastors wahrgenommen, eine Unregelmäßigkeit beim Atmen.

Elias sah Lucas gelassen an. »Ich bete regelmäßig für seine Seele.«

»Hat er das nötig?«

»Mein Vater ist sündig bis ins Mark. Eine Frau hat ihm nie gereicht.«

Lucas grinste breit.

»Nach meiner Erfahrung ist die einzige Möglichkeit, nicht die ganze Zeit an Frauen zu denken, die, viele Frauen zu haben.«

Elias neigte den Kopf zur Seite.

»Gibt es einen bestimmten Grund, dass Sie permanent versuchen, mich zu provozieren?«

»Funktioniert es?«

Der Pastor trat einen Schritt vor. »Wo bist du?«, flüsterte er und bohrte seinen Blick in Lucas' chlorblaue Augen. »Siehe, er geht über verbrannte Erde, eine Trauerbinde vor den Augen. Umgeben von Disteln und Finsternis, ein Krieger ohne Waffe.«

Lucas lächelte steif.

»Möchtest du mir etwas anvertrauen, mein Sohn?«, flüsterte Elias.

»Ja, das möchte ich«, sagte Lucas. »Ich glaube, Sie haben sich über das Ausschlussverfahren für Gott entschieden und nicht durch eine geistige Wiedergeburt.«

»Ich werde Sie heute Abend in mein Gebet einschließen.«

»Und ich glaube, dass Sie diese armen Kreaturen mit einem Versprechen auf Erlösung und das Himmelreich manipulieren, um nicht in Ihrer eigenen, von allen geächteten Gesellschaft zu versauern. Alle haben sich damals von Ihnen abgewandt, als die Gerüchte aufkamen. Über die minderjährigen Mädchen. War die Lust am Ende nicht mehr auszuhalten? Die zierlichen, glatten Körper. Die großen unschuldigen Mädchenaugen, die Sie innerlich zerfressen haben?«

Elias wich einen Schritt zurück. »Wie bitte?«

»Sie haben recht«, sagte Lucas kalt. »Dreck klebt nicht nur an der Erde. Weil die Scham sich nicht einfach abwaschen ließ, sind Sie vor ihr geflohen. Haben versucht, Ihre Standardeinstellung zu ändern, Ihr schändliches Begehren. Sie haben gehofft, dass irgendwann Gras darüber wächst und die Leute vergessen. Aber das ist der Fluch der offenen Landschaft. Alle können einen sehen. Alle erinnern sich. Es gab keinen sicheren Ort für Sie. Und so haben Sie sich entschieden, sich so klein wie möglich zu machen. Und sich hinter Gott und den Fichten zu verstecken. Dieser Ort ist kein heiliger Ort. Er ist die Endstation eines geplagten Mannes.«

David machte den Mund auf, um etwas zu sagen. Aber ihm fehlten die Worte. Einen kurzen Augenblick erwog er, Hilfe suchend nach oben zu schauen.

†

David und Lucas saßen vor Elias Grandbergs Haus in dem Volvo.

»Fahren wir?«, fragte Lucas.

Davids Zeigefinger lag auf dem Startknopf.

»Ich glaube nicht, dass Elias unser Mann ist.«

»Aha. Könntest du das etwas vertiefen?«

»Die Niederlage gegenüber Andreas hat etwas in ihm zerbrochen. Der rechtmäßige Erbe, der von dem kleinen Bruder überholt und ausgebootet wird. In seiner Verzweiflung ersetzt er den Kapitalismus durch Christus. Das ist eine klassische Kompensationsreaktion nach einem schweren Trauma. Er richtet all seine Energie auf Gott, um seine Defizite als Unternehmer auszugleichen. Aber seine sprichwörtliche Ohnmacht wird nicht von ein paar minderjährigen Mädchen ausgelöst. Allein sein Gesichtsausdruck, als wir den Namen Laust nur erwähnt haben … Elias hasst seinen Vater für die Demütigungen, die er ihm zugefügt hat. Wenn Elias jemals zum Mörder werden sollte, wäre Laust …«

David fuhr erschrocken zusammen, als es laut an dem Seitenfenster knallte. Er kurbelte die Scheibe herunter und sah in ein Paar rostbraune Augen. Das eine Auge schielte, als würde ein unsichtbarer Faden an dem Augapfel ziehen.

»Ihr dürft nicht böse auf Elias sein«, schniefte der rothaarige Junge.

»Wir sind von der Polizei und haben ihm nur ein paar Fragen gestellt.«

»Hier«, sagte der Junge, ohne Lucas aus den Augen zu lassen. »Wollt ihr eine Broschüre?«

David nahm eine und überflog den Text, der mit »Europa Tour« überschrieben war. Es war ein Faltblatt zu Elias Grandbergs Erweckungsreisen. Weiter unten waren eine Reihe Länder aufgezählt: Deutschland, Holland, Österreich, Slowakei, Ungarn, Rumänien, Bulgarien, Moldau … Die Liste war lang.

»Warum gibst du uns diese schöne Broschüre?«, fragte David.

Der Junge riss seinen Blick von Lucas los und richtete seinen Silberblick auf David.

»Elias möchte, dass ich allen Besuchern eine gebe, die vorbeikommen.«

David schaute rüber zum Haus. Hinter den Fenstern waren keine Silhouetten zu sehen. Offensichtlich war der Vorstoß des Jungen eine persönliche Initiative, von der Elias nichts wusste.

»Danke.«

Der Junge humpelte zurück zum Haus. David warf die Broschüre auf die Rückbank.

»Sehen wir zu, dass wir Land gewinnen«, murmelte er. »Dieser Ort jagt mir Schauer über den Rücken.«

30

David setzte den Blinker und fuhr auf den Seitenstreifen, nachdem er etliche Kilometer durch eine sich nicht verändernde Ackerlandschaft gefahren war.

»Was ist los?«, murmelte Lucas verschlafen.

»Das GPS hat kein Signal mehr.«

»Weil wir außerhalb der Reichweite eines Satellitensignals sind?«

David ignorierte seine Bemerkung und fuhr weiter. Einen Kilometer später sah er ein heruntergewirtschaftetes Fachwerkhaus. Die Fenster waren verdreckt, es brannte kein Licht. Der Vorgarten war ein einziger Schrottplatz: hohe Autoreifenstapel, ein ausgebranntes Traktorwrack, verhedderte Kabel und jede Menge verbeulter Bleirohre. Der Ort strahlte eine intensive Atmosphäre bröckelnder Isolation aus. Darum staunten die beiden Ermittler nicht schlecht, als plötzlich ein ziemlich verwahrloster Mann aus dem Haus trat und ihnen auf einer für sie unsichtbaren Route durch den Schrottberg entgegenkam.

»Moin!«, brummete der Mann durch die runtergelassene Scheibe auf Lucas' Seite. »Haben Sie sich verfahren?«

»Ist das hier der Hof von Familie Jensen?«, fragte David.

»Mark? Was zum Teufel wollt ihr denn von dem Eigenbrötler?«

Der Mann starrte sie mürrisch an. Die spärlichen Reste seiner Haarpracht waren quer über den Schädel gekämmt, um ein paar entzündete Pickel zu verbergen.

»Wir sind von der Polizei und würden ihm gern ein paar Fragen stellen.«

Das heisere Lachen des Mannes entblößte ein paar nikotinverfärbte Zähne.

»Mark hat nicht viel übrig für die Polizei. Oder überhaupt für andere Menschen. Das letzte Mal, dass ich ihn gesehen habe, hat er mit seiner Schrotflinte ein paar Rotzlöffeln eine Ladung Schrot hinterhergeschickt. Die dachten bestimmt, er hätte seine Klapperlatschen nach ihnen geworfen.« Der Mann kratzte an den Pickeln auf seinem Schädel, trockene Schuppen rieselten in seine Augenbrauen. »Aber auf dem Hof ist noch Leben. Der arme Kerl hat nur nicht mehr alle Pferde im Stall, wenn Sie verstehen, was ich meine.«

Lucas sah David fragend an, der selbst Schwierigkeiten hatte, aus dem Genuschel des Mannes schlau zu werden.

»In welche Richtung liegt der Hof?«

»Teufel, die Rotzgören haben die Erde umgepflügt und sind um ihr Leben gerannt«, lachte der Mann mit einem trockenen Raucherhusten.

David räusperte sich.

»Entschuldigung, aber könnten Sie uns den Weg verraten?«

Das Lächeln erstarb auf den Lippen des Alten.

»Welchen Weg? Wohin?«

»Zu Mark Jensens Hof. Dem Eigenbrötler mit der Schrotflinte.«

Die Augen des Mannes funkelten schwarz.

»Wer zum Henker seid ihr? Was wollt ihr von mir?«

»Wir wollten doch nur …«

»Wollt ihr mich ausrauben? Wollt ihr das?« Der Mann redete sich in Rage, sein Kopf war jetzt knallrot. »Wollt ihr mir meine Sachen wegnehmen?! Das sind meine Sachen! Seht ihr die Bretter, alles hinter den Brettern ist …«

Lucas kurbelte das Fenster hoch.

»Du brauchst nicht zu übersetzen, was er gesagt hat.«

David legte den Gang ein und fuhr weiter. Er überlegte, wie man eine Gegend ohne Funksignal nannte.

†

»Ich sehe was«, sagte Lucas.

David ging vor einem schmalen, zugewachsenen Weg vom Gas. Disteln wogten im Wind wie Seegras. Am Ende des Wegs, hinter einer Mauer aus Baumstämmen, war die Silhouette eines Bauernhauses zu erahnen.

Lucas checkte sein Handy. »Immer noch kein Signal.«

David steuerte den Wagen über den holperigen Feldweg, der etwas von einer entzündeten Narbe hatte, und parkte vor dem Haus. Sie stiegen aus. Und wieder wedelte Lucas fluchend mit den Armen, als er mit seinen Lederschuhen durch den Matsch glitschte. David nahm den Hof in Augenschein. Das Dach war ein abenteuerlicher Flickenteppich aus Planen und Brettern. Aus der verstopften Dachrinne tropfte eine dunkelgraue, schleimige Substanz. Das Mauerwerk war von Efeu überwuchert, der wie ein veralgtes Fischernetz an den abgesplitterten Ziegeln hing. Das Haus schien aus verschiedenen Bereichen mit ganz eigenen Lebensformen zu bestehen.

Lucas rümpfte die Nase.

»Und wir glauben, dass die Lösung für die Überbevölkerung die ist, zum Mars zu fliegen, während die Natur hier draußen dabei ist, ganze Landstriche zurückzuerobern. Schickt die Raumschiffe verdammt noch mal hierher.«

David spürte einen Widerwillen in seinem ganzen Körper. Die Luft schmeckte säuerlich und ätzend. Vor einem Schuppen lagen drei Räder kreuz und quer übereinander. Ein Herrenrad und zwei Damenräder. Verrostet, der Lack abgesplittert. David dachte an den verschrobenen Typen von vorhin und die Schuppen, die von seiner Glatze gerieselt waren.

Die Tür zum Wohnhaus schwang auf. Ein unerwartet großer Mann füllte den Türrahmen aus. Mark Jensens Haut war von einem Schweißfilm bedeckt, als käme er gerade aus der Sauna. Das verwaschene Hemd klebte an seinem eingesunkenen Brustkorb.

»Wir sind von der Polizei«, sagte David mit einem wachsamen Blick auf die doppelläufige Schrotflinte in Marks Händen.

»Die Polizei ist hier nicht willkommen. Das sollten Sie wissen.« Marks Stimme klang sonor wie vom Grund eines tiefen Brunnens.

»Wir sind eine andere Art Polizei.« David machte einen Schritt auf ihn zu. »Dürfen wir reinkommen?«

Marks Zeigefinger trommelte gegen den Gewehrlauf. Sein Blick wanderte von Davids Gummistiefeln zu Lucas' auffälligem Schuhwerk und wieder zurück zu David.

»Nur Sie.« Mark verschwand zurück ins Haus.

David nickte Lucas zu, der zurück zum Wagen schlitterte.

Die Luft im Wohnhaus war so abgestanden, dass er kaum zu atmen wagte, während er sich einen Weg an allem möglichen Zeug und Schrott vorbei durch den engen Flur bahnte. Der Bodenbelag hatte eine beunruhigend weiche Konsistenz und gab unter seinen Stiefelsohlen nach.

Als er das Wohnzimmer erreicht hatte, saß Mark bereits in einem abgewetzten Ledersessel. Am Rückenpolster zeichneten sich dunkle Flecken ab. In einem Kamin ohne Funkengitter brannte ein Feuer. Die Wärme traf David wie eine Druckwelle, als er sich in einen Ledersessel mit identischem Ganzkörperabdruck Mark gegenüber niederließ.

»Was wollen Sie wissen?«, fragte Mark.

Das ausgemergelte Äußere des Mannes war täuschend. Er war drahtig und kräftig und von einer nervösen Gereiztheit. Seine rot geränderten Augen sahen David traurig und wachsam an. Die Schrotflinte balancierte auf der Armlehne.

»Haben Sie mitbekommen, was in Smøl Vold passiert ist?«

Mark Jensen schüttelte den Kopf, den Blick auf die knackenden Flammen gerichtet.

David suchte nach einem Fernseher oder Computer in dem unordentlichen Wohnzimmer, aber Mark Jensen schien sich von der Umwelt abgemeldet zu haben.

»Sie haben mal für Laust Grandberg gearbeitet. Wie war Ihr Verhältnis zu ihm?«

Jetzt erwachte etwas in Marks Blick.

»Was hat der Teufel über mich gesagt?«

»Er hat Ihre Entlassung erwähnt. Ich würde gerne Ihre Version hören.«

»Hier in der Gegend gibt es nur die Grandberg-Version.«

»Es war nicht wegen des Alkohols?«

»Na, da war Laust ja richtig in Erzähllaune.« Marks Stimme war abweisend. »Ich habe phasenweise zu tief ins Glas geschaut. Aber das hat mich nie daran gehindert, meine Arbeit ordentlich zu verrichten. Es war wegen der verfluchten Grandberg-Jungs.«

David ging davon aus, dass Marks generalisierender Plural einen einzigen Namen abdeckte.

»Andreas?«

Mark nickte langsam.

»Andreas war der Freund meiner Tochter Hanne. Sie liebte das Leben, konnte sehr impulsiv sein, hungerte danach, etwas zu erleben. Aber Andreas Gra…« Mark musste schlucken, ehe er weiterreden konnte. »Der verfluchte Kerl hat Hanne dazu verführt, Drogen zu nehmen. Das harte Zeug. Einmal musste ich sie von einer Party in seiner Wohnung abholen. Hanne war völlig fertig. Sie hatte Fieber, hat totalen Unsinn geredet. Und da ist er aufgetaucht, Andreas Grandberg, und hat zu mir gesagt, dass ich sie zur Hintertür rausbringen sollte, um sein Fest nicht zu stören.«

»Was haben Sie da gemacht?«

Die tanzenden Flammen reflektierten in Marks grauem Blick.

»Ich habe dem Jungen beigebracht, was ich von meinem eigenen Vater gelernt habe. Im Gespräch von Mann zu Mann gelten andere Regeln.«

David nickte. Ungeschriebene Regeln. Mehrere.

Mark rieb seine Knöchel.

»Der Bursche war so ein Waschlappen, ist wimmernd auf dem Boden rumgekrochen.«

»Und daraufhin wurden Sie gefeuert?«

Mark nickte. »Grandbergs Macht wirkt hier draußen wie eine verfluchte Schwerkraft, die alles niederwalzt.« Sein Blick flackerte durch das ungemütliche Wohnzimmer. »So gründlich, dass sich keiner mehr vom Boden erhebt.«

Die Hitze von dem Kamin wogte in den Raum. David wischte sich mit dem Jackenärmel den Schweiß von der Stirn.

»Wie ging es nach der Kündigung weiter?«

»Meine Großmutter hat immer gesagt, dass die Süderjütländer das Licht und die Dunkelheit stärker empfinden als andere Dänen. Weil es hier weniger Gebäude, Menschen und Autos gibt. Tage und Nächte können einem hier draußen unendlich erscheinen. Ich spüre jetzt nur noch die Dunkelheit.«

»Ich habe von dem Verschwinden Ihrer Tochter gehört«, sagte David, weil Mark Anstalten machte, sich innerlich zu verabschieden.

»Ach ja, interessant. Soweit ich weiß, ist in dem Fall nie ermittelt worden.«

»Wie meinen Sie das?«

»Die Polizei hat den Fall ganz schnell abgehakt, meine Anrufe ignoriert. Und als ich persönlich in der Station vorbeigeschaut habe, haben sie mir gedroht, mich festzunehmen.« Er lachte trocken. »Wegen Schikane und Behinderung der Polizeiarbeit.«

»Wer war der leitende Ermittler?«

»Kofoed.«

»Der frühere Chef der Mordkommission? Aber er war doch verpflichtet, sich Ihr Anliegen anzuhören.«

»Kofoed und mich anhören? Da wären meine Chancen aber hundertmal größer gewesen, ein totes Pferd aus dem Graben zu ziehen.«

»Ist Kofoed den Grandbergs irgendwas schuldig?«

»Sie wissen vermutlich nicht, wie es bei uns auf dem Land ist, wenn irgendjemandem was Schreckliches zustößt. Die Gerüchte schießen wie Pilze aus dem Boden. Alle haben mir den Rücken zugedreht. Sie haben geglaubt, dass ich es war, der meinem kleinen Mädchen was angetan hat.« Er murmelte abwesend in seine Handflächen. »Mein geliebtes Mädchen.«

David nahm die Mütze ab, er hatte Schweißtropfen auf der Stirn.

»Wo ist Ihre Frau?«

»Die Trauer hat meine Frau in den Wahnsinn getrieben. Sie war überzeugt davon, Hanne vom Meeresgrund rufen zu hören. Ich habe alles versucht, ihr den Spuk auszureden, aber sie hat sich immer tiefer in ihre Fantasien verirrt. Die letzten Tage hat sie immer nur vom Meeresgrund gefaselt, dem tiefen Meeresgrund …«

»Die letzten Tage?«

Mark warf ein Scheit ins Feuer. Es regnete Funken auf den Teppich, ein sommersprossiges Muster von Brandflecken.

»In einer eiskalten Januarnacht ist sie rausgeschwommen. Das Einzige, was sie auf dem Meeresgrund gefunden hat, war ihr eigener Tod.«

»Hatte Ihre Tochter irgendwelche besonderen Merkmale?«

»Was meinen Sie?«

»Ein Tattoo vielleicht, oder ein Muttermal … irgendwas Charakteristisches?«

»Hanne hat sich mal das Bein gebrochen. Ihr linkes Schienbein musste mit Metallklammern gerichtet werden.« Mark kniff die Augen zusammen. »Und was ist nun in Smøl Vold passiert?«

»Das ist leider vertraulich.«

Mark flüsterte über die knisternden Flammen.

»Es fällt mir immer schwerer, mir Hannes Gesicht in Erinnerung zu rufen. Bald ist sie ganz verschwunden.«

»Was haben Sie am Wochenende gemacht?«

»Gehen Sie jetzt. Ich will alleine sein.«

»Aber …«

Mark legte eine Hand an das nun senkrecht stehende Jagdgewehr.

»Sie verstehen das nicht. Wenn Sie jetzt nicht gehen … kann ich für nichts garantieren.« Die Flammen tanzten in seinen Augen.

David blinzelte sich einen Schweißtropfen aus dem Auge und sah ein, dass er den Mann wohl besser ernst nahm.

David stieg zu Lucas in den Volvo. In der Kälte draußen begann der Schweiß aus dem tropisch schwülen Wohnzimmer zu dampfen.

Lucas starrte ihn an.

»Sag mal, wart ihr zusammen in der Sauna?«

David ignorierte den Kommentar und regelte die Heizung hoch.

»Hier ist nichts zu holen.« Er nickte in Richtung Haus. »Glaub mir, das ist hier der reinste Friedhof.«

David erzählte von Hannes unseliger Beziehung zu Andreas Grandberg, den Drogen, ihrem Verschwinden, dem Verdacht, der auf Mark gelenkt worden war, und dem Widerstand des früheren Chefs der Mordkommission, Børge Kofoed, Hannes Verschwinden nachzugehen.

»Wir müssen den Staatspathologen befragen, ob bei einem der Skelette Metallclips am linken Schienbein gefunden wurden«, sagte David.

»Metallclips?«

»Von einem früheren Knochenbruch von Hanne.«

»Gute Arbeit.« Lucas nickte anerkennend.

»Und stell dir vor, ganz ohne deine Hilfe.«

Lucas spitzte die Lippen.

»Diese Gegend, Mann. Die Plattheit, die Nacktheit. Es ist, als würden sich die Menschen in solchen offenen Landschaften instinktiv so klein wie möglich machen. Und dieser verfallene Hof, das ist verdammt noch mal ein einziges großes Simulacrum.«

»Ein was?«

»Eine verlassene Filmkulisse von etwas Ursprünglichem, das jetzt nur noch in Form seiner eigenen Simulation existiert. Ich könnte mir vorstellen, dass Mark inzwischen gar nicht mehr weiß, wo er sich befindet oder wer er ist.«

David musterte Lucas von der Seite. »Hast du das Wort ›Simulacrum‹ jetzt gerade erfunden?«

»Eins garantier ich dir. Wenn der Mann da drinnen auch nur eine Sekunde den Blick nach vorne richtet und sieht, wo er sich in diesem Moment befindet, frisst er sein eigenes Schrot.«

David schüttelte den Kopf.

»Gehört *Suizidwunsch* zu den Dingen, die du in einem deiner schlauen Universitätsbücher studiert hast?«

»Nein.«

31

David stand in dem beißenden Wind oben auf dem Dach der Polizeihauptwache in Esbjerg und rauchte. Er brauchte dringend Luft nach der klaustrophobischen Enge im Wohnzimmer von Mark Jensen. Er ließ den Blick über das Hafengelände schweifen. Turmhohe Kranhälse blinkten rot und warnend, und dröhnende Containerschläge hämmerten tiefe Löcher in die Luft.

»Du hier?«

»Du hier?«, äffte David Jenny nach, die von der Brandschutztür auf ihn zukam.

»Das ist meine Raucherecke«, sagte sie.

»Warum reagierst du dich nicht unten im Lager an Donald ab.«

David gab ihr Feuer mit einem Sturmfeuerzeug, das er in einem Tankstellenshop gekauft hatte.

»Macho«, sagte Jenny mit dem Blick auf die zischende blaue Flamme.

»Der Westwind hätte mich fast so weit getrieben, das Rauchen aufzugeben.« David ahnte einen Anflug von Gereiztheit in ihrem Blick. »Und, wie geht es mit dem Mord an der Obdachlosen voran?«

»Und dem Vermisstenfall. Du kennst nicht zufällig jemanden mit einer Tätowierung am Hals? Ein insektenähnliches Tier mit langem Schwanz?«

»Ich hasse Tätowierungen.« David schüttelte sich in einem Windstoß. »Hast du Feierabend?«

Sie zog die Schultern hoch. »Der Obdachlose in der Arrestzelle, den ich vernehmen soll, schnarcht gerade völlig ausgeschaltet in seiner Zelle, weil wir …« Sie unterbrach sich und schüttelte grinsend den Kopf. »Er wird erst morgen wieder ansprechbar sein.«

»Du läutest deinen Feierabend an deinem Arbeitsplatz ein?«

»Und wie läuft es in eurem Fall?«

David musterte sie schweigend.

»Mein Partner hat gewisse Anpassungsschwierigkeiten«, sagte er schließlich. »William bereut sicher schon, dass er dich versetzt hat.«

»Das bezweifle ich. William ist professionell. Und ein guter Mann.«

»Ein typischer Fall von kultureller Prägung des Wertegerüsts.«

»Wie bitte?«

»Oder nenn es meinetwegen Simulacrum.«

Jenny schüttelte mit einem amüsierten Lächeln den Kopf. Dieses Lächeln, für das er in jungen Jahren gelebt hatte. Dieser Kipppunkt in den Augen einer Frau, wenn ihr aufging, dass ein Mann mehr für sie werden könnte, ohne es selbst schon zu wissen.

»Fährst du nicht nach Hause, weil du einen Blick auf ihn erhaschen willst?«

»Quatsch.« Jenny lachte. »Das wäre echt unprofessionell.«

»Aber menschlich. Ich war auch einmal ein eifersüchtiger Ex-Lover.«

»Ich kann gar nicht eifersüchtig auf William sein. Er ist …«

»Ein guter Mann.«

Jenny schnaubte.

»Ich verurteile dich nicht«, sagte David. »Liebe kann das Beste in uns hervorkehren. Und das Schlechteste.«

»Oh shit, du bist ein Besserwisser.«

»Dem kann ich nicht widersprechen.«

Sie drehte sich ganz zu ihm um.

»Aber du weißt beispielsweise nicht, wieso das Massengrab William mehr zusetzt als uns anderen.«

David sah sie an. Um ein Haar hätte er den flüchtigen Schatten verpasst, der über ihre schöne Iris huschte.

»Es ist jetzt ziemlich genau neun Jahre her. William war auf dem Rückweg von der Arbeit, als die Kinderkrippe ihn anrief.

Sie wollten schließen, und Silja war noch nicht abgeholt worden. Das war eigentlich die Aufgabe von Williams Frau, weshalb er verständlicherweise ernsthaft unruhig wurde. Nicht zuletzt, weil seine Frau seit der Geburt mit einer schweren Depression zu kämpfen hatte. Als er und Silja nach Hause kamen, fand er auf dem Kopfkissen der Tochter einen Zettel, auf dem sie geschrieben hatte, dass sie Angst vor ihren eigenen Gedanken hatte. Sie hatte Angst, ihrer Tochter etwas anzutun, und bat sie beide, ihr zu vergeben. Sie haben nie wieder etwas von ihr gehört.«

David nickte.

»Ein Verbrechen wurde sehr schnell ausgeschlossen«, sagte Jenny. »Aber William war nicht überzeugt. Er hat sich Urlaub genommen und selbst zu ermitteln begonnen, aber es gelang ihm nicht, sie zu finden. Und tief in seinem Innern hatte er das vermutlich von Anfang an gewusst.«

»Sie hat sich das Leben genommen.«

»Ich glaube, dass er bis jetzt nicht akzeptiert hat, dass sie Selbstmord begangen hat. Und mit dem Fund in Smøl Vold fürchte ich, dass er sich in seiner Vermutung bestätigt fühlt. Er ist besessen davon, nicht von dem Fall abgezogen zu werden.«

»Weil er wissen will, ob seine Frau all die Jahre dort gelegen hat«, sagte David und dachte an Mark Jensens Frau auf dem Meeresgrund. Wie es war, den Kontakt zu seiner Umwelt zu verlieren. »Trauer kann den Verstand eines Menschen auffressen.«

Jenny nickte. »Die Erinnerung an sie verdrängt alles andere um William herum. Er ist unfähig für eine neue Bindung. Denn was ist, wenn …«

David nickte.

»Du hast recht. Liebe kehrt die besten und die schlechtesten Seiten in uns hervor.« Sie trat ihre Kippe auf dem feuchten Beton aus. »Aber vielleicht suche ich auch nur nach Gründen, warum er mich nicht will.«

»Du kannst niemanden dazu zwingen, dich zu lieben. Du kannst nur jemanden zwingen, dich nicht zu lieben. War es nicht so?«

»Genau. Aber die Hoffnung stirbt zuletzt.« Jenny lächelte bitter. »Nicht nur, was die Liebe angeht. Trotz all der Dinge, die ich als Ermittlerin gesehen habe und weiß, entscheide ich mich immer noch dafür, daran zu glauben, dass Emily noch lebt. Dass sie es auf wundersame Weise geschafft hat.«

»Wie das Mordopfer einer Fernseh-Serie, von dem sich in der neuen Staffel zeigt, dass es noch lebt?«

Jenny lachte. »Ich kann nicht anders. Egal, wie oft mir mein Job das Gegenteil beweist, glaube ich an das Gute in der Welt. Im Menschen.«

»In meinen Ohren klingt das alles andere als dumm. Es ist leichter, nicht zu hoffen. Das hilft gegen den schärfsten Schmerz, wenn der Verrat an die Tür klopft.«

»Ist das deine Taktik?«

»Meine Taktik?«, sagte David und blies Zigarettenrauch aus. »Ich glaube, ich kann eine Menge von dir lernen, Jenny Seland.«

David nahm Jenny in Gedanken mit die Treppe hinunter. Sie war etwas Besonderes. Ein kleiner Lichtblick im zynischen Polizeisumpf. Aber ihre Gutmütigkeit und ihre Naivität waren auch lebensbedrohlich. Nicht nur für sie selbst, auch für ihre Kollegen, denen sie Rückendeckung geben sollte. Bevor David sich wieder verabschiedete, würde er dem Polizeidirektor ans Herz legen, Jenny Seland hinter einen Schreibtisch zu setzen.

Er trat in den Flur. Vor der Anschlagtafel stand ein blondes Mädchen und sah sich die Fotos der ausgegrabenen Skelette an.

»Hallo, Silja?«, rief er ihren Namen und lief zu ihr.

»Wer … wer hat das mit denen gemacht?«

David nahm ihre Hand in seine und zog sie von der Tafel weg.

»Hattest du nicht mit deinem Papa abgesprochen, in seinem Büro zu bleiben?«

Silja hob den Blick und sah ihn mit rot verweinten Augen an. »Ich kann Tony nicht finden.«

»Wer ist Tony?«

»Mein Teddy. Er ist weg. Ich muss ihn doch suchen.«

David seufzte. »Komm mit. Ich hab eine Überraschung für dich.«

David fühlte den Druck von Siljas kleiner Hand, als sie zum Konferenzraum gingen. Er staunte immer wieder über das blinde Vertrauen von Kindern zu Erwachsenen. Ihre aufrichtige Loyalität. Dabei waren es im Grunde die Erwachsenen, die sich an die Hände der Kinder klammern müssten.

David öffnete seine Tasche und fischte den hellroten Plüschbären heraus.

»Was sagst du zu diesem Exemplar?«

Silja zögerte. »Der ist süß, aber …«

»Aber was?«

»Ich kenne keine Erwachsenen, die Teddys mit zur Arbeit nehmen. Aber ich weiß ja, dass bei dir was nicht stimmt.«

»Ach ja, was denn?«

»Ich hab Papa über dich reden hören. Und über den Mann mit den weißen Haaren und den lauten Schuhen.«

»Okay.«

»Sie hatten einen Namen für euch, hab ich aber vergessen.« Silja fingerte an dem Bären herum.

»Wie auch immer. Versprich mir, dass du nicht mehr ohne einen Erwachsenen im Haus rumspazierst.«

»Ich habe heute was aus Papas Büro zu Hause mitgenommen. Er war stinkewütend und hat gesagt, das wäre Diebstahl. Stimmt das?«

»Das weiß ich nicht.«

Sie zog einen Papierbogen mit schwarzen Motiven aus einer kleinen Tasche, die über ihrer Schulter hing. »Das sind Sternzeichensticker. Welches Sternzeichen bist du?«

»Skorpion.«

Sie schaute auf das Blatt. »Der ist schon weg. Aber du kannst einen Zwilling kriegen, der ist auch schön.«

»Danke.« David sah sich die zwei an den Schultern zusammengefügten Menschenkörper an. Es sah aus, als würden sie sich in unterschiedliche Richtungen bewegen. Er schob den Sticker in seine Jackentasche.

Silja betrachtete den Teddy mit ausgestreckten Armen.

»Wollen wir Freunde sein?«

»Das können wir gerne.«

»Gut. Ich habe nämlich niemanden sonst zum Spielen.«

»Das kenne ich gut.« David schaute auf seine Uhr und ob jemand in der Nähe war. Die meisten waren schon gegangen. Er setzte sich auf die Tischkante. »Wenn du Langeweile hast, kann ich dir eine Geschichte erzählen.«

»Cool! Wovon handelt sie?«

David strich sich in Hüfthöhe über den Hemdstoff. Über die einzige Tätowierung, die er auf seiner Haut duldete.

»Von Kindern.«

NICÓ

Nicó Krause rauchte in der dschungelgrünen Dunkelheit des Zorgvliet-Parks. Graublaue Pfade schlängelten sich im Schutz der Mondlichtschatten zwischen den Bäumen durch die nächtliche Landschaft. Es herrschte eine öde und verlassene Atmosphäre wie nach einer Evakuierung, wie man sie an öffentlichen Plätzen findet, die für quirlige Umtriebigkeit angelegt, aber menschenleer sind. Auf den blumenreichen Grünflächen waren die Krater aus dem Zweiten Weltkrieg zu sehen, als deutsche Soldaten den Park als Abschussrampe für V2-Raketen auf London genutzt hatten. Und wenn man fantasievoll lauschte, hörte man vielleicht das geplagte Stöhnen der Bewohner Den Haags, die während der Besatzung durch die Nazis gezwungen gewesen waren, die Bäume in dem Park zu fällen, um Brennholz für den eiskalten Winter zu haben.

Nicó sah eine Gestalt auf dem Weg. Ausladende, beherrschte Schritte, grauweiße Mähne, die in der Dunkelheit leuchtete. Er trat die Zigarette aus und ging der Gestalt entgegen.

»Krieg ich eine?«, fragte der Mann, als sie voreinander standen.

Nicó reichte dem Mann das Päckchen, der sich eine Zigarette herausfischte und sich Feuer von dem Feuerzeug in Nicós Hand geben ließ.

»Meine Frau beschwert sich pausenlos, dass ich mit meiner Raucherei ihre Gesundheit gefährde.« Der Mann blies genüsslich den Rauch in den Himmel. »Sie vergisst, dass ich es bin, der irgendwann daran stirbt.«

An Nicós Mundwinkeln hingen Bleigewichte.

Der Mann neigte den Kopf zur Seite.

»Du bist mir ein bisschen unheimlich, Nicó. Gut. Das erspart mir den Peptalk. Aber denk dran: Du bist nicht nur der, der du jetzt bist. Du bist auch der, der hinterher für alle Dinge geradestehen muss, die der, der du nun bist, getan hat.«

Nicó sagte nichts.

»Ab heute Nacht bist du auf eigene Faust unterwegs.«

»Ich bin schon längst auf eigene Faust unterwegs.«

»Du hast ein Jahr.«

»Das ist zu wenig.«

Die Glut malte kleine orangefarbene Drähte in die Augen des Mannes.

»Die Leute werden dort unten nicht umgebracht. Sie verschwinden nur.« Er warf die halb gerauchte Zigarette auf die Erde. »Du hast die dunklen Winkel in dir zum Leben erweckt. Und ich würde dir raten, sie am Leben zu halten. In deinem Herzen ist kein Platz mehr für Gnade. Brutalität ist deine Pflicht, Gewalt deine Sprache, und Tragödien sind dein Profit. Dein ganzes Leben dreht sich jetzt nur noch um die Frage, wer die dicksten Eier hat.«

Nicó zog den Reißverschluss seiner Jacke hoch.

»Da hab ich ja doch noch meinen Peptalk bekommen.«

»Nein. Die Wahrheit.«

Die SMS war gekommen. Endlich.

Das Auto kommt. Sei bereit.

Eine Woche lang hatte Nicó Krause in einem lausigen Hotelzimmer am Stadtrand von Temeswar im westlichen Rumänien festgesessen. Die Industriestadt lag in der geschichtsträchtigen Banat-Region zwischen Serbien und Ungarn und hatte deshalb verschiedene Namen auf Rumänisch, Ungarisch, Serbokroatisch, Deutsch und Türkisch. Die multikulturellen Sprachstämme drangen deutlich durch die Pappwände der angrenzenden Räume, die auf Stundenbasis vermietet wurden.

Im Laufe seiner rastlosen Wartezeit hatte Nicó jeden Winkel und Zentimeter des Zimmers erforscht, wie ein Gefangener seine Zelle. Hitzige Stimmen mitten in der Nacht, viel zu viele Zigaretten, handwarmer Wodka vom Kiosk, um die schlimmste Klaustrophobie zu besänftigen. Er hatte so gut wie nichts von der Stadt gesehen und trotzdem das Gefühl, dass der verkrustete Bodenbelag, die kalkgrauen Badezimmerkacheln und die fettig verschmierten Scheiben einen treffenden Eindruck von der Welt da draußen vermittelten.

Auf dem Parkplatz vor seinem Hotelzimmer ertönte eine Hupe. Nicó schaute durch den Gardinenspalt. Ein schwarzer Mercedes SUV.

Er nahm seinen Koffer vom Bett und verließ das Zimmer.

Es war der 24. Dezember, und Nicó Krause war auf dem Weg zum entscheidendsten Vorstellungsgespräch seines Lebens.

Regen ergoss sich aus einer grummelnden Wolkendecke.

Der schwarze SUV fuhr auf ein großes Brachgelände vor einem Betonblock, in dem einzelne Fenster erleuchtet waren. Schief stehende Straßenlaternen flackerten wie Kerzen im Wind. Es brauchte schon gehörig Fantasie, um sich vorzustellen, dass dieser ramponierte und graffitiverschmierte Koloss das Hauptquartier der Alliance war, eines der bestorganisierten und steinreichsten Verbrechersyndikate Europas. Die Männer nannten das Gebäude die Fabrik. Nicó wusste aus Gerüchten, was dort drinnen vor sich ging. Folterungen, Sexsklaven, Kämpfe bis zum Tod, abgehackte Finger, sogar Enthauptungen.

Der SUV hielt an. Der breitschultrige, stark parfümierte Fahrer richtete sein erstes und einziges Wort an Nicó: »Kinn!« Raus.

Nicó stieg aus in den Schlamm und ging die Treppe hoch in die zerfallene Vorhalle mit der flackernden Deckenbeleuchtung. Es war keine Menschenseele zu sehen, und aus den Gullydeckeln zur Kanalisation stiegen übel stinkende Dampfschwaden auf. Man konnte sich kaum vorstellen, dass Temeswars barocke, pastellfarbene historische Altstadt nur wenige Kilometer von dieser Abrisshalde entfernt war.

Von oben waren Rufe zu hören: »Bice gost, bice gost!«

Die Schützen auf den verdunkelten Balkonen observierten alle Personen, die sich der Hochburg der Alliance näherten, in der der

Anführer Volos sich aufhielt. Nicó wurde als bice gost identifiziert, als Gast. Glück gehabt. Er kannte Geschichten, wie schnell ein psi – ein Hund – vom Kugelhagel niedergestreckt worden war.

Nicó trat in die Eingangshalle, die von dem übrigen Gebäude durch eine dicke Gitterwand getrennt war. Eine Silhouette schob sich in das flackernde Licht und schloss die Gittertür auf. Nicó starrte apathisch vor sich hin, während der untersetzte, kräftige Mann ungelenk seine vom Regen durchnässte Kleidung abklopfte.

»Elevator«, kläffte der Mann in gebrochenem Englisch.

Nicó trat in den Aufzug und schaute auf die Knopfleiste. Oder vielmehr auf die Stelle, wo einmal die Knopfleiste gewesen war, bevor man sie herausgebrochen hatte. Er hob den Blick und starrte in eine Kamera. Der Aufzug setzte sich mit einem harten Ruck in Bewegung. Ferngesteuert. Das erste von zwei unvorhergesehenen Details. Das zweite war, dass sich der Metallkasten nicht nach oben, sondern an surrenden Drahtseilen abwärts bewegte.

Die Türen glitten mit einem rostigen Zischen auf. Nicó trat in einen gigantischen Raum, in dem durch die abgesenkte Decke fast schon eine Bunkeratmosphäre herrschte. Protzige Lampenskulpturen warfen ihr sparsames Licht auf Perserteppiche, bunte Gemälde und Möbel mit vergoldeten Löwenfüßen. Alles sah eher wie von einem einfachen Gemüt mit viel Geld auf der Hand zufällig zusammengewürfelt aus.

Träge Rauchspiralen ringelten sich von der Kohle einer Wasserpfeife auf einem der Tische nach oben. Ein kräftiger Beerengeruch legte sich zäh auf die Schleimhäute.

»Nicó?«, rief jemand aus dem Halbdunkel. »Over here.«

Nicós Augen flackerten. Der Raum schluckte jedes Echo und verlieh der Stimme eine schläfrige Monotonie. In der Dunkelheit hinter der dampfenden Wasserpfeife war eine Silhouette zu erahnen.

»Have a seat, Nicó.« Das Balkan-Englisch des Mannes klang rau und derb.

Nicó setzte sich auf einen unbequemen, mit Fransen und Nieten dekorierten Stuhl. Der Mann, der ihm gegenübersaß, trug einen beigen, knielangen Seidencardigan. Die hochgeschobenen Ärmel gaben zwei nahezu lückenlos mit Totenköpfen, Galgen und verdorrten Baumskeletten tätowierte Unterarme frei. Der glatt rasierte Schädel war plump und hatte eine kantige Frankenstein-Stirn. Rosa Narbengewebe schob sich von beiden Mundwinkeln Richtung Wange, wahrscheinlich von einer träge geführten Messerklinge, wodurch der Mund so breit wirkte, als könnte er sich mühelos über einen Menschenkopf stülpen.

»Weißt du, wer ich bin, Nicó?«

Der Mann starrte ihn an, mit schmalen Reptilpupillen in einem kalten, graugelb glänzenden Untergrund.

»Volos.«

Der Mann nickte selbstherrlich. Nicós Blick wanderte zu dem großen Gemälde an der Wand hinter ihm; Figuren mit Flügeln und blutigen Binden vor den Augen, schwebende Monduhren, mit zackigen Pinselstrichen gemalte Raubvögel. Lärm, Licht, Chaos.

»Hast du deinen Aufenthalt genossen?«

»Ich gehe davon aus, dass Sie mich observiert haben?«

Das von Volos' Lächeln gedehnte rosa Narbengewebe schien die Mundwinkel zu zerreißen.

»Es heißt, du wärst intelligent. Aber auch aufbrausend. Zwei Jahre Knast, weil du einem Mann das Gesicht mit einer zerschlagenen Flasche zerschnitten hast. Ein Jahr wegen der Bedrohung von Zeugen. Sechs Monate für einen Fluchtversuch. Und mein persönlicher Favorit: drei Jahre für das Kidnappen der Ex-Frau.«

»Worauf wollen Sie hinaus?«

Volos massierte das Narbengewebe in seinem Mundwinkel mit der Zungenspitze.

»Du wärst nicht der erste intelligente Mann, der so strunzdumm ist, alles für eine verdammte Hure zu riskieren.«

»Aber?«

»Aber«, seufzte Volos genüsslich, als hätte das Gespräch endlich eine angenehme Temperatur erreicht. »Dann habe ich mich erinnert, wie oft ich selbst eine Schlampe runter zu Krank und seinen Leuten verbannt habe. Es gibt nur ein Mittel gegen femininen Irrsinn.«

Der stark parfümierte Rauch des Kohlestücks schlängelte sich durch die Dunkelheit. Nicó blinzelte kräftig, fühlte sich plötzlich leicht im Kopf.

»Du siehst blass aus, Nicó.«

»Das ist nur …«

»Predati, mein Freund, ganz ruhig.« Volos nickte in Richtung der Wasserpfeife. »Dem Tabak ist ein kleines bisschen Opium beigemischt. Das beruhigt die Gedanken. Aber nicht bei allen.«

Volos starrte ihn an, ohne zu blinzeln, eingekapselt in eine konzentrierte Studie des Mannes vor sich. Plötzlich schoss eine Hand hinter Nicó aus der Dunkelheit und stellte zwei mit klarer Flüssigkeit gefüllte Shotgläser auf den Tisch.

»Niz otvor!«, sagte Volos mit erhobenem Glas und einem so freundlichen Lächeln, wie seine zermetzelten Mundwinkel es zuließen. »Auf all das Geld, das deine Ex-Frau nie in die Finger kriegt.«

Nicó stürzte den brennenden Wodka in einem Schluck herunter.

Volos nuckelte weiter an seiner Wasserpfeife und sprach, während er kleine Rauchwolken ausstieß.

»Man nennt mich den Stierhai. Das testosteronsatteste Raubtier auf unserem Planeten, das, ohne zu zögern, angreift und wild um sich beißt. Das ist alles, was du über mich wissen musst. Ich halte nicht viel von Drohungen. Da muss man sich um viel zu viele Dinge kümmern.«

Nicó nickte. »Jeder dient irgendwem. Ich weiß, wo mein Platz ist.«

»Das bezweifle ich. Ernsthaft«, sagte Volos tonlos. »Aber lassen wir das vorerst. Du bist jetzt mein verlängerter Arm und trittst der Welt auch als Stierhai entgegen. Ohne zu zögern. Und lass mich eins klarstellen, und ich hoffe, du verstehst, dass das vom Grunde meines kohlschwarzen Herzens kommt: Ich toleriere weder Niederlagen noch Enttäuschungen, Nicó.«

32

Das DMI warnt für den Abend vor Sturmböen in Orkanstärke an der gesamten Westküste des Landes. Am stärksten betroffen sein wird der südliche Landesteil. Das DMI fordert alle Bewohner von Süderjütland und Fünen auf …«

Jenny stieg von ihrem Rad, nahm die Ohrstöpsel heraus und durchquerte die Tiefgarage unter der Polizeiwache. Sie konnte nicht sagen, ob sie vor Kälte oder Wut zitterte. William hatte sie gestern Abend angerufen und noch einmal gebeten, ihren Vater zu David zu befragen. Den Schlussstrich zwischen ihnen hatte er mit keiner Silbe erwähnt.

Seine professionelle Distanz schraubte die Temperatur zwischen ihnen auf den Nullpunkt herunter. Und das trieb sie in den Wahnsinn.

Jenny schloss sich der Ermittlungsgruppe an. Marcus bat um Ruhe. Gerader Rücken, akkurat frisiert und ein gebügeltes Hemd, das jeder Restauranttischdecke Konkurrenz machte. Heute machte seine Perfektion Jenny fast aggressiv. Sie nahm es als Zeichen, sich zusammenzureißen und ihr jämmerliches Selbstmitleid abzuschütteln.

Die Kollegen sollten raus auf die Straße und Obdachlose und Junkies befragen. Jeder Kontakt sollte fotografisch dokumentiert und die Fotos an Jenny geschickt werden, die bei Babyshot in der Polizeiwache bleiben würde. Sie hofften, dass er vielleicht eins der Gesichter auf den Fotos wiedererkannte.

»Bist du mit der Entschlüsselung unserer kryptischen Wörter weitergekommen?«, fragte Marcus an Jenny gewandt.

»Ich bin mir eigentlich ziemlich sicher, dass ›egrett‹ was mit Wasser zu tun hat. Vielleicht Wellen.«

»Aber wie hängen Wellen mit dem wieder auferstandenen ›mullo‹ zusammen?«

Unterdrücktes Lachen war zu hören.

»Das hoffe ich im Laufe des heutigen Tages rauszufinden«, sagte Jenny und hörte eine unbeabsichtigte Schärfe in ihrer Stimme. Scheiß auf William!

Marcus musterte sie kurz, ehe er sich wieder dem Rest der Gruppe zuwandte.

»Denkt an das aufziehende Unwetter. Ihr entscheidet selbst, wann ihr den Stecker zieht. Süderjütland wird es besonders hart treffen. Heute Nacht rate ich niemandem, vor die Tür zu gehen.«

33

David parkte den Volvo auf dem halb vollen Parkplatz der Psychiatrie. Er hatte am frühen Morgen eine Mail bekommen. Der Hauptwachmeister, den er gebeten hatte, eine Datensuche zu Überfällen mit der Signatur »Strangulierung und Verstümmelung« durchzuführen, hatte einen brauchbaren Treffer gefunden. Ein Fall von schwerer Körperverletzung im Jahr 2002. Das Opfer hieß Emma Ravnsborg. Sie war 17 Jahre alt, als ein unbekannter Täter sie überwältigt und unter eine Brücke gezerrt hatte. Der Mann hatte ihr eine kochende Flüssigkeit über den Kopf gegossen und danach versucht, sie zu erdrosseln. Die Spuren an ihrem Hals ließen auf den Gebrauch eines Kabels oder dünnen Stricks schließen. Niemand war für die Tat verurteilt worden, und der Polizeibericht war ein Machwerk unvollständiger Informationen. Einem längeren Aufenthalt im Brandverletzungszentrum in Aarhus war eine ellenlange Einweisungsliste Ravnsborgs in die geschlossene Psychiatrie gefolgt, bis sie zum Schluss »auf unbestimmte Zeit« ein Zimmer in der Psychiatrischen Abteilung in Aabenraa zugewiesen bekommen hatte.

»Ich würde heute gerne die Vernehmung leiten«, sagte David, solange er noch mit Lucas im Auto vor dem futuristisch anmutenden Klinikum mit den breiten Fluren und den großen Glaspartien saß.

»Was ist das Problem?«

Lucas kratzte sich in dem gebleichten Haar. Seine Augen glänzten stumpf, und obwohl er eine Ladung Minzpastillen eingeworfen hatte, drang der saure Morgenatem noch durch.

David hatte ihn im Verdacht, noch einen Abstecher ins Zentrum gemacht zu haben, nachdem sie sich gestern Abend in ihre

Zimmer verabschiedet hatten. Er war jedenfalls heute Morgen mit einer Sonnenbrille in der Rezeption erschienen, die er gerade zum ersten Mal abgesetzt hatte.

»Der Chefpsychiater meinte, die Frau wäre labil und wegen ihrer Gesichtsverletzungen traumatisiert«, sagte David. »Ich habe ihm ein leichtes Verhör versprochen.«

»Und?«

»Und du hast ja bekanntermaßen die Neigung, noch mal extra in der Wunde zu stochern.«

»Weißt du, was der Unterschied zwischen uns beiden ist?«

»Einfühlungsvermögen.«

Lucas schob sich eine neue Minzpastille in den Mund.

»Wohl eher ein innerer Konflikt. David Flugt will Ermittler und Mensch zugleich sein.«

»Das nennt man Empathie.«

»Die Hinterbliebenen fragen nicht nach deiner Empathie. Sie wollen einen Ermittler, der sich traut, unangenehme Fragen zu stellen.«

»Das bezweifle ich.«

»Natürlich tust du das. Zweifel ist schließlich das deutlichste Zeichen für einen Menschen mit einem inneren Konflikt.« Lucas stieg aus. »Endlich wieder Asphalt unter den Füßen.«

»Danke, dass Sie einen so kurzfristigen Besuch möglich machen konnten«, sagte David und schüttelte die Hand des Chefpsychiaters Joel Bak, der sie an der Rezeption abholte.

Joel antwortete, während er Lucas die Hand gab, scheinbar unbeeindruckt vom aufsehenerregenden Äußeren des Ermittlers. »Keine Ursache. Emma möchte selber gerne der Polizei helfen.«

Er führte sie durch einen breiten Glaskorridor. Sie kamen an einer Krankenschwester vorbei, die mit einem jungen, sabbernden Mann zusammenstand: gebleichtes Haar, kunterbuntes Hemd, hautenge Jeans. David schielte zu Lucas rüber, der nichts für diese Art von Komik übrighatte.

Joel nickte der Pförtnerin zu, die hinter einem Fenster saß. Eine dicke, drahtverstärke Glastür glitt auf und gewährte den drei Männern Zutritt zur »gürtelfreien Zone«, wie auf einem Schild über der Tür stand.

Sie gingen weiter durch einen fensterlosen Flur, auf dem die sterilen, nummerierten Türen mit den kleinen Gucklöchern das Gefühl von vergessenen Kellerarchiven oder kleinen Grabkammern in einer futuristischen Krypta weckten.

»Ich habe Emma ein mildes Beruhigungsmittel gegeben. Etwas, das sich nicht auf ihr Sprech- und Denkvermögen auswirkt.«

»Wie lange ist sie schon hier?«, fragte Lucas.

»Seit unserer Öffnung 2015.«

»Fünf Jahre in einem kleinen, abgeschlossenen Zimmer?«

»Sie haben die Fallakten gelesen, oder?«, sagte Joel. »Dann sind Sie über die bestialischen Details des Überfalls informiert.«

»Das vergisst man nicht so schnell.«

»Das gilt auch für die Patientin. Offene Plätze und andere Menschen lösen nach wie vor schrecklichen Stress in ihr aus. Sie sieht ihren Folterer überall. Ist wie gelähmt vor Angst, noch einmal diesen Höllenschmerz zu erleben. Wenn wir die Tür abschließen, sperren wir sie nicht ein. Wir schließen die Welt aus. So fühlt sie sich am sichersten.«

Joel blieb vor einer der verschlossenen Türen stehen und löste ein Schlüsselbund von seiner Gürtelschlaufe.

»Sie hat gute und schlechte Tage. Ich habe zwei Stühle für Sie hineingestellt. Betreten Sie den Raum mit dem Rücken zu ihr und setzen Sie sich.«

»Wie bitte?«

»Der einzige Erfolg der plastischen Chirurgen war, dass Emma wieder durch die Nase atmen kann. Nur die ihr ganz vertrauten Pfleger dürfen ihr Gesicht sehen. Schauen Sie nach vorne und stellen Sie kurze Fragen.« Joel drehte den Schlüssel im Schloss. »Manchmal ist sie schwer zu verstehen, weil dreißig Prozent ihrer Zunge wegen zu schwerer Verbrennungen amputiert werden mussten. Sind Sie bereit?«

David und Lucas drehten sich mit dem Rücken zur Tür, die Joel hinter ihnen aufschob.

»Deine Gäste sind da«, sagte Joel leise.

»Wer?«

»Die zwei Polizeibeamten.«

»Könntest du das Licht etwas dimmen, Joel? Mehr, danke.« Das Gesagte wurde von leisen, gurgelnden Klicklauten begleitet, als klebte ihre Zunge am Gaumen fest.

Der Psychiater legte den Ermittlern eine Hand auf die Schulter und führte sie rückwärts in den abgedunkelten Raum, in dem es aromatisch nach Kaffee und einem Hauch Desinfektionsmittel roch. David und Lucas setzten sich, während Joel auf einem Stuhl an der Wand Platz nahm. In der glänzenden Oberfläche der Glasvase auf einem Beistelltisch ahnte David die verzerrte Silhouette der Frau.

»Worüber haben Sie draußen auf dem Flur gesprochen?«

Davids Nackenhaare stellten sich auf bei dem Klang der klickenden Zunge.

»Danke, dass Sie dem Treffen zugestimmt haben.«

Kurze Stille. »Worüber haben Sie gesprochen?«

»Über die Fragen, die wir Ihnen stellen möchten.«

»Zu meinem Überfall?«

»Genau.«

David nahm die Unruhe in der Stimme der Frau wahr und ließ ihr etwas Zeit. Wegen der starken Brandverletzungen und ihrer seelischen Verfassung hatte Emma damals nicht verhört werden können. Natürlich hatten Psychologen mit ihr gesprochen, aber sie hatten selbst beurteilen müssen, ob die Informationen, die in der Therapie geäußert wurden, für die Polizei bedeutungsvoll waren, und da die Äußerungen einer psychisch instabilen Person keinen Bestand vor Gericht hatten, waren Emmas Brandverletzungen ihr einziger Beitrag zu der Fallakte gewesen. Die Frau dahinter war vergessen worden.

»Können Sie uns erzählen, was in der Nacht passiert ist, als Sie überfallen wurden? Unter der *Kong Christian den X's*-Brücke in Sønderborg, korrekt?«

»Ich war auf dem Heimweg nach einem Fest. Ich hatte in der Nacht, ähm, viel getrunken.«

»Waren Sie alleine?«

»Ja.«

»Wie war das Wetter?«

»Schlecht. Regen, Wind.«

David nickte. »Wie hat er Sie überrascht?«

»Er hat mich von hinten am Hals gepackt und unter die Brücke gezogen. Ich hab keine Luft gekriegt, konnte nicht schreien …« Sie zögerte. »Das Nächste, an das ich mich erinnere, ist ein weißer, siedender Blitz.«

David wusste, was sie meinte. Der Täter hatte ihr eine kochende Flüssigkeit ins Gesicht geschüttet.

»Haben Sie ihn gesehen, bevor die Flüssigkeit Ihr Gesicht traf?«

»Er hat mich sofort überwältigt.«

»Haben Sie das Bewusstsein verloren?«

»Ich war wach. Die ganze Zeit.«

»Was ist dann passiert?«

»Es fühlte sich an, als würde er meinen Unterkiefer festhalten und irgendetwas mit meinem Mund machen.«

»Hat er etwas zu Ihnen gesagt?«

»Ich hab am Anfang nur geschrien …« Ihre Stimme brach, sie holte rasselnd Luft. »Ich konnte nicht mehr aufhören zu schreien. Die Flüssigkeit ist in meinen Mund und meine Nasenlöcher gelaufen … alles kochte.«

»Hat er versucht, Sie zum Schweigen zu bringen?«

»Der Regen ist unter der Brücke aufs Wasser geprasselt, er hat sich wohl sicher gefühlt. Er stand einfach nur da und hat mich angestarrt.«

»Was ist dann passiert?«

»Der Schmerz hat etwas nachgelassen. Aber es war, als wäre mein Gesicht weggeätzt. Ich erinnere mich, dass er es berührt hat. Meine Wangen, die Nase, wie weicher Schaum … Und die Zunge.«

»Was war mit Ihrer Zunge?«

»Es fühlte sich seltsam an … als hätte er sie herausgeschnitten. Ich weiß nicht … Ich hab mich tot gestellt.«

»Wie hat er darauf reagiert?«

»Er hat meine Hände auf dem Rücken gefesselt.«

»War er grob? Aggressiv?«

»Nein, er war … effektiv, konzentriert.«

»Als hätte er das schon öfter gemacht?«

»Er wusste, was er tat, ja.«

»Okay, gut. Jetzt würde ich Ihnen gerne eine vielleicht merkwürdig anmutende Frage stellen.« David rutschte auf die Stuhlkante. »War er während des Überfalls zu irgendeinem Zeitpunkt erregt?«

»Erregt?«

»Sexuell.« David hörte das Husten des Psychiaters, aber er ignorierte die Warnung. »Hat er Sie angefasst oder hatte er vielleicht eine Erektion?«

Emma holte zitternd Luft.

»Da war irgendwann ein Geräusch.«

»Was für ein Geräusch?«

»Kurze Klatscher. Wie wenn ein Mann, Sie wissen schon … Oh Gott, ich schäm mich so.« Die Worte kamen so kraftlos aus ihrem Mund, als würden sie auf ihr Kinn tropfen.

»Sie haben nichts falsch gemacht.« Davids Herz raste. Ein psychosexuelles Motiv. Warum hatten die Psychiater das damals nicht der Polizei mitgeteilt?

Emma begann zu schluchzen. Kurze, schleimige Klicklaute.

»Vielleicht ist es für heute genug«, mischte Joel sich ein.

»Nein, nein, ich will gerne helfen«, schluchzte sie.

»Danke, Sie machen das sehr gut«, sagte David. »Können Sie uns erzählen, wie Sie ihm entkommen sind?«

»Er hat meinen Kopf angehoben, und im nächsten Moment hat sich etwas fest um meinen Hals gelegt und mich mit einem Ruck nach oben gezogen. Da war mir klar, dass ich jetzt sterben würde. Und ich habe um mich geschlagen und getreten, sosehr ich konnte.«

»Wie hat er darauf reagiert?«

»Er … hat mir ins Gesicht getreten. Ich weiß nicht wie oft. Bis jemand kam und ihn verjagt hat. Das zumindest ist mir hinterher erzählt worden.«

David nickte dem verzerrten Spiegelbild in der Vase zu.

»Können Sie sich noch an andere Dinge erinnern? Egal an was?«

»Nein.«

»Vielleicht ein spezieller Geruch? Oder andere Merkmale?«

»Da war nur ein einziger Geruch.«

»Welcher?«

»Verbranntes Fleisch.«

Für einen Moment waren alle vier Anwesenden im Raum stumm.

»Ich danke Ihnen für Ihre Hilfe«, sagte David und schickte sich an, aufzustehen.

»Nur noch eine letzte Frage …«

David sah Lucas streng an. »Ich denke, wir haben von unserer Seite alles besprochen.«

»Nein, nicht alles.«

»Hab ich was Falsches gesagt?«, fragte Emma.

Joel räusperte sich. »Ich würde auch sagen, es wäre besser, wenn Sie …«

»Familie Grandberg«, fiel Lucas ihm ins Wort.

»Wie bitte? Ich verstehe nicht.«

»Laust Grandberg. Haben Sie irgendwann eine Beziehung zu einem seiner Söhne gehabt?«

»Ich, ähm …«

»Denken Sie nach, es ist wichtig.«

»Ist das wirklich notwendig?« Der Stuhl unter Joel scharrte.

»Wir haben achtzehn Skelette gefunden. Eine junge Frau aus der Gegend wird vermisst. Ja, das ist notwendig.«

»Aber ich kann nicht …«

»Versuchen Sie es!«

»Ich … ich …« Emma verstummte. Die drei Männer hielten die Luft an, als sie einen grellen Schrei ausstieß, der in heftiges gutturales Gurgeln überging. »Er kommt! Darum seid ihr hinter ihm her. Er kommt mit dem weißen, gleißenden Licht.«

»Nein, nein, wir …«

»Raus mit Ihnen!«, fuhr Joel sie an. »Auf der Stelle!«

Er sprang auf und zog die Ermittler aus dem Raum. Ehe die Tür hinter ihnen ins Schloss fiel, hörte David die klickenden Schluchzer der Frau.

»… weißes gleißendes Licht, weißes gleißendes …«

David umklammerte das Lenkrad. Lucas hatte kein Wort gesagt, seit sie rauskomplementiert worden waren. David fürchtete sich ein wenig vor seiner eigenen Reaktion, wenn Lucas den Mund aufmachte. Andererseits wäre es wahrscheinlich eine Wohltat, dem inneren Überdruck in einer gewaltigen Explosion Luft zu machen: Schikane von Zeugen, Massagepraxen, Suff im Dienst! Was zum Teufel?!

Das große Ganze, nicht das große Ganze aus dem Blick verlieren, ermahnte David sich selbst und zwang sich zu einem einigermaßen neutralen Ton.

»War das wirklich notwendig?«

»Ich wollte nur wissen, ob da noch mehr zu holen ist.«

Die Ampel vor ihnen sprang auf Rot. David ging vom Gas.

»Das Gehirn ist kein Korken, den man mit dem Korkenzieher öffnen kann.«

»Ich versau mir meine Schuhe nicht in diesem Matsch, um Rücksicht zu nehmen. Ich bin hier, um einen Serienmörder zu fangen.«

»Du kannst die Leute nicht so angehen und blind deinen Impulsen folgen. Die Leute erinnern sich auch so.«

»Das hoffe ich, dass sie sich erinnert. Emma Ravnsborg ist aus freien Stücken auf Lebzeiten in die Geschlossene gegangen. Das ist ein typisches Vermeidungsverhalten. Die Mauern ihrer Zelle sind genauso dick wie die Verdrängungsmechanismen, die das Trauma in ihrem Kopf unterdrücken.«

»Es ist nicht bewiesen, dass Erinnerungen von traumatischen Ereignissen unterdrückt werden.«

»Das Gegenteil aber auch nicht. In vielen Fällen verhält es sich wie mit einem …«, Lucas' wedelnde Hand suchte nach einer Metapher, »… Porno auf einer Festplatte. Selbst, wenn du glaubst, alles gelöscht zu haben, können echte IT-Nerds die Harddisk wieder herstellen. Ich habe eben einen Samen in ihr Gehirn eingepflanzt. Vielleicht sprießt daraus eine verdrängte Erinnerung von dem Überfall, die uns weiterhilft.«

David gab Gas, als die Ampel auf Grün umsprang.

»Emmas Gehirn ist nicht windowsbasiert.«

»Konzentrier du dich lieber auf die Straße«, murmelte Lucas mit dem Blick auf die Gehwege, wo einzelne Gestalten sich gegen den stärker werdenden Wind stemmten.

Emma Ravnsborg saß alleine in ihrer Zelle. Die zierliche Frau schaukelte verloren auf ihrem Stuhl vor und zurück. Die wenigen Haarbüschel, die aus ihrer Kopfhaut wuchsen, hatte sie vor das Gesicht gezogen. Alles an ihrem knochigen Körper war zerbrechlich, machte den Eindruck, als könnte es beim leisesten Windhauch zu Staub zerfallen. Das Auge, mit dem sie noch sehen konnte, starrte in bodenloser Angst an die Wand. Ihre Lippen, die aus rissigem schwarzen Narbengewebe bestanden, flüsterten mit leiser Stimme.

»Mein Kind. Mein geliebtes Kind kann euch die Wahrheit erzählen.«

34

Jennys Handy vibrierte. Sie öffnete das Foto eines verhärmten Mannes ohne Schneidezähne, der den Daumen nach oben streckte. Die SMS war von einem der Kollegen, die die Drogenszene nach jemandem durchkämmten, der bei dem in der Ecke der Arrestzelle kauernden, menschlichen Häuflein Elend ein Wiedererkennen auslösen würde.

Jenny hatte versucht, die Wartezeit sinnvoll zu nutzen und einen Kontakt zu Babyshot herzustellen, um vielleicht mehr aus ihm herauszubekommen, aber der autistische Mann zeigte keinerlei Interesse und wirkte angestrengt von ihrer Anwesenheit.

Jenny betrachtete den Schlafsack, in den er eingewickelt war, die Transportkiste mit seinen Habseligkeiten und den Haufen Einkaufstüten. Hatte sie es dem Mann womöglich zu bequem gemacht mit ihrem Angebot, in die Zelle einzuziehen?

Sie tippte ihm auf die Schulter und zeigte ihm das Foto, das der Kollege geschickt hatte. Die blutunterlaufenen Augen schimmerten trübe und er war schon wieder halb weggedämmert, als er sich zur Wand drehte.

Das Handy in ihrer Hand vibrierte erneut. Das nächste Bild war klar.

NICÓ

»Mach schon, Nicó! Blas dem dreckigen Junkie die Rübe weg!«

»Halt die Fresse! So kann ich nicht denken!« Nicós Griff um die Pistole wurde ein wenig fester. Der draußen an den Wohnwagen gekettete Hund kläffte laut.

»Denken? Was gibt's da zu denken? Er muss sterben«, kiekste Jacek mit feuereifrigem bosnisch-englischem Akzent. »Volos' Befehl!«

»Wo versteckst du das Geld!?«, brüllte Nicó und drückte dem knienden Junkie die Pistole an die Stirn.

Jacek hatte dem Junkie mit einer Flasche das Nasenbein gebrochen. Dunkler, zäher Schleim tropfte aus dem zersplitterten Knochen und zog Fäden zwischen den bebenden Lippen. »Mullo, mullo, mullo.«

»Ja, wir sind Teufel, du verficktes Stück Scheiße!« Jacek zog seinen geschliffenen Schraubenzieher aus der Hosentasche und ritzte eine blutige Kerbe in seine Wange.

Der Junkie schiss sich in die Hose. Dünnflüssige Junkiekacke. Der Gestank breitete sich in dem schuhkartonengen Wohnwagen aus, wo es vorher schon gerochen hatte, als wäre der Boden mit gebrauchten Windeln ausgelegt.

»Hast du keinen Funken Scham im Leib, Budalo!?« Jacek hielt sich den Jackenärmel vor die Nase. »Blas ihm das Hirn weg, Nicó!«

Der Hund vor dem Wagen winselte panisch.

Nicó justierte den Griff um den Pistolenschaft. Jacek stierte ihn an. Er war ein bisschen kleiner als Nicó, blass und dürr und voller Groll über ein Dopingurteil, das ihn seine Karriere als Profi-Federgewichtsboxer gekostet hatte. Er machte in einer Tour Rauchpausen, in denen er ununterbrochen in seine Hände blies, ob sie kalt waren oder nicht, und Witze riss, dass sich die anderen Männer vor Lachen bogen. Obwohl Jacek sich jede Nacht in den Schlaf soff und den lieben langen Tag eine Wodkafahne vor sich hertrug, war er sehnig und zäh, gnadenlos und – am gefährlichsten von allem: eine Petze. Wenn Nicó nicht kurzen Prozess machte, würde er sofort zu Volos gehen.

Nicó zog den Hahn mit dem Daumen nach hinten.

»Letzte Chance«, blaffte er den Junkie an. Auch an sich selbst gerichtet.

Das Gekläff des Hundes steigerte sich in eine Sequenz gequetschter Würgelaute, um gleich darauf jäh zu verstummen und eine angespannte Stille zu hinterlassen.

Jacek trat ans Fenster, schob die Lamellen mit zwei Fingern auseinander und zog sie schnell wieder weg, als hätte er sich verbrannt. Der Bosnier schob den Schraubenzieher zurück in die Gesäßtasche und zog seine Pistole.

»Hast du ein volles Magazin?«, fragte er, während er sein eigenes kontrollierte.

»Was ist los?«

»Die Kloakentiere.«

Nicó ließ die Pistole sinken. Die Kloakentiere. Rumäniens Untote. Mit dem Regierungswechsel 1989 waren eine Reihe von Kinderheimen geschlossen und Tausende Waisenkinder auf die Straße gespült worden. Viele von ihnen waren umgekommen. Aber ein Teil hatte im Abwassersystem der Stadt Zuflucht gesucht und es geschafft, zu überleben. Im Laufe der Jahre war die Kloake die reinste Brutstätte geworden. Die Kinder von damals waren erwachsen geworden und hatten neue Generationen von Kindern gezeugt. Und langsam aber stetig hatte sich unter der polierten Fassade der Stadt ein wuseliger unterirdischer Organismus ausgebreitet. Die Kloakentiere hatten einen selbst ernannten Anführer, Krank. Volos machte hin und wieder Geschäfte mit ihm. Ein paar Gramm Heroin für eine Kanüle aidsverseuchtes Blut, wenn ein Mitglied des Inner Circle der Alliance abgestraft werden musste. Razzien der Polizei waren höchst selten im Territorium der Kloakentiere. Es erforderte Eier, in die klaustrophobisch engen Abwasserrohre zu kriechen, die gestopft voll waren mit missgestalteten Halbmenschen mit einem Händchen für Kinderprostitution, Aurolac-Schnüffeln und sporadische Fälle von Kannibalismus.

»Wie viele?«, fragte Nicó.

»Genügend, um unsere Munition zu fressen und uns mit sich in die Kloake runterzuziehen«, sagte Jacek und danach flüsternd zu sich selbst: »Immer im Rudel. Fucking Fickabfall.«

»Kommt raus!«, rief eine heisere, lispelnde Stimme auf der anderen Seite der dünnen Glasfaserwand des Wohnwagens.

»Überlass mir das Reden«, sagte Jacek mit einem bohrenden Blick auf Nicó. »Und spar eine Kugel auf.«

»Wofür?«

Jacek drückte den Zeigefinger gegen Nicós Stirn.

»Falls es schiefgeht. Um nichts in der Welt runter in die Kloake als Kranks Sklave. Niemals.«

Sie wateten durch den Müll auf dem Boden und traten auf die wackelnden Kisten raus, die als Stufen zur Tür hoch dienten.

Die Kloakentiere standen im Schlamm vor dem Wagen. Die Wolken über ihren Köpfen waren in einem surreal violetten Schimmer verwischt. Der Regen strömte über ihre reglosen Körper. Schwarzhaarige Gestalten mit zusammengekniffenen Augen, nichts als Haut und Knochen.

Nicó suchte die Umgebung nach Fluchtmöglichkeiten ab. Die anderen Wohnwagen standen kreuz und quer verteilt wie ein auseinandergefallenes Tetris-Spiel. Keine Fluchtwege.

Sein Blick wurde durch ein Geräusch zur Seite hingelenkt. Der an den Wohnwagen gekettete Hund ruckelte leblos, während drei andere Hunde Fleischfetzen aus der Bauchhaut rissen.

»Dein Freund sieht nicht sehr gesund aus, Jacek.«

Nicó sah den Mann an, der alles zwischen vierzig und siebzig sein konnte: verlebt, lange Streichholzbeine, silbrig schimmernde Haarsträhnen, die oben auf dem Schädel kurz geschoren waren. Er trug eine abgewetzte Punkjeans unter einer verdreckten, russischen Militärjacke mit herabhängenden, besternten Schulterstücken.

»Mein Beileid an das Herrchen.« Krank schaute zu den gierig schlingenden Hunden mit den bluttriefenden Lefzen hin.

»Völlig okay«, sagte Jacek. »Allen sei ein voller Bauch gegönnt.«

»Der Trailerpark ist mein Territorium. Ich dachte, Volos hätte das verstanden.«

Jacek nickte über die Schulter. »Wir mussten nur kurz ein kleines Geschäftsproblem klären.«

Der Regen rieselte auf Kranks silberfarbenen Schädel, seine Zungenspitze spielte mit einem wackelnden Zahn.

»Kugeln in der Stirn sind kein Geschäft. Was ihr da macht, ist Schulden eintreiben.«

»Beruhig dich. Wir sind schneller verduftet als ein Furz im Wind.«

»Zu spät. Ihr schuldet uns eine Entschädigung.«

Krank nickte mit beunruhigend schwarzem Blick in Richtung des Wohnwagens.

Jacek schüttelte den Kopf.

»Der Junkie gehört uns. Es ist Volos wichtig, dass wir die Strafe vollziehen. Als abschreckendes Beispiel für die Leute.«

»Ich glaube, du verstehst nicht ganz, wo du dich gerade befindest.«

Krank trat einen Schritt vor. Der Schlamm schmatzte unter ihren Füßen, als die Kloakentiere den Vorstoß ihres Anführers mit militanter Reaktionszeit spiegelten.

Nicó presste die Lippen aufeinander. Die Regungslosigkeit der unheimlichen Gestalten war irreführend. Die Kloakentiere waren hellwach, angefixt.

Jacek rieb sich durchs Gesicht.

»Krank, das ist ein direkter Befehl von Volos.«

»Langsam fängst du an, mich zu ärgern, Jacek. Jede Kakerlake weiß, wie sie am besten die eigene Haut rettet.«

Nicó sah nervös zu Jacek. Eine Sache, die Kinder aus kriegsverwüsteten Nationen mehr fürchteten als den Tod, war, das Gesicht zu verlieren.

»Ich glaube, du missverstehst die Situation, Krank …«

Nicó legte resigniert die Hand an seine Pistole. Halt eine Kugel zurück.

»… ich musste nur ein bisschen Widerstand leisten.« Jaceks Mundwinkel zuckten verkrampft. »Damit ich Volos sagen kann, dass ich es wenigstens versucht habe.«

Krank zwinkerte verschmitzt. »Und bist du fertig mit deinem Versuch?«

Jacek nickte und blaffte Nicó an: »Idemo!«

Sie stiegen von den wackelnden Kisten. Nicó schielte zu den Hunden, die an den dunkelroten Rippen des Kadavers nagten. Auf ein kurzes Nicken von Krank hin stürmten vier Kloakentiere zum Wohnwagen.

»Schnell weg hier!«, flüsterte Jacek und zog Nicó am Ellbogen mit sich.

»Erschießt mich! Schießt!«, schrie der Junkie heiser hinter ihnen her.

Nicó warf einen Blick über die Schulter. Der arme Schlucker schwebte waagerecht in der Luft, panisch an den Türrahmen des Wohnwagens geklammert, während vier schwarzhaarige Skelette versuchten, ihn loszureißen. Seine sehnigen Arme zitterten, dann löste sich sein Griff. Das Letzte, was Nicó sah, war der im Schlamm um sich tretende und schlagende Junkie, um den sich der Kreis der grauhäutigen Wesen immer enger zog.

35

Danke, Frau«, sagte Børge Kofoed, der seiner adretten Gattin mit dem Blick folgte, bis sie die Tür hinter sich schloss. Der pensionierte Chef der Mordkommission versorgte sich mit Kaffee und Gebäck von dem Tablett, ohne David und Lucas etwas anzubieten.

Die beiden Ermittler saßen in tiefe Sessel versunken im Wohnzimmer eines großen, weiß gekalkten und grundsanierten Fachwerkhauses mit hellem Eschenholzboden, neuen großen Fenstern und jeder Menge dänischem Design.

»Das ist das Elternhaus meiner Frau«, hatte Kofoed erklärt, als er sie in den großzügigen Wohnbereich mit den raumhohen Bücherregalen geführt hatte, in denen vorrangig Biografien, Fachliteratur und ein einzelner dänischer Krimiautor standen, der in allen Buchläden auslag. Die meisten Bücher sahen ungelesen aus. Ein Regal war reserviert für Babyfotos und strahlende Hochzeitspaare. Aber Davids Aufmerksamkeit wurde besonders auf ein Foto gelenkt, auf dem drei Angler vor einer dramatischen Bergkulisse zu sehen waren. Das gleiche Bild stand in Laust Grandbergs Wohnzimmer.

Kofoed betrachtete seine stumm vor ihm sitzenden Gäste.

»Sie warten doch wohl nicht auf eine Einladung? Ein Jütländer fordert niemanden ein zweites Mal auf, der einmal das Selbstgebackene der Hausfrau abgelehnt hat.«

Nicht einmal ein Lächeln konnte das derbe, plattstirnige Gesicht des pensionierten Chefs der Mordkommission mit den grimmigen Augenbrauen und der großporigen blauroten Portweinknolle aufhellen. Aber David war nicht entgangen, wie es in Kofoeds erstaunlich großen Augen unablässig arbeitete, seit er sie an der Tür in Empfang genommen hatte. Er war auf der Hut.

David trank einen Schluck von dem unfassbar guten Kaffee.

»Wann sind Sie in Pension gegangen?«

»Vor noch nicht mal einem Jahr«, sagte Kofoed und biss herzhaft in ein krümeliges Plätzchen.

»War die Umstellung aufs Privatleben hart?«

»Ich mache es wie alle anderen. Halte die Klappe und kümmere mich um meinen Kram.«

Lucas zeigte mit einem Nicken zu dem Teleskop am Fenster hin, dessen Linse auf ein paar weiter entfernte Häuser gerichtet war.

Kofoed grinste.

»Ich muss schließlich wissen, worüber ich die Klappe halten soll.«

Lucas' herzhaftes Lachen brachte David für einen Augenblick aus dem Konzept, als ihm aufging, dass sein Kollege in der Lage war zu lachen.

»Sie wollen mit mir über einen alten Fall sprechen?«, sagte Kofoed und schob sich den Rest des Plätzchens in den Mund.

»Über mehrere alte Fälle«, korrigierte David.

»Ah ja? Und welche?«

»Zuerst einmal wüssten wir gerne mehr über einen Vorfall mit Andreas Grandberg. Etwas mit einem Hühnerhaus?«

Kofoeds mahlende Kiefer erstarrten.

»Da gibt es nicht viel zu erzählen. Ein hormongesteuerter Teenager. Wie ich es in Erinnerung habe, ist dem Burschen irgendwas sauer aufgestoßen, woraufhin er sich einen der Golfschläger seines Vaters geschnappt und in dem Hühnerhaus abreagiert hat. Wer von uns hat nicht solche Dummejungenstreiche auf dem Gewissen.«

Fällt das Abschlachten eines ganzen Hühnerhauses unter Dummejungenstreiche?, dachte David und betete, dass Lucas seine Klappe hielt. Kofoed war ein stolzer Mann. Und stolze Männer streuten einem gerne Sand ins Getriebe.

»Andreas wurde also nicht angezeigt?«

»Laust hat der Familie eine Entschädigung angeboten, darum habe ich mich nicht eingemischt.«

David hätte zu gerne gewusst, was Andreas' Dummejungenstreich Laust gekostet hatte.

»Dann wäre da noch der Fall Hanne Jensen. Das verschwundene Mädchen. Was ist Ihnen von dem Fall noch im Gedächtnis?«

Kofoed zog eine Augenbraue hoch.

»Haben Sie etwa mit dem alten Trunkenbold gesprochen?«

»Mark Jensen, ja.«

»Lassen Sie mich raten: Er war der Meinung, dass wir die Sache nicht ernst genommen und ihn ignoriert haben, und dass die ganze Welt gegen ihn war. Liege ich da richtig?« Der pensionierte Polizist beugte sich ruckartig in seinem Sessel vor. »Denn in dem Fall hat Mark dann sogar die Wahrheit gesagt.«

David nickte, unsicher, worauf Kofoed hinauswollte. Lucas bediente sich eifrig an den Plätzchen und schien Kofoeds Machoshow zu genießen.

»Wir haben dem Mädchen einen Dienst erwiesen, nicht nach ihr zu suchen. Auf dem Hof sind unschöne Dinge passiert. Bei Mark und seiner Frau gab's schon morgens Kaffee mit Schuss. Wir waren uns einig, dass Hanne in ein besseres Leben abgehauen war. Darum hat niemand Fragen gestellt.«

»Außer Mark Jensen.«

»Der Kerl hat doch zu lange im Rumtopf gelegen. Und es wurde schließlich nie eine Leiche gefunden. Die Toten tauchen irgendwann immer wieder auf. Wie in Smøl Vold. Vermutlich lebt Hanne glücklich mit Mann und drei Kindern in Kopenhagen.«

»War Ihnen bekannt, dass Hanne ein Verhältnis mit Andreas Grandberg hatte?«

»Davon weiß ich nichts.«

»Mark hat erwähnt, dass er Hanne mal mit einer Überdosis bei ihm abgeholt hat. Nach einem Fest in Andreas' Wohnung. Ist das je zur Anzeige gekommen?«

»Ich war Chef der Mordkommission. Liebesgeplänkel ist nicht über meinen Schreibtisch gegangen. Genauso gut könnten Sie mich nach geheimen Standorten nordkoreanischer Verhörräume fragen.«

David ignorierte Lucas' Lachsalve.

»Dann glauben Sie also nicht, dass Andreas etwas mit Hannes Verschwinden zu tun haben könnte?«

Kofoed musterte David mit großen, stumpfen Augen in dem schinkenrosa Gesicht.

»Was genau treiben Sie da eigentlich gerade?«

»Polizeiarbeit?«

»Das habe ich befürchtet«, seufzte Kofoed. »Na dann los, Sie tanzen jetzt schon lange genug um den heißen Brei herum. Weg mit den Samthandschuhen.«

David ließ sich nicht zweimal bitten.

»Emma Ravnsborg. Brutal überfallen, mit kochender Flüssigkeit übergossen, versuchter Mord durch Strangulieren. Aber in den Archiven findet sich nur eine extrem dünne Fallakte mit ein paar spärlichen Notizen. Mit Ihrer Unterschrift.«

Kofoed breitete die Arme aus.

»Weil wir das Mädchen nicht verhören konnten. Es vergingen Monate, bis sie aus dem Krankenhaus entlassen wurde.«

»Und da habt ihr sie einfach vergessen? Genau wie Hanne?«

»Wir haben die volle Verhörrunde durchgeführt. Aber es gab keine Zeugen, keine technischen Spuren, nichts.«

»Emma, Mark, Hanne. Tragische Schicksale, die unter den Teppich gekehrt wurden.«

»Schon klar, ihr bei der Task Force 14 sitzt auf einer Schatzkiste. Aber so läuft das hier nicht. Hier gelten andere Regeln.«

»Das habe ich gelernt.«

Kofoed tupfte sich die Lippen mit einer gemusterten Serviette ab.

»Ich verstehe ja, dass unsere ungeschriebenen Regeln für einen Fremden verwirrend wirken können. Ich musste selbst hart daran arbeiten, sie in meinem aktiven Dienst zu lernen. Ich bin verdammt noch mal Jütländer und kein Bauerntrampel!«

»Was ist der Unterschied?«

»Ich melke keine fremden Euter.«

Lucas prustete schallend los und Kofoed sah ihn amüsiert an. Der Rentner genoss es offensichtlich, einem neuen Publikum alte Kamellen zu erzählen.

»Betrachten Sie die lokalen Regeln als einen Ausdruck gesunder Vernunft. Sie sorgen für Ordnung und die Leute fühlen sich sicher.«

David lächelte bemüht.

»Emma fühlt sich aber nicht sonderlich sicher in ihrer kleinen Zelle in der Psychiatrie. Haben Sie sie jemals besucht? Wegen ihrem entstellten Gesicht will sie nicht direkt angesehen werden.«

»Das tut mir sehr leid zu hören.« Kofoed schenkte sich Kaffee nach und zermalmte einen Keks zwischen seinen vergilbten Zähnen. »Wäre das dann alles?« Er klang fast ein wenig enttäuscht.

David rieb sich das Auge und schielte zu Lucas hin, der sich offensichtlich aufs Provozieren verstümmelter Gewaltopfer und vom Pfad abgekommener Geistlicher konzentrierte und ansonsten vornehm heraushielt, wenn David ihn tatsächlich einmal brauchte. Er hob den Kopf und folgte einer spontanen Eingebung.

»Wissen Sie eigentlich, was genau zwischen Elias und Laust Grandberg vorgefallen ist?«

»Elias ist einer von denen, die beim Blumengießen mit ihren Pflanzen sprechen.«

David runzelte die Stirn.

Kofoed legte die Hände wie eine Flüstertüte an den Mund. »Arschficker, Analritter, Schwuchtel«, flüsterte er und nahm die Hände wieder runter. »'tschuldigung, aber meine Alte ist so politisch korrekt und die Wände sind dünn.«

»Ich dachte, er hätte minderjährige Mädchen betatscht?«

»Keine Ahnung, wo die Gerüchte herkamen. Wir haben nie irgendwelche Beschwerden in der Richtung hereinbekommen. Laust konnte nicht mit der Vorstellung leben, dass der Bursche vom andern Ufer ist.«

David schwieg. Der Dorfsheriff wusste wirklich bis in den hintersten Winkel seines Hinterlandes Bescheid. Nur eine Minute Denkpause, dachte David. Um die Gedanken zu sortieren, sich einen Überblick zu verschaffen. Er versuchte, Lucas mit Blicken zu einem Einwurf zu animieren. Aber Lucas schwieg. Offensichtlich hatte er ausgerechnet jetzt beschlossen, sich Davids Aufforderung zu Herzen zu nehmen.

»Eine letzte Frage.« David zeigte mit einem Nicken auf den großen Bilderrahmen in dem Regal. »Wie ist Ihre Beziehung zu Laust Grandberg?«

»Ein paar Angeltouren im Jahr, ab und zu eine Partie Golf. Wir Rentner müssen unsere Zeit ja irgendwie totschlagen, ehe die Zeit uns totschlägt.«

»Wer ist der dritte Mann auf dem Bild?«

»Ein elender Golfspieler. Und der Hausarzt der Grandberg-Familie. Poul Harmsen.«

David wollte gerade die nächste Frage stellen, als vor der Tür eine Bodendiele knarrte. Bei dem Laut richtete Kofoed sich ruckartig auf.

»So, jetzt verlangt meine Frau ein wenig Aufmerksamkeit. Meine Buße für zwanzig Jahre auf der Landstraße.«

Während David und Lucas im Flur ihre Jacken anzogen, lehnte Kofoed mit der Schulter am Türrahmen und betrachtete sie.

»Ich beneide Sie. Es geht doch nichts über handfeste Polizeiarbeit.«

David stand vornübergebeugt und kämpfte damit, seinen Fuß durch den engen Gummistiefelschaft zu zwängen.

»Sind Sie zufrieden mit Ihrem Nachfolger?«

»William? Er ist ein …«

»Guter Mann.« David richtete sich auf. »Das ist ja schon eine putzige Situation. William hätte eigentlich Laust beerben sollen und tritt stattdessen Ihr Erbe an. Die Grandbergs sind scheinbar überall.«

Kofoed nickte mit einem vielsagenden Lächeln.

»Achtung vor den Gräben da draußen. Unwetter treffen Süderjütland immer etwas härter als den Rest des Landes.«

David und Lucas saßen im Volvo vor Kofoeds Haus. Der zunehmende Sturm rüttelte an dem Wagen.

»Wolltest du mir mit deinem Schweigen irgendetwas sagen?«, fragte David.

»Ich habe dich, wie du gewollt hast, das Verhör leiten lassen.«

»Du darfst dich gerne einmischen, wenn du merkst, dass ich eine Denkpause brauchen könnte.«

»Jetzt sendest du aber widersprüchliche Signale aus.«

David schüttelte den Kopf.

»Und, was ist dein Eindruck?«

»Von Kofoed? Ein ziemlich seltsamer Kauz.«

»Ich glaube, da galt auch, eine Hand wäscht die andere.«

Lucas nickte. »Ganz klar die alte Schule.«

»Erinnerst du dich, was Laust gesagt hat? Dass er niemals eine Beziehung zu jemandem eingeht, gegen den er nichts in der Hand hat.«

»Der Familienarzt? Peter oder wie hieß er noch gleich?«

»Poul Harmsen.« David schaute durch die Windschutzscheibe. Zerfetzte Wolken, ein schwefelig gelber Schimmer. »Der dritte Mann des Rentnerkleeblatts.«

NICÓ

Nicó und Jacek fuhren mit dem Aufzug nach oben, umhüllt von dem Geräusch der surrenden Kabel. Die zwei Männer hatten seit dem Zusammenstoß mit Krank im Trailerpark kein Wort miteinander gewechselt.

Der Fahrstuhl hielt an, und sie gingen durch einen schmalen Gang. Die Tapeten an den Wänden waren sommersprossig von kleinen Luftblasen, als würde es unter ihnen brodeln. Die Zimmer lagen dicht nebeneinander wie in einer Mietskaserne und beherbergten Volos' multikulturelle Arbeitskräfte, die aus den kleinen Käffern auf der Balkanhalbinsel hierher drängten. Eine Kakofonie aus Hip-Hop, winselndem Balkan-Pop und hitzigen Gesprächsfetzen strömte aus den Zimmern, eingebettet in den dicken Dunst ungewaschener Körper und Rauch.

Nicó schloss die Tür zu seinem Zimmer. Lehnte sich für einen Augenblick mit dem Rücken dagegen. Eine Tür in der Fabrik bedeutete ein absolutes Privileg. In den kümmerlichen Schlafsälen der unteren Etagen gab es jede Nacht Massenschlägereien im Kampf um eine versiffte Matratze.

Nicó schlug die Faust gegen seinen provisorischen Raumteiler – ein Stück Pappe, das an einer Nylonschnur von der Decke hing – und warf sich auf eine durchgelegene Matratze.

Er zitterte am ganzen Körper.

Jacek hatte sein Zögern gesehen. Hatte Nicó, den eiskalten Psychopathen mit der berüchtigten Vergangenheit, zögern sehen, ein erbärmliches Junkieleben zu beenden. Wenn die Schakale der Fabrik Wind von seinem Zögern bekamen, wenn Volos …

Nicó schlug die Augen auf. Rollte von der Matratze und absolvierte eine Serie hitziger, keuchender Liegestütze. Verdrängte die unreflektierten Impulse, die ihn durchzuckten. Er rollte sich heftig atmend auf den Rücken. Milchsäure brannte in seiner Brustmuskulatur. Er lag eine Weile still da. Spürte seine Gedanken langsam zur Ruhe kommen. Kurz darauf kam die Lösung zu ihm. Eine Lösung mit zwei möglichen Ausgängen.

Er musste Jacek das Maul stopfen. Auf die eine oder andere Weise.

†

»Hör auf mit dem verfickten Klopfen, za jebote!«

Nicó schaute in ein Gesicht mit rot unterlaufenen Augen, das sich aus der Tür gegenüber von Jaceks Zimmer schob.

»Wo ist er?«, fragte Nicó und zeigte gereizt auf Jaceks verschlossene Tür, an die er getrommelt hatte.

Der Mann hob die Hände.

»Sorry, Nicó, hab nicht gesehen, dass du das bist. Jacek ist im Hühnerstall. Probefahrt mit einem neuen Mädchen.«

Nicó nickte steif. Der Hühnerstall. Eine Etage voller von der Straße gekidnappter junger Frauen, die bis über die Ohrläppchen mit Heroin vollgepumpt waren. In Zimmern eingesperrt, zur freien Benutzung für alle. Die Gefangenschaft mergelte die Frauen schnell aus. Ihre Körper gaben auf, kollabierten. Aber selbst tot dienten sie noch einem letzten Zweck. Nicó hatte nur einmal mit eigenen Augen gesehen, wie die Leiche eines jungen Mädchens durch einen Gullydeckel runter in Kranks Reich herabgelassen wurde. Nicó hatte nicht die leiseste Ahnung, was sie dort unten mit den Leichen anstellten. Und er hatte nicht nachgefragt.

Er stieg im 15. Stockwerk aus dem Aufzug, der wie ein Güterzug weiter durch die Nacht rumpelte. Alle Türen waren verschlossen, und die vergilbten Tapetenstreifen raschelten wie trockenes Laub.

Er ging von einer Seite zur anderen und legte das Ohr an die Türen. Er hasste diese Etage. Besonders in inaktive Phasen wie jetzt. Die Stille hinter den verschlossenen Türen fühlte sich an wie ein Pulverfass mit brennender Lunte. Er legte das Ohr an die nächste Tür. Lauschte. Hörte jemanden schwer atmen.

»Jacek?«

Die Atemzüge verstummten.

Nicó presste das Ohr fester an das kalte Holz.

»Ich muss mit dir reden.«

Die Klinke wurde nach unten gedrückt. Jaceks Kopf schob sich durch den schmalen Spalt. »Ich bin nackt. Lass mich in Ruhe.«

»Zwei Minuten.«

»Vergiss es! Fuck off …«

Nicó warf sich mit der Schulter gegen die Tür. Jacek taumelte rückwärts auf die Matratze und knallte mit dem Nacken gegen den Radiator. Nicó schob sich ins Zimmer. Die Luft war klamm und abgestanden, vereinzelte Lichtstreifen bohrten sich durch das mit Zeitungen tapezierte Fenster.

»Jebem sestru!« Jacek rieb sich fluchend den Hinterkopf.

»Wir müssen über …« Nicó fuhr zusammen, als er direkt neben sich eine knochige Gestalt bemerkte. Sie trug einen Slip und einen nicht sonderlich gefüllten BH. Das fettige Haar hing verknotet vor ihrem hübschen und aschfahlen Gesicht.

Nicó schluckte.

»Was glotzt du?«, fragte Jacek, der wieder auf die Beine gekommen war. »Sie gehört mir.«

»Sie ist ein Kind.«

»Gleich ist sie eine Frau.«

Die Augen des Mädchens glänzten fiebrig. Nicó sah den münzgroßen violetten Fleck an der Ader in ihrer Ellenbeuge. Das Heroin hatte die Blut-Hirn-Schranke passiert, ihre Sinne waren auf Sparflamme heruntergefahren.

Jacek kniff die Augen zusammen.

»Was glotzt du? Willst du sie ficken?«

»Kein Interesse.«

»Bist du schwul? Sieh sie an! Jung und stramm. Als würde man den Schwanz in einen Strohhalm stecken.«

»Hört sich nicht gut an.«

»Sag, was du willst. In Bosnien war ich ein Nobody. Meine Jungfräulichkeit hab ich an einen Radiator mit zwei Scheiben Roastbeef verloren. Jetzt steht mir jederzeit eine Möse zur Verfügung, wann immer ich will.« Jacek warf dem Mädchen gierige Blicke zu. »Und jetzt zieh Leine.«

»Nicht bevor wir …«

Die Faust traf Nicó am Kinn, ein Streifschlag, der sein Ziel leicht verfehlte, aber Jaceks blutunterlaufene Augen verrieten, dass das ausschließlich an den drei Tagen ununterbrochener Trinkerei lag. Nicó taumelte nach hinten. Von seinem sporadischen Boxtraining wusste er, dass Körperkraft allein eine unbrauchbare Waffe gegen einen ehemaligen Eliteboxer war. Im Boxring siegten am Ende immer Präzision und Technik. Und als Jacek jetzt angriffslustig mit einer perfekt ausbalancierten Zweihandparade vor ihm stand, sah Nicó ein, dass er nur eine Chance hatte. Straßenschlägerei. Miese Tricks.

Er packte sich eine Lampe und schleuderte sie durch die Luft. Das Porzellan zersplitterte an Jaceks Fäusten. Der Bosnier brüllte und schoss mit blutigen Knöcheln nach vorn. Nicó holte zu einem Schlag aus, aber die Strafe folgte auf dem Fuß. Jacek duckte sich unter dem Schlag, geschmeidig wie ein Tänzer, und hämmerte seine Faust mit überwältigender Kraft auf Nicós Ohr, der seitwärts gegen das Mädchen taumelte und sie mit sich zu Boden riss. Ohne zu zögern, sprang Jacek auf seinen Rücken wie ein tollwütiger Affe und zerrte Nicós Hals in einem brutalen Würgegriff nach hinten.

»Du wärst besser nicht gekommen, Nicó.« Jacek blies ihm seinen Wodkaatem warm und feucht in den Nacken. »Zu sterben für eine jämmerliche kurwa.«

Nicó strampelte und schlug um sich, sein Atem rasselte asthmatisch. Für eine Sekunde wurde ihm schwarz vor Augen, seine Nase wurde gegen das Gesicht des Mädchens gedrückt, die wie ein formloses Bündel in der Dunkelheit neben ihm lag. Blind streckte er eine Hand nach hinten aus, krallte seine Finger in Jaceks Haar und zog daran. Der Bosnier schrie auf und verstärkte den Würgegriff. Es knackte in Nicós Kehle, und das intensive körperliche Aufbegehren dagegen, erwürgt zu werden, wich einem anderen, viel primitiveren Gefühl: purer Todesangst.

Nicó tastete sich an Jaceks Bein entlang, schob die Hand in seine Gesäßtasche und bekam den Schaft mit den Fingerspitzen zu fassen. Er schwang den Arm zur Seite und stieß zu. Fest. Jacek bestätigte mit lautem Brüllen, dass er sein Ziel getroffen hatte. Warmes Blut rann über seine Hand.

Nicó bewegte den Griff des geschliffenen Schraubenziehers wie einen Joystick hin und her und spürte, wie das gummiartige Fleisch der Oberschenkelmuskulatur nachgab. Jacek war wie zur Salzsäule erstarrt. Nicó befreite sich aus dem Würgegriff und schwang den Ellbogen nach hinten. Die Knochenspitze traf auf etwas Hartes.

Jacek taumelte nach hinten, umfasste den Schraubenzieher, der aus seinem Schenkel ragte, und riss ihn heraus. Das Metall zog einen roten Strahl hinter sich her. Jacek hob verständnislos den Blick, und dann ging alles so schnell, dass Nicó nicht mehr reagieren konnte. Er sah, wie die Fersen des Bosniers gegen die Matratzenkante stießen, wie die Schultern von der Schwerkraft nach hinten gezogen wurden, sah seine Hände ins Leere greifen und die Panik in seinem Blick, als die Zeitungsseiten, mit denen das Fenster zugeklebt war, ihn mit einem so trockenen Schmatzen verschlangen, dass das Splittern des Glases in seinem Rücken kaum zu hören war.

Dann war er weg.

Nicó starrte durch den leeren Fensterrahmen in den grau verhangenen Himmel. Zählte die Sekunden. 1, 2, 3, 4 …

Das aufgeregte Geschrei war bis in den 15. Stock zu hören.

»Dute Draco! Das ist Jacek! Er ist tot!«

»Da oben, das Fenster, curule! Da ist er rausgefallen!«

»Fucking kurwa! Go, go, go!«

Nicó packte das zugedröhnte Mädchen an den Oberarmen und zog sie hoch. Ihre Füße schleiften über den Boden, als er sie zum Fenster schleppte, aus dem Jacek gerade gestürzt war.

»Tut mir leid.« Er strich ihr über die feuchte Wange.

Sie stierte ihn an, blass und komplett ahnungslos, dass der Feigling vor ihr sie gerade zu seinem Opferlamm erkoren hatte.

Nicó steckte den blutverschmierten Schraubenzieher in die Jackentasche und ließ die Tür offen. Auf dem Flur war das Surren der Aufzugkabel zu hören. Sie waren schon auf dem Weg nach oben. Fuck! Die Feuertreppe war blockiert. Damit gab es nur einen Weg raus aus der Fabrik, wenn man nicht den Express-Aufzug nehmen wollte wie Jacek.

Nicó schlug mit der Faust gegen die Tapete. Der Druck auf seiner Brust nahm zu. Ihm brach der kalte Schweiß aus. Die Erbärmlichkeit dieses Ortes überrollte ihn – entführte Teenagermädchen, versiffte Matratzen, dünne Wände –, Phobie-Trigger überall!

Der Sauerstoffmangel zwang ihn in die Hocke. So stark war die Panikattacke noch nie gewesen. Er musste sehen, aus dem Flur wegzukommen. Aber seine Beine verweigerten ihm den Dienst.

Aus dem Nichts packte ihn eine Hand am Arm.

»Schnell! Hier rein!«, flüsterte eine Stimme.

Nicó folgte willenlos der Hand und stolperte in ein Zimmer. Er schlang die Arme um die Brust. »Krieg keine … Luft …«

Die Hand strich über seinen Hinterkopf. Nicó kniff die Augen zu. Und da kam alles auf einmal in ihm hoch. Die gequälten Schreie des Junkies, Kranks unersättliche Augen, die Angst, entlarvt worden zu sein, das graue, kalte Entsetzen jede Nacht, bevor der Schlaf kam.

Er ließ los.

†

Nicó kam wieder zu sich. Die Tränen hatten die Atemwege freigespült. Sein Herz schlug wieder ruhiger. Aber jetzt hatte er ein neues Problem.

Er sprang auf und legte seine Hand fest um das Kinn seiner Retterin.

»If you tell anyone about this, I'll come back and cut your face!«

Sie hielt seinem Blick stand. Aus ihren tiefblauen Augen strahlte eine trotzige Reife, meilenweit entfernt von dem zugedröhnten Nebel in den Augen der anderen Mädchen. Vielleicht, weil sie eine erwachsene Frau war.

Nicó trat einen Schritt zurück. Sie war schlank an der Grenze zu unterernährt, nicht besonders sauber, mit dunkelblondem, welligem Haar. Ihre Haut hatte den fahlen Teint der anderen Mädchen, der von der Diät aus Haferbrei, McDonald's und nur wenigen Stunden Tageslicht herrührte.

»Ich weiß, wer du bist«, flüsterte sie.

»Was?« Nicó blinzelte überrumpelt. Er hatte selten eine schönere Frau gesehen.

»Die anderen Mädchen reden über dich. Du willst sie nicht. Sitzt nur in ihren Zimmern, wartest eine Weile, bevor du wieder gehst. Ohne sie anzufassen.« Die Frau sprach mit einem melodiösen und leichten englischen Akzent.

»Du weißt nichts über mich«, zischte er. »Ich bin Soldat. Du bist nichts. Ništa!«

Nicó hörte polternde Schritte auf dem Flur, Tumult und Geschrei, gleich darauf eine knallende Tür. Er bohrte die Nägel in die Handflächen und hoffte, dass das Mädchen noch so lange in ihrem Heroinnebel verharrte, bis die Soldaten fertig mit ihrer Bestrafung waren.

»Du gehst jetzt wohl besser nicht nach draußen«, sagte sie, nicht verängstigt oder devot, eher, als wären sie zwei Bankräuber, die gemeinsame Sache machten.

Nicó starrte sie stumm an. Sie saß auf einem spärlich beleuchteten Bett, die Wände verströmten einen sauren Geruch, und durch das verschmierte Fenster sah man die Lichter von Temeswar wie ein im Meer versinkendes Kreuzfahrtschiff.

Sie stand auf und öffnete das Fenster, setzte sich mit einer Pobacke in den Rahmen und zündete sich eine Zigarette an.

»Das Schlimmste ist ihr Geruch.« Sie seufzte eine Rauchwolke aus dem Fenster. »Überparfümiert, verschwitzt. Manchmal wasche ich mich nicht, bevor der Nächste zu mir kommt. Wenn sie ihre Vorgänger riechen, kriegen sie keinen hoch. Dann komme ich mit ein paar Ohrfeigen davon.«

Nicós Augen gewöhnten sich allmählich an das Zwielicht. Er stand da und wusste nicht, was er tun sollte.

Sie lächelte ihn durch eine Rauchwolke an.

»Wie lange bist du schon … hier?«, fragte er.

Sie zuckte mit den Schultern. »Ich bin, wo ich sein muss. Und bleiben werde.«

»Das gilt ja wohl für alle, die für Volos arbeiten.«

»Du meinst, wir hocken alle zu den gleichen Bedingungen in diesem Loch?« Sie aschte in die Schale auf dem Fensterbrett, die von lippenstiftfleckigen Kippen überquoll. »Ich habe irgendwann angefangen zu beten. Das hilft.«

»Gott wird nicht kommen, um irgendeinen von uns zu retten.«

»Ich bete nicht, dass Gott mich rettet. Ich bete, dass er mir die Kraft gibt, auszuhalten.«

»Was meinst du damit?«

Sie rutschte vom Fensterbrett herunter und war mit drei Schritten bei ihm.

»Ich denke, du weißt ganz genau, was ich meine.«

Ihr Atem strich warm und zäh über seine Wange, aber er verspürte kein Bedürfnis, das Gesicht abzuwenden. Um ihn herum verlangsamte sich das Tempo. Seine Hand lag an ihrer Wange, er zog sie zurück, aber sie war schneller und umfasste sein Handgelenk, rieb ihre Wange an seiner Handfläche wie eine frierende Katze, die eine Wärmequelle gefunden hat.

»Lass mich los«, flüsterte Nicó. Zu leise. Falscher Tonfall. Das hier war verrückt. Er hatte keine Ahnung, wer die Frau war. Diese Mädchen waren angeknackste, unzurechnungsfähige Wesen. Das akute Fürsorgebedürfnis der Frau konnte schon morgen der Dolch in seinem Rücken sein.

Draußen war lautes Poltern zu hören, beide schreckten auf. Mit einer Reflexbewegung riss Nicó sich von ihr los.

»Komm morgen wieder«, flüsterte sie, ehe die zuschlagende Tür ihre Stimme kappte.

36

Poul Harmsens Arztpraxis lag in Rødekro, 15 Autominuten von Aabenraa entfernt. Ein rotes Einfamilienhaus in einer Sackgasse mit identischen Haustypen in unterschiedlichen Altersstadien.

»Schicker Schlitten«, sagte Lucas über den frisch gewaschenen Tesla neben der Aufladesäule. Über ihnen rauschte das lauter werdende Gebrüll des Sturms in Bäumen und Büschen und wirbelte trockene Blätter über den Asphalt. Lucas öffnete die Tür, und sie traten in ein leeres Wartezimmer mit ordentlich aufgereihten Stühlen an den Wänden. Einige der Zeitschriften und Magazine auf dem Ecktisch waren noch in Folie verpackt. Der Raum verströmte eine merkwürdig verlassene Atmosphäre.

Sie gingen zu der einzigen verschlossenen Tür im Wartezimmer.

»Und wenn der Doktor sich gerade seine Pause mit einer Runde Fünf gegen Eins vertreibt?«, gab Lucas zu bedenken.

David nahm die Hand von der Türklinke und klopfte stattdessen.

»Hallo? Poul Harmsen?«

Keine Reaktion.

David klopfte etwas lauter, hob die Stimme.

»Hier ist die Polizei!«

Der Wind rüttelte an den Dachziegeln. David konnte nicht den Finger darauf legen, aber die Stimmung in der menschenleeren Praxis löste eine allzu bekannte Wachsamkeit in ihm aus. Er hoffte, dass er sich irrte, merkte aber, wie sein Körper sich instinktiv wappnete. Er drückte die Klinke herunter und stieß die Tür auf.

In einem Bürostuhl mit dem Rücken zu ihnen saß ein schmalschultriger Mann mit gewaltigen Kopfhörern. Sein kahler Schädel nickte im Takt eines nur für ihn hörbaren Rhythmus. David sah sich um. Die ärztliche Ausrüstung stand in weiße Umzugskartons verpackt in weißen Regalen unter grellen Neonröhren. Die Wände waren kahl, die Übertöpfe auf den Fensterbrettern leer. Das Sprechzimmer war ungefähr so unpersönlich wie ein kalter Händedruck.

»Hallo!«, rief Lucas.

Poul Harmsen fuhr erschrocken mit dem Stuhl herum und riss sich die Kopfhörer von den Ohren. Er blinzelte, als hätten sie ihn vom Grund des Meeres hochgezogen.

»Wer … Wer sind Sie?«

»Polizei.« Sie wedelten beide mit ihren Dienstausweisen. »Wir würden gerne mit Ihnen sprechen.«

Harmsen brauchte ein paar Atemzüge, bis er wieder etwas Farbe im Gesicht und die Fassung zurückgewonnen hatte.

»Okay, ja, selbstverständlich.«

»Sind Sie gerade eingezogen?«

»Nein?«

David zog die Augenbrauen hoch. »Weil alles in Kartons verpackt ist und es so leer wirkt.«

Harmsen legte die Kopfhörer auf dem Tisch ab.

»Gehen wir doch in die Küche.«

Der Arzt führte sie in eine kleine Teeküche. David und Lucas nahmen an einem runden Tisch Platz, während Poul Wasser aufsetzte. David betrachtete ihn von hinten. Der große Kopf auf dem dünnen, langen Hals weckte Assoziationen an einen Lolly, die eine Schulter saß deutlich höher als die andere und verlieh dem Körper insgesamt den Eindruck eines chronischen Ungleichgewichts.

»Meine Güte, Sie haben mir einen ganz schönen Schrecken eingejagt.« Harmsens schmale Lippen formten ein vertrauensvolles Arztlächeln.

»Was haben Sie gehört?«, fragte Lucas.

»The King. Elvis.« Der Wasserkessel erwachte mit einem Blubbern zum Leben. »Wie kann ich Ihnen denn nun weiterhelfen?«

»Wir kommen von der Task Force 14 und unterstützen die Polizei von Süd- und Süderjütland bei den Ermittlungen von Smøl Vold. In dem Zusammenhang würden wir gerne mit Ihnen über die Familie Grandberg reden«, sagte Lucas.

»Haben die etwa etwas mit dieser grauenvollen Sache zu tun?«

»Das können wir leider nicht weiter kommentieren. Soweit wir das verstanden haben, sind Sie der Hausarzt der Familie. Wie lange schon?«

»Ich bin 1991 wegen meiner Arbeit hierhergezogen. Das ist also gut und gerne dreißig Jahre her.«

»Wo kommen Sie her?«

»Nordseeland.«

»Nicht grad um die Ecke. Haben Sie eine Frau, Kinder?«

»Geschieden, ich habe nicht wieder geheiratet. Diese Frau hat mich bis auf die Knochen ausgesaugt. Und mein Bankkonto.« Grauer Dampf stieg aus dem rumpelnden Wasserkocher hinter dem Arzt auf, sodass es aussah, als würde er aus den Ohren rauchen. David schätzte Poul Harmsens Alter auf irgendwo um die siebzig. Wenn die Scheidung mit dem Umzug 1991 zusammenfiel, hatte er drei Jahrzehnte Zeit gehabt, eine neue Partnerin zu finden.

Der Kocher schaltete sich mit einem Knacken aus.

»Wir haben inzwischen schon eine ganze Reihe Geschichten über die Grandbergs gehört«, sagte Lucas.

»Ja, sie sind so was wie ein Kassenschlager in diesem Landstrich. Lokalpromis, sozusagen. Nach meinem Geschmack ein wenig bäurisch. In Nordseeland ziehen wir Hecken um unser Privatleben.« Poul Harmsen blinzelte.

David notierte sich im Geiste, dass er vor einem Mann mit schwankender Loyalität stand, was man durchaus nutzen könnte.

»Apropos Privatleben: Die Familie hat einige Tragödien erlebt, und Sie als ihr Hausarzt sind ja immer ganz dicht dran gewesen.

Da werden Sie doch vermutlich das eine oder andere mitbekommen haben.«

Harmsens fast transparente Augenbrauen verzogen sich nach oben.

»Das habe ich. Aber ich unterliege natürlich der ärztlichen Schweigepflicht. Es sei denn, Sie hätten einen Gerichtsbeschluss?«

»Bis jetzt unterhalten wir uns ja nur. Und wir sind tatsächlich mehr am Tratsch interessiert.«

»Darauf verschwende ich keine Energie. Die Leute sind so negativ.«

»Was glauben Sie, wieso die Leute schlecht über eine Familie reden, die jährlich große Summen an die Gemeinde spendet und Tausende Arbeitsplätze geschaffen hat?«

»Weil das Volk einfach undankbar ist.« Es zischte leise, als der Arzt Wasser auf drei Tassen mit Nescafé goss.

»Bitte schön.«

Er stellte die Tassen auf den Tisch und setzte sich. Es folgte eine angespannte Stille, in der die drei Männer die Tassen mit der dampfenden Flüssigkeit an die Lippen setzten.

»Wir haben Laust Grandberg einen Besuch abgestattet«, sagte Lucas.

»Aha?«

»Wie oft sehen Sie Laust?«

»Das letzte Mal im Sommer, glaube ich. Wir waren zusammen angeln.«

»Mit Børge Kofoed?«

Harmsen schaute über den Tassenrand. »Der gute alte Børge ist immer dabei.«

»Schaa-atz?«

Poul Harmsen sprang auf, als er die Frau aus dem Wartezimmer rufen hörte.

»Schaa...«

»In der Küche!«

David horchte auf. Der leicht nervöse Unterton in Harmsens Stimme war vorher nicht da gewesen.

»Ach, du hast Besuch!«, sagte die Frau munter und trat mit einer erfrischenden Fruchtgummiduftfahne und roten Wangen in die Küche, während sie sich das Halstuch abnahm. Sie gab den beiden Gästen energisch die Hand, stellte sich als Mette vor und drückte einen Begrüßungskuss auf Harmsens verkniffene Lippen. Ihr Gesicht war solariumgebräunt, der Körper unter der taillierten Baumwolljacke sah für ihr Alter durchtrainiert aus. Die blaugrünen Augen waren in Lachfalten eingebettet und begegneten Davids Blick auf eine feste und selbstbewusste Art, die sie jünger wirken ließ, als sie war.

»Und wer sind diese beiden flotten Burschen?«

»Wir sind von der Polizei«, sagte Lucas. »Und ermitteln im Fall Smøl Vold.«

»Oh je! Reden Sie nicht davon. Gruselig.« Sie machte eine kurze Kaugummikaupause, in der sie Harmsen anstarrte. »Und warum reden sie mit dir über den Fall, Schatz?«

»Wir wollen uns nur einen Überblick verschaffen«, sagte David.

»Das beantwortet nicht meine Frage.«

»Na, na! So redet man aber nicht mit der Polizei«, sagte Harmsen mit einem beschwichtigenden Lachen. »Wir waren aber auch so weit fertig, oder?« Er warf einen beunruhigten Blick über ihre Schulter.

»Nun reden Sie schon«, sagte die Frau verschmitzt. »Ich bin neugierig.«

»Wir haben über Angeltouren gesprochen«, sagte David.

Die Frau richtete ihren Blick auf Harmsen.

»Auf den Touren fangt ihr doch außer Dosenbier nicht viel.«

»Kennen Sie Laust und Børge?«

»Und ob ich Laust kenne!« Sie lachte laut und höhnisch. »Nichts auf der Welt bringt einen Mann und eine Frau enger zusammen als eine hässliche Scheidung.«

»Sie waren mit Laust Grandberg verheiratet?«, fragte David heiser.

Sie nickte und sagte amüsiert: »Nummer eins in der Reihe. Und wohl auch meine einzige Heldentat. Na ja, und das fette Scheidungspaket.«

Harmsen sah sich in der kleinen Küche um wie auf der Suche nach der Quelle eines nicht lokalisierbaren Störgeräusches.

»Hab ich was Falsches gesagt?«, fragte Mette Grandberg, ohne allzu betroffen zu wirken.

David und Lucas saßen gerade wieder draußen im Volvo, als sie Harmsen über den Gartenweg huschen sahen. David fuhr die Seitenscheibe herunter.

»Lassen Sie mich das erklären«, sagte Harmsen und schaute in beide Richtungen die Wohnstraße hinunter. »Das mit Mette ist einfach passiert. Verdammt, die beiden sind in den Achtzigern geschieden worden.«

»Dann gibt es ja keinen Grund zur Sorge«, sagte David. »Was hat er gegen Sie in der Hand?«

»Laust? Er ist mein Freund.«

»Laust unterhält zu niemandem eine Beziehung, ohne etwas gegen ihn in der Hand zu haben.«

Harmsen kratzte an seinem Hals, bis er rot war.

»Ein teurer Tesla vor der Tür, ein leeres Wartezimmer, Regalmeter voller ungenutzter medizinischer Ausrüstung.« David spürte das Spannen des Gurtes über der Brust, die aufwallende Aggression. »Es liegt nicht am Samstag, dass keine Patienten da sind. Es gibt gar keine Patienten. Finanziert Vater Laust die Arztpraxis?«

»So ein Unsinn.«

»Erzählen Sie doch nichts! Ihre Arztpraxis ist doch ein verdammtes Simulacrum!«

Lucas räusperte sich. »Genau genommen ist das kein …«

»Aber fast!« blaffte David. Er war diese Lügen so leid, die Geheimniskrämerei, war es leid, im Trüben zu fischen, ohne das kleinste Signal zu finden. Er stieß die Tür auf und war mit einem Satz aus dem Auto, baute sich vor Harmsen auf und tippte ihm mit einem spitzen Zeigefinger gegen die Brust. »Und jetzt erzählen Sie mir, was zum Teufel hier vor sich geht!«

Harmsen sah ihn mit flackerndem Blick an, alle Autorität war aus seinem Gesicht wie weggewaschen. Sein Adamsapfel hüpfte krampfartig auf und ab, ehe er mit einem trockenen Flüstern antwortete.

»Abtreibungen. Laust kann sich einfach nicht beherrschen. Seine sexuelle Besessenheit führt ständig zu … unerwünschten Situationen. Und für einen Mann in seiner Position müssen solche Fälle gelöst werden. Diskret.«

»Wie viele?«

»Alle Mädchen haben eine gute Behandlung bekommen. Und eine finanzielle Entschädigung.«

»Wie viele?!« Ein Windstoß riss Davids Schrei mit sich.

»Vierzehn, möglicherweise mehr.«

»Was hat er gegen Sie in der Hand?«

»Wir müssen ins Haus! Hier draußen ist es lebensgefährlich«, klagte Harmsen.

David sah sich um. Der Sturm zerrte und rüttelte an allem, ein kräftiger, lärmender Quirl. »Wir kommen zurück«, rief er über den Krach hinweg.

David musste richtig Kraft aufwenden, um die Autotür zuzuschlagen.

»Lässt du ihn einfach gehen?«, fragte Lucas.

David schaute Harmsens davonlaufender Silhouette hinterher.

»Der wird nirgendwohin gehen. Das hier ist eine Endstation.«

†

Poul Harmsen fischte sein Handy aus der Tasche.

Er hörte Mettes zärtliche Stimme aus der Küche.

»Augenblick«, murmelte er zerstreut und schloss die Tür zu seinem Sprechzimmer.

»Was willst du?«, meldete Laust Grandberg sich grantig.

»Die Polizei war hier. Wie du es vorhergesagt hast.«

Kurze Stille. »Was wollten sie?«

»Sie wissen von den Abtreibungen.« Harmsen sagte das mit gepresster Stimme, als hielte ihn jemand im Würgegriff.

»Wie bitte?«

»Frag mich nicht, woher. Irgendjemand muss sich verplappert haben.«

»Kofoed?«

»Keine Ahnung.«

»Das ist gar nicht gut, Harmsen!«

»Aber wir haben doch nichts Illegales getan.«

»Sag das mal vor Gericht.«

»Die Mädchen haben ihr Einverständnis gegeben. Ich habe alle Erklärungen sicher verwahrt.«

»Du vergisst eine!«, fauchte Laust.

»Sie?« Harmsen senkte die Stimme. »Die taucht nie wieder auf.«

37

Bei Tagesanbruch legte der Sturm sich und ließ einen leisen Sprühregen zurück. Esbjergs Zentrum war ein Chaos aus abgebrochenen Ästen und herumliegendem Gerümpel. Die halbe Nacht hatte irgendwo ein Autoalarm geheult wie eine Ankündigung des Jüngsten Gerichts.

David traf einen erstaunlich gut aufgelegten Lucas am Frühstücksbuffet des Hotels an. Sein platinblondes Haar war zurückgekämmt und die jugendlich strahlenden Augen zogen die Blicke der Frauen an den umliegenden Tischen auf sich.

»Meine Fresse, siehst du zerbombt aus«, sagte Lucas und biss in einen Toast.

»Kaffee«, bestellte David beim Kellner, der am Tisch stand und mit Lucas plauderte. »Lass uns nach dem Morgenbriefing zu Poul Harmsen fahren und ihn überm offenen Feuer grillen.« David streckte sich nach der Butter. »Seine Beziehung zu Mette Grandberg nutzen wir als Druckmittel. Danach geht's zu Kofoed. Ich bin mir ziemlich sicher, dass er uns was verschweigt ... Hallo, hörst du mir überhaupt zu?«

»Nein.« Lucas im taillierten Kurzarmhemd lächelte verschmitzt. »Ich hab eine Mail bekommen.«

»Was für eine Mail?«

»Emma Ravnsborgs Patientenakte.«

David verharrte mit einem Stück Butter auf der Messerspitze.

»Und was steht da drin?«

»Etwas echt Verrücktes.« Lucas sah sich im Frühstücksraum um. »Bei Emma wurden die üblichen Blutproben genommen, als sie in der Notaufnahme ankam. Langer Rede kurzer Sinn: Sie hatte Spuren von Lidokain und Rohypnol im Blut.«

»Verarschst du mich jetzt?«

»Nein«, sagte Lucas angefixt. »Lidokain und Rohypnol. Die gleiche seltene Kombination wie in Körper-18. Das kann doch kein Zufall sein. Emma muss eins von KFTs Opfern sein, vielleicht sogar das erste, weil sie überlebt hat.«

Der Butterklecks rutschte gemächlich an der Messerklinge herunter auf Davids Hand zu.

»Das hier …«

»… behalten wir schön für uns. Aber wir werden nicht umhinkommen …«

»… noch einmal mit Emma Ravnsborg zu sprechen.«

Lucas beugte sich über den Tisch.

»Die Blutproben haben noch etwas nachgewiesen.«

»Was?«

»Das Flüssigkeitsvolumen im Blut von Emma war im Verhältnis zu den roten Blutkörperchen recht hoch. Sie war schwanger.«

»Ernsthaft?!«

»Kurz nach der Einweisung hatte sie einen spontanen Abort. Die starken Verbrennungen in ihrem Gesicht haben ihren Organismus zu sehr gestresst.«

»Wie weit war sie? Wurde ein Vaterschaftstest gemacht?«

Lucas breitete bedauernd die Hände aus.

»Die Schwangerschaft war nur eine kleine Randnotiz in der Akte. Wenn wir rauskriegen wollen, wer der Vater war, müssen wir die Hauptperson fragen. Aber mein Bauchgefühl sagt mir, dass es Laust war.«

David drehte langsam die Kaffeetasse auf dem weißen Tischtuch.

»Warum?«

Lucas betrachtete David mit einem zufriedenen Lächeln.

»Bist du so dumm, oder tust du nur so? Die geheimen Abtreibungen, die Harmsen für Laust durchgeführt hat? Emma war jung, hübsch, aus dem Ort … und schwanger. Das stinkt zehn Meilen gegen den Wind nach Nahkontakt mit Laust Grandberg.

Stell dir vor, dass Laust sowohl gegen Harmsen als auch gegen Kofoed was in der Hand hat. Etwas, das Harmsen dazu zwingt, die Abtreibungen durchzuführen, und Kofoed, die Ermittlungen schleifen zu lassen.«

David verbrannte sich die Zunge an dem Kaffee.

»Der Überfall auf Emma war zu brutal. Selbst das schwärzeste Polizistenherz brächte es nicht fertig, den Täter davonkommen zu lassen, wenn er wüsste, wer so etwas einer jungen Frau angetan hat, die noch das ganze Leben vor sich hat.«

»Du glaubst ja nicht, was die Vergangenheit in einem Mann lostreten kann, wenn er seine Zukunft bedroht sieht.«

David versuchte sich an einem Lächeln, doch Lucas' Gesicht signalisierte alles andere als Belustigung.

»Okay, das wäre also eine Verbindung zwischen Emma und Laust. Aber dass Laust unser KFT ist, bezweifle ich. Laut der Gerüchte ist er sexbesessen.«

Lucas wippte unentschieden mit dem Kopf.

»Du hast doch selbst gesagt, dass KFT möglicherweise ein psychosexuelles Motiv hat«, sagte David. »Und Emma hat erwähnt, dass der Täter wahrscheinlich über ihr onaniert hat, als sie sich vor Schmerzen gewunden hat. Wenn KFT nur auf Sex aus gewesen wäre, hätte er sie vergewaltigt. Aber es war der Schmerz, der ihn erregt. Der Schmerz ist seine Paraphilie. Deine eigenen Worte.«

»Laut Kofoeds Bericht wurde kein Sperma am Tatort sichergestellt.«

»Schlampige Ermittlungsarbeit. Oder KFT hat in ein Kondom oder was weiß ich abgespritzt. Jedenfalls kongruieren KFTs sadistische Gelüste mit seiner großen Sorgfalt.«

»Inwiefern?«

David zog einen Mundwinkel hoch.

»Im Gegensatz zu den meisten Männern wissen alle Frauen, dass man in fünfundzwanzig Sekunden keinen Höhepunkt erreicht. KFT nimmt sich Zeit mit seinen Opfern. Um den Sadisten in sich zu befriedigen. Seine Standardeinstellung.«

Lucas zog eine Augenbraue hoch.

»Aber ist Emma glaubwürdig?«

»Sie ist unsere einzige Zeugin.«

38

William Grandberg stand mit einer dünnen Mappe in den Händen im Konferenzraum 7P. Er wollte gerade um Ruhe bitten, als die Anwesenden schlagartig von alleine leiser wurden. Blasse, verbissene Gesichter, Beamte, die sich müde geredet hatten. Nicht mehr zuhören mochten. Ihm. Einander. Sie brauchten Taten, Fortschritte, ein wie auch immer geartetes, sinnstiftendes Gegengewicht zu dem Schlafmangel, den Auseinandersetzungen zu Hause mit den Partnern, Kindern oder der Katze, die alle Erklärungen einforderten, eine Rechtfertigung, wieso dieser Psychopath Vorrang vor dem Zusammensein mit ihnen hatte.

William spürte diesen Druck auch von oben. Bei der überwältigenden Nachfrage dänischer und ausländischer Medien nach größerem Einblick in den Fall oder wenigstens der Verkündung eines Fortschritts würden Sejersens Androhungen bald Konsequenzen folgen.

William schaute in seine Unterlagen. Rund-um-die-Uhr-Überwachung von Smøl Vold. Außer den üblichen Streunern und Schluckspechten waren in der Nacht keine verdächtigen Objekte um das Massengrab herumgeschlichen.

William blieb an seinen Notizen zu dem Leichendieb hängen: *Beziehung zum Serienmörder? Gibt es eine gemeinsame Geschichte/ Geheimnisse? Ist selbst unsicher, wer der Mörder ist.*

Ein Stuhlbein quietschte. Jemand hustete.

»Die 24-Stunden-Überwachung war leider eine Niete«, brach William das bedrückende Schweigen.

»Sollten wir nicht allmählich die Öffentlichkeit einbeziehen?«

William suchte Bengt Albys Blick in der ersten Reihe. Senior-Ermittler, noch wenige Jahre bis zur Pensionierung und von einer Aufrichtigkeit, die so authentisch war wie sein Haaransatz.

»Noch nicht«, antwortete William. Die öffentliche Bitte um Hilfe war der letzte Ausweg und deutete auf eine Polizeieinheit, die im Dunkeln tappte.

Eine Polizistin meldete sich mit einem Räuspern.

»Was wäre mit einer Pressekonferenz, in der wir dem Leichendieb Straffreiheit zusichern, wenn er sich selbst stellt? Dann können wir alles aus ihm herausquetschen, was er weiß.«

»Der Leichendieb will anonym bleiben. Er hat Angst und ist unsicher wegen seines Verdachts. Außerdem würden wir mit so einer Aufforderung der Presse einen viel zu großen Einblick in die Ermittlungen gewähren.«

»Wie sieht's bei euch aus?«, fragte William an David und Lucas gewandt. »Was treibt ihr eigentlich so den lieben langen Tag?«

David richtete sich auf seinem Stuhl auf, als hätte jemand dagegen getreten.

»Wir waren in der Gegend unterwegs, Klinken putzen.«

»Sonst nichts?«

»Die Wege zwischen den Höfen sind hier weit.«

William versuchte, Davids Blick unter dem kryptischen Schatten des Mützenschirms zu deuten.

»Eine Vernehmung steht noch aus«, sagte David nach einer langen Pause.

»Ah ja? Und von wem?«

David starrte ihn wortlos an.

William schnitt eine Das-ist-nicht-dein-Ernst-Grimasse.

»Von mir?«

»Dein Nachname wurde in den Brustkorb eines toten Menschen geritzt.«

Der Kollege vor David drehte sich auf seinem Stuhl um.

»Du und dein Spezi, ihr kommt mit leeren Händen zum Briefing und versucht, das zu kompensieren, indem ihr den Chef der Mordkommission beschuldigt, ein Serienmörder zu sein?«

»Das ist nicht …« David verstummte und sah sich mit finsterem Blick im Raum um. Irgendwo hatte jemand »Idioten« gemurmelt.

»Ganz ruhig«, sagte William in die Runde. »Wir wollen doch nicht …«

Die Stimmen wurden lauter: »Jetzt müsst ihr aber auch mal was liefern« … »Kommt euch wohl ganz clever vor« … »Geht doch zurück nach Kopenhagen!«

»Es reicht, mäßigt euch!«, sagte William mit Nachdruck, aber die Kollegen redeten weiter durcheinander, bedachten ihn mit kühlen Blicken.

William spürte die vertraute Wut in sich aufsteigen, nicht ernst genommen zu werden. Den Minderwertigkeitskomplex, der ihn seit seiner Kindheit verfolgte.

»Kehrt jetzt endlich mal Ruhe ein!«, platzte er heraus.

Es wurde schlagartig still. Er runzelte die Stirn. Alle Gesichter hatten sich gleichzeitig zur Tür gedreht. William folgte ihren Blicken.

Im Türrahmen stand eine Frau, die verweinten Augen auf William gerichtet, als wäre er der einzige Mensch auf der Welt, der sie retten konnte.

Er erkannte ihre Stimme kaum wieder, als sie flüsterte: »Er ist tot.«

NICÓ

»Du bist tot, Nicó!«

Nicó starrte in das schwarze Auge der Pistolenmündung und streckte die Hände über den Kopf. »Ganz ruhig, prieten. Was bringt es dir, mich zu töten?«

»Du hast meinen Vater angelogen. Alle hier in der Fabrik. Aber am schlimmsten ...«

Nicó schluckte.

»Du hast mich angelogen! Zur Strafe erschieße ich dich mit zwei balls. Direkt ins Herz.«

Nicó presste die Lippen aufeinander.

»Was grinst du?«, fragte Mikru und fiel verärgert aus seiner Rolle als rachsüchtiger Gangsterboss.

»Kugel heißt auf Englisch nicht ›ball‹, sondern ›bullet‹. Mit zwei balls kannst du niemanden erschießen.«

»Shut up!« Mikru brachte die Pistole wieder in Anschlag. Nicós Lächeln fror ein. Die Pistole war das einzig Echte bei ihrem Rollenspiel. Hatte er daran gedacht, die Kugel aus der Kammer zu nehmen?

»Also, Mikru, deine Englischstunde ist zu ...«

Geschockt kniffen sie beide die Augen zu. Das trockene Klicken beim Durchziehen des Abzugs war lauter, als der Junge gedacht hatte. Nicó lächelte verkrampft, als er ihm die Waffe aus der Hand nahm. Er würde sich zukünftig eine weniger riskante praktische Übung für seinen Englischunterricht ausdenken müssen. Trotzdem musste er Mikru loben. Der Junge saugte alles auf wie ein trockener Schwamm, seit Nicó ihm auf Order von Volos unten im Keller Privatunterricht gab.

Mikru strahlte über die Aufmerksamkeit des erwachsenen Manns. Volos war ein extrem launischer Vater, und wenn der Boss ihnen ab und zu Gesellschaft leistete, starrte er den Jungen durch einen Nebel verbitterten Schweigens an. Nicó konnte den Grund für diese Verbitterung nicht genau benennen – Mikru war ein aufgeweckter und begabter Junge. Aber da war so überhaupt keine Zärtlichkeit zwischen Vater und Sohn. Der einzige Körperkontakt bestand in den Backpfeifen, die Volos austeilte. Es versetzte Nicó einen Stich zu sehen, wie Mikru nach der Anerkennung seines Vaters lechzte. Aber der Junge war noch zu jung, um zu erkennen, dass Volos' Herz so leer war wie die Kiste eines Zauberkünstlers.

Mikru flätzte sich in einen Sessel.

»Keine Sorge, Nicó. Ich würde dich niemals in echt erschießen.«

»Weil ich dein bester Freund bin?«

Der Junge breitete die Arme aus. »Wer sollte mir sonst Englisch beibringen?«

Nicó schob die Pistole ins Holster. »Das war's für heute, du kleiner Scheißer.«

Das Lächeln in Mikrus Gesicht erlosch. »Jetzt hab ich gelogen. Weißt du, warum ich dich niemals erschießen würde?«

»Nein.«

»Weil du dann kein guter Vater werden könntest für einen Jungen wie mich.«

Nicó fuhr mit dem Fahrstuhl hoch in die 15. Etage. Er blieb vor ihrer Tür stehen. Sein Gehirn führte mentale Diskussionen, die ihn davon überzeugen sollten, dass er nicht hier sein sollte. Er wusste doch, was dies für ein Ort war. Wie das Ganze enden würde.

Er klopfte mit dem Zeigefingerknöchel an die Tür. Ganz vorsichtig, wie mit einem zerbrechlichen Eiszapfen.

Die Tür ging auf. Nicó blinzelte. Shit! Noch genauso hübsch. Ungeschminkt. Diese unterschwellige Verletzlichkeit. Sie sah weniger müde aus, hatte etwas Farbe, fast durchsichtige Sommersprossen auf der Nase, auch die Haare hatten mehr Volumen. Sie sah ihn mit ihren tiefblauen Augen an.

»Womit kann ich helfen?« Höflich, mechanisch.

Sie hat mich vergessen, dachte Nicó resigniert, als er im Hintergrund die Matratze knarren hörte und sich eine breite Gestalt mit verschwitztem, kräftig behaartem Brustkorb und stechenden Möwenaugen mit blutrotem Wodkaglanz hinter ihr aufbaute.

»Odjebi! Fuck off! Ich bin noch nicht fertig mit ihr.«

»Ich geb dir zehn Sekunden, glupak …«, pfiff Nicó den Mann mit so autoritärer Stimme an, dass der Kerl wegen des Tonfalls und weniger wegen der konkreten Drohung in der Bewegung erstarrte.

»Fuck yo…«

»… ab jetzt!«

Der Mann machte einen Rückzieher, als er erkannte, wer da im Zimmer stand, und hastete mit der Jeans und den Schuhen unterm Arm an Nicó vorbei.

Die Frau beeilte sich, die Tür hinter ihm zu schließen. Nicó starrte steif aus dem dreckigen Fenster. Sie stellte sich dicht hinter ihn. Es war so erbärmlich, aber die Tatsache, mit ihr in einem Raum eingeschlossen zu sein, jagte seinen Puls in die Höhe. Als hätte sie bereits ein kleines bisschen Macht über sein Herz.

»Bei meinem letzten Besuch hast du gesagt, dass du für Stärke betest, durchzuhalten. Was genau meinst du damit?«

Sie lächelte kühl. »Daran kann ich mich nicht erinnern. Hat das vielleicht eins der anderen Mädchen gesagt?«

»Ich sehe nur dich.«

Ihr Lächeln wurde ein paar Grad wärmer, was sie zu überspielen versuchte, indem sie sich an der Wange kratzte.

»Ich habe gleich gewusst, dass du das bist, als es an der Tür geklopft hat.«

»Aha?«

»Das Trampeln der anderen Männer ist schon von Weitem zu hören. Deine Schritte sind leise, als wäre es dir wichtig, dass keiner dich hört.«

Nicó trat ans Fenster und schaute hinaus.

»Wie haben sie dich geholt?«

»Mich geholt?«

Nicó betrachtete sie. Jacek hatte äußerst mitteilsam über die Entführungen erzählt. Wie sie die jungen Mädchen auf der Straße ausguckten, mit dem Lieferwagen den Bürgersteig blockierten, die Mädchen mit einem Taser außer Gefecht setzten und sie in den Laderaum zerrten.

»Wie bist du hier gelandet?«

»Genau wie alle anderen Frauen auch.«

Nicó schwieg. Ließ sie auf ihrer Lüge sitzen.

»Und wie lange bist du schon hier?«

»Keine Ahnung. Die Zeit tickt anders in diesem Zimmer. Am Anfang habe ich es kaum ertragen. Hab bei Schritten auf dem Flur immer gehofft, dass sie eine der anderen Frauen wählen. Inzwischen ist das anders.«

»Inwiefern?«

Sie drehte sich um und schob die Hand unter das Kopfkissen. »Weil ich selbst entscheide, wann es zu Ende ist.«

Nicó starrte auf die rostige Rasierklinge in ihrer Hand.

»Hast du keine Angst, dass ich das meinen Brüdern erzähle?«

»Das sind nicht deine Brüder. Du bist anders als sie.«

»Wie kannst du dir da so sicher sein?«

»Weil du dich so anstrengst, es nicht zu sein.«

Nicó sah sich in dem dämmrigen Zimmer um. Das Licht der Glühbirne unter der Decke warf ein Schattenspiel aus vertrockneten Insektenkörpern durch den verdreckten Lampenschirm.

»Warum bist du nicht zugedröhnt wie die anderen?«

Sie hob den Blick, sah ihn an, gefasst und wachsam.

»Ich bin hier gelandet wegen einem mächtigen Mann. Mehr kann ich dir nicht sagen.«

»Wir können so tun, als würdest du nicht mehr sagen.«

Sie sah ihn flehend an. Nicó verstand sie. In einer Welt voller Lügen war die Wahrheit ein verlockender Ton auf der Zunge.

»Ich habe mit ihm zusammengelebt. Er ... er war kompliziert, hatte viele verschiedene Stimmen.« Sie strich mit einer Fingerspitze über ihre Knöchel. »Mit den Jahren hatte ich sie im Griff. Bei seiner düsteren Stimme durfte ich mich ihm nur vorsichtig nähern. Eine andere Stimme war die von mir so getaufte Funkstimme. Verzerrt und hohl. Seine schlimmste Stimme war ... die frostige. Voller dunkler Echos, wie viele zornige Stimmen, die in ihm kämpften. In den Phasen war er komplett von der Rolle ...«

Eine einzelne Träne rollte über ihre Wange.

»Aber auch das ging vorbei. Hinterher war er wieder ganz ruhig. Reingewaschen, wie die Luft nach einem Unwetter. Danach folgte die sanfte, freundliche Stimme. Die hat mich immer hoffen lassen. Weil ich wusste, welche Stimme danach kam.«

»Welche war das?«

»Die, in die ich mich verliebt habe.«

Nicó betrachtete die Frau. Dunkle Augenlider, zerwühltes Haar, die Schienbeine von blauen Flecken übersät. Diese verwirrende Kombination aus anziehenden und eigentlich eher abstoßenden Seiten an ihr verwirrte ihn und weckte seine Neugier.

»Wie ist dein richtiger Name?«

Sie sah ihn an. Halb verunsichert, halb dankbar griff sie nach seiner Hand. »Nenn mich Theresa.«

Schlagartig verlangsamte sich alles, und obwohl die Berührung ihrer Hand seltsam plötzlich kam, hielt Nicó ganz still, weil er Angst hatte, dass sie ihn bei der kleinsten Bewegung wieder losließ.

†

Nicó ging in die Küche. Sein Herz schlug wie bei einem Teenager, dessen Flasche bei Wahrheit oder Pflicht auf das hübscheste Mädchen der Klasse zeigte. Seine Gespräche mit Theresa waren kindisch und naiv. Voller unbekannter Risiken, über die er schlicht und ergreifend noch nicht wirklich nachgedacht hatte.

Mit Sicherheit wusste er nur, dass er sie weiter sehen wollte.

Nicó trat durch den rasselnden Perlenvorhang in die Küche. Auf dem Feuer stand ein dampfender Topf mit ranzig riechender Zwiebelsuppe. Er setzte sich vor eine dampfende Suppenschale an den Klapptisch.

»Für mich?«, fragte er heiser.

Volos nickte, ohne den Blick aus dem Buch mit dem rumänischen Titel zu nehmen.

Nicó nahm einen Löffel Suppe aus der Schale. Trübe, winzige Fettaugen, totgekochte Zwiebelstreifen.

»Gefällt sie dir?«, fragte Volos.

»Wer?«

Der Boss hob ein warnendes Auge über den Rand des Buches.

»Guter Sex, mehr nicht«, sagte Nicó eilig.

»Dann willst du sie nicht? Als deine Frau?«

Nicó schob den Löffel in den Mund.

»Diesen Weibern kannst du nicht trauen«, fuhr Volos fort. »Die Frau, zu der du gehst, hat mir mal gesagt, dass sie mich liebt.«

Nicó schluckte den Löffel Suppe mit einem lauten Geräusch herunter. Er dehnte sich in seinem Magen zu einer vollen Portion aus.

»Für einen Augenblick habe ich ihr das tatsächlich geglaubt. Gute Schauspielerin, bildhübsch. Eine tödliche Kombination.« Volos' Grinsen zog das Narbengewebe der Mundwinkel zu den Ohren hoch. »Sie ist zu mir in den Keller gezogen. Wir waren wie Mann und Frau. Total lächerlich.«

»Was ist passiert?«

»Ich bin in letzter Sekunde mit einer Rasierklinge am Hals aufgewacht. Dafür musste ich sie bestrafen, Nicó.«

»Wie?«

Volos' Blick flackerte für den Bruchteil einer Sekunde. »Sie ist in die Dunkelkammer gekommen.«

Nicó umklammerte den Löffel fester. Die Dunkelkammer. Ein Bett mit vier Handschellen, an jedem Bettpfosten eine. Kein Fenster, die Tür den ganzen Tag offen. Ein Zimmer mitten im seelenlosen, versoffenen Chaos der Straßensoldaten.

»Wie lange?«, fragte Nicó heiser.

»Eine Woche. Sie musste rausgetragen werden. Die Soldaten schlafen ja nie.« Volos schob umständlich die Ärmel seiner beigen Strickjacke hoch. »Ich sehe, dass dir das unter die Haut geht. Aber Nicó, sie kann sich glücklich schätzen, dass ich sie nicht zu Krank runtergeschickt habe.« Volos schaute ihm tief in die Augen. »Ihr Gehirn ist komplett gegrillt.«

Nicó biss in ein trockenes Stück Brot. Die Krümel rieselten wie Flocken von seinem Mund in die Suppe.

»Hat Mikru schon was gegessen?«

»Hab ihn früh ins Bett geschickt.«

Früh ins Bett. Das hieß, dass Volos den Jungen wieder geschlagen hatte. Nicó schaute auf die ringgeschmückten Pranken seines Bosses.

Volos klappte das Buch zu.

»Du magst es nicht, dass ich meinen Sohn schlage. Aber ich muss meinen Sohn abhärten. Ihn hart machen. Dieser Ort frisst die Schwachen.«

»Glaubst du, dass das die Erkenntnis ist, die Mikru daraus zieht?«

»Manchmal versteht man den Sinn von etwas Gelerntem erst viele Jahre, nachdem man es gelernt hat.« Der Bandenboss drehte seinen Stiernacken mit einem ekelhaften Knacken zur Seite. »Du sollst mehr Zeit mit meinem Sohn verbringen.«

»Was?«

»Wenn ein Junge nur von einem Mann erzogen wird, wird er nur ein Mann. Mikru soll mal mehr als ich werden. Und auch wenn du es gut zu verbergen versuchst, Nicó, sehe ich es doch.«

»Was siehst du?«

»Du siehst das Gute im Menschen. Nein, warte«, sagte Volos, als Nicó zum Protest ansetzte. »Ich meine das nicht als Schwäche. Im Gegenteil. Ich bin von Hass, Wut und Profit angetrieben. Du kannst auch das Gute in den Dingen sehen. Im Menschen.«

Nicós Bein wippte unter dem Tisch.

»Und das heißt?«

»Jetzt gehst du runter und schaust nach Mikru.«

Volos stand auf und verließ die Küche durch den klickenden Perlenvorhang. Das Buch, in dem er gelesen hatte, lag noch auf dem Tisch. Geschlossen, ohne Lesezeichen.

Nicó griff nach dem Buch und riss es in der Mitte entzwei.

Nicó setzte sich auf die Bettkante, begutachtete die Platzwunde an Mikrus Augenbraue. Der Junge blinzelte ihn verschlafen an.

»Erzähl mir von Krank«, sagte Mikru schließlich.

Nicó seufzte. »Es ist schon spät.«

»Fressen die Kloakentiere Menschen? Sind ihre Augen schwarz, weil sie nie an die Sonne kommen? Haben sie Vampirzähne, um ihren Opfern das Blut auszusaugen?«

»Wo hast du denn den Blödsinn her?«

»Das hat Jacek immer gesagt. Bevor er, du weißt schon …«

Nicó beugte sich zu dem Jungen runter.

»Wenn du ein besseres Leben führen willst als er, dann überleg dir, was Jacek in einer Situation getan hätte, und mach genau das Gegenteil.«

»Auch aufhören, die ganze Zeit zu furzen?«

»Alles!«, sagte Nicó und kitzelte dem Jungen ein Kichern aus den Rippen.

»Eines Tages gehe ich da runter und bringe Krank um«, sagte Mikru.

»Aha?«

»Jepp, und dann bringe ich Papa seinen Kopf.«

»Warum?«

»Weil die Kloakentiere das Einzige auf der Welt sind, wovor Papa sich fürchtet. Ich weiß, dass er Krank Geschenke macht. Lebende Geschenke.«

Nicó strich Mikru eine Strähne aus der Stirn hinters Ohr und sah sich die geschwollene Braue an.

»Du bist ein schlaues Kerlchen.«

»Schlauer als Jacek?«

»Hundertprozentig. Jacek hat mal eine Partie Schach gegen eine Ziege verloren.«

»Wie verliert man denn im Schach gegen eine Ziege?«

Nicó zog die Schultern hoch. »Das weiß nur die Ziege.«

Mikru prustete los und lachte sich schlapp. Genau wie Jungen in seinem Alter es tun sollten.

»Schlaf gut.« Nicó stand auf.

»Warte. Erzähl mir noch eine Geschichte.«

Nicó schaute runter auf die zierliche Hand des Jungen, die sich an seine klammerte. So klein. Ein verlorenes Tierjunges. Er setzte sich wieder auf die Bettkante.

»Also gut, hör zu. Es waren einmal fünf neugeborene Kaninchen, die dicht aneinandergekuschelt in einer Höhle unter der Erde schliefen. Ihre Mutter, die im Wald nach Futter suchte, hatte die Höhle tief und den Zugang so eng gegraben, dass der Fuchs nicht hineinkonnte. Die Kaninchenjungen waren nämlich erst ein paar Tage alt und hatten noch nie ihre Augen geöffnet. Für sie bestand ihre Welt bislang nur aus dem Rhythmus der pochenden Herzen ihrer Geschwister und dem leisen Knacken der Zweige der Kiefer, unter deren Wurzeln ihr Bau lag. In einer Nacht rollte ein furchterregendes Gewitter über den Himmel. Der Regen ergoss sich aus pechschwarzen Wolken, der Wind bog die Bäume bis auf die Erde herunter und jeder Blitz färbte die Stämme kreideweiß. Verängstigt von dem Lärm krochen die Kaninchenjungen noch dichter zusammen. Da hörten sie am engen Eingang zu ihrer Höhle ein Schnüffeln und danach das Geräusch der vom Regen aufgeweichten Erde im Tunnel, der sich weitete. Im nächsten Moment zwängte sich ein großes, schweres Tier in die Höhle und schmiegte sich dicht an die Kaninchenjungen, die noch immer mit geschlossenen Augen ganz still dalagen. Sie lauschten den schweren Atemzügen des Tiers mit dem nassen und borstigen Fell, das nach Dreck und Gras roch.

›Wer bist du?‹, fragte eins der Kaninchenjungen.

›Ich bin eure Mutter.‹

›Hast du uns was zu fressen mitgebracht, Mutter?‹, fragte das zweite Kaninchenjunge.

›Draußen wütet ein schrecklicher Sturm. Wir müssen hier unten warten, bis er vorbei ist.‹

›Was ist ein Sturm, Mutter?‹, fragte das dritte Junge.

›Wenn der Himmel zerreißt und der Waldboden unter tausend Pfützen ertrinkt. Aber keine Angst, ich passe schon auf euch auf.‹

Lautes Donnergrollen rollte über den Himmel. Die Jungen drückten sich fest an ihre Mutter. Das borstige Fell pikste, aber es wärmte. So schliefen die Jungen ein, und sie schliefen lange. Zwischendurch wachte eins von ihnen auf und fragte, ob der Sturm vorbei sei.

›Noch nicht, mein Kind, schlaf ruhig weiter. Ich bin bei dir‹, flüsterte die Mutter und leckte den flaumigen Pelz der Jungen mit ihrer salzigen, rauen Zunge. Und so schliefen sie weiter. Am dritten Tag öffneten die Kaninchenjungen zum ersten Mal ihre Augen. Sie sahen als Erstes die platten Nasen und großen Ohren ihrer Geschwister. Und danach die lange, spitze Schnauze und den wie in Flammen getauchten glänzenden, orangenen Pelz ihrer Mutter. Die Jungen hatten nur Augen für sie und merkten gar nicht, dass sie nur noch drei waren.

›Stürmt es draußen noch immer, Mutter?‹

›Schlaft, meine Kinder.‹

Die drei Kaninchen schliefen weiter. Als sie wieder wach wurden, waren es nur noch zwei.

›Ist der Sturm vorbei, Mutter?‹

›Schlaft, meine Kinder. Wenn ihr das nächste Mal aufwacht, ist der Sturm vorbei. Das verspreche ich.‹

Die zwei Kaninchen fielen in einen tiefen Schlaf. Ihre Herzen schlugen fast im Gleichtakt, und sie erinnerten sich nicht länger an den Rhythmus von fünf pochenden Herzen.

Die Ohren des letzten Kaninchens wurden von Vogelgezwitscher geweckt, das bis hinunter in die dunkle Höhle drang.

›Ist der Himmel immer noch zerrissen, Mutter?‹, fragte das Junge.

›Nein, die Vögel singen, weil das Licht über das Feuer gesiegt hat. Komm mit, ich will dir die Welt zeigen.‹

Der Fuchs kroch aus der Höhle, und das Kaninchenjunge folgte ihm in einen großen und lebendigen Wald. Die Sonne warf verzweigte Schatten durch die Baumkronen, die Singvögel tirilierten in der Luft und süße Düfte stiegen von dem Blumenteppich auf dem Waldboden auf. Das kleine Kaninchen jubelte. Das alles war schrecklich aufregend.

Da raschelte es im Unterholz, und die Kaninchenmutter sprang aus dem Gestrüpp.

›Lauf in die Höhle, mein Kind, bevor der Fuchs dich frisst.‹

Das Kaninchenjunge erstarrte und blickte verwirrt zum Fuchs hoch, der es träge mit Augen wie schwarze Perlen ansah.

›Tu, was du für richtig hältst‹, sagte der Fuchs. ›Ich gehe jetzt in den Wald.‹

›Lass mich nicht allein, Mutter!‹ Das Junge hüpfte weinend hinter dem Fuchs her.

›Sieh mich an!‹, flehte die Kaninchenmutter. ›Wir sehen genau gleich aus. Ich bin deine Mutter.‹

›Du bist nicht meine Mutter. Ich sehe dich gerade zum ersten Mal‹, sagte das Junge.

›Ich war im Sturm gefangen.‹ Die Kaninchenmutter machte einen Hüpfer nach vorn.

Der Fuchs fletschte seine großen gelben Zähne.

›Einen Hüpfer weiter und ich zerreiße dein Junges in der Luft.‹

Die Kaninchenmutter schluchzte verzweifelt. ›Hörst du, was deine falsche Mutter sagt? Wenn du mit ihr in den Wald gehst, bist du vor Sonnenuntergang tot.‹

Das Kaninchen kroch unter den dicken Bauch des Fuchses. ›Mutter hat während des Sturms auf mich aufgepasst. Du nicht.‹

›Aber sie wird dich fressen. Wie deine Geschwister. Ihr wart fünf, als ich euch geboren habe.‹

›Davon weiß ich nichts. Und jetzt wird Mutter mir die Welt zeigen.‹

Und damit verschwand das Kaninchenjunge unter den tropfenden Blättern des Waldes, wo über Tausenden von Pfützen Mückenschwärme flirrten und das Vogelgezwitscher beim Anblick des roten Flammenpelzes verstummte.«

Nicó sah Mikru an. Der Junge hatte die Bettdecke bis ans Kinn hochgezogen und schaute nachdenklich in die Luft.

»Ist der Fuchs mein Vater?«

»Das ist nur ein albernes Märchen. Und jetzt schlaf.«

Nicó drückte Mikru einen Kuss auf den Kopf, was sich ganz natürlich anfühlte. Er blieb noch auf der Bettkante sitzen und lauschte den Atemzügen des Jungen und dachte an den Sohn, dem er nie das Märchen von den Kaninchenjungen und dem hinterlistigen Fuchs erzählt hatte.

Nicó stand wieder vor Theresas Tür. Er legte die Stirn an das kalte Holz. Der Gedanke war fast zu schmerzhaft. Sie hatte unten bei Volos gelebt, in einer Art verzerrtem Alltag zusammen mit dem verrückten Koloss. Er kniff die Augen zusammen. Und sie hatte ihm gesagt, dass sie ihn liebte.

»Soll ich die Tür zulassen?«

Nicó zuckte zusammen, als er Theresas flüsternde Stimme auf der anderen Seite der verschlossenen Tür hörte.

»Erzähl mir etwas von dir«, murmelte er.

»Was?«

»Etwas Wahres.«

»Ich glaube, ich liebe dich.«

Nicó starrte die verschlossene Tür an.

»Niemand kann hier etwas lieben.«

Die Tür ging auf. Zimtbraune Wände, flackernde Kerzen. Die Wärme ihrer Hand strömte von seinem Handgelenk aus durch den ganzen Körper, als sie ihn behutsam nach drinnen zog.

Ihr Gesicht im Halbdunkel war blass und sommersprossig. Das klebrige Gefühl ihrer Haut an seiner, die harten Brustwarzen. Das verlockende sich Fallenlassen in der Begierde, die seine Stöße in ihr lenkte, bis er nach Luft schnappte und an den Rand einer strukturlosen Dunkelheit gespült wurde.

Bis die Krämpfe und Muskelanspannungen zerschmolzen.

Bis er sich in Nichts auflöste.

Nicó starrte an die rissige Zimmerdecke. Sein Kreislauf pumpte wohlig warme Wellen durch seinen Körper. Sie schmiegte sich an ihn, küsste seinen Hals. Er konnte nicht sagen, wie lange sie sich geliebt hatten. Wusste nicht, ob er sie genommen hatte oder umgekehrt. Aber er schwor sich, dass er diese Frau nie wieder loslassen würde. Und als sie sich noch dichter an ihn drückte, war ihm klar, dass er sein Versprechen laut ausgesprochen hatte. Für sie. Für die Nacht.

Nicó schlief. Und die ganze Nacht brannten sich Volos' Worte wie ätzende Säure durch seine Träume.

Sie hat zu mir gesagt, dass sie mich liebt.

39

Es war sechs Uhr abends, und der Fall des Massengrabs in Smøl Vold war aufgeklärt.

Trotzdem war niemand in Feierlaune in der Hauptwache in Esbjerg. Die Sektflaschen, die für diesen Moment kalt gestellt worden waren, lagen unberührt im Kühlschrank, und die meisten Männer und Frauen der Ermittlungsgruppe waren nach Hause gegangen. Denn niemand wusste so recht, was dieser Sieg bedeutete, der nicht das Resultat sorgfältiger Polizeiarbeit war, sondern eines völlig unerwarteten Einwurfs von der Seitenlinie.

David und Lucas saßen alleine in der Kantine und versuchten, das eben Erlebte über einem pappigen Sandwich zu verdauen. Melissa Grandberg war überraschend im Konferenzraum 7P aufgetaucht und hatte William völlig am Boden zerstört die Nachricht überbracht, dass Laust Grandberg sich im Laufe des nächtlichen Unwetters erhängt hatte. Das Dienstmädchen hatte ihn gefunden.

Warum hatte Melissa keinen Krankenwagen gerufen oder versucht, ihn wiederzubeleben? Warum kam sie persönlich vorbei, um William die Todesnachricht zu überbringen?

Als Antwort hatte Melissa einen Pappkarton auf den Boden geworfen und gestammelt, dass sie den bei Lausts Leiche gefunden hatte.

Fotografien. An den Rückseiten zusammengeklebt. Auf der einen Seite die Nahaufnahme eines jungen, vor Angst starren Frauengesichts, auf der anderen dasselbe Gesicht, verwandelt in eine verzerrte, Blasen werfende Maske.

Eine Vorher-Nachher-Sammlung.

Im Konferenzraum war schlagartig aufgeregte Aufbruchstimmung ausgebrochen, die Beamten waren auf den Flur und kurz darauf aus dem Gebäude zu einem Großeinsatz durch Esbjergs Straßen gestürmt.

In den folgenden Stunden war der Grandberg-Palast zu der Kulisse eines hysterischen Aktivitätenbombardements geworden: Polizeisperren, Blitzlichtgewitter, lärmende Fernsehreporter und neugierige Nachbarn mit kläffenden Hunden.

William war mit der in Tränen aufgelösten Melissa am Arm in seinem Büro verschwunden, aus dem sie seitdem noch nicht wieder aufgetaucht waren.

David und Lucas waren in der Wache geblieben, um sich die Fotos genauer anzusehen. Die Sammlung war mit elf Frauen unvollständig. Sie hatten die Vorher-Fotos umgehend an Interpols Gesichtserkennungsdatenbank für vermisste Personen geschickt, und die relativ neue biometrische Software hatte sechs Treffer ergeben; Gesichter mit »mittlerer bis hoher Ähnlichkeit« mit den abgelichteten Frauen. Die Kriminaltechniker hatten manuell vier der Frauen slowenischer, rumänischer, deutscher und ungarischer Nationalität identifiziert. Der älteste Vermisstenfall war eine Deutsche, Karin Schultz, die seit 2003 vermisst wurde.

»Alle Frauen kommen aus Ländern des Schengen-Raums«, stellte Lucas fest und nippte an seinem Kaffee.

David starrte in seine Kaffeetasse.

»Und du glaubst, dass Laust seine Opfer aus unterschiedlichen Ländern auswählen konnte, ohne irgendwelche Spuren zu hinterlassen?«

»Jepp.« Lucas zog die Brauen hoch. »Du bist irgendwie anders als sonst.«

»Ich habe einfach das Gefühl, dass da mehr dahintersteckt.«

»Oh Gott, bist du etwa einer dieser Nullpunkt-Polizisten?« Lucas fuhr mit Jammerstimme fort. »Der Fall ist geklärt, jetzt ist mein Leben leer und sinnlos.«

»Wenn Laust tatsächlich der Täter ist, wieso begeht er dann

ausgerechnet jetzt Selbstmord? Nachdem er jahrzehntelang operiert hat, ohne einen Fehler zu machen.«

»Das ist der Verdienst des Leichendiebs. Als er die Aufmerksamkeit auf Smøl Vold gelenkt hat, hat Laust eingesehen, dass das Spiel vorbei ist. Dass es nur noch eine Frage der Zeit ist, bis wir zwei und zwei zusammenzählen. Er hat sich für den einfachen Ausweg entschieden.«

»Und genau das ist es. Wir hatten noch nicht zwei und zwei zusammengezählt.«

»Ein Mordfall ist kein perfektes Meisterwerk. Nicht alle losen Fäden lassen sich verbinden. Sie spiegeln das innere Chaos des Mörders wider. Letzten Endes sind wir nur Gäste in seinem Haus.«

»Und der Karton mit den Fotos? Ist das dann das Klischee des narzisstischen Serienmörders, der sein Werk vorzeigen will?«

»Die Grandberg-Männer haben zwei Charakterzüge gemeinsam: Eitelkeit und die Fähigkeit zu hassen«, sagte Lucas mit betrübter, besserwisserischer Stimme.

»Was willst du damit sagen?«

»Dass der Selbstmord die ultimative Rache ist«, sagte Lucas. »Wenn Laust schon nicht das Unternehmen haben kann, will er es wenigstens in Andreas' Händen zerschlagen. Wenn die Welt auf diesem Weg erfährt, dass der aktuelle Chef des Grandberg-Unternehmens der Sohn eines Serienmörders ist, glaubst du, dass die Klienten dann noch bleiben? In diesen hypersozialen und ethischen Zeiten?«

»Das heißt, dass Laust Andreas mit sich ins Grab zieht? Und das letzte Wort in ihrem epischen Vater-Sohn-Konflikt hat?«

»Bingo.«

»Das stinkt.«

»Egal. Der Fall ist nicht mehr dein Problem.«

»Was?«

»Wir fahren nach Hause. Goodbye Matsch und Dosenbier. Hello Bürgersteige und G&T.«

»Nein«, sagte David laut. »Wir haben beispielsweise immer noch nicht William befragt.«

»Da ist nichts zu holen.« Lucas gähnte.

»Das weißt du doch gar nicht!«

»Doch, tue ich.« Lucas starrte David an. »Er wurde bereits in Verbindung mit drei der identifizierten Leichen überprüft. Zum Zeitpunkt ihres Verschwindens war William an der Polizeischule in Brøndby. Eins der Mädchen ist verschwunden, als er auf Sauftour war. Weit ab vom Schuss im norwegischen Fjell mit anderen Polizeikadetten.«

»Und was ist mit dem Leichendieb? Da wissen wir auch noch nicht, wer das ist.«

»Nicht unser Problem.«

»Wir müssen auch noch herausfinden, was Laust gegen Poul Harmsen und Kofoed in der Hand hat.«

»Warum bist du so scharf darauf, zu bleiben? Siehst du denn nicht, dass dieser Ort ein einziges großes Massengrab ist?«

David holte tief Luft.

»Wir sind noch nicht bis auf den Grund des Falls vorgedrungen. Und das weißt du ebenso gut wie ich.«

»Erinnerst du dich, was Kofoed über die ungeschriebenen Regeln gesagt hat?«

David nickte unsicher.

»Der Kerl hat recht. Sie funktionieren, wiegen die Leute in Sicherheit. Was, wenn Kofoed bei dem einen oder anderen Kleinkram im Ort beide Augen zugedrückt hat?«

»Kleinkram? Andreas hat ein komplettes Hühnerhaus mit dem Golfschläger seines Vaters gekeult! Wie kannst du dich damit zufriedengeben …«

Ein lautes Klacken hallte durch die Kantine, als Lucas seine ringgeschmückte Hand auf die Tischplatte klatschte.

»Ich bin der operative Chef, und unsere Zusammenarbeit endet an dieser Stelle!«

David beugte sich vor, atmete Lucas' beißendes Aftershave ein.

»Du hast doch mehr Zeit mit deinem Handy verbracht als mit diesem Fall.«

Lucas lächelte herablassend.

»Adios, David, es war mir …« Er zog die Schultern hoch und ging zum Ausgang.

David starrte Lucas' schwingenden Hüften hinterher, dem platinblonden Haar, seiner verfluchten oberflächlichen Arroganz. Sein Tinnitus meldete sich mit einem hohen Pfeifen. Sekunden später hatte er Lucas eingeholt.

»Du gehst nirgendwohin!«, fauchte David.

Lucas fuhr herum. In seinen Augen brannte ein zorniges, dunkel umrandetes Licht, das David schon einmal bei ihm gesehen hatte. Im Auto, als sie über Familie gesprochen hatten. Und tief in seinem Innern verstand er klar und unmissverständlich, dass Lucas bereit war, ihn nach Strich und Faden zu vermöbeln.

Das Problem war nur, dass David in diesem Moment in seiner eigenen Dunkelheit, seiner eigenen Wut gefangen war. An einem Auge zuckte ein Muskel und er machte einen Schritt nach vorne, als eine lange Gestalt in der Tür erschien. David erkannte die wieselige Wendigkeit der Frau sofort.

»William muss sich um seine Tochter kümmern, und ich bin zu aufgewühlt, um selber nach Hause zu fahren. Könnte wohl einer von Ihnen …« In Melissa Grandbergs distanzierter Stimme schwang etwas sehr Privates mit. Ihr Blick war auf Lucas gerichtet.

In diesem zerbrechlich wirkenden Wesen war nur schwer die Verführerin von ihrem letzten Zusammentreffen wiederzuerkennen. Da war nichts Schamloses, Flirtendes mehr, nur ängstliche Blässe. Kein Make-up, feine Falten um die Augen.

Lucas musterte David mit einem kalten Lächeln. »Wir sehen uns in Kopenhagen.«

David ging hoch aufs Dach. Ein paar Möwen starrten ihn stumm von dem Lüftungsschacht an. Unter ihm zog dichter Nebel durch die Straßen, nur die Spitzen der Hafenkräne ragten wie Schnorchel aus dem trüben Wasser. Das erinnerte ihn an den Nebel, der ab und zu von Rødvig Havn bis zu dem Stadthaus hochzog, das er von seinem Onkel geerbt hatte. Der Onkel hatte keine eigenen Kinder, war nie verheiratet gewesen, und Davids Vater hatte den Kampf gegen die Krankheit schon vor vielen Jahren verloren. Außer David gab es keine Hinterbliebenen. Als er das Haus nach dem Tod des Onkels besichtigt hatte, war ihm klar geworden, warum. In allen Zimmern, auf den Treppenstufen und Fensterbrettern hatten sich Stapel von Skizzenblöcken angesammelt. Beim Durchblättern einiger Skizzen hatte sich David in den besessenen Bleistiftzeichnungen mystischer, geschlechtsloser Körper ein Mensch offenbart, dessen Verstand dabei war, langsam aber sicher auseinanderzubrechen und in die selbst gestellten Fallen seines Geistes zu tappen.

David überlegte, ob sein Gehirn ihm vielleicht auch eine Falle stellte? Versuchte er wie sein Onkel den Wind mit den bloßen Händen zu fangen? War der Fall des Massengrabs von Smøl Vold wirklich gelöst? Der Gedanke war fast unerträglich.

Er zog das klingelnde Handy aus der Tasche. Erkannte sofort die Stimme am anderen Ende.

»Sind … sind Sie der Polizist mit der schwarzen Schirmmütze?«

David fröstelte, als er die gurgelnden Klicklaute hörte, die klangen, als klebte die Zunge am Gaumen, aber in Wirklichkeit daher rührten, dass dreißig Prozent des Muskelgewebes amputiert waren.

»Ja, das bin ich.«

Emma Ravnsborg atmete rasselnd.

»Ich habe in den Nachrichten gesehen, dass Laust Grandberg Selbstmord begangen hat.«

»Ja?«

»Ist er der Schuldige?«

»Das kann ich Ihnen nicht sagen.«

»Ich hätte mutiger sein sollen«, sagte sie. »Aber ... die Familie ist so einflussreich. Ich hatte Angst vor ihm.«

»Okay ... Können Sie ...«

»Ich, ähm ... Ich hatte ein Verhältnis mit Laust. Das war falsch. Er war verheiratet, hatte Kinder. Und er war viel älter als ich.« Sie weinte.

Im Hintergrund war eine gedämpfte Männerstimme zu hören: »Alles gut, Emma, lass dir Zeit.«

»Ich bin schwanger geworden. Von dem Augenblick an war Laust wie ausgewechselt. Wollte mich nicht mehr sehen, nicht mit mir sprechen. Eines Abends tauchte er dann unangekündigt bei mir auf, um mich zu einer Autotour einzuladen. Damit wir reden konnten. Seine Augen sahen so falsch aus. Aber ich war jung und verliebt. Ich kann nicht mehr sagen, wie lange wir durch die Gegend gefahren sind. Er erklärte mir, dass seine Frau an Depressionen litt und zusammenbrechen würde, wenn sie herausbekäme, dass er eine andere Frau geschwängert hatte. Vielleicht triebe sie das sogar in den Selbstmord. Er parkte vor einem kleinen Einfamilienhaus, in dem, wie er sagte, eine Arztpraxis wäre. Es war alles vorbereitet, um das Kind wegzumachen. Ich wollte nicht, aber der Arzt kam aus dem Haus, und gemeinsam haben sie mich in die Praxis gezerrt. Laust sagte immer wieder, dass alles gut werden würde, wenn es erst überstanden sei. Im nächsten Augenblick war ich weg.«

»Was ist dann passiert?«

»Ich wurde wach, weil jemand an meiner Schulter rüttelte. Der Arzt. Er sagte aufgeregt, dass er die Abtreibung nicht durchgeführt hätte und dass ich ihm deshalb versprechen müsste, umgehend aus Süderjütland zu verschwinden. Weil wir beide in großer Gefahr schwebten, wenn ich bleiben würde.«

»Aber Sie sind nicht weggegangen.«

»Weil ich noch immer glaubte, dass Laust mich liebt. Eine Woche später bin ich zu irgendeiner blöden Party gegangen und hab mich volllaufen lassen. Auf dem Heimweg von dort … da …« Sie fing wieder an zu weinen. Kehlig, schluchzend. »Hätte ich nur auf den Arzt gehört, wäre mein Gesicht noch …« Die Stimme brach. »Der Arzt hat nur versucht, mir zu helfen.«

Davids Herz hämmerte, während er zu sortieren versuchte, was sie ihm erzählte. Laust Grandberg war KFT. Der pensionierte Unternehmenschef hatte mindestens achtzehn junge Frauen verstümmelt und getötet. Wenn die Falldetails veröffentlicht wurden, würde Emma Bescheid wissen. Der Mann, den sie geliebt hatte, hatte auch ein Grab für sie vorgesehen gehabt. Im besten Fall entschied sie sich dafür, ihr Leben als einen Gewinn zu sehen und nicht als etwas, das sie verloren hatte. Vielleicht konnte sie darauf etwas aufbauen. Die anderen Frauen hatten diese Chance nicht.

»Hätte ich das eher sagen müssen?« Emmas Stimme war kaum zu hören. »Bin ich schuld, dass all die Frauen tot sind?«

»Nichts hätte verhindern können, was passiert ist.«

Sie beendeten das Gespräch. David stemmte sich mit den Schultern gegen einen Windstoß. Die Möwen keckerten unruhig.

»Pass auf, es ist gefährlich oben auf dem Dach«, sagte er, ohne sich umzudrehen.

Silja Grandberg stellte sich neben ihn. Das Mädchen folgte seinem Blick über die nebelverhangene Stadt und den milchigen Schein der Straßenlaternen.

»Ich wollte nur Tschüs sagen«, sagte sie. »Weil du doch jetzt wieder nach Hause fährst.« Sie drückte den hellroten Bären, den er ihr geschenkt hatte, an die Brust, als ob sie ihn wärmen wollte. Oder vielleicht auch sich selbst.

David nickte. »Genau, der Fall ist gelöst.«

»Du siehst nicht sehr froh aus. Ich bin auch nicht froh.«

»Weil dein Opa nicht mehr da ist?«

»Ich hab ihn eigentlich gar nicht richtig gekannt.«

»Und warum bist du dann nicht froh?«

»Vielleicht ist es nicht gut für ein Kind, in einer Polizeiwache zu sein. Hast du Kinder?«

Davids Hustenanfall trieb ihm die Tränen in die Augen. Er zündete sich eine Zigarette an und inhalierte den heißen Rauch.

»Ich habe von der Geschichte geträumt, die du mir erzählt hast«, sagte Silja. »Als ich aufgewacht bin, habe ich meine Mama ganz schrecklich vermisst.«

»Das tut mir leid.«

»Schon okay. Ich war noch ganz klein, als Mama verschwunden ist, und ich erinnere mich kaum noch an sie. Im Traum hat sie gesagt, dass sie mich nur dort treffen könnte. Sie war richtig hübsch. Hübscher als Jenny.«

»Warum sagst du das?«

»Jenny besucht uns manchmal. Wenn ich nicht da bin.« Silja zog die Schultern hoch. »Sie ist manchmal ein bisschen komisch, aber ich kann sie gut leiden. Hauptsächlich wahrscheinlich, weil Papa sie mag.«

»Versteht ihr euch gut, du und dein Papa?«

Das Mädchen kniff ein Auge zu. »Wir sehen uns nicht so oft.«

David hörte Siljas Stimme an, dass sie über ein schweres Gefühl sprach. Langsam ging ihm auf, dass das Mädchen unbedingt mit auf die Wache wollte, weil sie einsam war. Sie hing an ihrem Vater. Die Standardeinstellung war bei allen Kindern gleich: ein abwesender Elternteil war viel bedeutungsvoller als ein anwesender.

Silja strich sich eine Haarsträhne hinters Ohr.

»Was denkst du gerade?«

»Etwas, das bestimmt etwas seltsam klingt.«

»Sag!«, sagte Silja neugierig.

»Wenn du deine Mutter mit einem Wort beschreiben solltest, welches wäre das?«

»Ich erinnere mich ja kaum an sie.«

David kniff die Augen zusammen. »Nur ein Wort.«

Silja drehte den Kopf zur Seite, kratzte sich an der Augenbraue.

»Ängstlich. Ich glaube, meine Mama war ängstlich. Klingt das komisch?«

David drückte seine Zigarette am Lüftungsschacht aus.

»Findest du alleine nach unten?«

»Gehst du einfach? Ohne dich zu verabschieden?«

»Das hier ist kein Abschied. Noch nicht.«

40

David saß auf einem Stuhl im Flur. Er lauschte den breiigen Stimmen hinter der geschlossenen Tür des Kommissariats. Er konnte nicht genau sagen, welche Erwägungen ihn hierhergeführt hatten, merkte nur, dass sie sein Hirn verstopften und keine frischen Gedanken durchließen. Er dachte an seinen Onkel, an die unheilbare Blockade, die einen Menschen befallen konnte, der sich einbildete, etwas Verborgenes zu sehen, das niemand außer ihm sah, und der sich auf der Jagd danach immer unumkehrbarer in den tiefsten Winkeln seines Gehirns verirrte.

Die Tür ging auf.

»Hallo?«, sagte Jenny perplex.

David stand auf. Männer aller Alterskategorien strömten mit einer Welle abgestandener Luft aus dem Raum.

»Brutal.« David schaute auf das an die Leinwand projizierte Bild im Konferenzraum: ein blutverschmiertes Treppenhaus.

Jenny seufzte. »Wir fangen morgen früh wieder von vorne an.«

»Und was ist mit dem Obdachlosen in der Arrestzelle?«

Sie sah ihn mit einem blutleeren Ausdruck an.

David klopfte auf seine Jackentasche.

»Mir ist der Stoff ausgegangen. Gibst du eine Zigarette aus, bevor du nach Hause fährst?«

Der Nieselregen wirbelte in der Luft wie Vulkanasche. Im dunklen Schatten des Regenschutzes auf dem Dach der Polizeihauptwache Esbjerg waren die roten Glutpunkte zweier Zigaretten zu sehen. David erzählte Jenny von Laust und Emma Ravnsborgs Verhältnis, den geheimen Abtreibungen in Harmsens Praxis und Emmas kürzlichem Anruf, in dem sie alles bestätigt hatte.

»Super Wühlarbeit, die ihr beide geleistet habt«, sagte Jenny.

»Wir hatten einfach Glück.«

»Du bist nicht unvorbereitet nach Süderjütland gekommen. Aber aus irgendeinem Grund wolltest du gerne so wirken.«

»Versagensangst.«

»Das kann ich mir nur schwer vorstellen.« Jennys Zigarettenkippe verschwand wie ein Kometenschweif in der Dunkelheit.

David lachte.

»Worüber lachst du?«

»Über deinen Unterhandwurf, mit dem du gerade die Kippe weggeworfen hast.«

»Manche Dinge begleiten uns durchs ganze Leben.«

David gab Jenny mit dem Sturmfeuerzeug Feuer. Sie fing seinen Blick über der zischenden Flamme ein.

»Warum weihst du mich eigentlich in den Stand der Ermittlungen ein, die eigentlich Smøl Vold vorbehalten sind?«

»Weil Laust nicht der einzige Schuldige ist. Poul Harmsen und Børge Kofoed müssen auch zur Verantwortung gezogen werden. Erzwungene Abtreibungen, vorgetäuschte Ermittlungen, ihre Taten führen auch nach Smøl Vold.«

»Das beantwortet meine Frage nicht.«

»Und wenn ich sage, dass du der einzige Mensch in diesem Landstrich bist, der immun gegen das verdammte Magnetfeld der Grandberg-Männer wirkt?«

»Du vergisst William.«

»Das ist was anderes.«

Jenny schüttelte den Kopf.

»Das erklärt es immer noch nicht. Du frierst dir hier oben auf dem Dach mit jemandem den Arsch ab, den du kaum kennst, statt nach Hause zu fahren. Was ist mit Humphrey? Vermisst du deinen Kater nicht … der gar nicht existiert?«

David nahm einen tiefen Zug von seiner Zigarette, deren Glut als roter Punkt in den Augen der Polizistin reflektierte.

»Da ist dieser Gedanke. Etwas, das mich nicht loslässt.«

»Spuck's aus.«

»Wenn Laust KFT ist, wieso hat er dann Poul Harmsen überredet, die Abtreibungen vorzunehmen, und die Mädchen nicht einfach in der Erde vergraben?«

»Emma wollte keine Abtreibung. Ich gehe mal davon aus, dass die kooperationswilligen Mädchen überlebt haben.«

»Aber wir suchen einen kompulsiven Sadisten. Keinen sexbesessenen alten Mann. Lausts Antrieb war die Penetration. KFT erzwingt sich keinen Sex. Er quält seine Opfer und onaniert zu ihrem Schmerz.«

»Angeblich. Vielleicht erinnert Emma sich falsch. Stell dir vor, dass du eine kochende Flüssigkeit ins Gesicht geschüttet bekommst ...« Jenny schauderte.

David betrachtete die Glut des kurzen Zigarettenstummels zwischen seinen Fingern. Noch ein Zug, dann war er ausgeraucht. Einfach weg. Er zögerte, ihn an die Lippen zu führen.

»Fuck!«, platzte Jenny heraus, als ein großer Schatten dicht über ihre Köpfe rauschte. Sie lachte. »Verfluchte Möwen!«

»Egretta«, murmelte David und schnipste die Kippe in die Dunkelheit.

»Was ... hast du gesagt?«

»Ähm, Egretta. Das ist der Name von Andreas Grandbergs Boot.«

»Egretta? Bist du ganz sicher?«

David musterte Jenny, die ihn mit großen Augen ansah. »Ja, das ist ein weißer Seevogel. Was ist los? Du wirkst ein bisschen ...«

Jenny rieb sich mit der Handfläche die Stirn, als wollte sie ihre Gedanken beruhigen. David nahm ein leichtes Zittern in ihrer Atmung wahr.

Sie kramte ihr Handy aus der Hosentasche. Das Display leuchtete auf, sie wischte darüber, schnell, hektisch, zögerte eine Sekunde. Dann hielt sie David den Bildschirm hin.

»Bitte sag mir, dass ich nicht spinne.«

41

Melissa Grandberg und Lucas Stage lagen quer auf dem Doppelbett in seinem Hotelzimmer, atemlos, verschwitzt. Kleidungsstücke waren über den Boden verteilt wie Treibgut.

Melissa knabberte mit einem verschmusten Lachen an Lucas' Ohrläppchen. »So bin ich nicht mehr rangenommen worden, seit …«

Lucas legte einen Finger an ihre Lippen.

»Du musst jetzt gehen. Und ich fahr heim nach Kopenhagen.«

Sie öffnete die Lippen, saugte und knabberte an seinem Finger. »Noch nicht«, murmelte sie.

»Der Fall ist beendet.«

»Du verführst also eine trauernde Witwe und haust ab, nachdem du ihr den besten Sex ihres Lebens beschert hast?«

»Menschen ficken gut im Angesicht des Todes.«

»Du bist echt grässlich!« Ihre langen, weißen Finger erforschten die athletischen Furchen in seiner Bauchhaut. Sie drückte seinen Schwanz. »Aber ich bin noch nicht fertig mit dir. Du hast mich vergessen lassen, dass ich mit einem Monster zusammengelebt habe. Ich mag im Moment nicht allein sein.«

»Du kannst gerne den Zimmerservice ordern. Ich hab das Zimmer bis morgen gebucht.«

Sie schob sich von ihm weg. »Ist das dein Ernst?«

»Bestell dir was Gutes zu essen, verwöhn dich ein bisschen.«

Melissa rollte von ihm weg, zog sich die Decke über ihre Brüste. »Warum bist du so kalt?«

»Ich, kalt? Der Körper deines Mannes ist noch warm, und du liegst hier neben mir.«

Sie neigte den Kopf zur Seite, zerwühltes Haar, hasserfüllte eisgraue Augen.

»Du weißt ja nicht, wovon du redest.«

»Denkst du jemals an dein Kind? Das du ertränkt hast?«

»Wie bitte – was?«

»Meine Mutter hat auch versucht, mich zu töten, als ich ein Säugling war. Sie hat mich, vier Monate alt, in einem Müllcontainer in der Istedgade abgelegt. Hat wohl gehofft, dass die Ratten den Rest erledigen. Aber …« Lucas lächelte matt. »Aber um ganz sicherzugehen, hat sie mir Milch mit LSD gegeben, bevor sie gegangen ist. Weißt du, was LSD mit einem Baby macht?«

Melissa schüttelte den Kopf. Eine graumatte Müdigkeit trieb ihr Falten auf die Stirn und in die Mundwinkel, ließ sie in Sekundenschnelle altern.

»LSD hebt die Schranken zwischen den Gehirnbereichen auf, die normalerweise nicht miteinander kommunizieren. Alle Schleusen werden sozusagen für einen chaotischen Informationsflow geöffnet.« Lucas schwang die Beine aus dem Bett. »Das limbische System meines Gehirns, der Teil, der das Gefühlsleben steuert, ist durchgebrannt. Kaputt. Mein ganzes Leben musste ich mir beibringen, angemessen oder sozial konstruktiv zu agieren. Ich verfüge über keine Gefühlspalette als Richtschnur. Ein besonders charmanter Arzt meinte einmal, ich wäre mehr Reptil als Säugetier. Auf Kälte vorprogrammiert. Das ist das Klügste, was ich je gehört habe. Die Ironie ist erdrückend. Meine Mutter hat mich den Ratten zum Fraß vorgeworfen. Ich habe überlebt, bin aber innerlich zerfressen. Du hast es wenigstens bis zum Ende durchgezogen.«

Melissas Gesichtsmuskeln zuckten.

»Ich war krank, hilflos, als ich ihn ertränkt habe. Die Ärzte haben gesagt, ich wäre nicht schuldfähig, weil Menschen mit meiner psychischen Störung nichts dafürkönnen.«

Lucas zog die Schultern hoch.

»Eine bipolare Diagnose ist ein gefährlicher Defekt. Genau wie ich verbuchst du Liebe mit derselben Tiefe wie eine Pappfigur.«

Lucas ging zu dem kleinen Tisch, sein Schwanz baumelte schlaff zwischen den Beinen. »Aber deine Entscheidung, schwanger zu werden in Kenntnis der Risiken deiner mentalen Störung …« Er fuhr sich vor dem Spiegel mit den Fingern durchs Haar. »Das legt dir eine Verantwortung auf.«

»Du bist … ein Arschloch!«

»Wenn auch nur in philosophischer Hinsicht, verstehst du nach wie vor den Unterschied zwischen Gut und Böse. Deine Hände haben ein wehrloses Kind unter Wasser gedrückt, bis es nicht mehr geatmet hat. Wie meine Mutter hast du dein Kind der Chance beraubt, sein eigenes Leben zu leben.«

»Und das schmerzt mich jeden einzelnen Tag.«

»Dann betrachte den Schmerz als deine geistige Buße für das, was du deinem Kind angetan hast. Oder löse deine Sehnsucht nach Vernichtung bei dir selbst ein.«

»Was … was sagst du da?«

»Laust ist tot, du hast keine Kinder, und wenn seine Verbrechen öffentlich bekannt werden, werden die Leute dich verdächtigen, dass du davon gewusst und nichts getan hast, um deinen Mann zu stoppen. Alle werden sich von dir abwenden. Und es ist allgemein bekannt, dass Menschen mit einer bipolaren Diagnose suizidgefährdet sind.« Lucas schob seine Ringe auf die Finger. »Niemand wird dich vermissen, wenn du dir das Leben nimmst.«

Er fischte seine Boxershorts vom Boden auf. Ein tiefes Lachen hinter ihm veranlasste ihn, sich aufzurichten. Er drehte sich um. Auf Melissas Wangen waren noch die Tränen zu sehen, aber ihre Augen waren ganz klar und voller Hohn.

»Du hast es wirklich nicht gerafft«, sagte sie kalt.

»Was?«

»Ich bin keine Pappfigur. Ich habe echte Liebe empfunden. Ich weiß, welchen Preis sie hat.« Ihre Zungenspitze glänzte zwischen den Zähnen. »Laust hat nur drei Söhne. Ich habe das Leben meines Mannes gerettet, indem ich das Baby ertränkt habe.«

42

David starrte auf den leuchtenden Handybildschirm, den Jenny ihm unter die Nase hielt. Andreas Grandberg im Vordergrund einer festlichen Gesellschaft, mindestens zehn Jahre jünger, braun gebrannter Oberkörper und zerzaustes Sommerhaar, vor dem Hintergrund eines tiefblauen Horizonts. Das Foto war von der Mole geschossen, an der das große weiße Boot vertäut war.

»Egretta«, sagte Jenny. »Babyshot wiederholt unermüdlich zwei Worte, seit wir ihn gefunden haben: ›mullo‹ und ›egrett‹.«

»Egrett?«

»Ich hab es für ein Fantasiewort gehalten. Aber was ist, wenn er damit dieses Boot meint? Und wenn der ›mullo‹, die Person, die Babyshot Florica hat umbringen sehen …«, sie senkte die Stimme zu einem trockenen Flüstern, »… Andreas Grandberg ist. Sein Boot liegt unten im Jachthafen. An der Stelle, wo Florica die Kehle durchgeschnitten wurde.«

»Bist du sicher, dass das Boot dort liegt?«

»Ja. William hat mehrfach davon gesprochen, dass er es gerne leihen würde, worauf Andreas sich aber nie eingelassen hat.« Sie setzte sich in Bewegung. »Ich muss die anderen informieren.«

»Warte!« David holte sie ein. »Vielleicht sollten wir beide das erst noch überprüfen. Du weißt nicht, wen Andreas in der Tasche hat.«

»Marcus Blom ist nicht korrupt.«

»Und die anderen? Wie gut kennst du die Jungs eigentlich? Ihren Hintergrund, ihre Beziehungen außerhalb der Wache. Ein Süderjütländer arbeitet entweder direkt für einen Grandberg oder kennt jemanden, der das tut. Heißt es nicht so? Kofoed hat während seiner ganzen Amtszeit die Familien-Kontroversen gedeckt, ohne dass irgendwer etwas gemerkt hat.«

»Die Kollegen aus meiner Gruppe sind gute Mä...« Jenny rieb sich nachdenklich das Kinn.

Sie sprangen die Treppe hinunter und liefen zu dem menschenleeren Raum der Mordkommission. David schloss die Tür hinter ihnen und setzte sich auf die Tischkante.

Er beobachtete Jennys hektische Gesten an ihrem Computer.

»Vielleicht sollten wir woanders hingehen«, schlug er vor.

»Zugang zu den Fallakten habe ich aber nur über den Dateiserver hier.«

»Falls uns jemand hier sieht, endet meine Zusammenarbeit mit der dänischen Polizei erst, wenn Lucas mit Melissa Grandberg fertig ist«, sagte David.

»Verhört er sie?«

»Minutiös.«

David hörte aufmerksam zu, als Jenny die Hauptpunkte des Falls für ihn zusammenfasste, Akte für Akte, Ereignis für Ereignis, Foto für Foto: das blutverschmierte Treppenhaus, der Wortwechsel des Obermieters mit Emilys vermeintlichem Freund und Kidnapper, die Frage, wieso sie nicht um Hilfe geschrien hatte, ein Zeuge, der glaubte, die Frau in ein dunkles Auto steigen gesehen zu haben. Sackgassen, Eventualitäten, Gespräche über alles und nichts. Das ABC der Ermittlung.

Jenny tippte mit dem Zeigefinger auf den Bildschirm.

»Dass Emily zu irgendeinem Zeitpunkt auf Andreas' Boot gewesen ist, passt dazu, dass sich ihr Handy kurz vor dem Verschwinden des Signals mit einem Funkmast in der Nähe vom Jachthafen verbunden hat.«

Sie öffnete ein Satellitenbild von Aabenraa und Umgebung mit hypothetischen Routen in unterschiedlichen Farben.

»Aber würde ein intelligenter Mörder eine Leiche in der Nähe seines eigenen Bootes zurücklassen?«, gab David zu bedenken.

»Wenn Andreas Emily mehrere Kilometer nördlich vom Jachthafen entführt hat, hat er vielleicht angenommen, dass wir zwei Verbrechen an so unterschiedlichen geografischen Punkten nicht zusammenbringen.«

»KFT operiert nicht mit Annahmen.«

»Was gut passen würde«, sagte Jenny, taub für Davids Einwand. »Als Andreas Emily auf sein Boot bringt, entdeckt er die obdachlose Frau, die ihn aus den Schatten beobachtet. Er reagiert instinktiv, möglicherweise ist Emily betäubt, vielleicht arbeitet die Zeit gegen ihn, und er muss zusehen, dass er die Zeugin aus dem Weg räumt.«

Jenny öffnete das Foto der obdachlosen Frau mit der dunklen, klaffenden Wunde am Hals.

»Wenn ich das richtig verstanden habe, lag Babyshot unter den Schlafsäcken versteckt. Wieso hat er ihr dann nicht geholfen, als ihn die Geräusche von Floricas Todeskampf geweckt haben?« David zeigte auf die Ruptur am Hals. »Eine Luftröhre zerbirst mit einem ähnlich knallenden Zischen wie eine Softdrinkdose.«

»Weil er wie ein Kind denkt. Die Geräusche haben ihn in Todesangst versetzt. Ich bin fast sicher, dass er sich erst aus dem Schlafsack hervorgetraut hat, als Andreas wieder zurück zum Boot gegangen war. Und in dem Augenblick wird er auch den Namen des Boots gesehen haben, der in seinem Kopf zu ›egrett‹ geworden ist. Warum sonst murmelt er unablässig diese beiden Worte, ›mullo‹ und ›egrett‹? Der Teufel ist Andreas und Egretta das Boot, auf das er gegangen ist.«

David rieb sich das Ohr.

»Und dann ist da die seltene Kombination von Lidokain und Rohypnol in Emilys Blut. Rohypnol ist nicht ungewöhnlich«, fuhr Jenny fort. »Aber Lidokain ist …«

»Ein Betäubungsmittel, das vorrangig in Zahnarztpraxen genutzt wird.«

Jenny sah ihn verdutzt an.

»Woher weißt du das? Von uns wusste keiner, was Lidokain …« Sie blinzelte, die Lippen leicht geöffnet, während ihr Gehirn auf Hochtouren arbeitete, interpretierte, kombinierte und schließlich zu einem Ergebnis kam. »Ihr habt in den Skeletten von Smøl Vold auch Lidokain gefunden.«

David nickte. »In Körper-18. Eine der Leichen, die noch nicht komplett skelettiert war.«

Jenny fasste sich an den Kopf, drehte sich um die eigene Achse.

»Typisch! Unsere Einheiten waren so auf ihre eigenen Sachen fokussiert, dass sie nicht darauf gekommen sind, ihre Ergebnisse miteinander zu teilen.«

David ignorierte das Vibrieren seines Handys in der Jackentasche.

»An objektiven Beweisen haben wir nur das wirre Gequassel eines versoffenen Autisten, das wir Andreas anhängen können.«

»Nicht, wenn wir auf dem Boot Emilys DNA finden. Und Mark Jensen dazu bringen, gegen Andreas auszusagen. Hast du nicht selbst gesagt, Hanne Jensen wäre nach einem Date mit ihm verschwunden?«

Jennys Stimme klang frustriert und gereizt. Die Spuren erkalteten langsam, aber sicher. Niemand würde aufgrund der Aussage eines Alkoholikers einen Durchsuchungsbeschluss für das Boot unterzeichnen.

Davids Handy vibrierte erneut. Es war Lucas. David drückte den Anruf weg.

»Wir sollten vielleicht Andreas observieren, um ihn auf frischer Tat zu stellen. Oder wir könnten …«

David holte tief Luft, hoffte, dass seine Stimme fest klang.

»Vorher sollten wir uns wohl noch jemand anderen vornehmen.«

Jennys Augenbrauen stießen über der Nasenwurzel zusammen, als hätte sie gerade erst seine Anwesenheit im Raum bemerkt.

»Jemand anderen?«

»Das ist doch nicht zu fassen!«, schimpfte David genervt und nahm das brummende Handy von der Tischplatte. »Was willst du, Lucas?«

»Bist du noch in Esbjerg?«

David nahm einen unterschwelligen Ton in Lucas' Stimme war.

»Was ist los?«

»Laust hat die Wahrheit gesagt! Er hat nur drei Söhne. Er war nicht der Vater des Babys, das Melissa Grandberg ertränkt hat.«

43

Jenny hatte ihre liebe Mühe, Davids und Lucas' hektischem Gespräch zu folgen.

Verstohlen betrachtete sie Lucas, während sie zuhörte. Er war so ganz anders als die Männer, für die sie normalerweise eine Schwäche hatte: breitschultrige, maskuline Typen, die Energie und Herzlichkeit ausstrahlten. Lucas Stage hatte platinblondes Haar, geschmeidige, selbstsichere Bewegungen, ein markantes, jungenhaftes Gesicht, und aus seinen chlorblauen Augen strahlte eine lächerliche Selbstzufriedenheit.

»Jenny, was sollen wir deiner Meinung nach tun?«, fragte David.

Sie blinzelte. »Ähm, sorry?«

»Lucas meint, dass wir Andreas umgehend einbestellen sollen. Ich finde, dass wir besonnen handeln und ihn erst mal observieren sollten. Vielleicht führt er uns ja zu Emily.«

In einem Anflug von ohnmächtiger Wut hatte Melissa Grandberg Lucas erzählt, dass das Kind, das sie ertränkt hatte, nicht von Laust gewesen war, sondern das Resultat einer Vergewaltigung, von der niemand außer Melissa, Laust und Andreas etwas wussten. Aus dem simplen Grund, dass Melissa von dem damals 17-jährigen Andreas Grandberg vergewaltigt worden war.

»Das ist nicht so einfach«, sagte Jenny. »Es ist allgemein bekannt, dass Melissa mit ihren inneren Dämonen kämpft. Borderline, manisch-depressiv. Sie zählt nicht unbedingt zu den glaubwürdigsten Personen.«

»Ich hab ihr in die Augen gesehen, als sie das gesagt hat. Sie sagt die Wahrheit«, sagte Lucas.

»Schon möglich, aber das hätte vor Gericht leider nicht viel Gewicht«, sagte David. »Laust ist tot. Das bedeutet, dass Aussage gegen Aussage steht über eine Vergewaltigung, die vielleicht, oder auch nicht, in den Neunzigern stattgefunden hat.«

Sie verstummten, als wären sie auf eine Bühne geschickt worden, ohne das Stück, das sie spielen sollten, je gelesen zu haben.

Weit entfernt heulte eine Sirene. Jenny dachte an ihre Kollegen da draußen auf der Jagd nach Zeugen und Gesichtern, die sie Babyshot zeigen konnten.

Plötzlich richtete Jenny sich auf, schnipste mit den Fingern und fischte ihr Handy aus der Tasche.

»Wir gehen runter in den Zellentrakt.«

»Ich gehe alleine rein«, sagte sie vor der verkratzten Tür zu der Arrestzelle, in der Babyshot untergebracht war. »Er darf euch auf keinen Fall sehen. Verstanden?« Jennys Blick verharrte besonders bei Lucas.

Jenny ging zu dem mumifizierten Bündel in der Zellenecke. Sie hörte Babyshots zufriedenes Schnarchen und sah die Wasserflasche, die er heute Nachmittag bekommen hatte. Leer. Ein halber Liter Wodka.

»Wachen Sie auf«, sagte Jenny.

Der Schlafsack bewegte sich. Eine Hand fuhr träge kratzend über die Hüfte.

Sie ging vor ihm in die Hocke. Er verströmte einen derben, bitteren Geruch. »Ich will Ihnen etwas zeigen.«

»Öhmm?«, brummte er verschlafen, dann etwas wacher. »Wodka?«

»Drehen Sie sich um.«

Wieder ein Brummen, dann schob der Mann seinen Kopf aus dem Schlafsack. Verfilzte Haarsträhnen hingen vor seinem aufgedunsenen Gesicht.

Jenny zeigte ihm das Foto von Andreas Grandberg auf ihrem Handy.

Der Alkoholiker kniff die Augen vor dem leuchtenden Bildschirm zusammen.

»Sind das hier *egrett* und *mullo*?«, fragte Jenny.

Der Obdachlose schluckte. Die Augen unter den geschwollenen Lidern glotzten ausdruckslos auf das Display. Mehrere Sekunden war es ganz still.

»Was zum Teu…« Jenny stieß sich erschrocken nach hinten ab, als Babyshot sich aus seinem Schlafsack zwängte und auf sie stürzte.

»MULLO, MULLO!«

Jenny trat nach ihm, wurde aber von der Wucht seines heranstürmenden Körpers auf den kalten Betonboden geworfen. Wie der Blitz war Babyshot über ihr, mit dreckigen Fingern und klammer Haut. Sie fuchtelte mit den Armen, um ihn sich vom Leib zu halten. In der nächsten Sekunde wurde er in die Luft gerissen und auf den Boden geschleudert, wo die beiden Kopenhagener ihn mit einem Leglock außer Gefecht setzten. Jenny starrte den obdachlosen Mann benommen an. Speichel und Rotz hingen in Fäden von seinen verzerrten Lippen.

Und dann sah sie Babyshots hilflose Antwort auf ihre Frage.

Zwischen seinen Beinen wuchs eine dunkelgelbe Urinlache.

NICÓ

Seit Nicós erster Nacht mit Theresa waren sechs Monate vergangen. Sie hatten seitdem keine Nacht ohne einander verbracht. Mit Volos' persönlicher Erlaubnis durfte sie in Nicós Zimmer ziehen und gehörte nun offiziell ihm. Obendrein hatte Volos ihm eine würdige Beerdigung versprochen, sollte das verrückte Weib ihm eines Tages die Kehle durchschneiden, damit er nicht als Mullo wieder auferstand und seinen Brüdern das Blut aussaugte.

Nicó schnappte selbst die unausgesprochenen Dinge aus der Luft auf. Dass Theresa sich nicht von ihm täuschen ließ. Und in manchen Augenblicken schien er sich die Nähe zwischen ihnen nur einzubilden. Wie wenn das Licht in einem Kinosaal anging und alle Vertrautheit der Dunkelheit verpuffte, waren sie plötzlich verkrampft und unsicher miteinander. Aber Nicó war deswegen nicht wirklich besorgt, weil er verstand, woher diese Momente der Unsicherheit kamen. Denn er ließ sich auch nicht von Theresa täuschen.

†

Nicó lenkte den Mercedes SUV durch den chaotischen Mittagsverkehr von Temeswar. Ein wolkenloser Himmel balancierte königsblau auf den Dächern der Stadt.

Auf dem Rücksitz führte Volos ein gedämpftes Gespräch mit einem Mann im Anzug, den sie am Flughafen abgeholt hatten. Nicó konzentrierte sich, um Bruchstücke der Unterhaltung mitzubekommen.

Nicó wusste, dass Volos an einer großen Sache dran war. Ein streng geheimes Projekt, in das nicht einmal seine treuesten Generäle eingeweiht waren. Volos hatte die Männer nur instruiert, sich bereitzuhalten.

Sie fuhren durch den mondänen Teil der Stadt – barockes Reliefmauerwerk, die Fassaden in prächtigen Pastellfarben gestrichen.

Volos bat Nicó, sie am Tresor le Palais abzusetzen – dem einzigen Fünfsternehotel der Stadt – und danach in die Fabrik zurückzufahren und auf seinen Anruf zu warten.

Zwanzig Minuten später parkte Nicó vor der Fabrik und stieg aus dem Auto. Er klappte den Jackenkragen gegen den Wind hoch und hörte die Rufe der Schützen von der wettergegerbten Hochhausfassade.

»Sen-in, sen-in!« Die Luft ist rein. Keine Gefahr.

Nicó registrierte die Rufe der mit Vollautomatikwaffen ausgerüsteten Schützen, die bereit waren, jede Bedrohung auf der Stelle niederzumähen, nur als Hintergrundgeräusch.

Er ging auf den Eingangsbereich zu. Der Wind verwirbelte die Dampfschwaden, die aus der Kloake aufstiegen wie muffiger Atem. Es kursierten Gerüchte von Aufbruchstimmung und Chaos in der Unterwelt. Horden von Kloakentieren terrorisierten nachts die Stadt, krochen ohne Vorwarnung aus den Erdlöchern und spülten durch Temeswars Straßen wie eine weiße Gischtwelle der Angst. Die Polizei hatte ihre Einsatzstärken ab Einbruch der Dunkelheit verdreifacht. Und jede Nacht waren irgendwo Schusssalven zu hören.

Nicó trat in den abgeschlossenen Stahlkäfig in der Eingangshalle. Die Deckenleuchten flackerten nervös. Nicó rüttelte an dem Gitter. Verschlossen. Er hörte ein leises Schnaufen und schirmte die Augen vor den blendenden Lichtblitzen mit der Hand ab. In einer schattigen Ecke zeichnete sich eine Silhouette ab.

»Haide deschis!« Los, mach auf! Nicós Stimme hallte durch die Eingangshalle.

Ein Glutpunkt leuchtete auf, Zigarettenrauch stieg in Spiralen vor dem Gesicht auf, das Nicó beobachtete, ehe der Mann angeschlurft kam und ihn reinließ.

Nicó sah den Mann zum ersten Mal. Stämmiger Gewichthebertyp mit übergroßem Kopf und schnaufendem Atem, der nach Bier und Lakritz roch.

Nicó baute sich dicht vor ihm auf. »Haben wir ein Problem?«

Der Kerl glotzte ihn mit amüsierter Aggression an.

In dem Augenblick glitt die Aufzugtür auf. »Nicó?«

Nicó unterbrach den Augenkontakt mit dem Mann.

»Hallo, Mikru, ich hab gerade keine Zeit für dich.«

»Aber …«

»Fahr runter!«

Der Junge blieb stehen. Nicó durchbohrte das Muskelpaket mit dem Blick.

»Wir sehen uns wieder.«

»Ich freu mich schon, camarad.« Der Mann schob sich eine Kippe zwischen die spröden Lippen.

†

»Raus mit dir!«, blaffte Nicó den Jungen an, als die Türen sich zu Volos' Kellerpalast öffneten.

»Sure idiot«, nuschelte Mikru mit enttäuscht gebeugtem Nacken.

Nicó nahm sich für den nächsten Tag vor, mehr Zeit für den Jungen zu veranschlagen, den er vor lauter Theresa vernachlässigt hatte. Er hielt neun Finger vor die Überwachungskamera.

Der ferngesteuerte Metallkasten startete mit einem Ruck. Eine durchgerüttelte Minute später öffnete sich der Fahrstuhl in der neunten Etage. Nicó ging durch den Flur. Hinter den Türen die vertrauten Geräusche – temperamentvoller slawischer Pop, das Klicken von Kalahakugeln, schnappende Feuerzeuge und lautes Gähnen. Er fühlte sich wohlig entspannt, weil er an diesem trostlosen Ort einen »Egal was und zu jeder Zeit«-Menschen an seiner Seite hatte.

Er zögerte mit der Hand auf der Türklinke. Hinter der Tür lachte eine schrille Fernsehstimme. Theresa schaute kein Fernsehen.

Ein Schweißtropfen lief seine Schläfe hinunter. Warum war er nicht längst im Zimmer, in ihren Armen?

Überdrehtes Talkshowgelächter.

Nicó spürte den Druck hinter der Stirn, sein Atem ging schneller. Sein Körper schüttete Adrenalin aus.

Er öffnete die Tür.

Nicó wollte kein Teil sein von dem, was er da sah. Er wollte nicht fühlen, was er da sah. Er wollte einfach weg von dem, was er da sah. Die Tür zuknallen, fliehen, auslöschen, auslöschen, auslöschen. Aber er stand wie angewurzelt im Türrahmen und atmete den Tod ein.

Das Zimmer war klebrige Panik.

Sein erster Gedanke war, dass ein Mullo ihre Körper zerfetzt hatte. Das Blut war bis zum Lampenschirm gespritzt, an die Wände, über die Bettdecke und die Bodendielen. Tiefrote, glänzende Flecken, die im epileptischen Fernsehgeflimmer changierten. Auf dem Bett lag ein nackter Mann und starrte mit weit aufgerissenem Mund an die Decke, seine Kehle war ein blubbernder Krater.

Theresas weißes Nachthemd sah aus wie ein Metzgerkittel. Sie saß vornübergebeugt auf der Bettkante, ein Arm war blutverschmiert, als hätte sie ihn in einen Fleischwolf gesteckt. Sie starrte mit leerem Blick vor sich hin, zwei weiße Augäpfel in einer dunkelroten Maske. Nicó hielt die Luft an. Bitte, Theresa, gib mir ein kleines Lebenszeichen.

Aus dem Fernseher dröhnte lautes Gelächter. Das Weiß der Augäpfel verschwand hinter einem roten Lidschlag.

Nicó schlug die Tür zu und kniete sich vor sie.

»Was ist passiert?«, fragte er heiser.

Sie sah ihn mit einer geistesabwesenden Stumpfheit an, die ihm das Herz zerriss. Erst jetzt entdeckte er die Rasierklinge zwischen ihren Fingern.

»Theresa? Sprich mit mir!«

Sie zitterte wie in einem eiskalten Windzug.

»Er wollte mich vergewaltigen. Weil … weil ich dir gehöre.«

Nicó sah zu der Leiche, der riesigen Schweinerei auf dem Bett. Da war nichts schönzureden, da gab es keine Kompromisse. Das würde Volos Theresa niemals durchgehen lassen.

»Wir müssen hier weg.«

»Du kannst mich nicht retten«, sagte sie mit einem schwachen Lachen.

»Ich nehme dich mit, um mich selbst zu retten.«

»Du … verstehst das nicht. Ich habe meine Wahl getroffen … bevor du gekommen bist.«

Nicó erstarrte, als er die warmen Tropfen auf seinem Knie merkte, die von ihrer Hand kamen. Er sah den Schnitt an ihrem Handgelenk.

»Was hast du getan?«

»Dich freigelassen. Ich will endlich hier weg.«

Nicó lief zu der Kommode, riss die Schubladen auf. Hosen, Pullover, Jacke. Das Handy vibrierte in seiner Tasche. Er ignorierte es und zog ihr das Nachthemd aus, zog ihr ihre Sachen an.

»Nein, Nicó, nicht …« Ihre Stimme war kalt und abweisend.

Das Handy vibrierte wieder. Volos sollte zur Hölle fahren.

»Los, hoch mit dir.« Er griff ihr unter die Arme, zog sie hoch und stöhnte, als sie mit ihrem ganzen Gewicht gegen ihn fiel. Fluchend schleppte er sie mit sich zur Tür. Da fiel ihm ein Trick aus seiner Zeit beim Militär ein. Er riss seinen Gürtel auf und zog ihn erst durch eine Schlaufe an Theresas Hosenbund, dann durch eine Schlaufe seiner Hose, sodass ihre Körper an der Hüfte miteinander verbunden waren.

Als er die Tür öffnete, hörte er wieder ein Handy vibrieren, diesmal aus der auf dem Boden zerknüllten Hose des Toten. Auch dieser Anruf würde unbeantwortet bleiben. Volos schien ungeduldig zu werden. Bald würde er einen der anderen Brüder anrufen und in Nicós Zimmer schicken, wo er einen seiner respektierten Brüder finden würde. Ermordet. Es war jetzt nur noch eine Frage der Zeit. Minuten. Sekunden.

Nicó schleifte Theresa durch den Flur und schlug auf den Knopf. Die Fahrstuhlkabel knackten und surrten eine gefühlte Ewigkeit, ehe die Tür aufging. Mit einem Hüftschwung bugsierte er sich und Theresa in den Metallkasten und zeigte das Nullsignal vor dem schwarzen Auge der Kamera. Und wartete.

Wartete.

Das dauerte zu lange. Er widerstand dem Drang, nach oben zu schauen und betete inständig, dass die Kamera nur ein grobkörniges Bild von Theresas blutverschmiertem Gesicht zeigte.

Der Fahrstuhlkasten setzte sich ruckelnd in Bewegung. Sie waren auf dem Weg nach unten. Nicó checkte, ob der Autoschlüssel in seiner Tasche steckte.

Sekunden. Minuten.

Der Fahrstuhl hielt an, er zog Theresa in die dunkle Eingangshalle.

»Salut din nou, Nicó.«

Nicó fuhr zusammen. Er spähte in die dunkle Halle, ohne den Eigentümer der Stimme zu erkennen.

»Sie sieht mitgenommen aus. Hat sie gezickt?«

Nicós Blick flackerte. Wo versteckte sich das Schwein?

»Du weißt ja, wie die Frauen sind, Kumpel. Wie Hunde. Man muss ihnen Gehorsam einprügeln.«

Das heisere Lachen des Muskelpakets echote durch die Halle.

»Ich kenn mich nicht besonders mit Frauen aus. Aber ich weiß, dass das da deine Frau ist. Und dass du ihr kein Haar krümmen würdest.«

Nicó sah ihn nicht kommen, ganz plötzlich stand er vor ihnen. Musterte Theresa mit seinen kleinen Kreuzotteraugen.

»Ganz ruhig, *prieten*. Ich mach nur meinen Job. Kontrolliere alle, die rein und raus gehen.«

»Und was willst du bei uns kontrollieren?«

Der Blick des Muskelmannes war hart und amüsiert. Theresas Beine gaben nach, was Nicó zu einem seitlichen Ausfallschritt zwang. Er konnte den Wachmann nicht davon abhalten, seine Jacke anzuheben und den Gürtel und das Blut zu sehen.

»Ihr kommt mit mir«, sagte er mit erregter Stimme und drückte Nicó die Pistole gegen den Bauch.

»Du verstehst das falsch«, sagte Nicó und nahm sein Handy heraus. »Volos hat mich angerufen und …«

»Fuck, dein Handy!«

»Sieh selbst …« Nicó hielt dem Muskelmann den leuchtenden Bildschirm vors Gesicht und sah, wie er vor dem blendenden Licht die Augen zukniff, während sein Gehirn nach einem Signal suchte, einer Warnung, der Summe der verstümmelten Informationen, die ihm sagen würde, dass es bereits zu spät war.

Nicó riss die andere Hand nach oben.

Der Mund des anderen öffnete sich in einem schockierten Japsen. Der Metallschaft des Schraubenziehers blinkte in der Mundhöhle wie eine Poledance-Stange. Nicó drückte den Griff weiter durch das weiche Fleisch des Unterkiefers und die geschmeidige Struktur der Zunge, bis die Spitze gegen den harten Gaumenbogen stieß. Der Muskelmann stieß gurgelnde Laute aus, als würde er innerlich ertrinken, Blutblasen quollen zwischen seinen Lippen hervor.

Nicó ließ den Schraubenzieher los und sah den Muskelmann rückwärts taumeln und mit einem dumpfen Klatschen im Dunkeln aufschlagen.

Ohne Nicós Stütze sackte Theresa augenblicklich in sich zusammen. Er löste den Gürtel, nahm sie auf den Arm und stolperte zum Eingang.

»Wo willst du hin?«

Nicó fuhr herum. In dem Lichtstreifen des offenen Fahrstuhls stand Mikru.

»Was machst du hier?«, fragte Nicó keuchend.

»Ich wollte dem Idioten sagen, dass er dich in Frieden lassen soll.« Mikru starrte mit großen Augen auf die blutüberströmte Frau in Nicós Arm. »Wer ist das?«

»Eine Frau, die meine Hilfe braucht.«

Der Junge lächelte unsicher. »Papa sagt, dass wir die Frauen nicht mit nach draußen nehmen dürfen.«

»Ich weiß, aber … sie hier ist eine Ausnahme.« Sekunden. Minuten. »Tut mir leid, Mikru, aber ich muss jetzt los.«

»Warte!« Mikru kam zu ihnen gelaufen. »Wo willst du hin? Hör auf zu lügen.«

Nicó begegnete dem noch unschuldigen Blick des Jungen, der mit der Zeit von Schwermütigkeit und Aggressionen gehärtet sein würde wie bei allen Männern an diesem Ort.

»Komm mit mir! Jetzt«, platzte Nicó mit panisch angespannten Stimmbändern heraus.

Mikrus innerer Kampf spiegelte sich in seinem Gesicht wieder. Verwirrung. Freude. Zögern.

»Was ist mit Papa?«

Nicó sah Theresa an. »Wir haben keine Zeit. Du musst dich entscheiden.«

Mikru hob die Pistole des Muskelmannes vom Boden auf und wog sie allzu routiniert in der Hand.

»Ich passe auf euch auf.«

Drei Gestalten liefen geduckt über den schlammigen Platz vor der Fabrik.

Nicó, der Theresa trug, atmete schwer. Mikru lief vor ihnen her. Leise wie ein Fährtensucher, konzentriert. Nicó schaute auf die Pistole in Mikrus Hand, wollte ihn warnen, den Finger nicht auf den Abzug zu legen, aber seine Luft und Energie reichten nicht für mehr als den nächsten Schritt.

Dreißig Meter bis zum Auto.

Nicó warf einen Blick über die Schulter. Die Fabrik ragte vom

Mond beschienen in die Höhe. Er lauschte auf andere Geräusche als ihre Schritte. Es war zu still.

Zwanzig Meter.

»Nimm den Autoschlüssel aus meiner Jackentasche«, sagte Nicó.

Mikru folgte wortlos der Aufforderung.

Fünfzehn Meter.

Da krachte es. Die Kugeln zischten über ihre Köpfe hinweg und pflügten den Schlamm vor ihren Füßen um. Vier exakt platzierte Warnungen. Sie hatten die Leiche gefunden. Mikru sah ihn mit angstgeweiteten Augen an.

Die Eingangstür flog auf und eine Gruppe Männer stürmte hinter ihnen her.

Nicó drückte seine Lippen an Theresas kalte Ohrmuschel.

»Ich liebe dich. Heute Abend gehen wir weg. Wir zwei.«

In dem Augenblick brüllte einer der Männer hoch zu den Balkonen.

»Nicht schießen, nicht schießen! Das Schwein hat Mikru in seiner Gewalt.«

Die nächsten Sekunden liefen in einer ruckelnden, chaotischen Bildfolge ab wie ein Film in Zeitlupe. Nicó brüllte Mikru beim Sprint über die letzten Meter zum Auto zu, auf den Schlüssel zu drücken. Mikru war als Erster da und riss die Hintertür auf, sprang hinein und zog die blutüberströmte und wimmernde Theresa auf die Rückbank, als Nicó sie ablegte.

Nicó konnte sich nicht erinnern, die Pistole genommen zu haben, aber im nächsten Augenblick stand er hinter dem Fahrzeug verschanzt, die Waffe über das Autodach gerichtet. Er hörte keinen Knall, merkte nur den Rückstoß, und sah, wie sich die Männer der Länge nach in den Schlamm warfen, wie einer mit einem wachsenden dunklen Fleck vor seinem Bauch auf die Knie sackte.

Als Nächstes saß Nicó hinter dem Steuer. Er nestelte an dem Schlüssel herum, der Hals wie zugeschnürt. Vereinzelte Kugeln trafen die Karosserie mit bebenden Schlägen. Mikru schrie laut auf, als eine Seitenscheibe in einem Scherbenschauer explodierte. Aber in dem halben Augenblick, in dem Nicó den Motor startete, die Vibration im Lenkrad fühlte, einen Ruf direkt neben der zerborstenen Scheibe hörte und von der brüllenden Beschleunigung in den Sitz gedrückt wurde, wusste er, dass keine Kugel sie mehr erreichen würde. Sie waren frei.

44

Andreas Grandberg wurde um 03.32 Uhr in seiner Villa im Lindsnakkevej festgenommen. Der Verhaftung vorangegangen war ein bürokratischer Nachtmarathon an Telefonaten, Logistik und gehöriger Paranoia.

Jennys erstes Telefonat war um 23.34 Uhr an Marcus Bloms Privatnummer gegangen. Der Ermittlungsleiter hatte so kurz vor Mitternacht erstaunlich wach geklungen. Fast, als hätte er damit gerechnet, dass etwas passierte.

In kurzer Zeit hatten Jenny, David und Lucas Marcus von der erdrückenden Beweislast gegen Andreas Grandberg überzeugt. Daraufhin hatten sie sich schnell auf eine »stille Festnahme« ohne Unterstützung vom AKS oder dem Rest der Mordkommission geeinigt. Vier Beamte mussten reichen, um einen komplett unvorbereiteten Mann festzunehmen.

Um 00.26 Uhr hatte Marcus Blom den Staatsanwalt vom Polizeibezirk Süd- und Süderjütland erreicht, um einen Haftbefehl für Andreas Grandberg und einen Durchsuchungsbefehl für seine Villa und Jacht zu erwirken. Sie wussten, dass das erste Argument darüber entschied, wie der Staatsanwalt sich entscheiden würde. Darum hatte Marcus das Gespräch damit eingeleitet, dass ein Augenzeuge Andreas Grandberg zum Zeitpunkt des Mordes an einer obdachlosen Frau am Tatort gesehen hatte. Nicht erwähnt hatte er, dass es sich bei dem Zeugen um einen alkoholkranken, infantilen Autisten handelte, der Andreas auf einem Facebookfoto auf Jennys Handy identifiziert hatte. Danach hatte Marcus, ohne allzu sehr ins Detail zu gehen, die Beziehung zwischen Hanne Jensen und Andreas Grandberg angesprochen und betont, dass Andreas Hanne in die Drogenabhängigkeit getrieben hatte, kurz bevor sie spurlos verschwunden war. Zuletzt hatte Marcus noch die lückenhafte Fallakte über Hanne Jensens Verschwinden erwähnt, der unter anderem zu entnehmen war, dass Andreas seinerzeit noch nicht einmal zum Verhör vorgeladen worden war.

Nach der Vorlage des Beweismaterials hatte der Staatsanwalt um Bedenkzeit gebeten. Sicherheitshalber war die Gruppe schon mal raus zu Andreas Grandbergs Villa gefahren. Andreas war ein einflussreicher Mann mit einem weit gespannten Netzwerk. Sie mussten damit rechnen, dass die »Bedenkzeit« des Staatsanwalts eigentlich Besprechungszeit bedeutete.

Eine gute Stunde nach dem ersten Anruf, um 01.29 Uhr, genehmigte der Staatsanwalt den Haftbefehl, unter Berücksichtigung des Justizverwaltungsgesetztes § 758, das vorschrieb, dass die Festnahme so schonend erfolgen sollte, wie die Umstände es zuließen. Den Durchsuchungsbeschluss machte der Staatsanwalt von der Ausbeute des Verhörs abhängig.

Die Verwirrung in Andreas Grandbergs Augen war längst verschwunden, als Jenny und Marcus sich an den Tisch im Verhörraum 1 setzten. In der Vorbereitungszeit auf das Verhör war Andreas auf der Toilette gewesen, hatte um Wasser gebeten, dann um Kaffee und danach um einen weiteren Toilettenbesuch. Am erstaunlichsten allerdings war die Tatsache, dass der wohlhabende Mann es abgelehnt hatte, seine Anwältin anzurufen. Passivität zu diesem Zeitpunkt war bedenklich, meinte Jenny. Ein Mann mit Andreas Grandbergs Status hatte doch sicherlich einen hochkarätigen Anwalt an der Hand, der ihnen allen das Leben zur Hölle machen würde. Sie konnte sich nicht entscheiden, ob das hier eine Machtdemonstration, Herrschaftsgehabe oder etwas ganz anderes war.

Jenny blätterte sich durch die noch kopierwarmen Dokumente. Marcus schaltete das Aufnahmegerät auf dem Tisch ein und las Fallnummer, Uhrzeit, Ort, Datum und die vollen Namen der Anwesenden im Raum laut vor. Bis auf Lucas waren sie sich einig gewesen, dass Jenny das Verhör leiten sollte.

Sie hob den Blick und hoffte, dass Andreas den überraschten Luftschnapper überhörte, der sich ihrer Kehle entrang, als sie seinem Blick begegnete. Es war, als würde sie in eine mürrische, stierende Ausgabe von Williams braunen Augen schauen. Er schien seine Arbeitskleidung vom Vortag zu tragen, direkt aus dem Wäschekorb zusammengeklaubt: knittriges Oberhemd und Hose mit Bügelfalte, passend zu dem marineblauen Blazer, der wie angegossen an seinem v-förmigen Oberkörper saß. Das glänzende Haar fiel in einen jugendlich fülligen Seitenscheitel, aber sein Hang zu langen Nächten, Drogen und Frauen hatte deutliche Spuren um seine Augen hinterlassen.

»Und?«, sagte Andreas und ließ seinen vorwurfsvollen Blick auf Marcus und Jenny ruhen. »Ist das hier wirklich nötig?«

Jenny legte die Stirn in Falten. »Was genau meinen Sie mit ›das hier‹?«

»Sie holen mitten in der Nacht und ohne Nennung eines Grunds einen über den Selbstmord seines Vaters trauernden Mann aus seinem Haus und lassen ihn stundenlang in einem abgeschlossenen Raum sitzen. Mit diesen lächerlichen Handschellen.« Er hob die Hände mit der klirrenden Metallkette hoch. »Sie scheinen sich tatsächlich einzubilden, etwas gegen mich in der Hand zu haben. Sie wissen doch, wer ich bin.«

Jenny nickte, fast ein bisschen enttäuscht, wie schnell Andreas die »Weißt du, wer ich bin?«-Karte gezogen hatte.

»Sollen wir Sie von den Handschellen befreien?«

Andreas schob die Hände demonstrativ klirrend über die Tischplatte.

»Das ist vollkommen lächerlich«, brummte er, als Marcus ihm die Handschellen abnahm.

Jenny hatte viele Jahre lang alle mögliche Literatur über Verhörtechniken gewälzt und am Ende aus Frust vor den vielen Widersprüchen und manipulativen Fallstricken ihre eigene Technik entwickelt, die auf zwei einfachen Prinzipien basierte.

Das erste war, die direkte Konfrontation zu meiden. Konfrontation war kontraproduktiv und barg das Risiko, dass das Objekt zumachte. Das andere Prinzip fußte darauf, Fragen zu stellen, die die Möglichkeit des Objektes zur Leugnung minimierten. Beide Prinzipien hatten zum Ziel, den Dialog im Fluss zu halten. Zu irgendeinem Zeitpunkt verloren alle den Überblick. Über die Wahrheiten. Über die Lügen. Und zu guter Letzt über sich selbst.

»Was haben Sie in der Nacht auf den 10. Oktober gemacht?«, fragte Jenny.

»Das habe ich Ihren Kollegen schon gesagt.«

»Ich würde gerne selber hören, woran Sie sich erinnern.«

»Ich habe die Quartalsabrechnung durchgesehen und danach bis zum Einschlafen ferngesehen.«

»Kann jemand bestätigen, dass Sie zu Hause waren?«

»Sie wissen, dass das niemand kann.«

Jenny nickte und machte sich eine Notiz.

»Ich würde gerne etwas über Ihr Verhältnis zu Hanne Jensen hören.«

»Hanne?« Andreas schnitt eine »Ihr Ernst?«-Grimasse. »Wir waren ein Paar. Wir haben Schluss gemacht. Sie ist verschwunden. End of story.«

»Wer hat die Beziehung beendet?«

»Wir haben uns aus den Augen verloren. Die Beziehung ist im Sande verlaufen.«

»Hannes Vater, Mark Jensen, hat was von Drogen gesagt?«

»Davon weiß ich nichts.«

»*Andreas Grandberg hat meine Tochter an die Drogen gebracht*, das waren seine Worte.«

»Das sagt der alte Trunkenbold über mich?«

»Mark hat statt Ihres Namens einen anderen Ausdruck benutzt.«

»Er ist ein bitterer, einsamer Mann.«

Jenny zitierte David und Lucas. »Ihr Vater hat gesagt, man müsse etwas gegen die Leute in der Hand haben, mit denen man eine Beziehung eingeht. Laut seiner Aussage sind Sie der einzige seiner Söhne, der verstanden hat, dass das auch für Familienmitglieder gilt. Was hatten Sie gegen Ihren Vater in der Hand, Andreas? Es muss etwas Gravierendes gewesen sein, wenn es ihn und Melissa gezwungen hat, über die Vergewaltigung zu schweigen.«

»Es war keine Vergewaltigung.«

»Jeder Junge sollte tief in seinem Innern den Wunsch hegen, seinen Vater zu besiegen. Wird so nicht ein echter Grandberg-Junge erzogen?«

Andreas zuckte mit den Schultern.

»Heißt das Ja oder Nein?«

»Ich weiß es nicht.«

»Was wissen Sie nicht?«

Andreas lehnte sich auf dem Stuhl zurück. Er atmete langsam aus. Jenny befeuchtete ihre Lippen. War das der Augenblick? Verlor er jetzt den Überblick?

»Ich habe allen Respekt dafür, dass Sie Ergebnisse brauchen«, sagte er schließlich.

Jenny blinzelte verwirrt. Seine Stimme klang plötzlich mechanisch, wie vom Band. Seine Mimik war vollkommen beherrscht.

»Aber …« Er trommelte mit zwei Fingerspitzen auf die Tischplatte. »… Jede weitere Kommunikation meine ungerechtfertigte Festnahme betreffend läuft zukünftig über meine Anwältin.«

45

Verfluchte Scheiße!«, platzte Jenny heraus und trat den Mülleimer mit der Spitze ihres Sneakers quer durch den Raum. »War ich zu ungeduldig? Hat er mich durchschaut?«

Marcus schüttelte den Kopf.

»Andreas wollte sich erst einen Überblick über die Beweislast verschaffen, ehe er seine Anwältin einschaltet. Sein Plan A war mit Sicherheit zu verhindern, dass sich das Gerücht über seine Festnahme verbreitet. Du hast ihn im Verhör unter Druck gesetzt, auf Plan B umzuschwingen. Das ist positiv.«

Jenny warf David und Lucas einen fragenden Blick zu, die sie von ihren Plätzen aus ansahen.

»Wir müssen den wunden Punkt treffen. Die Jacht? Die Vergewaltigung? Das Hühnerhaus?«

David räusperte sich. »Die Hühnerepisode zeigt Andreas' Gewaltbereitschaft. Tiermisshandlung ist starker Tobak, aber nur in Kombination mit konkreten Beweisen. Wir brauchen einen Durchsuchungsbeschluss, um auf das Boot zu kommen.«

»Wir hätten aufnehmen müssen, wie Babyshot sich beim Anblick von Andreas vor Angst eingepisst hat«, sagte Marcus. »Lässt sich das noch mal wiederholen? Solange er noch unten im Arrest ist.«

»Nicht nötig«, sagte Jenny. »Melissa hat dir von der Vergewaltigung erzählt, Lucas. Könntest du sie davon überzeugen, eine Aussage zu machen?«

»Wir sind nicht so ganz einvernehmlich auseinandergegangen.«

»Moment mal? Ich dachte, du hättest ein Geständnis von ihr bekommen?«

»Habe ich auch. Aber wenn ich genauer darüber nachdenke, war ihre Offenheit vermutlich dem Kontext geschuldet.«

»Dass ihr Sex hattet?«

Lucas wedelte mit der Hand, seine Ringe blinkten im Licht der Deckenlampe.

»Dass ich sie zum Selbstmord aufgefordert habe.«

Marcus sprang von der Tischplatte.

»Wovon zum Teufel sprichst du?«

»Persönliche Erfahrung mit einer lebensgefährlichen Mutter.« Lucas switchte zu einem pädagogischen Ton um. »Ihr hättet mir auch die Zeit im Ring mit Andreas überlassen können.«

»Jenny hat das glänzend gemeistert«, sagte Marcus.

Lucas zog eine Augenbraue hoch.

»Du hattest unseren Verdächtigen ganz für dich allein. Ohne einen Anwalt, der deine Verhörstrategie durchschauen konnte. Warum ist Andreas trotzdem nicht in die Falle getappt?«

»Weil ich keine Fallen stelle. Ich entlocke Geständnisse.«

»Vielleicht solltest du deine Taktik einmal überdenken.«

»Sagt der Mann, der eine psychisch kranke Frau zum Selbstmord auffordert.«

»Man fängt den Bösen nicht immer, weil man zu den Guten gehört.«

»Jetzt haltet doch mal die Klappe!«, brüllte David. »Gebt mir zwei Sekunden Ruhe zum Nachdenken.« Er starrte auf den Boden, massierte sich die Schläfen und blickte wieder hoch. »Könnte es sein, dass wir einen Maulwurf in den eigenen Reihen haben? Jemanden, der seit Jahrzehnten in die dreckigen Geschäfte der Grandberg-Familie eingeweiht ist? Und jemanden, der nichts mehr zu verlieren hat, wenn er die Wahrheit sagt?«

46

Nach ein paar Stunden dringend nötigen Schlafs im Kielwasser der ereignisreichen Nacht parkte David in der Mittagszeit vor Poul Harmsens Arztpraxis in dem Einfamilienhausviertel.

»Ich führe die Unterhaltung mit ihm alleine. Okay?«

»Angekommen«, sagte Lucas mit einem Blick zu dem Haus mit den heruntergelassenen Jalousien. »Ob Mette Grandberg gerade eine Privatbehandlung bekommt?«

»Dann finde ich sicher einen freien Stuhl im Wartezimmer«, sagte David und stieg aus.

Er irrte sich, im Wartezimmer war kein freier Stuhl. Dort war gar nichts mehr. Das Wartezimmer war komplett leer geräumt. Stühle und Tische, die Stapel von ungeöffneten Zeitschriften und Magazinen, der Computer am Empfang, alles weg. Als David sich schon mit dem Gedanken anfreundete, dass der Arzt über alle Berge war, hörte er ein Geräusch. Hektisches Papiergeraschel. Durch den Türspalt sah er Poul Harmsen.

David stieß die Tür auf.

Der Arzt fuhr erschrocken herum und sah David an. Schweißperlen glitzerten auf seinem kahlen Schädel.

»Sie … hier?«

»Ich habe doch angekündigt, dass ich wiederkomme, wenn der Sturm sich gelegt hat. Was machen Sie da?« David nickte in Richtung der Umzugskisten.

»Laust gibt es nicht mehr«, sagte der Arzt. »Genau wie meine Praxis. Sie haben recht: Es gibt keine Patienten. Ich habe allein von Lausts Gnaden gelebt. Diese Praxis«, er sah sich mit Verachtung im Blick um, »ist reine Kulisse.«

»Nicht ganz. Zwischendurch haben Sie doch schon echte Patientinnen gehabt?«

»Ich habe nur getan, was Laust von mir verlangt hat«, jammerte Harmsen. »Die Abtreibungen wurden zum Wohle aller vorgenommen.«

»Auch die bei Emma Ravnsborg?«

Harmsen schwieg.

David schüttelte eine Zigarette aus der Packung und hielt Harmsens Blick über der fauchenden Flamme seines Sturmfeuerzeugs fest.

»Sie erinnert sich jedenfalls an Sie.«

»Ich ... habe Emma verschont und die Abtreibung nicht durchgeführt. Aber sie ist nicht verschwunden wie abgesprochen.«

David blies Rauch in Richtung des Arztes.

»Auf Ihrem Behandlungsstuhl war eine junge, zu Tode verängstigte Frau festgeschnallt, die sich den Finger abgeschnitten hätte, um wegzukommen. Aber sie hat ja ihre Strafe bekommen.«

»Ich habe nichts mit dem furchtbaren Überfall zu tun!«

»Aber Sie kannten Laust. Glauben Sie, er wäre in der Lage gewesen, Emmas Gesicht als Rache dafür zu verstümmeln, dass sie sich geweigert hat abzutreiben? Glauben Sie, dass Laust all die Frauen und Mädchen in Smøl Vold umgebracht hat?«

Harmsens Adamsapfel hüpfte in seinem langen Hals auf und ab.

»Ich habe nicht die leiseste Ahnung.«

»Sie waren viele Jahre lang befreundet. Da müssen Sie doch das eine oder andere mitbekommen haben.«

»Nein. Nichts.«

»Überhaupt nichts? Sind Sie sicher?«

Harmsen zog die Schultern hoch.

In dem folgenden, langen und peinlichen Schweigen war David kurz davor, den Arzt durchzuschütteln. Aber Harmsen war bereits ein gebrochener Mann. Das machte ihn unberechenbar.

»Wie geht es jetzt weiter, Harmsen?«

Der Arzt seufzte. »Ich ziehe zu Mette. Dann sehe ich weiter.«

Sie wussten beide, dass Mette nichts anderes war als ein neuer Rettungsring. Er hatte zu lange als Putzerfisch sein Dasein gefristet und würde ohne einen großzügigen Wirt in der offenen Meeresströmung ertrinken.

David senkte den Blick.

»Was wissen Sie über Eva Grandbergs Selbstmord?«

Harmsen kratzte sich an den roten Flecken an seinem Hals.

»Nichts. Wieso?«

»Laust hat kurz vor ihrem Selbstmord den Flügel des Hauses abgeschlossen. Den Söhnen hat er erzählt, es ginge ihr so schlecht, dass sie nicht zu ihr gehen dürften. Ich weiß, dass Sie den Totenschein unterschrieben haben. Sie haben Evas Leiche gesehen. Erzählen Sie mir, was Sie dort vorgefunden haben.«

»Sie … sie hatte sich erhängt. Es war ein grauenvoller Anblick. Den wollte Laust seinen Söhnen ersparen.«

»Und weiter?«

»Nichts weiter.« Trockene, hektische Stimme. »Ich … will nicht mehr.«

»Laust ist tot. Sie haben nichts zu verlieren, wenn Sie die Wahrheit sagen.«

»Genau!« Harmsen schlug die Hände mit einem melodischen Knall zusammen und sah David mit aufgerissenen Augen an. »Ich habe nichts mehr zu verlieren.«

Wie in Zeitlupe bewegte David sich auf den Arzt zu, Tinnitus im Ohr, Leere im Raum, in ihm selbst.

»Erzählen Sie mir, was Sie gesehen haben. Harmsen.«

David lehnte den Kopf gegen die Nackenlehne.

»Gut gelaufen?«, fragte Lucas.

»Harmsen hat zugemacht. Ich hab ihn rangenommen, so hart ich konnte.«

Lucas schnalzte mit der Zunge.

»Du hast ihn so hart rangenommen, wie er es zugelassen hat, nicht so hart du könntest.«

»Was redest du da?«

»Er hat dich durchschaut. Das ist dein Problem. Du tust nur so, als ob.« Lucas ließ seinen Nacken knacken. »Du bist ein Regelsklave. Das wittert selbst ein Schoßhund wie Harmsen.«

»Glaubst du, du hättest es besser gemacht?«

Lucas streckte eine Hand vor und spreizte die Finger. Dann zog er einen Ring nach dem anderen von den Fingern und legte sie mit einem gewichtigen »Klong« auf dem Armaturenbrett ab.

»Ich gehe gerne da rein und rede mit ihm«, sagte er mit tonloser Stimme. »Du musst nur Ja sagen.«

David schaute durch die Frontscheibe. Der Sprühregen hing wie ein Grauschleier vor den Lichtkegeln der Straßenlaternen.

»Ja.«

Davids Fuß wippte unruhig auf der Fußmatte hin und her. Lucas war jetzt seit einer guten Viertelstunde bei Harmsen, und Davids Risikobereitschaft war längst in Besorgnis umgeschlagen. Er schaute von den Ringen des Kollegen auf dem Armaturenbrett zum Praxiseingang. Es lag eine unheilschwangere Idylle über dem roten Backsteinhaus.

Endlich tauchte Lucas auf. David griff nach seiner Hand, sobald er sich auf den Beifahrersitz fallen ließ.

»Was soll das? Lass mich los!« Lucas zog die Hand weg.

»Ich will deine Knöchel sehen.«

Lucas sah ihn an, als hätte David vorgeschlagen, gemeinsam in einen Abgrund zu fahren.

»Meine Vernehmungen bauen auf mentaler Finesse auf, nicht auf Schraubenziehern und Heckenscheren.«

»Und wozu dann das ganze Theater?«, fauchte David. »Warum hast du die Ringe ausgezogen?«

Lucas spreizte die Finger seiner ringlosen Hand. »Ich habe da so einen merkwürdigen Ausschlag und hab ihn gebeten, sich das mal anzusehen. Er ist schließlich trotz allem Arzt.«

David schüttelte den Kopf.

»Und was hast du aus ihm rausgekriegt?«

»Andreas Grandberg ist nicht KFT.«

Davids Augäpfel zuckten, als er Lucas' Gesicht nach einem Anflug von Ironie absuchte und keinen fand.

»Wer ist es dann?«

Lucas schob bedächtig die Ringe über die Knöchel.

»Ich erzähle es dir während der Fahrt.«

Jenny, Marcus und David saßen mäuschenstill um den Tisch in dem engen Raum der Mordkommission. Der Rest des Teams, der zur Arbeit gekommen war, war mit unterschiedlichen Aufträgen von Marcus in der Stadt unterwegs.

Lucas stand am Tischende. David hatte den Mechanismus noch nicht ganz durchschaut, akzeptierte aber inzwischen, dass die unterschwelligen Strömungen des Schicksals am Ende Lucas Stange immer wieder ins Zentrum spülten.

»Wir haben die ganze Zeit an einen klaren Zusammenhang zwischen Emma Ravnsborgs geheim gehaltener Schwangerschaft von Laust und seinem Motiv, sie zu überfallen, vermutet. Dann taucht plötzlich Andreas auf und stört das Bild. Harmsen konnte sich auf meine Nachfrage nicht entscheiden, ob Laust oder Andreas imstande wären, Emma auf so brutale Weise zu überfallen. Also habe ich ihm einen wohlmeinenden Schubs gegeben …«

»Schubs? Müssen wir einen Notarzt in die Praxis schicken?«, fragte Marcus.

»Nein.« Lucas' Mundwinkel bewegten sich in einem selbstzufriedenen Zucken nach oben. »Harmsen hat mir nämlich etwas sehr viel Verstörenderes gestanden. Etwas, das in der Nacht vor Eva Grandbergs Selbstmord passiert ist.«

Jenny rückte auf die vordere Stuhlkante vor, David weiter nach hinten. Er wusste, dass Lucas sie nicht enttäuschen würde.

»In der offiziellen Polizeivernehmung hat Laust ausgesagt, dass Eva an einer ausgeprägten manischen Depression litt. Und dass sie an den Tagen vor dem Selbstmord angeblich Lithiumpillen eingeworfen hatte wie Tic Tacs. Aber am Ende ist sie zusammengebrochen und hat sich in ihrem Schlafzimmer erhängt. Kofoed hat den Fall untersucht und konnte keine Hinweise auf ein Verbrechen entdecken. Auf sein Anraten hin wurde daher keine gerichtsmedizinische Obduktion vorgenommen. Er hat mit anderen Worten Harmsen grünes Licht gegeben, Evas Todesschein auszufüllen.«

»Wer hat das Protokoll unterschrieben?«, fragte Jenny.

»Nur Kofoed. Er war Chef der Mordkommission, sein Urteil war entscheidend. Und das war damit die offizielle Geschichte von Evas Selbstmord. Bis jetzt.«

»Was hat sich geändert?

»Ein ziemlich wesentliches Detail.« Lucas' Lederjacke knarrte, als er sich setzte, um auf Augenhöhe mit seinem Publikum zu sein. »Kofoed hat Eva Grandbergs Leiche nie gesehen.«

Alle saßen stumm da und starrten ihn an. Er erwiderte ihren Blick und fuhr fort. »Laut Harmsen ist Eva Grandbergs Selbstmord ganz anders vor sich gegangen. Laust hat mitten in der Nacht bei Harmsen angerufen und den Arzt in die Grandberg-Villa beordert. Den Grund wollte er nicht nennen. Als Harmsen eintraf, hat Laust ihm ohne das geringste Anzeichen von Trauer gesagt, dass Eva sich in ihrem Schlafzimmer erhängt hätte. Harmsen hatte das zuerst für einen schlechten Scherz gehalten, aber Laust erzählte weiter, dass Eva ein groteskes Unglück passiert war. Sie hatte auf dem Herd Milch gekocht und sich, als sie aus unbekannten Gründen gestolpert war, die kochende Flüssigkeit dabei ins Gesicht geschüttet.«

»Warum hat Laust keinen Krankenwagen gerufen?«, fragte Marcus.

»Laust behauptete, dass er in seiner Panik stundenlang durchs Haus gelaufen sei, vor Schock wie gelähmt und handlungsunfähig beim Anblick von Evas entstelltem Gesicht und ihren Schmerzensschreien.«

»Was ist mit William?«, fragte Jenny. »Oder Elias und Andreas? Die Söhne müssen doch etwas mitbekommen haben.«

Lucas schwenkte die Hand. »Keine Ahnung.«

In diesem Moment fiel Jenny ein, dass William zu keinem Zeitpunkt auch nur einen Anflug von Trauer über Lausts Selbstmord gezeigt hatte. Sie spürte einen Stich im Herzen. Seine Kindheit musste schrecklicher gewesen sein, als sie es geahnt hatte.

Lucas kratzte sich das flachsblonde Brusthaar in seinem offenen Hemdausschnitt.

»Als Laust endlich aus seinem Schockzustand erwacht war, ist er zurück ins Schlafzimmer gelaufen. Aber da hatte Eva schon ihre Wahl getroffen.«

»Sehr mager«, brummete Jenny.

»Was hätte Harmsen tun sollen? Laust ein unsauberes Spiel vorwerfen? Dem Mann, der seine Praxis am Leben hielt? Der seine letzte Chance im Leben war nach einer Reihe von ›Missverständnissen‹ zwischen ihm und diversen Patientinnen in seiner Praxis in Seeland. Als er noch eine Familie hatte, die ihm in die Augen sehen konnte. Nein. Laust hatte verstanden, dass die Hand, die einen ausgehungerten Hund füttert, die größte Loyalität erwarten kann. Sein ganzes Leben lang hat er Beziehungen so aufgebaut. Er hat sich auf der Mülldeponie des Lebens bedient.«

Jenny meldete sich zu Wort.

»Was ist mit Børge Kofoed? Was hat es damit auf sich, dass er Evas Leiche nie zu Gesicht bekommen hat? Er hat schließlich einen Polizeibericht verfasst, der eine gerichtsmedizinische Obduktion nicht notwendig gemacht hat.«

»Laust hat Poul Harmsen eingeschärft, den Totenschein auszustellen und danach alles zu vergessen, was er in dieser Nacht gesehen hat. Harmsen hat protestiert, weil er keinen Totenschein unterschreiben konnte, bevor die Polizei den Fundort untersucht hatte. Daraufhin hat Laust entgegnet, dass der Chef der Mordkommission ein guter Bekannter sei und das längst erledigt wäre.«

Jenny schnaufte. »Was zum Teufel heißt erledigt? Ist Kofoed überhaupt nicht in der Grandberg-Villa gewesen? Hat er Evas Verletzungen nie gesehen?«

»Laust hat sich nicht mit Menschen verbündet, sondern mit Ressourcen. Evas Todesfall wurde so diskret behandelt, dass außer Laust und Harmsen niemand die Leiche gesehen hat. Laust hat William, Andreas und Elias untersagt, sie noch mal zu sehen. Sie wurde im verschlossenen Sarg bestattet, und da Eva aus einer konkurrierenden süderjütländischen Unternehmerfamilie stammte, die ihr die Einheirat in die Grandberg-Familie nie verziehen hatte, kam auch niemand, um ihr das letzte Geleit zu geben. Und das war's dann. Eva war weg.«

Marcus tippte mit dem Zeigefinger an sein Kinn.

»Verstümmelung mit kochender Flüssigkeit. Strangulation. Das ist identisch mit KFTs Modus.«

»Was wir nicht mit Sicherheit wissen«, sagte Jenny, »da wir die tatsächlichen Umstände nicht kennen. Das sind historische Überlieferungen, die geschönten Erinnerungen alter Männer.«

»Die gesamte Ermittlung basiert auf lückenhaften Erinnerungen«, sagte Lucas. »Wir haben keine konkreten Zeugen, nur Erzählungen von der Straße und das daraus zusammengebaute Gesamtbild.«

»Babyshot ist ein Zeuge.« Etwas Grelles schlich sich in Jennys Stimme. »Der arme Kerl hat sich vor Angst eingenässt, als ich ihm das Foto von Andreas gezeigt habe.«

Lucas seufzte. »Babyshot ist ein infantiler Autist. Ein gewiefter Anwalt würde mit ihm den Boden aufwischen. Außerdem haben wir die Fotos bei Laust gefunden. Und dann der Überfall auf Emma Ravnsborg. Verstümmelt, versuchte Erdrosselung. Sie war schwanger von ihm und hat sich geweigert abzutreiben. Das passt alles zusammen. Motiv, Vorgehensweise, Beweislast.«

Jenny schüttelte den Kopf.

»Tut es das? Ein Mord im eigenen Heim, an der eigenen Frau? Ein intelligenter Serienmörder, der jahrzehntelang ein Massengrab geheim gehalten hat … hätte der so plötzlich spontan agiert?«

»Genau das ist der Punkt. Es ist vor fast dreißig Jahren passiert«, sagte Lucas. »Vielleicht war der Mord an Eva Lausts Debut. Der erste Mord eines Serienmörders ist in der Regel eine große Sauerei. Aber er ist damit durchgekommen und hat aus dem teuren Lehrgeld gelernt. Danach hat er sich umorientiert und im Ausland seine Jagdtechnik perfektioniert.«

Marcus putzte seine Brille mit dem Hemdärmel.

»Ist Harmsen bereit, auszusagen?«

»Wir sind nicht auf ihn angewiesen. Die Medien haben Laust bereits als KFT identifiziert. Sie haben ihren Sündenbock. Und Andreas' Festnahme ist noch nicht durchgesickert. Wenn wir ihn jetzt freilassen, wird er schlau genug sein, die Klappe zu halten.«

»Andreas dürfte kein Interesse daran haben, die Sache aufzubauschen«, sagte Marcus. »Das würde seinem Ruf und seinem Image großen Schaden zufügen.«

»Wofür Laust ja bereits gesorgt hat«, sagte Jenny.

»Aber so kann Andreas immer noch eine Sympathiekarte ausspielen«, sagte Lucas. »Dass er dem Terror seines Vaters ausgesetzt war, whatever.« Lucas malte mit der Hand Kreise in die Luft. »Er hat Spezialisten um sich herum, um ihm eine passende Geschichte zu spinnen.«

»Sie hatten Dienstboten«, sagte Jenny. »Die könnten was gesehen oder gehört haben.«

Lucas schüttelte den Kopf.

»Ich hab Harmsen gefragt. Sie hatten damals ein älteres Aupair, die nicht mehr lebt, und einen ausländischen Koch, der 1994 nach Asien ausgewandert ist. Ein Jahr nach dem Unglück. Das Letzte, was man von ihm gehört hat, war, dass er aus einem hoch verschuldeten Restaurant geflohen ist. Es gibt Gerüchte, dass er seine Schulden in einer nur einmal einsetzbaren Währung bezahlt hat.«

»Dann ist ja alles geregelt, wie ich sehe«, sagte Jenny und stand auf.

»Wo willst du hin?«

»Eine rauchen. Alleine!«, blaffte sie, als Lucas einen Schritt auf sie zu machte.

David und Lucas warteten vor dem Hotel Britannia auf Lucas' Taxi. Die Straßenlaternen brannten mit klinischer Stille in der Dämmerung, nur gestört durch die rumpelnden Container im Hafen.

»Wie hast du Harmsen eigentlich das Geständnis entlockt?«, fragte David.

»Ich will nur noch hier weg.«

»Du scheinst jedenfalls überzeugend gewesen zu sein.«

»Ich finde es schon ein wenig seltsam«, sagte Lucas, »dass wir den Leichendieb nicht gefunden haben.«

»Mark Jensen. Die Hoffnung eines verzweifelten Menschen auf Gerechtigkeit.«

»Das ist es.«

»Danke.«

»Mein Taxi.« Lucas nickte zu den Scheinwerfern hin, die über den Asphalt wischten. »Oh Mann, ich freu mich schon, auszutesten, wie betrunken man im Zug nach Kopenhagen werden kann.«

»Idiot«, sagte David und räusperte sich. »Jedenfalls sei dir gedankt … du weißt schon wofür.«

Lucas seufzte. »David, wenn du jetzt eine tränenrührige Abschiedsszene erwartest, kriegst du die Prügel, die ich dir in der Kantine erspart habe.«

Das Taxi hielt am Bürgersteig. Lucas stieg ein. Der Wagen rollte ein paar Meter und blieb stehen. Die Seitenscheibe fuhr herunter. Lucas schob den Kopf nach draußen.

»Du hast mir nie verraten, warum du unbedingt bei den Ermittlungen dabei sein wolltest. Hast du gefunden, wonach du gesucht hast?«

Davids Handy piepste. Er zog es aus der Tasche, sprach kurz mit der Person am anderen Ende und beendete das Gespräch.

»Komm gut nach Hause« sagte er.

»Hey, und was machst du?«

David wog den Autoschlüssel in der Hand. »Einen Brand löschen.«

NICÓ

Nicó lenkte den Wagen auf eine dunkle Baustelle und parkte im Schutz eines Containers. Er schaute nach hinten auf die Rückbank zu der sterbenden Frau und dem zu Tode verängstigten Jungen in dem schummrig gelben Licht der Kabinenbeleuchtung. Den zwei Menschen, die den Preis dafür bezahlen mussten, dass sein Wunsch in Erfüllung ging.

Nicó stieg aus und öffnete die hintere Tür. Mikru saß da, schreckensbleich. Er strich über den zitternden Kopf des Jungen.

»Bist du verletzt?«

Mikru wimmerte. »Warum hältst du an?«

»Weil alle Krankenhäuser überwacht werden. Ich muss ihre Blutung selbst stoppen.«

»Stirbt sie?«

Nicó blieb ihm die Antwort schuldig und lief auf die andere Wagenseite. Als er sich umsah, streifte sein Blick eine im Wind flatternde Plane. Er machte einen Schritt darauf zu, zögerte. Verdammt! Dazu war jetzt keine Zeit. Theresa konnte sterben. Aber er konnte das Gefühl nicht abstreifen, beobachtet zu werden. Er spähte noch einmal zu der sich bauschenden Plane rüber. Das Mondlicht tauchte alles in einen sterilen blauen Schimmer. Außer ihnen war hier draußen nichts Lebendiges zu sehen.

Nicó öffnete die hintere Tür. Ihr Körper verströmte einen bittersüßen Geruch. Er rieb behutsam mit den Knöcheln über ihre Rippen, worauf sie mit einem leisen Japsen wach wurde, blaue Lippen, glasiger Blick.

Sie gehörte zu ihm. Und war nie weiter von ihm entfernt gewesen.

Nicó wischte das geronnene Blut von ihrem Handgelenk, worauf die Wunde sich rasch mit frischem Blut füllte. Das war ein gutes Zeichen. Dann war die Blutzirkulation noch aktiv. Nicó schob den Gürtel über ihren Unterarm und zog ihn fest, bis das Leder knackte und die Schnittränder weiß wurden.

»Wir fahren gleich weiter, Mikru.«

Keine Antwort.

Nicó hob den Blick. Die Rückbank war leer. »Mikru?«

»Hinter dir.«

Als Nicó sich umdrehte, erwartete ihn eine Überraschung.

»Was machst du?«, fragte er und richtete sich auf.

Das Gesicht des Jungen war weiß im Mondlicht, die Augen nicht mehr ängstlich, sondern ernst und konzentriert.

»Erinnerst du dich an das Märchen, das du mir erzählt hast? Von den Kaninchenjungen?«

»Ja?«

»Du hast gesagt, dass das Kaninchenjunge nicht mit dem Fuchs mitgehen sollte.« Mikrus Stimme zitterte. »Dass es zu seiner Mutter hätte halten sollen. Seiner Familie.«

»Nein, ich …«

Mikru richtete die Pistole neu aus.

»Ich glaube nicht, dass der Fuchs der Böse ist. Das Kaninchenjunge trifft nur die falsche Wahl, weil es sich gegen seine Mutter entscheidet, und bezahlt das mit dem Leben.«

»Das ist nur eine dumme Gutenachtgeschichte. Nimm die Pistole runter.«

»Du wolltest mich meinem Vater wegnehmen.«

Nicó machte einen Schritt auf ihn zu.

»Bleib stehen!«, schrie Mikru und ging rückwärts. »Aber eigentlich willst du nur sie.«

»Ich hatte keine Wahl. Sie stirbt sonst.«

»Sie ist eine kurwa! Du warst selbst dabei, die Sterbenden in die Kloake runterzulassen.« Dem Jungen liefen Tränen aus den Augen. »Hast du … hast du mich nur mitgenommen, weil die Scharfschützen sich so nicht getraut haben, auf euch zu schießen?«

Nicós Blick flackerte wieder zu der wackelnden Plane. Das Blut gefror in seinen Adern. Erst jetzt merkte er, dass die Nacht windstill war, die Plane durfte sich nicht bewegen.

»Wir müssen sofort weg, Mikru.«

»Du lügst! Ich dachte, wir wären Freunde.«

»Mikru, reiß dich zusammen, wir sind nicht allein.«

»Fahr mich zurück. Du sollst dabei sein, wenn ich Papa erzähle, wie du mich gezwungen hast ...«

Aus der Dunkelheit war das Geräusch laufender Schritte zu hören. Über Mikrus Schulter sah Nicó eine vom Mond beschienene weiße Welle direkt auf den Jungen zurollen.

Mikru wirbelte herum, schaffte es aber nicht mehr, den Abzug zu ziehen, ehe das Rudel über ihm war.

Zottelige, bleiche Skelette. Angefixt, elektrisch.

Die Kloakentiere warfen Mikru zu Boden und zogen ihn mit sich in die Dunkelheit. Der Junge schrie panisch und riss mit den Fingern Erdklumpen aus dem Boden.

Nach einer paralysierten Sekunde riss Nicó sich aus seiner Trance. Im Laufen sammelte er die Pistole auf, aber als er den Blick wieder hob, war Mikru nicht mehr da. Er sah sich hektisch in alle Richtungen um, als er ein scharrendes Krächzen hörte, das sich in einen Schrei verwandelte, der ihm kalte Schauer den Rücken hinunterjagte. Er lief in die Richtung, aus der der Schrei gekommen war.

Abrupt blieb er vor einem zerklüfteten Krater in der Erde stehen. Mikrus Hände klammerten sich an ein paar Wurzeln fest, während ein Wirrwarr schuppiger Hände und schwarzer Fingernägel sein Gesicht zerkratzten und ihn in die Tiefe zogen. Wie ein großer, lebender Organismus, der den Jungen langsam verschlang.

»Hilfe, hilf mir, die beißen, Nicó, sie beißen mich!«, schrie Mikru verzweifelt. Nicó schoss blind in das Erdloch. Die entstellten Gesichter der Kloakentiere wurden in einem albtraumartigen Blitzlichtgeflacker zerfetzt, eine tiefrote Masse spritzte in alle Richtungen. Aber das Gemetzel schien das Rudel nur noch mehr anzuheizen. Für jeden Getroffenen, der zu Boden sackte, schossen neue Gestalten aus der Dunkelheit.

»Ich will mit dir, Nicó«, flehte Mikru.

Nicó packte den Jungen am Handgelenk, worauf zwei Reihen brauner Zähne sich um seine Hand schlossen. Er schrie vor Schmerz und ließ den Pistolengriff auf den halb kahlen Schädel des Kloakentiers niedersausen. Immer und immer wieder, bis der Schädel nur noch eine rote Masse war.

»Ich … weiß nicht, was … Es sind zu viele …«, stammelte Nicó und schaute zu dem Wagen, zu Theresas leblosem Körper. Die Kloakentiere fauchten ohrenbetäubend unten in ihrem Loch.

»Erschieß mich! Schieß, Nicó! Ich will nicht runter in das Loch!« Nicó starrte den Jungen verzweifelt an. Die Schüsse hatten einen pfeifenden Tinnitus ausgelöst. Er hob den Pistolenlauf und zielte über das Korn auf Mikrus Stirn.

»Mach!«, rief Mikru halb erstickt von den blutverschmierten Fingern in seinem Mund.

Nicó blinzelte die Tränen weg, sein Herz hämmerte so hart, dass es wehtat, und in der Sekunde vom Durchziehen des Abzugs bis zum Anschlag fühlte er eine überwältigende Leere in seiner Brust, die alles verschlang, was er jemals als hell empfunden hatte.

47

David hatte augenblicklich den bitteren Geschmack von Zinn und Salz auf der Zungenspitze, als er die runtergekommene Fassade des Hofhauses betrachtete, und spürte den Widerwillen bis in die Zehen. Wie beim letzten Mal hatte das Telefon kein Signal mehr, seit er von der Straße auf den Feldweg abgebogen war.

Obwohl er niemanden hinter den zugewachsenen Fenstern sah, konnte er den schlagenden Puls dort drinnen förmlich spüren. Und die Schrotflinte.

Er klopfte an die Tür. Keine Reaktion. Er drückte die Klinke herunter, öffnete die Tür und hielt sich den Jackenärmel vor die Nase. Der Boden in dem schmalen Flur war von Dreck und stinkenden Klumpen bedeckt, als würde die Zimmerdecke langsam aber sicher herunterbröckeln.

»Mark? Sind Sie zu Hause? Ich bin's, David Flugt.«

Immer noch keine Antwort.

»Mark? Sind Sie …«

»Stube!«

David lief zwischen dreckig grünen Wänden bis ans Ende des Flurs. Die Dunkelheit und die Wärme wurden dichter, je weiter er vordrang.

Im Wohnzimmer bollerte ein Feuer im Kamin. Mark Jensen saß in dem ranzigen Ledersessel und stierte wie in Trance auf den Tanz der knisternden Flammen.

David hielt Ausschau nach der Schrotflinte, sah sie aber nirgends.

»Setzen Sie sich«, brummte Mark. Der Schweiß rann ihm übers Gesicht und den Hals hinunter.

David versuchte, Marks rot unterlaufenen Blick einzufangen.

»Wir verdächtigen Laust Grandberg, für die Mordserie verantwortlich zu sein.«

»Das bringt mir Hanne auch nicht zurück«, flüsterte Mark Jensen heiser. »Genauso wenig wie meine Frau. Das ändert nichts.« Er streckte einen Arm zu dem Brennholzstapel hin und warf ein Scheit in die Flammen. Ein Funkenregen stob auf den Teppich. Mark schien die glühenden Funken an seinen nackten Füßen nicht zu merken.

»Es gibt noch etwas anderes, das Sie meiner Meinung nach wissen sollten. Aus dem Rechtsmedizinischen Institut wurde mir gerade bestätigt, dass eins der Skelette, die wir in Smøl Vold gefunden haben, Metallklammern am rechten Knie hatte.«

Marks Augen glänzten schwarz.

»Sie glauben, dass das meine Hanne ist?«

»Ihre Tochter passt leider in das Opferschema des Serienmörders. Und niemand verschwindet einfach.«

Mark bewegte in Zeitlupe seinen Blick zu David hin.

»Ein guter Vater hätte darauf bestanden, Hanne den Umgang mit den vergifteten Grandberg-Jungs zu verbieten.«

David runzelte die Stirn und rief sich Bruchstücke von ihrem letzten Gespräch ins Gedächtnis.

Die verfluchten Grandberg-Jungs. Die, Mehrzahl.

»Und mit den Grandberg-Jungs meinen Sie …«, hakte David nach.

»Die beiden Dreckskerle Elias und Andreas!« Mark hämmerte mit der Faust auf die Armlehne. »Die kranke Konkurrenz zwischen den beiden hat Hanne kaputtgemacht.«

»War Elias Grandberg auch mal mit Hanne zusammen? Ich dachte, Elias wäre …«

Mark blies sich Schweißperlen aus den Mundwinkeln.

»Ich weiß nicht, was genau da vorgefallen ist. Aber das Gerücht von Elias und den kleinen Mädchen hat sich wie ein Lauffeuer verbreitet. So ist das hier.«

»Und was war passiert?«

»Hanne hatte Elias den Laufpass gegeben, weil es ihr schrecklich peinlich war, mit so einem Monster zusammen zu sein. Eines Abends stand Elias dann plötzlich vor unserer Tür. Hat rumgefaselt, dass an dem Gerücht nichts dran wäre. Dass Andreas es in die Welt gesetzt hätte. Weil er ihm Hanne ausspannen wollte. Er drängelte und jammerte, aber Hanne blieb hart, weil sie bereits Andreas auf den Leim gegangen war. Da ist Elias total ausgerastet, hat sie angeschrien, dass sie ihm gehöre.«

David nickte. Elias konnte Hanne nicht zwingen, ihn zu lieben. Aber er konnte sie zwingen, ihn nicht zu lieben.

»Wie ging es weiter?«

»Ich hab dem Jungen eine reingehauen. Danach hat Hanne nichts mehr von ihm gehört.«

David sackte in den feuchten Ledersessel und wischte sich mit dem Jackenärmel den Schweiß von der Stirn. Er versuchte, sich einen Überblick zu verschaffen, aber die Saunahitze in der Stube erschwerte jeden klaren Gedanken.

»Glauben Sie, Elias wäre dazu in der Lage gewesen, Hanne etwas anzutun?«, fragte David. »Dass er nach ihr auch noch andere Mädchen gequält hat – als Strafe sozusagen?«

Mark antwortete nicht.

»Mark?«

David drang nicht länger zu Mark Jensen durch, dessen Blick starr auf die ruckartigen Bewegungen der Flammen gerichtet war, als würden sie ihm geheime Botschaften zuflüstern. Der Anblick weckte eine tiefe Unruhe in David. Er dachte an seinen Onkel, der sich selbst zur einsamen Geisel seines Traumas gemacht hatte.

David verließ das Wohnzimmer. Draußen auf dem offenen Hofplatz saugte er gierig die frische Luft bis tief in die Lungen. Als er noch drei Schritte vom Auto entfernt war, hallte ein lautes Krachen aus dem Haus. Die Vögel in den umstehenden Bäumen flatterten erschrocken auf, ihre Flügelschläge folgten dem Echo des Schusses über den Acker. David stand ganz still da und dachte an das, was Lucas bei ihrem letzten Besuch hier gesagt hatte, dass die Natur dabei war, sich diesen Ort zurückzuerobern.

Jetzt war der letzte Bewohner des Hofes offiziell ausgezogen.

David lenkte den Volvo durch die kahle Mondlandschaft. Er hatte dem Polizeinotruf den Selbstmord gemeldet, und nun bewegten sich seine Gedanken im Kreis, während er versuchte, die neuen, schockierenden Informationen in das vorhandene Fundament einzubauen. Elias Grandberg und Hanne Jensen waren ein Paar gewesen. Er hatte sie geliebt. Ihr Verlust war nur noch eine weitere Erniedrigung in einer langen Serie gewesen. Der erstgeborene Sohn der Familie, der rechtmäßige Erbe des Familienunternehmens, zum wiederholten Mal überlistet und entehrt von seinem kleinen Bruder und am Ende von seinem Vater vor die Tür gesetzt.

Aber was war eigentlich Laust Grandbergs Motiv? Niemand konnte leugnen, dass er ein narzisstischer Frauenhasser mit einem starken Bedürfnis an weiblicher Gesellschaft gewesen war. Aber hatte er die Frauen tatsächlich verführt, um sie anschließend zu ermorden? Oder doch eher um der Eroberung willen? Laust war getrieben von einem unkomplizierten Sexualtrieb, er war kein Sadist durch und durch wie KFT.

Nach diesen neuen Ermittlungserkenntnissen war Elias der einzige Grandberg mit einem handfesten Motiv. Das Herz des damals jungen und naiven Mannes hatte eine methodische Zerstörung durchlebt: Abweisung, Demütigung, Verrat.

Die Innere Mission war nicht Elias Grandbergs Berufung, dieses Ammenmärchen hatte David ihm zu keinem Zeitpunkt abgekauft. Die Frage war aber, ob Lucas mit seiner Vermutung richtiglag, dass Elias über das Ausschlussverfahren zu Gott gefunden hatte oder Gott eigentlich nur als Alibi vorschob.

David war immer überzeugter, dass Elias etwas mit dem Massengrab in Smøl Vold zu tun hatte. Aber in welcher Weise? War er ein Mullo oder ein Dhampir? Der Teufel oder sein Helfer?

David schaute in den Rückspiegel. Die Landstraße war leer, trotzdem fühlte er sich gejagt. Als ob etwas von hinten nach ihm griff. Ein Gedanke, ein verborgener Zusammenhang.

Er trat auf die Bremse. Das Auto schlingerte und er wurde in den Gurt gedrückt. Er schob den Oberkörper in die Lücke zwischen den Rückenlehnen und bekam das Faltblatt zu fassen, das auf der Rückbank lag, wo er es hingeschmissen hatte, nachdem der rothaarige Junge aus Elias' Haus hinter ihnen hergelaufen war.

Er klappte die Broschüre auf. *Finde zu Jesus – lebe in ihm.*

Unter dem Text auf der linken Seite war ein Schwarz-Weiß-Foto von Elias Grandberg. Lächelnd, die Arme ausgebreitet in entgegenkommender, christlicher Offenheit. Auf der rechten Seite waren Daten und Orte von Elias' Gottesdiensten aufgelistet: Deutschland, Österreich, Slowakei, Tschechien, Ungarn …

David hob den Blick und schaute über die weite Ackerlandschaft. Es stimmte. Die Leute konnten nichts dafür. Die Plattheit, die Nacktheit. Menschen machten sich in weiter, offener Landschaft instinktiv so klein wie möglich. Und genau da lag sein und Lucas' Irrtum: Elias' Täuschung war so gottverdammt offensichtlich, dass sie das direkt vor ihrer Nase Liegende übersehen hatten.

48

Ich kann dir nur wünschen, dass du einen guten Grund hast, mich vom Besteigen dieses Zugs nach Kopenhagen abzuhalten«, blaffte Lucas, als er zu David in den Volvo stieg.

David, der auf direktem Weg zum Bahnhof gerast war, warf die Broschüre auf seinen Schoß. »Erinnerst du dich an unsere Theorie, dass KFT seine Opfer innerhalb des Schengenraums sucht?«

»Warum?«, fragte Lucas und schlug die Broschüre auf.

Er las schweigend, klappte die Broschüre wieder zu und lehnte sich zurück.

»Du sagst nichts?«

»Du meinst, dass Elias da mit drinhängt?«

»Ich meine noch viel mehr. Elias war mit Hanne Jensen zusammen, bevor Andreas das vernichtende Gerücht in die Welt gesetzt und ihm Hanne weggenommen hat.«

»Wie bitte?«

David befeuchtete sich die Lippen.

»Das hat mir Mark Jensen erzählt.«

»Bist du etwa noch mal zu der Müllhalde rausgefahren?«

»Er lebt da draußen von allen vergessen. Ich fand, dass es ihm zustand, von dem Fund des Skeletts mit den Metallclips zu erfahren. Persönlich.«

»Wie hat er es aufgenommen?«

»Er hat seinen Frieden gefunden.« David zündete den Motor. Die Regentropfen wirbelten wie Konfetti durch die Scheinwerferkegel. »Laut Mark war Elias wegen der Sache mit Hanne völlig durch den Wind. Er hat sie auf dem Hof aufgesucht und ist aggressiv geworden, als sie ihm nicht weiter zuhören wollte. Mark musste ihn mit Gewalt vom Hof jagen.«

Lucas rieb sich mit beiden Händen durchs Gesicht. »Komme ich irgendwann hier weg? Können wir Mark glauben?«

»Keine Ahnung. Aber wir sollten das überprüfen.« David löste die Handbremse. »Hallo, wo willst du hin?«, rief er hinter Lucas her, der wieder ausgestiegen war.

»Gehe ich recht in der Annahme, dass ich nicht ins Auto pissen soll? Ich hab vier Bier intus.«

49

David und Lucas betrachteten Elias Grandbergs Haus. Der Wind rüttelte an den Fichten um sie herum.

»Was denkst du?«, fragte David.

»Ich glaube, die Zeit ist reif.«

»Reif wofür?«

Lucas sah ihn mit ernstem Blick an.

»Dass ich dein Gummistiefelangebot annehme.«

Sie gingen über die knarrende Veranda und klopften an die Tür. Kurz darauf waren drinnen schwere Schritte zu hören, das Licht ging an und warf Schattenkreuze durch die Sprossenfenster. Der Pastor sah die Ermittler ausdruckslos an, als wären sie seit ihrem letzten Besuch nur einmal ums Haus gegangen.

»Entschuldigen Sie unseren unangemeldeten Besuch. Kriegen wir vielleicht eine Tasse Kaffee?«, sagte David.

Elias führte sie wortlos ins Wohnzimmer und verschwand in die Küche, von wo er ein paar Minuten später mit einer Thermoskanne und drei Bechern zurückkam.

»Was kann ich für Sie tun?« Elias' bemühtes Lächeln betonte die violetten Schatten unter seinen Augen.

David probierte den Kaffee. Dünn, hastig aufgegossen.

»Wir würden gerne mit Ihnen über Hanne Jensen sprechen. Wir kennen Mark Jensens Version Ihrer Trennung, jetzt würden wir gerne Ihre hören.«

»Okay. Also, das Ganze beginnt und endet mit Andreas.« Die Frequenz seiner Stimme war vielleicht nicht direkt aggressiv, aber zumindest schwangen Widerstand und Unbehagen darin mit. »Er hat mir meine Freundin gestohlen. Und meine Zukunft.«

»Ihre Zukunft in der Firma?«

Elias nickte. »Korrekt. Ich habe in Kopenhagen Business studiert. Und ja, ich war bereit, die Firma zu übernehmen. Aber ihr habt euch so auf die Idee vom talentlosen, abgewiesenen Sohn eingeschossen, der von seinem eigenen Vater vor die Tür gesetzt wurde, dass ihr ein wesentliches Detail übersehen habt.«

»Das da wäre?«

»Ein Grandberg tut niemals etwas aus Lust. Alles ist Pflicht, alles ist Zwang. Habt ihr jemals daran gedacht, dass es eine Erleichterung war? Endlich frei zu sein von den Fesseln des Erbes.«

»Wollen Sie uns etwa weismachen, dass er Ihnen einen Gefallen getan hat?«, sagte Lucas.

»Der Heilige Geist rettet verlorene Seelen auf vielerlei Art.«

Lucas rutschte auf seinem Stuhl nach vorn.

»Wollen Sie hören, was ich glaube, Elias?«

»Gerne.«

»Hass ist ein zäher Lack. Der einen langsam erstickt, bis man schließlich daran stirbt. Als Sie mitbekommen haben, dass Andreas Ihren Platz einnehmen sollte, hat es in Ihnen zu brodeln begonnen. Ihr Vater hat Andreas Ihnen vorgezogen. So, wie auch Hanne Andreas Ihnen vorgezogen hat. Und da ist es über Sie gekommen. Aber nicht der Heilige Geist. Das, was über Sie gekommen ist, kam aus dem Morast angekrochen. Etwas Schweres und Dunkles, das Ihnen eingeflüstert hat, die Welt für alle Ungerechtigkeiten zu bestrafen. Smøl Vold wurde zu Ihrem Totem aus Selbsthass und Rache. Sie haben die Jagd als Genuss empfunden, dieses Gefühl von Dominanz. Haben Sie die Gesichter der Mädchen zerstört und davon fantasiert, dass das Hanne ist, die vor Ihren Füßen liegt? Ohnmächtig, vor Schmerz schreiend. Haben Sie nur einen hochgekriegt, wenn die Mädchen nicht mehr zu erkennen waren?«

Die Messinglampe neben dem Sofa warf ein mattes Licht auf Elias' Gesicht.

»Lassen Sie mich noch das Ende hören.«

Lucas befeuchtete seine Lippen.

»Sie wollten alles zerstören, was irgendwie mit Ihrem Ursprung verknüpft war. Nicht nur Laust und Andreas. Sie wollten die Firma in den Morast ziehen, ins Vergessen. Und Sie wussten, dass es dafür etwas Spektakuläres brauchte. Ein Massengrab. Aber die Polizei hat nicht effektiv genug gearbeitet. Also haben Sie den Karton mit den Bildern der Mädchen bei Laust zu Hause deponiert und ihn umgebracht.«

»Ist das eine offizielle Theorie, mit der Sie mir ein Geständnis entlocken wollen? Gibt es irgendwelche Beweise?«

»Sie sind Priester der Inneren Mission«, sagte David und wedelte mit der Broschüre. »Einer christlichen Organisation, die innerhalb von Dänemarks Grenzen operiert. Was hat es mit Ihrer Tournee durch Europa auf sich?«

»Es ist nicht ungewöhnlich, das Wort des Herrn in anderen Ländern zu verkünden. Gott kennt keine Grenzen.«

»Im Internet wird das Ziel der Organisation mit der internen Mission der dänischen Kirche beschrieben.« David fuhr mit dem Zeigefinger über die Länderliste in der Broschüre. »Viele der Frauen in Smøl Vold stammen aus Ländern im Schengenraum. Aus etlichen der Länder, durch die Sie in den letzten Jahren getourt sind.«

»Ich bin kein Polizist, aber mich mit den entsprechenden Zeitpunkten an genau den Orten in Europa in Verbindung zu bringen, wo über mehrere Jahrzehnte hinweg ein paar bedauernswerte Frauen verschwunden sind, hört sich nach einer ziemlich unmöglichen Aufgabe an.«

»Weniger unmöglich, wenn wir wissen, wonach und nach wem wir suchen. Wir könnten beispielsweise in einem ersten Schritt alle Daten gegenchecken, an denen die bisher identifizierten Frauen verschwunden sind und Sie in den Städten waren.«

Elias schob die Brille hoch, gefasst, als säße er gerade bei der Lektüre eines interessanten Buches.

»Ich gebe zu, dass es eine verzweifelte Phase in meinem Leben gab. Ich war wütend auf meinen Vater und meinen Bruder und alles, was mit meinem Nachnamen verknüpft war. Aber ich habe eingesehen, dass Bitterkeit ein Gift ist, das man trinkt, während man auf das Ableben seiner Feinde wartet. Als ich das Licht des Herrn gesehen habe, wurde mir eine große Bürde von meiner Seele genommen.«

»Sie haben wirklich alle Fugen mit dem Heiligen Geist abgedichtet«, sagte Lucas.

»Dann bedanke ich mich herzlich für das Gespräch«, sagte Elias und stand auf.

†

Jennys Schritte echoten durch den engen unterirdischen Gang des Arrestkellers. Es klang, als würde jemand hinter ihr herlaufen. Sie drehte sich nicht um. Das waren die typischen Geräusche in großen Gebäuden nach Feierabend, wenn das Gros der Kollegen nach Hause gegangen war.

Sie blieb vor der Zellentür stehen. Wog das Schlüsselbund in der Hand, das sie von der unbemannten Pforte mitgenommen hatte. Vermutlich machte der Wachhabende eine vorschriftswidrige Kaffeepause in der Kantine. Auf Jennys Unterarm stellten sich die feinen Härchen in einem von hinten kommenden Luftzug auf, der ihren Nacken streifte wie eine Hand, die plötzlich zupackte, aber ihr Ziel knapp verfehlte. Als sie sich nun doch umdrehte, war da niemand.

Natürlich nicht. Hier gab es nichts, wovor sie Angst haben musste.

»Kommen Sie«, sagte sie zu Andreas Grandberg, der mit zusammengekniffenen Augen auf der Pritsche lag, ohne sich zu rühren.

»Lassen Sie mich gehen?«

»Wir haben Sie nur in Gewahrsam hier. Sie sind nicht festgenommen«, sagte Jenny in einem professionellen Ton, der ihre unprofessionelle Wut überspielen sollte. Sie war eigentlich strikt gegen Andreas' Freilassung, aber die Beweislast gegen ihn zeigte plötzlich immer mehr Lücken. Trotzdem wurde sie das Gefühl nicht los, gerade den Riegel des Tigerkäfigs geöffnet zu haben.

Die Matratze knarrte, als Andreas sich aufrichtete. Er war größer als William und füllte die knapp sechs Quadratmeter große Zelle gut aus. Sie schielte zur Pforte. Noch immer war niemand da.

»Was ist mit meinen Sachen?«, fragte Andreas.

Sie richtete den Blick auf ihn und schluckte. Sie hatte völlig vergessen, dass sein Gürtel und seine Schnürbänder ja im Depotraum aufbewahrt wurden. Sie wiegte den Kopf hin und her.

»Kommen Sie mit.«

Andreas blieb stehen. Den Blick weiter auf sie gerichtet. Jenny sah ein Zucken unter seinem einen Auge. Als kämpfe sich etwas aus seinem tiefen Inneren herauf.

Sie war sich nicht mehr ganz sicher, ob sie wirklich keine Angst hatte.

†

Lucas fragte nach der Toilette, als sie im Eingangsflur von Elias' Haus standen.

Der Pastor zögerte eine Sekunde, ehe er den spärlich beleuchteten Gang hinunterzeigte.

David wippte in der Wartezeit auf den Zehen auf und ab, weil er keine Ahnung hatte, über was er sich in der Zwischenzeit mit Elias unterhalten sollte. Er verspürte nur den starken Wunsch, aus der unheimlichen, schreienden Stille in diesem Haus wegzukommen.

»Ich warte draußen«, sagte er und trat auf die Veranda raus. Zu seinem Frust folgte Elias ihm.

David sog den Duft der nassen Kiefern ein. Während der Ermittlungen hatte er immer wieder gedacht, dass die Geheimnisse der Familie Grandberg tief im süderjütländischen Morast begraben lagen, aber egal, wo Lucas und er ihren Spaten ansetzten, waren sie nur auf halbgare Motive, widersprüchliche Erinnerungen und Bauchgefühle gestoßen. So wie jetzt. Und Lucas hatte recht. Alles an Elias' Haus und Leben wirkte inszeniert.

Das Problem war nur, dass Elias auch recht hatte.

Dass es nahezu unmöglich sein würde, den Pastor mit denselben Orten und Zeitpunkten in Europa in Verbindung zu bringen, an denen die Frauen verschwunden waren. Selbst in den Fällen, in denen Zeit und Ort passten, ginge die Trefferquote gegen null. Schon 48 Stunden nach einer Tat verringerte sich die Aufklärungsrate um die Hälfte. Uhrzeiten, das lückenhafte Gedächtnis der Zeugen, technische Spuren, das alles verwitterte wie Leichen in ihren Gräbern, und diese Ermittlungen hinkten um Monate, Jahre, Jahrzehnte hinterher. Das galt auch für Hanne Jensens Verschwinden. Wenn es tatsächlich Elias war, der ihr etwas angetan hatte, und wenn sie irgendwie rekonstruieren wollten, was damals vorgefallen war, saß ihr momentan einziger konkreter Zeuge mit weggeblasenem Kopf vor einem ausgebrannten Feuer.

Halbe Motive, widersprüchliche Erinnerungen, Bauchgefühle.

»Das arbeitet aber ganz schön da drinnen«, sagte Elias mit neugierigem Blick.

David räusperte sich und folgte einer spontanen Eingebung.

»An was erinnern Sie sich eigentlich vom Tod Ihrer Mutter?«

»An nicht viel. Sie hat mit einer manischen Depression gekämpft, und am Ende hat der Gedankenmorast sie besiegt.« Elias legte einen Finger ans Kinn. »Aber ich habe mich immer gefragt, wieso meine Mutter in der Küche verunglückt ist.«

»Warum?«

»Lassen Sie es mich einmal so sagen: Sie hätte Spiegeleier wahrscheinlich im Toaster gebraten. Meine Mutter war nie in der Küche.«

»Haben Sie Ihre tote Mutter gesehen?«

»Kofoed war damals Chef der Mordkommission. Er hat alles sehr diskret geregelt.«

»Glauben Sie, dass Ihre Mutter Selbstmord begangen hat?«

»Was immer damals passiert ist, ist passiert. Nichts kann die Vergangenheit ändern.«

David rücke seine Mütze zurecht.

»Laust hat kurz nach dem Tod Ihrer Mutter Melissa geheiratet. Da war sie gerade mal 18 Jahre alt.«

»Melissa hatte vermutlich volljährig sein sollen.«

»Sie hatten also schon vor ihrer Volljährigkeit ein Verhältnis?«

»Ich wage nicht zu schätzen, wie jung das Mädchen war, als mein Vater seine Krallen in sie geschlagen hat.«

»Könnte es sein, dass Melissa und Andreas ein Verhältnis hatten, bevor Laust die Bühne betrat? Die beiden dürften doch ungefähr ein Alter sein.«

»Ja, als sie klein waren, haben alle erwartet, dass sie mal ein Paar werden.«

»Hat Andreas die Hühner des Nachbarn vielleicht in einem Anfall von Frust abgeschlachtet, weil sein Vater ihm Melissa weggeschnappt hat?«

Elias verlagerte das Gewicht auf den anderen Fuß.

»Das Hühnermassaker war nicht der erste Beweis für die gewalttätige Ader meines kleinen Bruders. Ich schätze mal, es gibt da eine Menge Dinge, die Sie nicht über Andreas wissen. Und warum ich damals so gekämpft habe, Hanne vor ihm zu retten.«

†

Jennys Schritte klapperten durch den Korridor, aber dieses Mal kamen die Echos nicht nur von ihr. Sie war in Begleitung eines Mannes, den sie noch wenige Stunden zuvor für den Täter einer Serie bestialischer Frauenmorde gehalten hatte. Und den sie jetzt entlassen mussten, weil ihnen ein belastender Beweis fehlte.

Genau wie ihnen auch ein entlastender Beweis fehlte.

Jenny vermied es, zur Seite zu schauen, wo feuchte Flecken verzerrte graue Fratzen auf den Ziegelsteinwänden bildeten. Sie konzentrierte sich auf die nächsten Schritte. Der Depotraum lag um die Ecke. Sie drehte sich um und sah in zwei grimmig verkniffene Augen. Andreas verstellte ihr den Blick zu der Pforte.

»Warten Sie hier«, sagte sie. »Ich hole Ihre Sachen.«

»Treffen Sie sich mit meinem Bruder?«

»Wie bitte?«

»Sie sind sein Typ. Weil Sie auch meiner sind.«

Jenny blinzelte nervös. Roch ihn plötzlich, Schweiß, alten Rauch, und etwas anderes, bitter und fremd.

»Ich warne Sie.«

»Aha«, sagte er herablassend selbstzufrieden. »Sollte es nicht eher umgekehrt sein?«

»Was meinen Sie?«

»Glauben Sie, ich lasse Sie so einfach davonkommen?«

Jenny spürte ihren Puls. »Muss ich Sie wirklich daran erinnern, wo Sie sich gerade befinden?«

Andreas musterte sie mit arrogant gespitztem Mund.

»Da hab ich mich wohl geirrt.«

»Inwiefern?«

»Sie sind doch nicht mein Typ. Dann holen Sie mal meine Sachen!«

Jenny bog um die Ecke und schloss mit zitternden Händen die Tür zum Lager auf. Sie drückte den Lichtschalter an der Wand. Die Neonröhren über den Metallregalen begannen zu blinken. Jenny blieb stehen. Hatte wieder das Gefühl von vorhin, von dem kalten Luftzug, der Hand aus dem Hinterhalt. Sie war sicher, irgendetwas Wesentliches direkt vor ihrer Nase übersehen zu haben. Sie fühlte einen warmen Hauch im Nacken, und eine Gänsehaut breitete sich über ihren ganzen Körper aus. In dem Moment wurde ihr klar, was passieren würde und dass es zu spät war, etwas dagegen zu unternehmen.

Ein fester Stoß von hinten katapultierte sie in den Lagerraum.

Die Tür knallte krachend ins Schloss. Das Licht verlöschte.

Sie blinzelte in die Dunkelheit. Hörte ihren keuchenden, panischen Atem. Sie war allein. Alleine mit einem Frauenmörder.

†

»Was meinen Sie damit, dass Sie versucht hätten, Hanne vor Andreas zu retten?«, fragte David. »Mark Jensen hat erzählt, Sie wären uneingeladen auf dem Hof aufgetaucht und aggressiv geworden, als Hanne Sie nicht sehen wollte.«

»Das ist wahr«, sagte Elias traurig. »Aber ich war dort, um sie zu warnen.«

»Wovor?«

»Mir war etwas eingefallen, aus der Nacht, in der meine Mutter gestorben war. Ich hatte es immer für einen Traum gehalten. In der Nacht habe ich das Mädchen auf der Treppe in unserem Haus gesehen, nur im Nachthemd …«

»Moment mal, meinen Sie damit …«

»Melissa war erst dreizehn Jahre, aber schon … wie soll ich es sagen? Ihrer Zeit voraus, aufreizend. Andreas war besessen. Er hat total vulgär über sie gesprochen, selber noch völlig grün hinter den Ohren.«

Elias erzählte mit großen, offenen Augen, aber ganz und gar in der Vergangenheit versunken.

»Dass mein Vater so etwas getan hat. Eine Dreizehnjährige zu ficken. Während seine Söhne unter demselben Dach schliefen. Ich stand wie versteinert im Dunkeln und hab zugesehen, wie Melissa sich aus dem Haus geschlichen hat. Kurz darauf sah ich einen anderen Schatten in die entgegengesetzte Richtung verschwinden. Andreas. Er wankte die Stufen nach oben, hatte irgendetwas in der Hand. Am Tag danach hat meine Mutter Selbstmord begangen. Ich weiß, dass mein Bruder etwas mit ihrem Tod zu tun hat. Nur nicht, was.«

†

Im Lager war es stockdunkel. Jenny konnte nichts erkennen. Nichts hören. Wusste nur instinktiv, dass sie von der Tür wegmusste. Weg von ihm.

Sie machte kleine, lautlose Schritte in die Dunkelheit. Als ihre Finger gegen eins der Metallregale stießen, tastete sie sich wie eine Blinde an der kalten Front entlang. Sie blieb stehen und hielt den Atem an.

Folgte er ihr oder wartete er still ab? Bis sich seine Beute mit einem panischen Scharren selbst verriet.

Sie krümmte sich zusammen, versuchte, sich so klein wie möglich zu machen. Trockene Kälte stieg von dem Betonboden auf. Sie streckte den Arm nach dem Regal aus, in der Hoffnung, etwas zu finden, womit sie sich verteidigen konnte. Ihre Finger strichen über unidentifizierbare Objekte, ein Rascheln ließ sie schnell die Hand wegziehen.

Sie drehte den Kopf zur Seite. Da war etwas. Auf der anderen Seite des Regals. Für ein paar Sekunden hörte sie nur das Rauschen ihres Bluts in den Ohren, dann wischte etwas über ihren Fuß. Sie zuckte zusammen, die Panik strahlte in den ganzen Körper aus. Der nicht mehr stumm sein, der schreien und um sich treten wollte. Sie bekam etwas aus dem Regal zu fassen. Rund und schwer. Eine Art Rohr.

Nach einem lauten metallischen Knacken begannen die Neonröhren unter der Decke zu flackern. Er hatte den Lichtschalter gedrückt.

Aus zusammengekniffenen Augen sah sie seine Silhouette in den zuckenden Blitzen. Spätestens, wenn die Lampen ganz eingeschaltet waren, gab es kein Entkommen mehr.

Und mit dieser Erkenntnis kam die Angst. Die gleiche Angst, die die Toten empfunden haben mussten in den letzten Sekunden ihres Lebens, bei ihren letzten Atemzügen, in den Klauen dieses grauenvollen Mannes.

Jenny rannte los, schwang das Stahlrohr durch die Luft und sah es im Licht der Neonröhren so wuchtig auf seine Stirn niedergehen, dass Nase und Augen in den Schädel gedrückt wurden.

†

Von den Kiefern um die Hütte tropfte leise und unheilschwanger der Regen.

David schielte über die Schulter des Pastors. Lucas ließ sich verdammt lange Zeit. Elias trat auch schon ganz unruhig von einem Fuß auf den anderen. In Davids Kopf nahm ein noch vager Gedanke Form an. Er hatte etwas mit Elias' Anwesenheit zu tun, das er nicht genau benennen konnte, wie ein diffuser Laut auf der anderen Seite einer Wand.

»Wieso sind Sie so sicher, dass Sie damals Andreas auf der Treppe gesehen haben?«, fragte David. »Es war mitten in der Nacht, es war dunkel. Wie können Sie da überhaupt sicher sein, irgendwas gesehen zu haben?«

»Sie meinen wohl eher, wie können Sie sicher sein?«

»Sie können mir kaum vorwerfen, wieso ich mich frage, ob Sie den Verdacht vielleicht auf Ihren Bruder lenken wollen? Sie und Andreas teilen eine heftige Vergangenheit, in der Sie immer den Schwarzen Peter gezogen haben.«

Da blitzte etwas im Blick des Pastors auf, wenn auch nur für eine Millisekunde. Aber ausreichend für David, um den rasenden Zorn zu sehen. Das Chaos.

»Ich habe mit meiner Vergangenheit Frieden geschlossen«, sagte Elias distanziert.

In dem Augenblick tauchte Lucas an der Tür auf. Lautlos, als wollte er sich unbemerkt anschleichen. Er starrte auf Elias' Nacken, intensiv und konzentriert, ohne zu blinzeln. David streckte den Hals, um seinen Partner besser sehen zu können, und spürte den Adrenalinpegel in die Höhe schießen.

Lucas starrte nicht nur auf den Nacken des Pastors, er zielte mit seiner Pistole auf ihn.

»Auf den Boden!«, brüllte Lucas.

David sah den Pastor zusammenzucken, sah die Fragezeichen in seinen Augen, und für einen verwunschenen halben Augenblick überlegte er selbst, seine Waffe zu ziehen.

»Auf den Boden!«, rief Lucas noch einmal.

Der Pastor legte sich auf den Bauch.

Lucas stand da mit gespreizten Beinen, beide Hände in einem festen Griff um die Pistole. Die einstudierte Bilderbuchhaltung wirkte schon albern und verriet einen nervösen Schützen.

»Lucas?« David bekam keinen Augenkontakt. »Nimm die Waffe runter.«

»Waschküche«, sagte Lucas verkniffen. »Die letzte Tür auf der rechten Seite. Die Gefriertruhe ist offen.«

»Wovon redest du?«

»Geh hin und sieh es dir selbst an!«

David ging zögernd den Flur entlang. Der Tinnitus in seinem Ohr war erwacht, ein niederfrequentes Pfeifen, als wollte das Gehirn den hohen Ton übertönen.

Er trat in einen grell erleuchteten Raum, aus dem ihm ein Geruchsmix aus Waschmitteln und etwas Modrigem entgegenschlug. In einer Ecke stand eine alte Gefriertruhe mit offenem Deckel, aus der graue Frostwolken dampften.

Es schmatzte unter Davids Schuhen. Er senkte den Blick. Die Bodenfliesen glänzten nass. Er sah einen aufgerollten Schlauch an einem Haken, von dessen Düse sich ein glitzernder Tropfen löste und auf die Fliesen fiel. Er krümmte sich unter dem Geräusch zusammen. Weil ihm in diesem Augenblick aufging, dass die Fliesen glänzten, weil jemand sie abgespritzt hatte. Wie man es so machte nach einer großen Schweinerei.

Die Kälte brach über ihn herein wie ein beißender Wintersturm, als er den Kopf über den Truhenrand schob. Der eisige Frost hatte das Fleisch rotblau verfärbt, was es wie eine Theaterrequisite wirken ließ. Aber er zweifelte keine Sekunde daran, dass die beiden Hände und Füße in der Truhe echt waren. Er presste die Zähne aufeinander. Die Fingerringe und der Nagellack an den abgetrennten Gliedmaßen wirkten anrührend fehl am Platz.

David taumelte geschockt zurück. Der Tinnitus heulte jetzt wie eine Sirene in seinem Ohr.

Da polterte es irgendwo im Haus. Laut, durchdringend. Gefolgt von einem grauenvollen Brüllen, als würden jemandem ohne Betäubung die Zähne gezogen.

David zog seine Pistole und spähte in den Gang. Er drückte sich mit dem Rücken an die Wand und schob sich die letzten Meter daran entlang zur Tür. Atmete dreimal kurz ein und schwang mit der Pistole im Zweihandgriff um den Türrahmen.

Lucas stand in dem spärlich beleuchteten Eingangsbereich, kurzatmig und blutverschmiert, die Arme zu den Seiten ausgestreckt. Elias lag platt auf dem Bauch vor seinen Füßen. Oberhalb der Lende breitete sich ein dunkler Fleck aus wie verschütteter Rotwein auf einem Tischtuch.

David senkte seine Waffe.

»Was zum Teufel ist passiert?«

»Ich … ich weiß es nicht.« Lucas rieb sich fest mit den Händen durchs Gesicht, als wollte er den Anblick des sterbenden Pastors vor sich wegwischen. »Ich habe noch nie auf einen Menschen geschossen. Sie ist plötzlich losgegangen, als ich mit den Handschellen hantiert habe.«

»Hast du einen Krankenwagen gerufen?«

»Ich hab hier, verflucht noch mal, kein Signal!«

David lief zu dem Pastor. Er zog seine Jacke aus, rollte sie zusammen und drückte sie auf die Schusswunde. Der Pastor keuchte leise, Blut pulste aus seinem Mund.

»Ich hätte nicht mitkommen dürfen. Ich hatte getrunken, verdammt!« Lucas wischte sich manisch mit der Hand über die weiße Hose und hinterließ einen breiten blutigen Strich.

David beobachtete den Mann, der von der ersten Sekunde an so stark gewirkt hatte, nahezu unüberwindlich. Was für einen erbärmlichen Anblick er nun bot, besiegt, ohne sich darüber im Klaren zu sein.

»Was zum Teufel hattest du in der Waschküche zu suchen, Lucas? Warum hast du in die Gefriertruhe geguckt?!« David musste rufen, um zu Lucas durchzudringen.

»Rate mal. Ich brauch wohl kaum zehn Minuten zum Pissen. Mir war klar, dass wir niemals einen Durchsuchungsbeschluss kriegen, also habe ich mich etwas im Haus umgesehen.«

David rieb sich den Nacken. »Glaubst du, dass das …?«

Lucas nickte.

»Ja, das in der Truhe muss Emily sein. Oder Teile von ihr.«

Die zwei Beamten schauten runter auf Elias Grandberg, über den sich eine beunruhigende Stille gesenkt hatte. David drehte ihn auf den Rücken. Elias stierte mit glanzlosen Augen an die Decke. David legte ein Ohr an den Mund des Pastors. Kein Lebenszeichen.

»Bevor die Unabhängige Polizeibeschwerdestelle uns getrennt vernimmt, müssen wir uns auf eine handfeste Geschichte einigen.« David sah Lucas besorgt an. »Hast du wirklich nur vier Bier getrunken?«

»Ja.«

David nickte und dachte, dass das die einzige Antwort war, die Lucas ihm geben konnte. Weil das die einzige Antwort war, die es David möglich machte, für ihn zu lügen.

50

Es war halb zehn Uhr am Abend und die Tragödie in Elias Grandbergs Haus einen knappen Tag alt.

Die zwei Task-Force-14-Agenten, die bei der Festnahme mit tödlichem Ausgang zugegen gewesen waren, wurden in separaten Räumen von der Dänischen Unabhängigen Polizeibeschwerdebehörde verhört. Die Aussagen der Agenten schienen zufriedenstellend ausgefallen zu sein, da sie am frühen Abend die Erlaubnis erteilt bekamen, zurück nach Seeland zu fahren.

Polizeidirektor Kristian Sejersen hatte zu diesem Zeitpunkt zwei Pressekonferenzen hinter sich. Die Kameras hatten seine bedächtige Ausstrahlung und sein vertrauenswürdiges Lächeln aufgesaugt, als er die Aufklärung des Falls zusammengefasst hatte. In einer Version, in der der Chef der Mordkommission William Grandberg wegen familiärer Befangenheit sofort von den Ermittlungen abgezogen worden war, und in der Sejersen sich mit süderjütländischem Taktgefühl auf die schnellstmögliche Aufklärung des Falls durch sein Team konzentriert hatte. Ohne bestimmte Namen hervozuheben.

Von dem anderen kleinen Drama, das sich in der Asservatenkammer der Polizeihauptwache abgespielt hatte, sprach Gott sei Dank niemand, dachte Jenny dankbar und saugte die letzten kalten Kaffeetropfen aus ihrem Becher. Sie saß alleine in der Kantine und hatte nach einem hektischen Tag endlich einen Augenblick Ruhe gehabt, um zu den Ereignissen vom Vortag Stellung zu nehmen. Andreas mochte vieles sein: herrschsüchtig, Narzisst, Frauenhasser. Aber er war nicht KFT.

Jenny bekreuzigte sich innerlich bei der Erinnerung an den völlig verdutzten Blick des Pförtners, als er die Tür zum Lager aufgeschlossen hatte und sie ihm panisch schluchzend entgegengestürmt war, hinter ihr Donald Trump mit einer von einem Stahlrohr zermatschten Gummistirn.

Andreas hatte noch immer auf dem Flur gestanden und sie mit einem schmierigen Grinsen betrachtet. Erst da war es ihr wie Schuppen von den Augen gefallen. Andreas hatte zu keinem Zeitpunkt vorgehabt, ihr etwas anzutun. Nicht physisch. Seine Techniken waren raffinierter. Er hatte sie in das Lager geschubst, die Tür zugeknallt und dem Wachhabenden gemeldet, dass seine tolpatschige Kollegin sich selbst eingeschlossen hatte. Und sie konnte sein Handeln nachvollziehen. Es ging um Macht. Sie hatte seinen Ruf angezweifelt, also musste er ihren zerschlagen.

Jenny schaute seufzend auf ihr Handydisplay, das weitere Dramen ankündigte. Sieben unbeantwortete Anrufe. Sechs von William. Einer von ihrem Vater.

Nach einem kurzen Gespräch mit ihrem Vater rief sie William an.

»Was ist da los, Jenny?« Er klang kurzatmig. »Was ist an den Gerüchten dran, dass ihr gestern auch Andreas festgenommen habt?«

»Sie sind wahr.«

William hielt die Luft an. »Warum?«

»Mehr kann ich dazu nicht sagen.«

»Verstehe. Mit der Frau verliert man auch ihr Vertrauen.«

»Das ist jetzt extrem unprofessionell von dir.«

»Unprofessionell? Elias ist tot, mein Vater ist tot, und ihr habt Andreas festgenommen! Du wirst mir erklären müssen, was hier abgeht!«

Jenny zog die Augenbrauen hoch. Sein anmaßender Ton ärgerte sie maßlos.

»Ich kann meine Verantwortung nicht wegen dem über Bord werfen, was … zwischen uns war.«

»Bist du immer noch sauer, dass ich Schluss gemacht habe?«, sagte William. »Ist es das?«

Jenny hielt das Handy vom Ohr weg. Spürte zerstörerische Worte auf der Zungenspitze vibrieren. Sie atmete tief ein.

»Jenny? Jenny?«

Da war es. Selbst mit weggehaltenem Telefon hörte sie die in Williams Stimme zurückgekehrte Zärtlichkeit. Sie drückte das Handy ans Ohr, sagte nichts, ließ ihn nur ihren Atem hören.

»Ich hatte solche Angst, Jenny. Angst, dass sie all die Jahre dort gelegen hat. In der kalten Erde, direkt vor meiner Nase. Kannst du dir vorstellen …« Seine Stimme war belegt. »Weißt du, wie oft ich an Smøl Vold vorbeigefahren bin? Womöglich mit meiner Frau in greifbarer Nähe? Was, wenn ich nur …«

Jenny wartete, bis er die Fassung wiedergewonnen hatte.

»Ich kann auf der Stelle auf null zurückschalten, Jenny. Können wir nicht so tun, als hätte es die letzten zwei Minuten nicht gegeben?«

Sie nickte. Bis zu einem gewissen Grad wäre das das Einfachste. Hatten sie denn nicht beide die ganze Zeit so getan als ob.

»Wir schalten zurück auf null.«

»Gut!«, sagte er, gefasst, freundlich. Er hatte sich wieder im Griff. »Hast du eigentlich schon mit deinem Vater gesprochen? Über David?«

»Nein«, sagte sie und behielt die überraschende Information, die ihr Vater ihr gerade über David Flugt mitgeteilt hatte, für sich.

51

Du bist ja immer noch da?«, sagte Jenny verwundert. Der Rauch verwirbelte vor ihren Lippen.

»Mach mal Platz.« David quetschte sich zu ihr in den Rauchunterstand. »Lucas hat den Zug genommen. Ich gebe das Auto morgen ab.«

»Warum lässt du das Auto nicht von einem Uniformierten abgeben? Humphrey vermisst dich doch sicher schrecklich.«

»Wer?« Endlich glückte es David, seine Zigarette anzuzünden. »Wie geht es nach Andreas Grandbergs Entlassung für dich weiter?«

»Wahrscheinlich mit meiner Entlassung. Er ist ein einflussreicher Mann.« Jenny betrachtete eingehend die Glut ihrer Zigarette. »Aber eigentlich geht's mir gut. Ich habe mal daran geglaubt, dass die Polizei solche naiven Idioten wie mich braucht. Inzwischen bin ich mir da nicht mehr so sicher.«

David sah sie an. Seine Augen wirkten härter, schärfer.

»Bevor ich fahre, wollte ich eigentlich deinem Chef noch empfehlen, dich lieber hinter einen Schreibtisch zu setzen«, sagte er.

»Warum?«

»Weil ich der Meinung war, dass deine Neigung, in allen Menschen das Gute zu sehen, eine Gefahr darstellt, nicht nur für dich selbst, sondern auch für deine Kollegen. Inzwischen bin ich mir da nicht mehr so sicher. Was, wenn der entscheidende Hinweis in den guten Seiten des Täters zu finden ist?«

»Spar dir dein Mitleid, David.«

»Denk nur mal an die erfolgreichsten Serienmörder der Geschichte. Die haben sich nicht in irgendwelchen dunklen Winkeln versteckt. Sie haben ihren Kindern und Frauen Gutenachtküsse gegeben und sind mit Freunden zum Fischen gefahren. Der organisierte Serienmörder, der nach außen nichts von dem Monster zeigt, das er ist, ist das notorisch am schwersten zu fangende Monster.«

»Du meinst also, dass ein Mensch wie KFT auch gute Seiten hat?«

»Ja, oder hast du jemals einen Menschen getroffen, der das reine Böse verkörpert hat? Oder umgekehrt: das reine Gute?«

»Kann man sich eigentlich auch einfach nur übers Wetter mit dir unterhalten?!« Jenny schlug ihm auf die Schulter.

»Gehst du mit runter?«, fragte David und steckte die Hände in die Taschen.

»Ich komme gleich nach.«

Auf dem Weg die Treppe hinunter bohrte sich in der Jackentasche eine spitze Kante in Davids Fingerkuppe. Er zog die Hand heraus und sah den Sticker, den er von Silja bekommen hatte. Das Zwillingssternzeichen. Zwei an den Schultern verbundene Körper, die Gesichter voneinander abgewandt, als versuchten sie, sich von dem anderen loszureißen.

Dann sah er die weiße Wand des Treppenschachtes an und kratzte den Sticker mit dem Nagel ab. Die Oberseite, ein dünner, durchsichtiger Film, löste sich mit leichtem Widerstand von der weißen Unterlage. Das Zwillingsmotiv haftete weiter auf dem weißen Untergrund.

David zog die Augenbrauen zusammen. Was war das? Ein spiegelverkehrter Sticker? Als er ihn in der Hand zusammenknüllte, schoss ein unorganisierter Strom an Assoziationen durch seine Gehirnwindungen. Er dachte an sein Sternzeichen, den Skorpion, der als Sternbild am Himmel so gar nicht wie ein Skorpion aussah. Anders als bei dem Sticker in seiner Hand. Darauf waren die Zwillinge so gezeichnet, wie sie … aussahen.

Davids Puls schoss in die Höhe. Er strich den Sticker glatt, spuckte darauf und drückte ihn auf seinen Unterarm. Er zählte im Kopf rückwärts.

Fünf, vier, drei, zwei, eins.

Ein kurzes Gebet.

Er zog die Hand weg und starrte auf seinen Unterarm.

52

Das mit dem Abschied fällt dir aber wirklich schwer«, sagte Jenny lachend, als David zurück aufs Dach kam.

»Ich muss dir was zeigen.«

Jenny zögerte. Hörte sie da einen gereizten Unterton in seiner Stimme?

Er schob einen Ärmel bis zum Ellenbogen hoch. »Sieh dir das an.«

»Ich dachte, du hasst Tätowierungen.«

»Das ist ein Kinder-Tattoo. Silja hat es mir geschenkt.«

»Okay. Süß.«

»Ich habe es für einen normalen Sticker gehalten. Sie hatte einen Bogen mit solchen Motiven aus einer von Williams Schubladen zu Hause gemopst. Er ist total ausgerastet und hat sie eine Diebin genannt.«

»David, ich weiß ehrlich gesagt nicht …«

»Ich habe das Blatt gesehen! Sie hat mich gefragt, welches Sternzeichen ich bin, und ich habe ihr gesagt, dass ich Skorpion bin, aber den konnte sie mir nicht geben, weil …«

»David …«

»Weil das der einzige Tattoo-Sticker war, der auf dem Bogen fehlte, den sie aus der Schublade genommen hatte. Der einzige!«

»Was willst du mir damit sagen?«

»Ein Zeuge von der Pop-up-Party im Schlachthof hat Emily zusammen mit einem Typen mit einem Hals-Tattoo gesehen. Ein insektenähnliches Tier mit Schwanz. Wie sieht ein Skorpion aus?«

»Aber ihr habt doch den Mann mit dem Hals-Tattoo gefunden: Elias. Und hast du die abgehackten Gliedmaßen in seiner Gefriertruhe vergessen?«

David holte tief Luft.

»Ich sage nur, dass William der einzige Grandberg ist, den wir noch nicht verhört haben.«

»Fuck!« Jenny schleuderte die glühende Kippe mit einem Unterhandwurf gegen die Wand. »Ich weiß nicht, was ich sagen soll.«

»Ich schlage vor, wir fangen damit an …«

»Du verstehst mich falsch, David. Ich weiß nicht, wie ich dir begreiflich machen kann, was für einen großen Fehler du gerade machst.«

»Halbe Motive, widersprüchliche Erinnerungen, Bauchgefühle.«

»Was?«

»Siehst du es denn nicht? Uns fehlt noch immer der alles abdeckende Beweis. Und ist es nicht unsere Pflicht, allen Möglichkeiten nachzugehen?«

»Eine Gefriertruhe mit abgetrennten Gliedmaßen ist ein ziemlich konkreter Beweis.«

»Das war der Karton mit den Fotos der toten Mädchen auch. Und trotzdem hast du deine Karriere aufs Spiel gesetzt und Andreas festgenommen.«

»Ich … Nein, es gab schließlich Beweise gegen Andreas.«

»Hättest du auch so heftig auf die Beweise reagiert, wenn du das Gefühl gehabt hättest, dass der Fall aufgeklärt ist? Oder wenn Elias, Andreas und Laust nicht so perfekt in die Rolle des Mullo passen würden?«

»Vielleicht passen sie perfekt in die Rolle, weil sie perfekt sind.«

»Sie sind alle schuldig. Jeder auf seine Weise. Aber da ist noch eine tiefere Ebene. Emma Ravnsborg, Hanne, Emily, Eva und Melissa. Ich glaube, dass alle Frauen, die den Grandberg-Männern zu nahe kommen, zerstört werden. Und ich halte William für den Gefährlichsten von allen.«

Jenny schüttelte den Kopf.

»Fahr nach Hause, David, für dich ist hier nichts mehr zu tun.«

»Zum Teufel! Du bist doch völlig verblendet von ihm!«

»Wie bitte?«

Ohne Vorwarnung schob David sich ganz dicht an sie heran, saurer Zigarettenatem, Augen wie blitzende Kreuze.

»Du begreifst nicht, was auf dem Spiel steht!«

Jenny stand mit dem Rücken an der Wand, ihre Finger schlossen sich um den Griff ihrer Pistole an der Hüfte.

»Was ist mit dir los, David? Willst du wirklich so weit gehen?«

»Nein. Ich will noch viel weiter gehen.« Er zog sein Handy heraus. »Dieses Foto habe ich am Tag vor meiner Ankunft in Esbjerg gemacht.«

Jenny sah mit zusammengekniffenen Augen auf das Display, hörte das Geräusch ihres durch die Nase eingezogenen Atems.

Wie durch Watte hörte sie Davids Stimme.

»Ich bin nicht hier, um William zu fangen. Ich bin gekommen, um Silja zu retten.«

NICÓ

Nicó schreckte mit einem Ruck aus dem Schlaf und richtete sich im Stuhl auf. Ein gräuliches Licht hing in der Gardine. Er blinzelte den Schlaf aus den Augen.

Unter der Decke mit dem verwaschenen, hellblauen Bezug lag Theresa. Ihre Haut war aschgrau nach dem massiven Blutverlust. Die Krankenschwestern hatten nur die allernotwendigsten hygienischen Vorkehrungen getroffen, als Nicó in totaler Panik mit ihr auf dem Arm in die Klinik gestürmt war. Die Englischkenntnisse des Personals waren begrenzt, aber als Kinder eines von Kriegen gebeutelten Landes kannten sie sich mit allen Facetten des Todes aus.

Während die Ärzte sich um Theresa gekümmert hatten, hatte Nicó die Ängste der Nacht in die Toilettenschüssel erbrochen. Die Fahrt von Temeswar in die serbische Klinik hatte zwei Stunden gedauert, zwei verzweifelte Stunden in unbekanntem Terrain, in denen er mehrmals wegen stressbedingter Muskelkrämpfe um ein Haar verunglückt wäre.

Er lauschte Theresas unregelmäßigen Atemzügen. Die Ärzte hatten sie an einen Tropf mit der Blutgruppe O Rhesus negativ gehängt: Universalblut. Nicó hatte keine Ahnung, welche Blutgruppe sie hatte. Den Ärzten hatte er gesagt, er hätte sie am Wegrand gefunden. Theoretisch konnte das sogar stimmen. Er kannte ja noch nicht einmal ihren richtigen Namen.

Er kniff die Augen zu. Drei Sekunden lang war es ihm gelungen, das zu vergessen.

Mikru war weg. In die Kanalisation verschleppt. Zerfetzt, zerfleischt. Tot. Nicó fauchte in seine vors Gesicht gelegten Hände, wusste, dass in alle Ewigkeit und mit jedem wiederkehrenden Albtraum die Pistole trocken klicken, die Kugel nie Mikrus Stirn durchbohren würde.

Er hörte ein Jammern und trat an das Bett.

Er strich über ihre klamme, eiskalte Stirn. Er ließ die Fingerspitzen über ihren Unterarm gleiten. Die hellen Härchen stellten sich auf. Ihre Augenlider zuckten und öffneten sich einen Spaltbreit.

»W-wo?«, murmelte sie mit schwacher, kratziger Stimme.

Er drückte ganz sanft ihre Hand. »In Sicherheit.«

»Wer … bist du?«

Er holte tief Luft. Er hatte seinen richtigen Namen seit fast drei Jahren nicht mehr ausgesprochen.

»Ich heiße David. Und du?«

Sie lächelte blutleer.

»Das weißt du.«

»Theresa?«

»Ich musste dir zumindest etwas Wahres sagen.« Sie schluckte trocken, ein ängstliches Zucken lief über ihr Gesicht. »Wo ist der Junge?«

David blinzelte gegen die verfluchten Tränen an.

»Ihm geht es gut. Er liegt in einem Zimmer nebenan.«

»Gut … gut. Wir müssen auf sie aufpassen. Sie sind so klein.« Sie legte eine Hand auf seine. »Meine Tochter ist …« Sie flocht murmelnd ein paar dänische Brocken in ihr Englisch ein.

David sah sie fassungslos an. »Bist du Dänin?«

»Beides … Serbin und Dänin.«

Sie drückte Davids Hand. Irgendetwas beunruhigte sie. Sie versuchte, sich auf den Ellenbogen hochzustemmen.

»Bleib liegen, du musst dich ausruhen.« Er versuchte, sie wieder ins Kissen zu drücken.

Sie stemmte sich dagegen, sprach mit kratziger, kläglicher Stimme.

»Meine Tochter … meine Tochter ist bei einem Monster. Wenn er mitbekommt, dass ich geflohen bin … bringt er sie um.«

Ihr Kopf sackte wieder ins Kissen. Sie schlief ein. David betrachtete sie. Ihm war, als hätte er nie ein anderes Leben als dieses gehabt, und doch war alles so neu und fremd. Er hatte Nicós Hülle abgeworfen, aber aus der Häutung war nicht der alte David Flugt hervorgetreten. Er hatte sich aufgespalten. Erneut. Etwas war auf der Strecke geblieben, etwas dazugekommen.

Wie ein dreigeteilter Mann.

53

Jenny starrte in die Dunkelheit, während die Kälte durch ihre Stiefelsohlen in ihren Körper hochstieg. Sie dachte an einen Videoclip, den sie irgendwo im Netz gesehen hatte, von einem alten Bürogebäude, das mit Sprengstoff zum Einsturz gebracht worden war. Sie hatte geschaudert bei dem Gedanken, beim Losgehen des Alarms in dem Gebäude zu sein, die schwarzen Blitze und die Druckwellen der Sprengungen zu spüren, in der alles verschlingenden Hitze die Augen zu schließen, bevor alles über ihr einstürzte.

Davids Stimme drang aus weiter Ferne zu ihr durch.

»Woran denkst du?«

Sie musste sich anstrengen, ihre Gesichtsmuskulatur unter Kontrolle zu behalten.

»Ich will den Rest hören.«

»In den nächsten Tagen wurden Theresas Worte wieder zusammenhängender. Sie erzählte, dass sie glücklich mit einem dänischen Polizisten verheiratet gewesen war. Einem Mann, der aus einer sehr einflussreichen Familie stammte. Sie hatten eine Tochter zusammen und führten nach außen ein idyllisches Leben. Abgesehen von seinen … Phasen, wie sie es nannte.«

»Was für Phasen?«

»Zwischendurch zog er sich komplett in sich selbst zurück. In diesen Phasen schloss er sie mental aus, schlief im Gästezimmer und ignorierte ihre kleine Tochter. Er entschuldigte das mit Stress. Alles in Ordnung mit dir, du siehst blass aus?«

»Sprich einfach weiter«, stöhnte Jenny. Ihre Eingeweide zogen sich zusammen wie eine Getränkedose in hundert Metern Meerestiefe.

»Theresa hatte ihn mit der Zeit im Verdacht, ihr untreu zu sein. Und so hat sie eines Abends, bevor er zu seiner Schicht aufgebrochen ist, in der Wache angerufen und gesagt, sie könnte ihn nicht auf seinem Handy erreichen; ob sie ihn wohl bitten könnten, sie anzurufen, sobald er da wäre. Sie bekam zur Antwort, dass ihr Mann an dem Tag keinen Dienst hatte. Theresa war sich ihrer Sache nun sicher und beschloss, ihn auf frischer Tat zu stellen, selbst wenn es ihr das Herz brach. Als ihr Mann losfuhr, schnappte sie sich das Kind und folgte ihm in ihrem Auto. Er fuhr nach Süden. Richtung Grenze. Ein paar Hundert Meter vor der dänisch-deutschen Grenze, in Kruså, gibt es ein kleines Waldstück. Dänemark und Deutschland sind hier über Waldwege und Marschland miteinander verbunden.«

»Der Gendarmenpfad«, sagte Jenny.

David nickte.

»An der letzten beleuchteten Kreuzung vor der Grenze verlor Theresa ihn aus den Augen. Er war wie vom Erdboden verschluckt. Verzweifelt hielt sie an, um ihre weiteren Schritte zu überlegen. Ihre Tochter schlief fest auf der Rückbank, und sie stieg aus, um ihre Gedanken zu sortieren. Da entdeckte sie in den Schatten am Waldrand ein Fahrzeug. Sein Auto. Sie schlich dorthin, aber das Auto war leer. In dem Augenblick hörte sie Schritte und versteckte sich im Unterholz. Eine Person näherte sich, mit einem leblosen Mädchenkörper über der Schulter. Aber nicht das war das wirklich Erschütternde, sondern die Tatsache, dass die Person der Mann war, von dem sie sich vor einer halben Stunde mit einem Kuss verabschiedet hatte. Sollen wir eine Pause machen, Jenny? Was jetzt kommt, ist schwer verdaulich.«

Jenny atmete in ihre eiskalten Handflächen, die einfach nicht warm werden wollten. Das ist nur eine Geschichte, nur eine Geschichte, dachte sie.

»Erzähl weiter«, sagte sie.

THERESA

William warf das leblose Mädchen in den Kofferraum. Theresa folgte seinem Tun aus ihrem Versteck im Unterholz, so nah, dass sie fürchtete, ihr Atem könnte sie verraten. Für einen Augenblick stand er ganz still da. Als ob er auf etwas wartete. Theresa hörte ein Geräusch. Ein leises Schluchzen. William knallte die Klappe zu. Es folgte eine markerschütternde Sequenz gedämpfter Schreie aus dem Kofferraum.

Theresas Herz hämmerte in ihrer Brust. Sie dachte, dass der Teufel in William gefahren sein musste. Dass sie dort die falsche Version ihres liebenswerten Mannes vor sich hatte. Sie sah ihn den Kopf in den Nacken legen, als ob er Witterung aufnehmen würde.

»Du solltest nicht hier sein, Theresa.«

Sie krümmte sich weiter zusammen und starrte durch das Blattwerk und Geäst zu William hin.

»Ich rieche das Parfüm, dass ich dir zum Geburtstag geschenkt habe.« Vor seinem Mund stand eine blauweiße Atemwolke.

Theresa sah sich nach einem Fluchtweg um. Dichtes Gestrüpp, ein steiler Hang. Sinnlos. Er hätte sie in Sekunden eingeholt. Williams Lauffreunde sagten oft, wie erschreckend gut er in Form wäre. Eine passendere Wortwahl, als sie ahnen konnten.

Er wartete geduldig, bis sie vor ihm stand. Die Schreie im Kofferraum waren verstummt.

»Sieh mich an, Schatz.«

Sie hob den Blick. Groß und breitschultrig stand er vor ihr, mit einem Gesichtsausdruck, der Mädchen erröten und Frauen schmachtende Blicke hinter ihm herwerfen ließ.

»Was machst du hier?«, fragte er.

»Wer ist das Mädchen, William?« Ihre Stimme brach.

»Weiß irgendjemand, dass du mir gefolgt bist?«

»Nein.«

»Dann hast du Silja bei dir?«

Theresas Gehirn hörte die Frage, traute sich aber nicht, sich zu der Antwort zu verhalten. Ihr Hals schnürte sich zusammen.

William nickte ruhig.

»Ich werde auf sie aufpassen.«

»William, nein!«, schrie Theresa.

Er schlug ihr mit der Faust alle Luft aus der Lunge. Dann packte er sie am Hals und zog sie mit kleinen ruckenden Bewegungen hoch, die sie zwangen, auf den Zehenspitzen zu trippeln.

»Wenn du schreist oder dich wehrst, bringe ich Silja um. Hast du das verstanden?« Seine Stimme war kalt und gereizt.

Theresa schnappte nach Luft. Um sie herum war alles weiß und nebelig, das Mädchen im Kofferraum fing wieder an zu schreien.

»Klappe! Klappe, du Schlampe!«, brüllte William und schlug eine Beule in die Kofferraumklappe.

»Theresa, es tut mir leid.« Er klang nicht, als ob er es so meinte. »Du warst mein perfektes Alibi, hast es mir so wunderbar leicht gemacht, der zu sein, der ich bin.«

»William? Was hast du getan?«, flüsterte sie tränenerstickt.

Er ließ ihren Hals los, und sie sackte auf dem Boden zusammen.

»Dinge, deren Ausmaß du niemals verstehen würdest.«

WILLIAM

William saß steif in seinem vollgepinkelten Bett. Seine Wangen brannten nach den Backpfeifen. Er verstand nicht, wofür seine Mutter ihn bestrafte. Wo doch sein Vater derjenige war, der mit Melissa im Schlafzimmer war.

Sein Herzschlag wollte sich nicht beruhigen. Er hätte jetzt schrecklich gern ein Glas heiße Milch getrunken. Aber die Küche war unten. Und die Treppe war nachts ein schwarzer Trollschlund. Er schwang die Beine über die Bettkannte, ehe die Angst wieder die Überhand gewann. Er konnte die warme Ruhe im Magen schon förmlich schmecken.

William schlich aus seinem Zimmer. Er spähte wachsam durch den dunklen Flur, hatte keine Ahnung, aus welchem Zimmer seine Mutter vorhin gekommen war.

Seine Finger fanden das Geländer, er tastete sich über die knarrenden Stufen hinunter. Er ging mit gestrecktem Rücken in die Küche und ignorierte den großen rauchfarbenen Spiegel, in dem er einmal einen gesichtslosen Jungen gesehen hatte.

William goss Milch in einen Topf und schaltete die Herdplatte an. Während die Hitze die weiße Flüssigkeit durchdrang, begannen die Gedanken in seinem Kopf Karussell zu fahren. Er war ein äußerst intelligenter Junge, ein analytischer Kopf, das sagten alle Lehrer an seiner Schule. William wusste nicht so genau, was analytisch bedeutete. Er war es gewohnt, dass ein Gedanke, der ihn beschäftigte, wie von einem Strohhalm aufgesaugt wurde, in dem kein Platz für irgendetwas anderes war.

So wie jetzt. Wo sein Gehirn ganz von allein Lautfetzen der Streitereien abspielte, von denen Vater und Mutter glaubten, dass er sie nicht mitbekam. Bei denen sich seine Eingeweide wie die Insekten wanden, die er im Garten auf Nadeln aufspießte. Wo seine Mutter drohte, zu gehen und sein Vater sie auslachte, worauf sie aus dem Haus stürmte. Aber sie kam immer zurück. Und dann füllten Vater und Mutter das Haus wieder mit Licht und Gelächter.

Bis zum nächsten Mal.

William bemerkte einen beißenden Geruch. Die Milch war angebrannt. Er starrte wie hypnotisiert auf die Blasen, aus denen wie ein graues Brüllen Dampf aufstieg.

Sein Gehirn hatte etwas gefunden und konnte den Gedanken nicht mehr ausschalten. Vielleicht war das ja analytisch.

Er wickelte sich Lappen um die Hände und nahm den Topf an den Henkeln von der Platte. Dann balancierte er mit dem Topf die Treppe hoch. Der Schweiß lief in Rinnsalen über sein Gesicht und den Hals.

In der oberen Etage wurden seine Füße wie von einer gebieterischen Unterströmung durch den Flur gelenkt. Es stimmte alles. Die Streitereien seiner Eltern, die seine Mutter so in Rage brachten, dass sie ihre Wut an William ausließ, dessen Magen sich so verkrampfte, dass er nachts Albträume bekam und ins Bett pinkelte.

Und das alles war Melissas Schuld. Sie hatte sich mit ihrem gierigen weißen Körper zwischen Mutter und Vater gedrängt. Schon ganz bald würde sein Vater kein Verlangen mehr nach Melissa haben. Dann wäre der Platz im Bett wieder frei für seine Mutter.

William stellte den Topf auf den Boden und drückte vorsichtig die Türklinke herunter. Er lauschte an dem Türspalt. Hörte, wie zwei schlafende Atemzüge sich im Dunkeln flüsternd miteinander verschlangen. Er sah das weiße Viereck des Doppelbetts. Er stellte sich vor das Bett, sah Melissas Haar, das sich wie ein Fächer auf dem Kopfkissen ausbreitete.

Seine dünnen Arme zitterten, die kochend heiße Milch in dem Topf schwappte, und sein Atem ging keuchend wie nach einem Sprint.

Dann kippte er den Topf aus.

†

Der Strahl traf sein Ziel mit einem siedenden Zischen. Das Gesicht auf dem Kissen verwandelte sich in einen Seestern glühender Lavaströme. Die Augäpfel waren sofort blind. Der aufsteigende Schrei erstickte in einem kehligen Rasseln, als die kochende Masse die Zunge und die Luftröhre verbrühte.

Von alldem sah William nichts, bis die Nachttischlampe seines Vaters anging und der erwachsene Mann sich beim Anblick des von Blasen bedeckten Gesichtes unter der Decke zusammenkrümmte wie ein verängstigtes Kind. In diesem Augenblick sah William das letzte erhaltene Stück Gesicht unter der dampfenden Milch.

Er schnappte schockiert nach Luft.

Theresa sah William sprachlos an.

»Melissa war schon nach Hause geschlichen. Und ich hatte verdammt noch mal keine Ahnung von Mutters und Vaters krankem Sex-Deal. Mein Vater hat mich aus dem Schlafzimmer gezerrt, während meine Mutter gurgelnd dalag, außerstande zu schreien. Ich hab ihn angefleht, einen Krankenwagen zu rufen, aber er wollte nicht. Der Skandal würde die Familie zerstören, meinte er. Die folgenden Tage war das Haus der reinste Friedhof. Mein Vater war zwischendurch bei unserer Mutter, untersagte uns Jungs aber strengstens, sie zu sehen. Er meinte, sie sei auf dem Weg der Besserung, aber ich hörte den hellen Unterton in seiner Stimme. Den Gesang des Lügners. In der nächsten Nacht fand ich ihn schnarchend in der Küche. Die Scherben einer leeren Flasche Wein auf dem Boden. Ich habe die Gelegenheit genutzt und bin hoch zum Schlafzimmer geschlichen, habe die Tür geöffnet. Der Gestank im Zimmer war bestialisch. Meine Mutter hing an einem Kabel der Deckenlampe. Sie hatte ihre Drohung wahrgemacht und mich verlassen. Ich hab mir Sorgen gemacht, dass Gott sie nicht wiedererkennen könnte.«

William senkte den Kopf.

»Ich war untröstlich, hab tagelang geschrien. Als wäre die kochende Milch über mir ausgegossen worden. Als ich endlich wieder ruhiger wurde, war nur noch Hass übrig. Ich begann Frauen zu beobachten, sah, wie leicht sie es sich machten. Ein flirtendes Lächeln, ein tief ausgeschnittenes Dekolleté, und schon fielen die Männer vor ihnen auf die Knie. Es ist eine der größten Lügen der Biologie, dass Frauen das schwache Geschlecht sind. Der kleine Schlitz zwischen ihren Beinen ist viel mehr als ein Geschlechtsteil. Er ist ein Machtmittel. Überleg mal, wie viele erfolgreiche, intelligente Männer alles verloren haben wegen einer verführerischen Frau?« Williams Stimme wurde rau. »Clinton hat sich von so einem Schlitz irreleiten lassen und den mächtigsten Job der Welt aufs Spiel gesetzt. Männer jagen, Frauen betrügen. Und die ganz intriganten Schlampen haben sich ganz eigene Taktiken angeeignet. Um anständige Männer zu demütigen und zu zerstören. Es ist doch fast schon symbolisch, dass der Schwanz in der Frau verschwindet. Zusammen mit dem Verstand des Mannes.«

»Du … bist wahnsinnig«, flüsterte Theresa. »Widerwärtig.«

»Ich rotte bedrohliche Narzissten aus, Kreaturen wie sie im Kofferraum. Frauen, die das Leben von Männern mit einem verspielten Lächeln auf den Lippen zerstören. Und du bezeichnest mich als Widerling?«

»Aber wieso hast du nicht einfach nur Melissa bestraft?«

»Weil mein Vater sich in sie verliebt hatte und sie geheiratet haben. Das hat die Dinge verkompliziert.«

»Du kannst dich ändern!«

»Aber ich bin doch schon verändert. Du kannst dir nicht vorstellen, was für ein Gefühl es ist, wenn ich all das Schwarze aus mir herauslasse. Das ist eine fantastische Energie, Licht und Dunkelheit, die da meinen Körper durchströmt.«

»Ich … ich ertrage es nicht, noch mehr zu hören, William.«

Er schüttelte resigniert den Kopf.

»William Grandberg gibt es nicht mehr. Ich habe den akzeptiert, der ich bin, und mit jedem Jahr wächst mein Meisterwerk in Smøl Vold.«

»Dein Meisterwerk? Wovon redest du? Was versteckst du in Smøl Vold?«

Ein Stück entfernt waren Schritte zu hören.

»Perfektes Timing«, sagte William.

»Was hast du mit mir vor?«

»Nicht was. Wer. Er kommt, um sich seine Bezahlung abzuholen. Das wirst du sein. Los, steh auf.«

Theresa stand auf, ihre Oberschenkelmuskeln zitterten. Da sah sie eine dunkle Gestalt auf dem Waldweg.

»Wer ist das?«

William reichte ihr eine Flasche. »Trink das hier. Das war eigentlich für das Mädchen bestimmt.«

Theresa schluchzte jetzt unkontrolliert.

»Ich flehe dich an, lass mich Silja noch einmal sehen.«

»Dafür ist es jetzt zu spät.« William drückte ihr die Flasche in die Hand. »Trink.«

»Was ist das?«

»Wenn du aufwachst, wirst du es verstehen.«

Theresa sah William durch ihre Tränen an, dann die albtraumhafte Silhouette unter den Baumkronen. Und da kam sie. Die Angst. Die Panik. Die alle Erinnerungen in ihrem Gehirn ausradierte, alle Gedanken. Blank, gnadenlos. Weiß. Sie trank.

54

Jenny hatte einmal eine Auflistung der Symptome einer Angstattacke gelesen. Herzklopfen, Schweißausbrüche, Atemnot, das Gehirn kurzgeschlossen im Katastrophenmodus. Aber wie so vieles andere konnte eine Beschreibung nur das: beschreiben.

Sie krümmte sich zusammen, die Hände auf den Knien, der Sauerstoff wurde mit jedem Atemzug aus ihren Lungen gesaugt, was Todespanik in ihr auslöste.

»Ich kriege … keine … Luft«, japste sie.

»Du hyperventilierst. Lass die Luft aus deinen Lungen.«

»Fuck you! Die brauchen … Luft.«

»Los, atme aus, und ganz langsam wieder ein. Und aus. Gut, gut.« Seine Hand strich über ihren Rücken, während sich ihr Atem langsam wieder beruhigte.

Sie richtete sich auf, rieb sich mit den Handballen die Augen.

»Und das ist wirklich sie? Theresa Grandberg lebt?«

David steckte sein Handy in die Tasche.

»Wenn man es so nennen kann.«

Jenny fasste sich an den Kopf. Ihre Eindrücke von William waren zu tief verwurzelt, um einfach umgepflanzt zu werden.

»Ich muss das verstehen. Theresa behauptet, dass William eine Reihe junger Frauen umgebracht hat. Sie waren ganz allein in einem Wald, mitten in der Nacht. Wieso hat er sie nicht an Ort und Stelle umgebracht? Wieso hat er sie dieser mystischen Gestalt überlassen?«

»Lauter Fragen, die ich selbst bis zum Erbrechen durchgekaut habe.«

»Und was ist dabei herausgekommen?«

»Eine Art Antwort.« David schüttelte eine Zigarette aus der Packung und zündete sie an. »Williams Vorgehensweise wird von einem grausamen Kindheitstrauma gesteuert. Würde er sich selbst die Schuld an dem Selbstmord seiner Mutter geben, würde die Reue ihn zerbrechen. Um also das Trauma zu überwinden und zu überleben, hat er eine Art Projektion vorgenommen. Er hat ein Feindbild geschaffen, das diese Bürde für ihn trägt. Melissa. Junge, verführerische Mädchen. Und mit der Zeit hat die Projektion sich zu einem egosyntonen Zustand entwickelt.«

»Egosyn– was?«

»Egosynton. Das ist eine Verhaltensreaktion, wenn Menschen in eine Psychose abgleiten. William hat das Gefühl, die Balance in der Welt wiederherstellen zu können, indem er junge Frauen für die Trauer bestraft, die seine Mutter in ihm ausgelöst hat. Mit seinen Überfallmethoden folgt er gewohnten Mustern und ritualisiert sie.«

»Die Mädchen müssen die Qualen der Mutter durchleben. Erst die Gesichtsverstümmelung, dann das Erhängen?«

David nickte.

»Sein Trauma ist so spezifisch, dass sein Mordinstinkt von einem bestimmten ›Trigger‹ abhängt. Theresa war nicht sein Opfertyp. Sie zu töten wäre eine Disqualifizierung des Narrativs gewesen, auf dem seine Identität als Opfer aufbaute.«

Jenny versuchte, ihre Gedanken zu sammeln, die in zehn verschiedene Richtungen davongaloppierten.

»Warum bist du nicht direkt zu William gegangen?«

»Theresa war in Rumänien unmenschlichen Dingen ausgesetzt, Übergriffen und Misshandlungen, die du dir in deinen wildesten Fantasien nicht vorstellen kannst. So etwas verändert einen Menschen. Was, wenn sie unter Wahnvorstellungen litt? Vielleicht hatte sie mich ja einfach nur manipuliert, um ihre Tochter zurückzubekommen. Aber ich konnte den Gedanken nicht mehr abstreifen, dass sie genauso gut die Wahrheit sagen könnte.«

»Weil du sie liebst.«

»Ja. Weil ich sie liebe. Und genau darum war es wichtig, dass die Ermittlungen von kompetenten, fähigen Polizisten durchgeführt wurden. Und ich musste dicht dran sein, um die Beweise mit eigenen Augen zu sehen.«

»Aber die Ermittlungen haben doch damit angefangen …« Jenny schwieg.

Er nickte düster. »Ja, ich habe Gustav Thygesens Leiche auf der Wallanlage abgelegt.«

Jenny blinzelte, als käme sie nach mehreren Jahren Gefangenschaft aus einem dunklen Keller ans Tageslicht.

»Das warst du? Du … hast eine verdammte Leiche gestohlen!«

»Mir war klar, dass es etwas Spektakuläres brauchte, um die nötigen Polizeiressourcen raus nach Smøl Vold zu locken. Um eine Ermittlung in Gang zu setzen, ganz unabhängig von meinem egoistischen Bedürfnis, mir Gewissheit zu verschaffen, ob Theresa die Wahrheit sagt.«

»Das klingt aus deinem Mund fast vernünftig. Aber bist du dir im Klaren darüber, wie verfickt geisteskrank das ist, was du getan hast?«

»Ja.«

»Weiß Lucas davon?«

»Nein, nur wir beide.«

Jenny schüttelte den Kopf.

»Dann hast du dich da also die drei Jahre versteckt.«

David riss die Augen auf.

»Du hast mich überprüft?«

»Ich habe … meinen Vater bei Europol angerufen und mich ein bisschen umgehört.«

»Und was hat dein Vater herausgefunden?«

»Es war mehr das, was er nicht herausgefunden hat. Deine Akte weist eine schwarze Lücke von drei Jahren auf. Absolute Verschlusssache.«

»Warum hast du mich überprüft? Wir haben nicht …« David

musterte sie mit einem säbelscharfen Blick. »Jemand hat dich darum gebeten. Wer?«

Jennys Blick schwankte.

David seufzte. »Er.«

»Aber wie hängt das alles zusammen? Was hat Theresa in jener Nacht in Kruså vereitelt? Einen Austausch?«

»Meine Theorie ist die, dass William die Mädchen nicht selber kidnappt, sondern sich seine Opfer über ein Trafficking-Netzwerk beschafft, und dass sie von einem Mittelsmann oder so ähnlich an die Grenze gebracht werden. Ich weiß, dass Volos, der an der Spitze einer gnadenlosen, kriminellen Organisation in Rumänien steht, über ein gigantisches Menschenhandel-Netzwerk verfügt, das die offenen Grenzen im Schengenraum nutzt. Junge Frauen werden unter reichen Männern weitergereicht, die mit ihnen machen, wonach ihnen der Sinn steht. Gefangenschaft, Masochismus, Vergewaltigung, Snuff.«

»Wo ist Theresa jetzt?«

David zögerte.

»Wenn du meine Hilfe willst, musst du mir vertrauen.«

»So einfach ist das nicht. Ich lebe in permanenter Angst um Siljas Leben. Theresa zweifelt nicht eine Sekunde daran, dass William das Mädchen umbringt, wenn er spitzkriegt, was meine wahre Mission hier ist.«

Jenny presste die Lippen aufeinander. In ihrem Kopf und ihrem Herzen stand unverrückbar fest, dass William seine Tochter niemals töten würde.

»Wo ist sie?«

»Bei mir zu Hause. In Rødvig.«

»Kann ich sie sehen?«

»Das wäre im Moment nicht so gut. Es sind ein paar Dinge geschehen, als ich sie aus Rumänien geschleust habe.« David räusperte den Hals frei. »Aber es wird Zeit, Jenny. Du weißt, was wir tun müssen.«

Sie nickte und zog ihr Handy aus der Tasche. Wog es in der Hand.

»Ich tue es. Weil ich es auch mit eigenen Augen sehen muss.«

»Weil du ihn liebst?«

»Weil ich ihn liebe.«

55

Jenny kniete sich vor die Pritsche und tippte an den steifen Jackenstoff.

»Aufwachen.«

Babyshot drehte ihr den Rücken zu.

Sie schüttelte die Wasserflasche. Der Mann drehte den Kopf, dem der übrige Körper wie ein Korkenzieher in einer Spiralbewegung folgte.

»Wodka?« Er leckte sich mit einer wie in Druckerschwärze getauchten Zungenspitze über die Lippen.

»Wenn Sie sich noch dieses Foto angeschaut haben.«

Er nickte, hoffnungsvoll dreinblickend aus seinem bärtigen Ledergesicht. Seine Reaktion auf Jenny bei ihrem letzten Besuch schien er vergessen zu haben. David stand direkt vor der Zelle und konnte in zwei Sekunden bei ihr sein.

Jenny schaltete ihr Handy ein. Sie hatte ein Foto von William herausgesucht, auf dem nur er zu sehen war. Denn Davids Theorie war, dass Babyshot nicht auf Andreas reagiert hatte, als sie ihm das Bild von der Jacht gezeigt hatte, sondern auf William, der auch auf dem Foto zu sehen gewesen war. Darum nun also das Bild von einem lächelnden William mit einem Sonnenfeuerwerk im Haar. Sie rief sich den Moment der Aufnahme in Erinnerung. Sie hatten sich auf einer Waldlichtung eine Flasche Wein geteilt und in dem elektrisch aufgeladenen Dämmerlicht miteinander geschlafen.

Jenny atmete tief ein. Dann drehte sie das Handy um.

†

David widerstand dem Drang nachzusehen, was in der Zelle vor sich ging. Er hatte Jennys gequälten Gesichtsausdruck gesehen, bevor sie hineingegangen war. Sie klammerte sich an den letzten Strohhalm der Hoffnung. Ein Gefühl, von dem er selbst jede einzelne Koordinate nur allzu gut kannte.

In diesem Augenblick kam sie aus der Zelle.

»Was ist passiert?«, fragte er.

Sie blinzelte. Eine Träne löste sich aus ihrem Augenwinkel und fiel auf den Jeansstoff ihrer Hose.

Er sah den nassen Fleck auf ihrem Oberschenkel. Eine Träne konnte nicht so einen großen Fleck verursachen. Babyshot hatte ihr die brutale Wahrheit offenbart.

56

»Wir müssen vorsichtig vorgehen«, sagte David über das Geräusch der Scheibenwischer hinweg.

Jenny starrte stumm ihr Spiegelbild in der Seitenscheibe an.

»William ist ein einflussreicher Mann, und wir haben keine konkreten Beweise. Wenn wir ihn jetzt festnehmen, wird er schnell wieder auf freiem Fuß sein. Wir müssen an Siljas Sicherheit denken … Hallo, bist du anwesend?«

»Was? Ja.« Jenny richtete sich auf. »Was ist mit Theresa? Warum sagt sie nicht aus und erzählt ihre Geschichte?«

»Eine psychisch instabile Mutter, die plötzlich auftaucht, nachdem sie jahrelang verschollen war, und ihren Mann beschuldigt, ein Serienmörder zu sein. Ohne Beweise. Sie würde nicht ernst genommen werden. Wir müssen ihn auf frischer Tat stellen.«

»Ich muss das machen. Mich persönlich davon überzeugen.«

»Ich kann dich nicht mit ihm allein lassen.«

»Ich frage dich nicht um Erlaubnis.«

»Willst du wirklich so ein großes Risiko eingehen?«

»Nein, viel mehr als das«, sagte sie scharf. »Du hast Andreas, Elias und Laust überprüft, um sie als Täter auszuschließen. Ich lasse mich nur hierauf ein, um William auszuschließen.«

»Aber …«

»Ich glaube nach wie vor nicht, dass William KFT ist. Ich muss es mit eigenen Augen sehen. Und ich bin die Einzige, die so nah an ihn herankommt.«

Die Regentropfen fielen immer dichter auf die Frontscheibe.

David nahm sein Handy und gab eine Nummer ein. Wie erwartet wurde der Anruf direkt auf die Mailbox weitergeleitet.

»Lucas«, sagte er, »egal wie betrunken du bist, check bitte ein paar Dinge für mich in der Datenbank der Zentrale. Es geht um William Grandberg. Melde dich, sobald du meine Nachricht abgehört hast.«

»Was soll er checken?«, fragte Jenny.

»Europols EIS-System. Wenn William seinen Kontakt über die Datenbank gefunden hat, will ich eine Liste der potenziellen Kandidaten.«

Jenny schaute aus dem Seitenfenster.

»Wo fahren wir eigentlich hin?«

»In mein Hotel.«

»Warum?«

»Weil aus meiner Rettungsmission gerade eine Jagd geworden ist.«

David und Jenny liefen durch den nachtstillen Hotelkorridor. Er steckte die Schlüsselkarte ins Schloss und öffnete die Tür.

»Nimm Platz«, sagte er, kniete sich vor den Tresor im Schrank und gab den vierstelligen Code ein.

»Was ist das?«, fragte Jenny.

»Dein Schutz.« David stellte den Aluminiumkoffer mit einem hohlen Knall auf den Tisch vor ihr und klickte die Schnappschlösser auf.

»Was ist das? Eine Waffe?«

»Eine Druckluftpistole.«

»Aha. Und die schießt mit solchen Pfeilen, oder was?«

»In den Pfeilen mit dem roten Quast sind Ampullen mit einem kräftigen Betäubungsmittel.«

Jenny sah sich den Pfeil mit dem blauen Quast an. Die Flüssigkeit in der Ampulle war genauso klar.

»Und der blaue Pfeil?«

Auf dem Flur ging eine Tür auf und wieder zu, hastige Schritte entfernten sich.

David nahm den Pfeil in die Hand.

»M99. Ein Tropfen, ein Leben.«

»Den hast du vermutlich für dich reserviert«, sagte Jenny und rieb sich das Gesicht. Die Situation lief allmählich aus dem Ruder. Das war alles zu viel, das Tempo zu hoch. Sie fühlte sich, als hätte ihr Herz mehrere Schläge ausgesetzt und würde jetzt mit harten Schlägen, die sie wach rüttelten, wieder anspringen.

»Wer garantiert dir, dass Theresa nicht einfach psychisch krank ist und dir den Kopf verdreht hat?«

»Genau das wollen wir doch herausfinden, oder?«

»Indem wir William umbringen?!«

»William ist ein gefährlicher und durch und durch narzisstischer Mensch. Er wird sich nicht lebend fangen und von den Medien demütigen lassen. Wenn wir es schaffen, ihn in eine Ecke zu drängen, ist Betäubung die einzige Chance zu verhindern, dass er seinem Leben selbst ein Ende setzt. Wenn er tatsächlich der Täter ist, wird er sich das Strafmaß für seine Verbrechen ausgerechnet haben. Klingt das nach dem Gedankengang eines Mannes, der Selbstjustiz übt?«

Jenny zog benommen das klingelnde Handy aus ihrer Tasche. Sie schauderte.

»William«, sagte sie.

»Nicht antworten!«

»Aber er weiß, dass ich mein Handy immer eingeschaltet habe. Wegen der Arbeit.«

Das Klingeln brach ab.

David wischte sich mit einer Hand übers Gesicht.

»Trefft ihr euch immer noch … unverbindlich?«

»Wir sind keine Fickfreunde, falls du das meinst.« Jenny warf das Handy auf den Tisch.

Es klingelte erneut.

»Er weiß, dass mein Handy eingeschaltet ist. Er weiß es!«, platzte Jenny heraus.

David stöhnte.

»Dann geh ran. Aber fass dich kurz, nicht zu viele Details.«

Jenny drückte die Lautsprechertaste, damit David mithören konnte. »Hallo, William?«

»Endlich antwortest du!«, meldete er sich aufgewühlt. Danach wurde er etwas ruhiger. »Schläfst du nicht? Du klingst so … wach.«

Jenny bereute bereits, dass sie den Anruf angenommen hatte.

»Ich kann nicht schlafen, ich lieg auf dem Sofa und guck mir eine Serie an.«

»Dann bist du zu Hause?«

»Ja, ich bin zu Hause.«

William schwieg einen Augenblick.

»Du, es ist etwas Schreckliches passiert. Silja ist weggelaufen.«

»Wie bitte? Hattet ihr Streit?«

»Nein, oder, na ja. Silja macht im Moment eine schwierige Phase durch.«

»Hast du die Polizei alarmiert?«

Er schwieg.

»William, du musst die Polizei alarmieren.«

»Ich will nicht als der Mann dastehen, der sowohl seine Frau als auch seine Tochter verloren hat.«

»Jetzt überreagierst du.«

»Ich bin tausendmal durch den Ort gefahren, Jenny. Ich weiß nicht, was ich noch tun soll.«

Der Tonfall in seiner Stimme packte Jenny direkt an der Herzwurzel und löste einen bedingungslosen Fürsorgereflex bei ihr aus.

»Das wird sich alles klären. Silja ist ein vernünftiges Mädchen.«

Das leise Rauschen klang, als wenn er das Telefon in die andere Hand nahm.

»Ich höre, dass das ein ungünstiger Zeitpunkt ist.«

»Nein, ich bin nur …«

»Ich hätte nicht so spät anrufen sollen. Hab einfach nicht darüber nachgedacht, dass du vielleicht …« Er räusperte sich. »Egal. Ich lege jetzt auf.«

»Nein, warte! Ich bin für dich da.« Seine Verletzlichkeit zerbröselte ihre Vernunft.

»Dann hilfst du mir?«

»Jetzt?«

»Vier Augen sehen mehr als zwei.«

»Ich weiß nicht.«

»Nur eine Stunde. Dann fahre ich dich wieder nach Hause. Ich bin nur fünf Minuten von deiner Wohnung entfernt.«

Jenny warf David einen Blick zu, der die Lippen aufeinanderpresste, als könnte er nur so einen Schrei unterdrücken.

»Okay«, sagte sie hektisch, »aber bring mir auf dem Weg doch noch eine Cola und ein Wurstcroissant von der Tanke mit. Ich hab heute noch nichts Vernünftiges gegessen, und mein Kühlschrank ist leer.«

Nach einer kurzen Pause sagte William: »Okay, ich fahre an der Tankstelle vorbei. Komm in einer Viertelstunde runter vors Haus.«

57

Bist du wahnsinnig, Jenny!«, platzte David heraus, als sie aufgelegt hatte.

»Ich konnte nicht ablehnen. Das hätte zu seltsam gewirkt.«

David stand auf und öffnete die Balkontür. Sein Atem dampfte in der Nachtluft.

»Er durchschaut mich nicht. Das tut er nicht.«

Davids Blick war auf die Dachlinie der verdunkelten Stadt gerichtet.

»Nicht einmal am Telefon kannst du lügen! Du willst einfach nicht begreifen, wie gefährlich er ist.«

Hinter ihm knallte es. David fuhr herum. Jenny hatte den Aluminiumkoffer auf den Tisch geworfen.

»Ich muss los«, sagte sie und stand auf. »Damit William nicht vor mir an meiner Wohnung ist.«

»Nimm die Waffe mit.«

Jenny breitete die Hände aus.

»Du bist echt total paranoid. Er weiß nichts von unserem Plan.«

»Welcher Plan? Wir haben keinen Plan!«

Sie ging zur Tür.

»Mein E-Bike steht am Bahnhof. Das sind zwei Minuten zu Fuß von hier. Von da rase ich dann direkt zu meiner Wohnung in der Niels Juels Gade.«

»Warte! Wähl meine Nummer, bevor du bei ihm einsteigst, und steck das Handy in die Jackentasche, dann kann ich mithören. Nur die ersten fünf Minuten«, beeilte er sich hinterherzuschieben, als er die tiefe Falte auf ihrer Stirn sah.

Sie wippte auf den Ballen vor und zurück. »Fünf Minuten.«

David nahm die Schirmmütze ab, trat in die kalte Dunkelheit auf dem Balkon und schob sich eine Zigarette zwischen die Lippen. Die Jetflamme des Sturmfeuerzeugs fauchte hitzig. Als er den Knopf losließ, war es plötzlich still in der Stadt. So verflucht still.

58

Jenny fuhr auf den Bürgersteig vor ihrem Haus und schloss ihr Rad an einen Laternenpfahl.

Sie schaute atemlos in das Hafenareal hinter dem zerbeulten Maschendrahtzaun. Mit Graffiti dekorierte Container, vom Herbstlaub braune Rampen, Notbeleuchtung, die rot im Nebel glühte. Sie schüttelte sich.

Hoffentlich kam William bald.

Das unerwartete Vibrieren ihres Handys ließ sie aufschrecken.

»Warum rufst du nicht an?«, sagte David am anderen Ende.

Jenny seufzte. »Okay, du darfst mithören. Fünf Minuten.«

»Gut, und denk dran …«

Sie erstickte Davids Stimme in der Jackentasche, als zwei Scheinwerfer in die Straße einbogen. Sie kannte das Auto nicht, das langsam auf sie zurollte. Die Scheinwerfer blendeten zweimal kurz auf, wie ein bestätigendes Blinzeln. Das war ein teures Auto. Ein Audi A7. William hasste teure Autos.

Jenny atmete erleichtert auf, als sie William erkannte, der sich über den Beifahrersitz streckte und ihr die Tür aufmachte.

»Steig ein«, flüsterte er.

»Warum flüsterst …« Sie erstarrte. In der schwachen Beleuchtung im Wageninnern sah sie eine Silhouette auf der Rückbank. Silja, geschlossene Augen, der Oberkörper zur Seite gekippt, nur vom Sicherheitsgurt gehalten.

»Sie hat schmollend am Straßenrand gesessen, als ich sie gefunden habe«, sagte William. »Sie will grad mit niemandem reden, darum lasse ich sie ›schlafen‹.«

Jenny zwang ihren Blick zu ihm. »Hast du das Auto schon länger?«

»Das ist das Auto meines Vaters. Der Passat ist in der Werkstatt.«

Jenny schaute wieder zu Silja.

»Na, dann brauchst du mich ja wohl nicht mehr.«

William wedelte mit einer fettigen Papiertüte.

»Würstchen-Croissant mit Ketchup und Cola, wie gewünscht.«

»Danke, ich nehm es einfach mit hoch.«

»Komm, fahr eine Runde mit mir. Silja schläft wie ein Murmeltier.«

»Danke für die Einladung, aber …«

»Ich vermisse dich.« Er atmete kräftig aus, lachte nervös. »Fuck, tut mir leid. Das musste ich einfach loswerden.«

Jenny verschlug es die Sprache. Aus den mühsam mit Willenskraft und Verleugnung gestopften Rissen in ihrem Innern strömte es warm durch ihren Körper.

»Sag doch was.« Er sah sie an, verletzlich, unsicher.

Jenny räusperte sich. Er hatte sie mit einem einzigen Klischeesatz völlig aus der Fassung gebracht.

»Okay, eine kurze Runde.«

»Keine Sorge. Ich werde dich nicht länger aufhalten als nötig.«

59

David schaute fassungslos auf sein Handy, das mit eingeschaltetem Lautsprecher auf dem Tisch lag. Williams und Jennys Stimmen waren durch das Jackenfutter nur schwer zu verstehen.

David presste die Lippen aufeinander. Sie hatte sich tatsächlich von ihm überreden lassen, in sein Auto einzusteigen. War sie wirklich so abgrundtief naiv?

»War das dein Rad auf dem Bürgersteig?«, war Williams Stimme zu hören. »Das parkst du doch normalerweise im Keller.«

»Das war mir heute zu umständlich.«

Stille, diskretes Klicken vom Blinker.

»Hier, deine Cola«, sagte William.

»Danke.«

David hörte das Zischen des Schraubverschlusses. Seine Kiefer verspannten sich. Er rief sich in Erinnerung, dass Jenny in William nicht den gleichen Mann sah wie er.

»Was für eine Serie hast du dir angeguckt?«, fragte William.

»Serie?«

»Du hast gesagt, du hättest eine Serie geschaut, als ich dich angerufen habe.«

»Ich hatte Vikings laufen.«

Gedämpftes Lachen. »Und, sind die Vikings gut?«

»Ziemlich blutrünstig.«

»Das mögen wir ja gar nicht.«

David raufte sich die Schirmmütze auf seinem Kopf. William wird ihr nichts tun, dachte er. Sie löst nicht seinen Raubtierinstinkt aus. Verrat, Demütigung, Betrug.

Aber selbst über die schlechte Verbindung fing David eine Frequenz auf, einen in den Stimmbändern der Polizistin mitschwingenden Ton.

Sie hatte Angst.

»Ich sehe dann besser mal zu, dass ich nach Hause komme, William.«

»Schon? Ich wollte dir aber noch ein paar Fragen stellen.«

»Was für Fragen?«

»Nur ein kleines Spiel.«

»Mir ist grad nicht nach Spielen.«

»Es ist ein schnelles Spiel.« William holte tief Luft. »Du darfst mir eine Frage stellen. Und völlig egal, was du mich fragst, verspreche ich dir, hundert Prozent ehrlich zu antworten.«

»Okay?«

»Aber ich habe eine Bedingung. Danach darf ich dir eine Frage stellen. Zu den gleichen Regeln.«

»Okay.« Sie klang defensiv. »Fängst du an?«

»Klar. Ich hab auch schon eine Frage parat.« William lachte leise. »Meine Frage an dich ist, ob man für einen Menschen morden darf, den man liebt?«

David saß wie auf heißen Nadeln. Jenny, sieh zu, dass du aus dem Auto rauskommst!

»Ich verstehe nicht ganz, was du meinst«, sagte sie zögernd.

»Ist dir die Frage unangenehm?«

»Mhm.«

»Alles in Ordnung mit dir?«

»Ich fühle mich nur ein bisschen … schwer.«

»Aha.« William lachte. »Ist dir schlecht?«

»Nein, nein, ich fühle mich eher so, ähm …«

»Schwere Arme, Schwindel, Prickeln in den Füßen?«

»Ja, genau.« Jenny schniefte. »Wie, ähm …«

»Woher ich das weiß?«, sagte William in herablassendem Ton wie zu einem Kind. »Weil das die Symptome von Rohypnol sind, das sich im Blutkreislauf auflöst.«

»Was … Was sagst du da?«

»Ganz ruhig. Es geht schnell. Lähmung in Armen und Beinen, Atemnot, überwältigende Müdigkeit.«

Jenny wimmerte. »Hast du … mich vergiftet?«

»Du hättest mich nicht anlügen sollen, Jenny, so wie all die anderen Schlampen.«

»Halt an. Es geht mir nicht gut.«

»So, so, gib das Kratzen auf, du schläfst bald. Wie Silja.«

»Tu … Tu Silja nichts zuleide.« Jennys Stimme war breiig weinerlich.

»Zuleide!? Hier geht es um Gerechtigkeit, Jenny. Nicht um Zufälle. Ich habe nach dem ungerechten Tod meiner Mutter jahrelang gebraucht, die Balance wiederherzustellen. Emma Ravnsborg war die Erste. Ich habe Vaters verzweifeltes Gespräch mit der Nutte belauscht, die ihn verführt hatte und schwanger geworden war. Sie hat sich geweigert, abzutreiben. Mein übermächtiger Drang, sie zu bestrafen, hat mich wach gerüttelt. Wie ein lautes Raunen, das am äußeren Rand meiner Wahrnehmung immer da gewesen war und plötzlich in ein Brüllen umschlug. Mit absoluter Klarheit sah ich, dass die Welt seit dem Tod meiner Mutter völlig aus den Fugen geraten war. Emma ist mir entkommen, aber mir bleibt der Trost, dass sie für den Rest ihres Lebens entstellt ist.«

David aktivierte seine Bluetooth-Kopfhörer, schnappte sich den Aluminiumkoffer und lief mit Williams eiskalter Stimme im Ohr aus dem Hotelzimmer.

»Das nächste Mädchen war das perfekte Ritual. Mein Gott, hat Hanne Jensen geheult, als ihr Gesicht geschmolzen ist. Und obgleich Süderjütland ein großer Bezirk ist, habe ich die Anzeigen im Auge behalten. Es gab zu viele Vermisstenanzeigen. Bald würde jemand Verdacht schöpfen.«

David, der jetzt unten auf der Straße war, blieb stehen und lauschte.

»Zum Glück sind Europols Datenbanken gespickt voll mit Informationen über aktive Trafficking-Netzwerke. Es war so einfach. Nach einem kurzen Austausch verschlüsselter Mails hatte ich ein Transaktionssystem eingerichtet. Meine Sammlung in Smøl Vold wuchs. Ein Totem für all die lausigen Luder, die mir meine Mutter genommen haben. Und dann ist das Undenkbare passiert. Der Leichenfund in Smøl Vold. Die Ausgrabung. Ich war völlig am Boden, musste mich augenblicklich abreagieren, um nicht wahnsinnig zu werden. Apropos, gleich wirst du Emily kennenlernen.«

David rannte los, duckte sich unter der Schranke zum Parkplatz durch und drückte auf den Autoschlüssel. Der Volvo blinkte gelb in der Dunkelheit.

»Die Inszenierung meines Vaters als euer KFT war perfekt. Der Sturm, der die Straßen leer gefegt hat, mein Karton mit den Fotos, der Ruf meines Vaters als sexbesessener Maniac mit einem reichlich plumpen Umgangston. Es war eine persönliche Erlösung, ihn in seinem heimischen Kokon aufzuknüpfen. Ihn zappeln zu sehen. Es war, als hätte sich da der Kreis geschlossen. Gerechterweise muss gesagt werden, dass er, was den Selbstmord meiner Mutter angeht, gleichermaßen Opfer wie Sünder war.« William seufzte. »Ich wünschte mir wirklich, du hättest nicht weiter nachgegraben, Jenny. Mir ist nach wie vor schleierhaft, wie ich den Trunkenbold übersehen konnte, als ich die obdachlose Hexe beseitigt habe. Aber Gott sei Dank werden meine Sorgen heute Nacht ein Ende haben, weil ich an alles gedacht habe.«

David blieb vor dem Volvo stehen und starrte fassungslos auf die aufgeschlitzten Reifen. Die Schläuche quollen wie schwarze Därme heraus. War das Williams Werk? Das konnte nicht sein. Der Mann mochte ein Teufel sein, aber kein Gedankenleser. Er konnte nichts von dem Durchbruch dieser Nacht wissen. Abrupt brach sich eine neue Frage Bahn aus den dunklen Winkeln seines Gehirns.

Warum hatte William seine Tochter mitgenommen? Das Mädchen war doch ausschließlich seine Versicherung, falls … David drückte die Knöchel gegen die Augen.

Theresa. William wusste, dass Theresa zurück in Dänemark war!

David zwang seine Gedanken durch einen finsteren Mahlstrom aus Assoziationen, halb angedachten Gedanken, verdrängten Erinnerungen, und im nächsten Augenblick hatte er die Antwort. William hatte in den hintersten Winkeln des EIS-Systems gegraben. Geduldig, fleißig, bis sich am Ende etwas aufgetan hatte. Das bedeutete, dass er alles wusste. Über Rumänien. Über die Flucht.

»W-wo fährst du mich … hin?« Jennys Stimme schlingerte an der Grenze zur Bewusstlosigkeit.

»An einen Ort, wo uns niemand stören wird.«

»Willst du mein … Gesicht zerstören?«

»Tja, du hast mir noch gar nicht deine Frage gestellt, also werde ich dir auf diese eine ehrliche Antwort geben.« William seufzte. »Ja, Jenny, ich habe vor, dein schönes, verräterisches Gesicht heute Nacht zu verbrühen.«

»Co … co …«, lallte Jenny mit einer Stimme, als würde sie innerlich ertrinken.

»Was?«

»Co … op.«

»Coop? Was faselst du da?«

»Coop… Stormgade … fahren nach … Norden.«

»Was zum Teufel?«, fauchte William. »Hört jemand mit?«

David fasste sich ans Ohr, als ein hoher, kratzender Laut aus dem Ohrstöpsel hallte. Im nächsten Augenblick bohrte sich Williams Stimme in seinen Gehörgang.

»Wenn du Hilfe rufst oder die Heldin zu spielen versuchst, töte ich heute Nacht auch noch meine Tochter. Du hast die Wahl, ob du das Leben eines Kindes auf deinem Gewissen haben willst.«

Die Verbindung brach ab.

60

David schlug die Autotür zu und öffnete Google Maps. Sein Finger schwebte über dem Display. Er kniff die Augen zusammen, versuchte das Wolfsgeheul im Ohr zu ignorieren. Was hatte Jenny noch gleich gesagt, wo sie wohnte?

»Fokus!«, brüllte er und hämmerte mit der Faust aufs Lenkrad. Los. Denk nach! Er zwang sein Hirn, alle unnötigen Impulse rauszufiltern, holte tief Luft. Reset.

David hämmerte wieder auf das Lenkrad. Der Straßenname schmeckte so süß, dass er ihn laut aussprechen musste: »Niels Juels Gade!«

Google berechnete die Route in 0,78 Sekunden. Er fuhr in einer scharfen Rechtskurve vom Parkplatz. Die zerschnittenen Reifen schlabberten über den Asphalt, das Hinterteil des Wagens scherte aus. David riss das Lenkrad herum und hörte mit einem spröden Krachen ein Rücklicht an einem Straßenschild zersplittern. Der Zusammenstoß schleuderte seinen Kopf gegen die Seitenscheibe, brachte den Wagen aber auch wieder auf Spur. Er gab Gas, aber bereits bei 40 km/h ruckelte das Lenkrad so heftig, als würde ein unsichtbarer Beifahrer daran zerren, um das Auto vom Weg abzubringen.

Er versuchte, eine gleichmäßige Geschwindigkeit zu halten. Noch drei Kurven bis zum Ziel.

Eine Sekunde später krachte er frontal gegen einen Laternenpfahl und taumelte mit von den Kleidern rieselnden Glasscherben aus dem Auto. Er schaute auf sein Handy und nahm die Abkürzung durch einen kleinen Park, trampelte durch ein Rosenbeet und wurde von einem grell aufleuchtenden Bewegungsmelder geblendet. Der vermeintliche Park war ein Privatgarten.

David bekam wieder Asphalt unter die Füße und stolperte auf die Niels Juels Gade. Vor Jennys E-Bike blieb er stehen. Höchstgeschwindigkeit 45 km/h. Es war mit einer kräftigen Kette an den Laternenpfahl angeschlossen. David rüttelte an der Kette, hörte das metallisch klirrende Lachen des acht Millimeter dicken, wärmebehandelten Stahls, der weder zersägt noch angebohrt werden konnte. Er schob eine Hand in die Hosentasche. Spürte so etwas wie Hoffnung. Denn er war nicht gekommen, um zu sägen oder zu bohren.

Die gasblaue Jetflamme des Sturmfeuerzeugs erwachte in seiner Hand zu rauschendem Leben.

Er war gekommen, um zu schmelzen.

61

Der Audi A7 rollte fast lautlos über eine nachtschwarze Landstraße. Im Wageninnern saß William in tiefer Trance. Ohne den erleuchteten Asphalt vor ihm hätte er genauso gut schwerelos im Weltraum schweben können.

Oh Gott, wie er Süderjütland hasste.

Durchgangsstraßen, knarrende Radiosender, verlassene Höfe. Dunkelheit, der Gestank, die isolierende Offenheit der Landschaft. Als wäre ein kompletter Landesteil in einem brackig dunklen Abfluss weggespült worden.

Überraschenderweise war die Entdeckung von Smøl Vold ein nahezu euphorischer Moment gewesen. Endlich bekam die Welt sein Lebenswerk zu sehen. Aber ihm war natürlich klar, dass das die Reaktion des Narzissten in ihm war. Kurzsichtige, hedonistische Impulse. In seinem tiefsten Inneren hatte er einen destruktiven Zorn gespürt, der ihn bis auf die Knochen zerfressen würde, wenn er keinen Druck abließ.

Und heute Nacht würde er damit weitermachen.

Die Atemzüge der Schlafenden flüsterten zu ihm. Im Rückspiegel sah er Siljas schlaff auf ihrer Schulter liegenden Kopf. Sie war völlig ausgeschaltet. Dann schaute er zu Jenny auf dem Beifahrersitz. Dass er sich so in ihr getäuscht hatte. Sie war wie alle anderen. Infiziert von pechschwarzer Eitelkeit. Nur eine einzige Frau hatte William so geliebt, wie er es verdiente. Bedingungslos, aufopfernd. Theresa. Er hätte sich solche echten Gefühle für sie auch gewünscht.

Er bog in einen Weg ein, der nur aus Baumwurzeln und Steinen zu bestehen schien, und parkte vor einem verfallenen Hof. Er stieg aus dem Auto. In den Baumkronen über ihm war aufgeregtes Flügelschlagen zu hören. Er hob die leblose Jenny von ihrem Sitz und ging zu dem Haus. Das Rohypnol hatte sie komplett abgeschossen. Aber bald würde er sie wecken. Zum schlimmsten Albtraum ihres Lebens.

Das Wohnzimmer war eine zerwühlte, schwarze Höhle. Die Blumentapete hing in langen Streifen von den Wänden, die Möbel waren zu Brennholz verarbeitet, und auf dem Boden ausgebreitet lag ein großer Kronleuchter wie eine gestrandete Qualle.

Er setzte Jenny auf einen Stuhl. Das Holz war noch feucht von sauer riechenden Milchplacken. Emily hatte auch auf diesem Stuhl gesessen. Jetzt hing der Körper der jungen Frau an dem Haken des Kronleuchters. Sie bot einen grauenerregenden Anblick. Das Haar schlängelte sich in verschmolzenen Strähnen über das von einer gräulichen, lederartigen Kruste überzogene Gesicht. Reste geronnenen Bluts schminkten ihre Schlüsselbeine wie Adlerschwingen. Er hatte ihr in einer spontanen Eingebung Hände und Füße abgehackt. Keine Ahnung, woher der Impuls gekommen war. Diese Art von Verstümmelung war neu.

Er war gespannt, diese Seite von sich näher zu erforschen.

Und immerhin hatten die Gliedmaßen ja einen Nutzen erfüllt in Elias' Gefriertruhe.

William legte seine Pistole auf das Fensterbrett und ging in den angrenzenden Raum, in dem er eine Sturmküche aufgebaut hatte. Er spürte schon die ersten sanften Ausläufer der absoluten Euphorie, die ihn am Höhepunkt des Rituals erwartete. Er zündete den Primuskocher an, stellte einen Topf auf die Gasflamme und goss Milch hinein. Der weiße Strahl, die ultimative Reinheit. Weiß war eine leere Leinwand und zugleich eine Farbe, die alles verstärkte, hinter der man sich unmöglich verstecken konnte. Wie viele untreue Huren schritten in ihren unschuldsreinen weißen Brautkleidern vor den Altar? Sie verdienten diese Farbe nicht an ihrem Körper. Nur, wenn sie durch ihn Reinigung erfuhren. Nur, wenn er ihre Gesichter weißwusch.

Auf der Oberfläche der Milch bildeten sich die ersten Blasen. Der süßliche Duft brachte ihn zurück in jene Nacht. Rot glühende Gedankenblitze einer komplexen, emotionalen Materie: das Röcheln seiner Mutter, der Geruch von versengtem Haar, das weiß blubbernde Gesicht.

Als William den Topf vom Kocher nahm, kochte er selbst. Vor Willenskraft. Vor Hass.

Er ging zurück ins Wohnzimmer. Jenny saß mit hängenden Schultern vornübergebeugt auf dem Stuhl. Er ging vor ihr auf die Knie, die Finger fest um die Henkel des Topfes geschlossen.

Für dich, Mutter. Ehre sei deinem Angedenken.

†

David warf das E-Bike zur Seite und rannte zu Fuß weiter über den holperigen Weg, der mitten in der Ackerlandschaft aufgetaucht war. Er überprüfte die Ortungs-App auf seinem Handy.

Sie war hier.

Er ging in die Hocke und öffnete den Aluminiumkoffer. Zögerte eine verwirrte Sekunde bei dem Anblick, der sich ihm bot, ehe er auf Autopilot umschaltete und seine Finger die Handgriffe ausführen und die Druckluftwaffe in einem ungleichmäßigen Rhythmus von Klick- und Reibelauten zusammenschrauben ließ.

Er schob einen rotquastigen Pfeil in den Zylinder und verschraubte die Gaspatrone. Fünf Umdrehungen. 180 Grad. Bei der sechsten Umdrehung würde der Schlagbolzen die Patrone punktieren und ihm ein zeitlich begrenztes Zeitfenster geben, in dem er die Waffe abfeuern konnte. David steckte den anderen Pfeil in die Jackentasche und lief weiter.

Der Audi stand vor einem verfallenen Hofhaus. Es war alles ausgestorben, verlassen.

Er schlich sich an den Wagen heran. Leichter Sprühregen blies ihm ins Gesicht, über ihm flatterten Fledermäuse durch die Dunkelheit. Er schob sich seitwärts an dem Auto vorbei und warf einen Blick auf die Rückbank.

Er erstarrte. Einen Lidschlag schrie Mikru ihm ins Gesicht.

Eine Handbreit vor seiner Nasenspitze atmete ein blasses Kindergesicht Nebelwolken an das Glas.

David trommelte mit dem Fingernagel an die Scheibe und flüsterte leise: »Silja, Silja.«

Das Mädchen schlief tief. Der hellrote Plüschbär starrte mit leblosen Knopfaugen zu ihm raus.

David riss sich von dem Anblick los und ging zu dem Wohnhaus.

Er machte einen großen Bogen um die Haustür, die ihm wie ein schwarzer Schlund entgegenstarrte, schlich geduckt an der langen Seite des Hauses vorbei und entdeckte ein enges Loch in der Mauer. Er ging auf die Knie und steckte den Kopf hinein. Im violetten Widerschein der zerbrochenen Scheiben sah er, dass der Raum leer war. Mit den Armen und der Waffe voran schob er sich durch das Loch, spürte den Widerstand der Mauer an den Schultern und stemmte sich mit den Füßen von der Erde ab. Seine Rippen schrammten empfindlich an den Backsteinen entlang, als seine Finger etwas Feuchtes, Filziges auf dem Boden zu fassen bekamen, das er hektisch fallen ließ und in seiner Zwangsjacke panisch zu zucken begann, während er Staub und vertrocknete Insekten einatmete.

Plötzlich gab der Widerstand nach und er kugelte auf den Boden, benommen und in Schockstarre wie eine Eidechse, die ihren Schwanz abgeworfen hatte.

Er hob das Druckluftgewehr auf und schlich durch den Raum, sorgsam darauf bedacht, nicht mit den Füßen irgendwo anzustoßen, während er die huschenden Schatten am Rande seines Gesichtsfeldes zu ignorieren versuchte.

Die Tür zum nächsten Raum war angelehnt. Er schob sie so weit auf, dass er etwas sehen konnte.

In der grabesgleichen Dunkelheit schwebte die Silhouette eines nackten Frauenkörpers. Ein Kabel war mehrfach um ihren Hals gewickelt und an einem Haken unter der Decke aufgehängt. Hände und Füße waren abgetrennt. David schluckte die aufsteigende Gallensäure hinunter und versuchte, sich an das Zwielicht zu gewöhnen. Da. Jennys schulterlanges Haar schimmerte leicht. Sie saß vornübergebeugt auf einem Stuhl. Er kniff die Augen zusammen. Da war etwas, im Dunkeln. Sein Herz setzte einen Schlag aus, als er in dem dunklen Schatten vor ihr den am Boden knienden William erkannte. Der in seinen Händen einen großen, dampfenden Topf hielt.

David hob die Waffe und umfasste die Gaspatrone. Sobald er sie drehte, würde das kurze Zischen, wenn der Druck entwich, William eine Sekunde im Voraus warnen. Er zielte ein bisschen höher in der Erwartung, dass sein lebendes Ziel zum Angriff übergehen würde.

David füllte seine Lungen mit Sauerstoff. Dies war der Atemzug, der ihn auf die andere Seite brachte.

†

William blinzelte. Der Dampf der kochend heißen Milch stieg in sein Gesicht. Wieso zögerte er, das Ritual zu vollziehen? Warum? Was war passiert?

Im Bruchteil einer Sekunde dockte das Gehirn wieder in der Gegenwart an. Da war ein Geräusch gewesen. Wie ein leises Pfeifen in einer dunklen Gasse. Hier. Im Wohnzimmer. Wo er ganz allein mit Jenny war.

War er allein?

Er hatte sich halbwegs aufgerichtet, als hinter ihm ein Sirren zu hören war. William spürte einen kurzen Schlag gegen den Ledergürtel, genau über seiner Hüfte, und etwas fiel zu Boden. Er starrte aufgebracht zum Türrahmen, in dem sich eine Gestalt abzeichnete, wenige Meter von ihm entfernt. Und die Gestalt hantierte mit irgendetwas.

Etwas, das wie eine Waffe aussah.

†

David stierte fassungslos zu Williams Schattensilhouette. Der Serienmörder stand nach wie vor aufrecht. Der Betäubungspfeil hatte sein Ziel verfehlt. Blitzschnell fischte er den zweiten Pfeil aus der Tasche, drückte ihn ungeschickt an das PVC-Rohr, ohne die Öffnung zu treffen.

Er wusste, dass William ihn gesehen hatte, auch wenn er außer seinem eingeschlossenen Motorradhelmatem keinen Laut hörte. Er schaute nicht hoch, um keine Zeit zu verlieren, da er realisiert hatte, was der Serienmörder in den Händen hielt: einen Topf mit kochend heißer Milch.

Da. Endlich hörte er das spröde Klicken, mit dem der Pfeil einrastete. Er legte den Finger um den Abzug und hob die Waffe.

†

Das unverkennbare Klicken sagte William, dass die Waffe nachgeladen war.

Er drehte sich in einer fließenden Bewegung um die eigene Achse, ging in die Hocke und hielt den Topf dicht vor Jennys Gesicht. Eine kurze Bewegung aus dem Handgelenk würde die Fratze der Hure für immer auslöschen. Diese Vorstellung war den Tod fast wert.

»Runter mit dem Topf, William!«

William zog die Augenbrauen hoch. Wie zum Teufel hatte David Flugt hierhergefunden.

»Die Hure muss bestraft werden«, brüllte er.

»Bist du bereit zu sterben?«

»Willst du mir mit deiner lächerlichen Waffe drohen?«, fauchte William. »Mit der du aus drei Metern Abstand danebengeschossen hast.«

»Vielleicht zum Besten. In diesem Pfeil ist kein Narkosemittel.«

Das monotone Zischen der Gaspatrone ertönte.

»Du bluffst doch nur«, sagte William.

»Wir können es hier beenden. Noch hast du Gelegenheit, zu fliehen.«

»Glaubst du etwa, dass es für mich ein Entkommen gibt?« Williams Stimme senkte sich zu einem heiseren Knurren. »Die Hure muss rein gewaschen werden.«

William hörte das Knarren der Bodendielen. Verstand, dass David das Gewicht auf den Füßen verlagert hatte. Bestimmt für einen sicheren Stand zu dem finalen Schuss.

»Lass Jenny und Silja gehen«, ließ David nicht locker. »Bestraf mich stattdessen!«

»Genau das habe ich vor.«

†

Davids Blick war auf William fokussiert. Die Gaspatrone zischte dicht an seinem Ohr. Der Schuss war vorbereitet. Er musste nur noch abdrücken.

Er zog den Abzug zwei Drittel durch. Spürte den Widerstand. Im Finger. Im Körper. Der Abzug glitt weiter nach hinten. Der Schuss konnte jeden Augenblick losgehen.

Da durchschnitt ein greller Schrei den Raum.

David sah mit offenem Mund zu Silja, die in der Türöffnung stand. Das Mädchen hyperventilierte, außerstande, den Blick von der unter der Decke hängenden, verstümmelten Frau zu wenden.

»Silja?«, stammelte William. »Schatz, bist du wach? David hat uns gefangen genommen. Ich habe ihn bis hierher gejagt, aber er hat mich überrumpelt.«

Silja bewegte ihren Blick von der Frauenleiche weg zu David, und David sah sich selbst durch ihre verwirrten Kinderaugen: ein fremder Mann, der eine Waffe auf ihren Vater richtete.

Silja griff nach etwas auf der Fensterbank. Das Mondlicht reflektierte in dem blanken Metall.

David schluckte. Er hatte die Pistole vorher nicht bemerkt. Silja zielte auf ihn.

»Gut, Silja!«, sagte William und ging zu ihr. Sie fuhr erschrocken herum und richtete die Pistole jetzt auf ihn.

»Schatz? Was soll das?«

Silja weinte. »Warum sind wir hierhergefahren?«

»Das habe ich dir doch gesagt: David hat mich gezwungen!«

»Dein Vater will uns wehtun, Silja.«

David verstummte abrupt, als das Mädchen sich nach der Stimme umdrehte und die Pistole wieder auf ihn richtete. »Denk nach, Silja. Was ist das Letzte, an das du dich erinnerst, bevor du im Auto wieder aufgewacht bist?«

»Das … weiß ich nicht.«

»Und du hast Kopfweh und dir ist schlecht, oder? Das ist von dem Betäubungsmittel, das dir dein Vater gegeben hat.«

»Ich würde dir doch niemals was antun, Schatz. David ist verrückt.«

Silja schwenkte die Pistole unentschlossen zwischen den beiden Männern hin und her.

David senkte seine Waffe. »Silja, deine Mutter lebt.«

»Meine … Mutter?«

»Sie ist zu Hause bei mir. Sie wartet auf dich.«

»Er lügt, Silja! Er führt dich an der Nase herum!«

Silja bebte am ganzen Leib, auf ihren Wangen glänzten Tränen.

David fing ihren Blick ein.

»Ich habe deinen Plüschbären weggenommen, Silja. Damit ich dir als Ersatz den hellroten Bären geben konnte. In dem ist ein Peilsender eingenäht. Ich wusste die ganze Zeit, wo du bist. Weil ich deiner Mutter versprochen habe, auf dich aufzupassen.«

David sah, wie Siljas Gesicht sich aufhellte, sah das krampfhafte Arbeiten ihres Gehirns und wie ihre spontane, überwältigende Freude über Davids Nachricht einem anderen, einem vergessenen und verdrängten Schmerz wich.

David fröstelte. Er kannte diesen Schmerz nur zu gut.

»Du lügst!«, schrie Silja und fasste fester um den Pistolengriff. »Meine Mama ist tot!«

»Denk an die Geschichte, die ich dir erzählt habe. Von den Kaninchenjungen«, stammelte David. »Dein Vater ist der Fuchs, Silja. Wenn du ihm die Pistole gibst, sterben wir alle.«

»Schatz, sieh mich an«, sagte William sanft. »Wir zwei gegen den Rest der Welt. Wie es immer schon war.«

Siljas Blick flackerte. Sie ließ die Pistole sinken. Wie gelähmt vor Entsetzen begriff David, was jetzt passieren würde. Das Kaninchenjunge war wie jedes Kind dieser simplen und primitiven Standardeinstellung unterworfen: Am Ende entschied man sich immer für seine Eltern.

In dem halben Augenblick, in dem William nach der Pistole griff, dachte David nicht mehr. Er sah nur zu, wie in tranceartiger Zeitlupe der abgefeuerte Pfeil durch das Halbdunkel schwirrte, sich ins Fleisch seines Ziels bohrte und seinen Inhalt in den Blutkreislauf entleerte.

Die Wirkung war unmittelbar.

Silja sackte leblos zu Boden.

»Was hast du getan?«, brüllte William.

Davids Stimme zitterte.

»Kein Kind soll seinen Vater sterben sehen.«

David sah den Schock in Williams Blick, und in dem Bruchteil einer Sekunde, in dem der Serienmörder begriff, dass David niemals ein Kind töten würde, tauchte Jennys Silhouette aus der Dunkelheit auf. In ihrer Hand zitterte eine blaue Gummiquaste.

Der Pfeil, den sie im Hotel aus dem Koffer gestohlen hatte, um dem Mann das Leben zu retten, den sie nun umbringen wollte.

William schwang den Topf nach vorn. Eine Fontäne kochend heißer Milch spritzte in Jennys Gesicht. David sah es geschehen, ohne es zu verstehen oder zu fühlen, bis ein ohrenbetäubender Laut, kein Schrei, eher ein gutturaler Schmerzgesang aus Jennys Gesicht aufstieg, das sich in eine dampfende Maske verwandelt hatte. Doch obwohl geblendet und besiegt, warf sie sich den letzten Meter nach vorn wie von den schreienden Geistern der neunzehn Frauen besessen, und schleuderte den Pfeil mit ihrem berüchtigten Unterhandwurf durch die Luft.

Williams Körper sackte in sich zusammen. Ausgeknipst. Tot.

In dem Augenblick schien die Zeit wieder anzulaufen. David schoss nach vorn zu der zusammengekrümmt auf dem Boden liegenden Jenny, die leise, herzzerreißende Wimmerlaute ausstieß.

Er kniete sich neben sie.

»Ich bin hier, ich bin hier.«

Jenny rollte sich auf den Rücken. Der Anblick versetzte David einen Stich. Die siedende Milch verströmte einen fetten, versengten Geruch. Ihr hübsches Gesicht war kirschrot aufgequollen. Bräunlicher Schaum quoll aus ihrem Mund mit den halb erstickten Schreien, die anschwollen und verebbten.

»Mach, dass das aufhört, mach, dass das aufhört …«

»Ich … hole Wasser.«

Sie streckte den Arm aus, krallte sich an seine Jacke.

»Nein, nein … nicht … so. Ich will nicht … so.«

»Was versuchst du zu sagen?«

»Du hast gesagt, ein Tropfen wäre genug … ich hab ihn wieder rausgezogen.«

»Ich verstehe nicht.« David sah erschrocken auf das entstellte Gesicht, die versengten Augenbrauen. »Halt durch, Jenny! Du schaffst das.«

»Mein Gesicht … Oh Gott, das tut so weh.«

David blinzelte gegen die Tränen an. Das war alles zu fürchterlich, um wahr zu sein. Im Augenwinkel sah er, wie sie den Arm hob. Und er sah den Pfeil mit einem letzten todbringenden Rest Flüssigkeit in der Ampulle.

»Nein, Jenny. Nein!«

Jenny Seland stieß sich den Pfeil in den Oberschenkel. Dieses Mal zog sie ihn nicht wieder heraus.

62

David starrte mit glasigem Blick durch die Frontscheibe. Der rußige Schimmer des heranbrechenden Morgens vermochte ihn nicht aus dem Albtraum zu retten. Jennys entstelltes Gesicht, ihre Schreie.

Er sah sein blasses, ausgezehrtes Gesicht im Rückspiegel, schob sich vom Fahrersitz und stemmte sich gegen den kalten Wind. Er hob Silja von der Rückbank und trug sie ins dunkle Unterholz.

In Kürze würde Andreas Grandberg eine SMS von Williams Handy bekommen, in der William in kurz gefasster Verzweiflung schrieb, dass er Prinzip und Moral gegeneinander abgewogen hätte, das unaufgeklärte Verschwinden seiner Frau, die grauenvollen Verbrechen seines Bruders, den Gesichtsverlust bei Freunden und Kollegen, die unüberschaubaren Konsequenzen, mit der Lüge weiterzuleben. William bat ihn, nicht nach ihm zu suchen, weil er längst über die Grenze geflohen wäre, um sich und seine Tochter an einem einsamen Ort zu töten. Niemand würde sie je wiedersehen.

David begab sich tiefer in das graue Dämmerlicht des Waldes. Siljas Kopf lag schwer auf seiner Schulter.

Natürlich würden sie nach ihm suchen, ganz Europa abgrasen, an allen anderen Orten als denen, wo sie suchen sollten. Auf dem Grund eines tiefen Sees, nicht weit entfernt von Mark Jensens Hof. Weil die Menschen in einer weiten Landschaft das so machten. Den Horizont absuchten.

Der matschige Waldpfad führte bergab. David war so erschöpft, dass er fast unter dem Federgewicht des Mädchens zusammenbrach. Silja hatte in dieser Nacht nicht alles gesehen. David konnte nur hoffen, dass sie genug gesehen hatte. Er hatte ihr ihren Vater genommen. Und Kinder brauchten einen Erwachsenen, auf den sie sich verlassen konnten. Den sie lieben konnten, von dem sie geliebt wurden. Er und Theresa würden ihr Bestes geben. Denn letzten Endes konnte man niemanden zwingen, einen zu lieben. Man konnte sie nur wissen lassen, dass sie geliebt wurden. Alles andere würde sich zeigen.

David erreichte die Flensburger Förde. Hörte das Glucksen der Wellen zwischen den Baumstämmen. Er blieb stehen. Eine Silhouette näherte sich in der dunkelgrauen Waldlandschaft. David wusste, dass die Person sein Auto an der kleinen Brücke am Ententeich geparkt hatte, die Teil der Wanderroute des Gendarmenpfads war, der Dänemark und Deutschland abseits der Grenzübergänge verband.

Die Silhouette näherte sich. Das letzte Mal, als Theresa sich auf diesem Pfad befunden hatte, war sie bewusstlos nach Rumänien verschleppt worden. In dieser Nacht war sie gekommen, um das zurückzuholen, was von Bluts wegen zu ihr gehörte.

Sie kam als Mutter.

Wenige Meter vor ihm blieb sie stehen. Er hörte ihr gedämpftes Schluchzen. Über Jahre hinweg war der kleine Mensch auf seinem Arm eine verlorene Erinnerung gewesen. Jetzt brauchte sie nur noch die Arme auszustrecken.

David machte die letzten Schritte auf sie zu.

»Silja, Silja«, flüsterte sie mit tränenerstickter Stimme, fast wie eine Frage, als befürchtete sie, dass ihre Tochter nicht echt war.

Sie legte ihre Hände an das Gesicht des schlafenden Mädchens, drückte behutsam die Lippen auf ihre Stirn.

»Wie groß du geworden bist, mein Schatz. Und so hübsch.«

»Ihr müsst los«, sagte David heiser.

Theresa hob den Blick, die Augen voller Tränen. Aber da war auch etwas anderes, ein vorsichtig aufkeimender Mut, ein Fingerhut voll Hoffnung.

David empfand ein überwältigendes Glück. Sie war so unfassbar zerbrechlich, so unfassbar schön. Er hoffte, dass sie für immer bei ihm bleiben würde.

Er trug Silja zum Auto und legte sie vorsichtig auf die Rückbank.

Danach sah er Theresa über das Autodach an.

»Was ist?«, fragte sie ängstlich.

»Ich komme nicht mit.«

»Was … wie meinst du das?«

»Ich muss noch eine letzte Sache erledigen.«

»Hast du noch nicht genug getan?«

»Nein. Noch nicht.«

63

David stellte den Audi auf einer offenen Rasenfläche neben dem Sportplatz ab. Einzelne Wolken trieben planlos über den klaren, tiefblauen Himmel.

David legte die Stirn auf den Lenker. Er wollte nur noch schlafen, verschwinden, die Bilder aus seinem Kopf verscheuchen. Nur einen Augenblick Frieden. Aber Marcus Blom würde in Bälde Jennys SMS sehen, oder richtiger: die SMS, die von ihrem Handy geschickt worden war, in der sie schrieb, dass Andreas Grandberg ihr Täter war. Blom würde nicht lange fackeln und einen Konvoi Einsatzfahrzeuge zum Jachthafen und der Egretta schicken. Dort würden sie Emilys Leiche finden, die nach KFTs Modus umgebracht worden war.

David stieg aus und wickelte seinen Schal ab. Er öffnete den Benzintank, stopfte den Schal in die Öffnung und hielt das Sturmfeuerzeug daran.

Vielleicht war Andreas der falsche Mann. Aber der Grandberg-Stammbaum musste mit der Wurzel ausgerissen werden. Wie Unkraut. Für Mark Jensen. Für Emma, Emily, Hanne und die vielen anderen Geister, deren Stimmen in dem Wind über Süderjütlands Äckern flüsterten.

David stand wie erstarrt da, als die Flammen sich knisternd in den Schal fraßen. Jenny Seland würde post mortem zur Heldin erklärt und Unterrichtspensum an der Polizeischule werden. Die Kommissarin, die ihr Leben verloren hatte bei der Entlarvung des übelsten Serienmörders in Dänemarks Geschichte.

Wenn David Jenny schon nicht das Leben zurückgeben konnte, dann wenigstens das: Unsterblichkeit.

Dem lauten Zischen folgte ein wattiger Puff, mit dem eine Lichtflamme aus dem Tank schoss. Als David den Sportplatz verließ, war der Audi ein dröhnendes Flammenmeer.

64

In der Havnegade hörte David die erste grelle Polizeisirene, die sich durch den dichten Morgenverkehr schlängelte. Dann noch eine Sirene. Und noch eine.

Es ging los.

Er bog in die Stormgade ab und zog sein Handy aus der Tasche. Lucas hatte noch nicht auf seine Voicemail geantwortet. Wenn er sich endlich meldete, vermutlich heftig verkatert, würde er eine stark redigierte Version der nächtlichen Ereignisse von David bekommen.

David schaute von der Kaikante in das flaschengrüne Wasser hinunter. Sobald das Handy und die Pistole auf dem Grund des Hafenbeckens lagen, würden sie für immer verschwunden sein. Er wog Williams Handy in der Hand.

Und da meldete sich wieder dieser Gedanke, die Einsicht, das Verdrängte, das nicht länger überhört werden wollte.

Silja.

Er wusste, warum William Silja in dieser Nacht mitgenommen hatte. Aber sein Gehirn suchte noch nach der Antwort auf die Frage, wie William von ihrem Plan Wind bekommen hatte.

Das ging nicht ohne einen Kontakt im inneren Kreis. David starrte auf Williams Handy. Wer war die gesichtslose Silhouette auf dem Waldweg?

Er öffnete die Anrufliste. Und klickte die letzte Nummer an, die William gestern um 22:33 Uhr gewählt hatte.

Es klingelte drei Mal, dann antwortete die Stimme am anderen Ende: »Warum zum Teufel meldest du dich erst jetzt?«

David drückte die Verbindung hektisch weg. Für einen kurzen Augenblick fror die Welt um ihn herum ein. Einen kurzen Augenblick, in dem er sicher war, Lucas Stages Stimme erkannt zu haben.

Kopenhagen ist von Schnee bedeckt. Auch seine Toten …

HEIDI AMSINCK

SCHNEEFLOCKENGRAB

Thriller

Schuldig. Nur dieses eine Wort stand auf dem Pappschild des jungen Obdachlosen. Jetzt liegt er tot im Schnee, an einem Wintermorgen in Kopenhagen. Die Journalistin Jensen stolpert fast über seine Leiche. Sie ruft Kommissar Henrik Jungersen zum Tatort, ihren besten Kontakt bei der Kriminalpolizei – und ehemaligen Liebhaber. Henrik findet erste Hinweise auf einen Serienmörder, doch Jensen zweifelt: Warum sollte jemand reihenweise Obdachlose umbringen? Warum saß der Junge stundenlang an genau dieser Stelle im Schnee? Und wer ist wirklich »schuldig«?

»Ein brillantes Debüt! Heidi Amsinck ist hoffentlich gekommen, um zu bleiben.« Yrsa Sigurdardóttir

Intelligent, weiblich, perfide

BROOKE ROBINSON

DIE DOLMETSCHERIN

Thriller

Die alleinerziehende Mutter Revelle Lee spricht 11 Sprachen und dolmetscht am Old Bailey in London – für Zeugen, Opfer, Angeklagte. Nur sie weiß, was sie sagen. Sie allein kennt die Wahrheit. Und sie ist bereit, alles zu riskieren, um das Richtige zu tun. Indem Revelle die Macht der Sprache nutzt und eine Aussage verfälscht, um den Schuldigen hinter Gitter zu bringen, verstößt sie gegen ihren eigenen Codex. Doch jemand weiß, was sie getan hat – und Revelle soll für ihre Lüge bezahlen, wenn nötig mit dem Leben ihres Sohnes …

Mit »Die Dolmetscherin« gelingt der erfahrenen Dramaturgin Brooke Robinson ein wahnsinnig starkes Thriller-Debüt. Hochspannung bis zum Schluss!

CAMILLA LÄCKBERG
HENRIK FEXEUS

SCHWARZLICHT

Kriminalroman

Wer ermordet eine Frau, indem er sie in eine Kiste sperrt und mit mehreren Schwertern durchbohrt? Weil der Fall an einen grausam missglückten Zaubertrick erinnert, zieht die Stockholmer Kommissarin Mina Dabiri den Profiler Vincent Walder hinzu, der selbst als Mentalist auftritt. Doch wie Mina kommt auch Vincent mit Menschen nicht sonderlich gut zurecht. Erst als eine weitere Leiche auftaucht und Vincent einen Code entschlüsselt, der auf einen Countdown hindeutet, beginnen Mina und er einander zu vertrauen – und die beiden müssen feststellen, dass ihre eigenen dunklen Geheimnisse im Zentrum des Falls stehen.

Düster, fesselnd, außergewöhnlich: der Auftakt der neuen schwedischen Krimireihe von Bestsellerautorin Camilla Läckberg & Mentalist Henrik Fexeus

KNAUR